MANESSE BIBLIOTHEK DER WELTLITERATUR

Stuart · Der weisse Hase

FRANCIS STUART

DER WEISSE HASE

Roman

Aus dem Englischen
übersetzt und Nachwort von
Elisabeth Schnack

MANESSE VERLAG

Titel des englischen Originals:
Francis Stuart «The White Hare»
London 1936

ISBN 3-7175-1436-9 (Leinen)
ISBN 3-7175-1437-7 (Leder)

 · Druck: Conzett & Huber, Zürich

Imprimé en Suisse · Printed in Switzerland

Meiner Mutter

I

Es war ein heisser Sommer gewesen, und dann hatte vorzeitig ein winterlicher Herbst eingesetzt, ein Herbst mit einem beinah anhaltenden Nieselregen und niedrigen, vom Atlantik heranjagenden Wolken. Sie schleiften über die steinigen kleinen Hügel Galways und verwischten das Landschaftsbild, so dass es der Aquarell-Pinselei eines Kindes glich.

Patrick de Lacey, im Halbdunkel unter der Ölwanne seines alten Wagens in der Remise platt auf dem Bauche liegend, wechselte von einem Ellbogen auf den andern. Beim matten Licht einer Taschenlampe zog er eine Schraube fest an. Er hob sein ziemlich blasses und mit Schmierfett besudeltes Gesicht über den Rand des Trittbretts und schob sich unter dem stark abgenutzten Auto hervor.

Hinter dem Rad sass angelehnt ein etwa zehn- oder elfjähriger Junge mit einem verträumten, nachdenklichen Ausdruck in den grauen Augen unter blonden Wimpern. Blondes, zu langes Haar fiel ihm in unordentlichen, geraden Strähnen in die hohe weisse Stirn. Er schreckte wie aus tiefem Traum auf, als Patrick ihm etwas zurief.

«Was?» fragte er und blickte über den Wagenrand auf seinen noch unten liegenden Bruder.

«Den grossen Spanner!» wiederholte Patrick. «Er steckt in der Tasche, gleich neben dir!» Dominic fühlte in der Tasche nach. Ein Sammelsurium an erstaunlichem Kleinkram war drin. Das meiste hatte er selbst von Zeit zu Zeit hineingestopft und dann vergessen. Was er jetzt hervorholte, waren ein Hufeisen, eine Kamera, zwei Briefe in zerknitterten Umschlägen, die vergrösserte Photographie eines Greyhounds und mehrere andre weniger wertvolle Stücke. Er blickte ein paar Sekunden auf die Photographie.

Patrick hatte sich unterdessen herausgerappelt und suchte das fehlende Werkzeug selber. Als er das Photo bemerkte, betrachtete auch er es über die Schulter des Knaben hinweg.

«Wirklich eine prachtvolle Hündin, nicht wahr?» rief er, als sähe er den Hund zum erstenmal. Dabei war es ein Photo, das sie im Sommer von ihr, der Rosaril-Prinzessin, aufgenommen und dann verkramt hatten. Beide waren begeistert, dass es wieder zum Vorschein gekommen war, und die Ausbesserungsarbeiten am Wagen wurden an jenem Nachmittag nicht beendet. Die Gedanken der beiden Jungen (Patrick war zweiundzwanzig) verloren sich in Bildern winterlichen Geländes mit hellbraunen oder gescheckten Hunden, die vor ihnen einhersprangen und Hasen verfolgten – flüchtige, jäh herumwirbelnde Schatten.

«Wir wollen sie nach Dublin schicken und dort fürs Rennen trainieren lassen», sagte Patrick. Wie oft er das schon früher gesagt hatte, daran konnte sich keiner von ihnen erinnern. Stets war es furchtbar aufregend für sie gewesen, ein kühner Plan, auf den sie gerade erst verfallen waren. Doch woher der zu seiner Ausführung nötige, wenn auch noch so kleine Geldbetrag kommen sollte, das wusste keiner von beiden.

Sie wohnten allein in dem grossen, kahlen Granithaus, das Rosaril hiess und sechs Meilen landeinwärts von der Küste lag. Sie lebten von der kleinen Unterstützung, die ihr Vater ihnen in durchaus nicht regelmässigen Abständen zukommen liess: er hatte in Paris einen Posten an einer englischen Zeitung übernommen, als er aus den etwa hundert Morgen Landes, die seinen Grundbesitz bildeten, nicht länger den Lebensunterhalt herauswirtschaften konnte. Ihre Mutter war schon vor vielen Jahren gestorben.

Im feinen Nieselregen überquerten sie den gepflasterten Hof. Sie traten durch die Hoftür ins Haus und in die Küche, wo Annie auf einem riesengrossen Holztisch Hemden bügelte: der

Tisch musste ein Überbleibsel längst vergangener Zeiten sein, als hier ungeheure Mahlzeiten für grosse Gesellschaften zubereitet wurden. Jetzt war niemand mehr übrig als die beiden Jungen und die alte Frau, die früher ihre Kinderfrau gewesen war und bei ihnen blieb, um für die «armen Waisen» zu sorgen (wie sie sie bei sich nannte).

Dominic stellte das Photo auf ein Bort des Küchenspinds und trat einen Schritt zurück, um zu sehen, wie es sich dort ausmachte. Die Küche war meistens auch ihr Aufenthaltsraum. Hier nahmen sie mit der alten Frau die Mahlzeiten ein, und an den kalten Abenden sassen sie auch nach dem Essen oft hier, weil es der einzige Raum war, der jemals richtig warm wurde.

«Sieh mal her, Annie!» sagte Dominic und deutete auf das Photo. Die alte Frau ging vom Tisch zum Spind hinüber, um das Photo zu betrachten.

«Das liebe Tier!» sagte sie und lächelte. Auch sie war stolz auf den Hund. Und wenn die Jungen, seit sie bei ihnen war, nichts anderes getan hätten als diesen Greyhound zu züchten, es wäre ihr als eine mehr denn ausreichende Leistung erschienen.

Denn einen guten Greyhound oder ein Pferd zu züchten oder - mit einigem Abstand - eine schöne Frau zu heiraten, auf die man stolz sein konnte, war ihrer Ansicht nach für einen Mann der Höhepunkt aller irdischen Ambitionen.

Patrick war an den Spültisch getreten und wusch sich das Schmierfett von Gesicht und Händen. Das Badezimmer war in Rosaril längst ausser Gebrauch, ja, das ganze System «modernen Komforts», wie man es in jener Gegend noch immer nannte, erforderte dringendst die Fürsorge eines Klempners. Und den konnten sie sich bestimmt nicht leisten.

Patrick war gross und mager, aber breitschultrig. Sein Gesicht war jedoch nicht hager, sondern eher rundlich. Dichtes braunes Haar fiel ihm in unordentlichen Fransen in die Stirn. Es war keine hohe weisse Stirn wie die von Dominic, sondern eine ziemlich breite, und darunter blickten ernste graue Augen unter dicken Brauen, die sich über der Nase trafen, ein wenig schläfrig in die stille Welt.

«Horcht!» rief Dominic plötzlich.

Patrick hielt inne, das Handtuch in den Fingern. Die alte Frau wandte sich zum Fenster. Durch die offene Tür drang leise das Gesumm eines Motors.

Da war keiner von den dreien, der nicht erschrocken dreinblickte - und das mit gutem Grund. Ihr ruhiges und glückliches Leben war nämlich bedroht, und das Geräusch des Wagens brachten sie in unmittelbaren Zusammenhang mit dieser Bedrohung. Denn wer sonst besuchte sie je in einem Auto, wenn nicht Miss Longworth, die Tante der Jungen: eine alte Dame, die ihnen als sagenhaft reich vorkam und die von ihrem Vater gebeten worden war, sich um sie zu kümmern. Doch sie tat weit mehr als das - oder versuchte es wenigstens. Sie plante, dem - wie es ihr schien - «unnützen Dasein» ein Ende zu machen. In den letzten vier Jahren hatte sie wiederholt versucht, Dominic in ein Schulheim zu stecken und Patrick auf einem Arbeitsplatz in Dublin oder London unterzubringen. Bisher war es ihnen gelungen, sich zu behaupten. Doch jetzt kamen sie sich wie ein kleines Häuflein in einer belagerten Festung vor, das schwer bedrängt wird und mitansehen muss, wie der Feind zu einem entschlossenen Angriff übergeht.

«Schnell, ihr Täubchen, geht nach oben und macht euch fein», rief Annie ihnen zu, «ich will die alte Dame unterdessen ins Wohnzimmer führen und rasch Tee aufgiessen!»

Sie fürchtete sich ebensosehr wie die Jungen vor dem, was geschehen mochte. Sie wusste auch, wie wichtig es war, bei der alten Dame den Eindruck zu erwecken, alles entspräche der guten Form: nicht die leiseste Andeutung eines überwiegend in der Küche verbrachten

Lebens in einem zu vertrauten Verhältnis mit ihr selber!

Die Jungen gingen die kahle Steintreppe hinauf - Dominic hüpfend, Patrick jedoch langsam und nachdenklich. Er fand, dass er schliesslich alt genug sei, um eine eigene Ansicht zu vertreten. Für Dominic war er seinem Vater gegenüber verantwortlich, sonst aber niemandem. Doch seine Rüstung hatte einen Sprung: er war nämlich selbst nicht ganz sicher, ob das ungezwungene Leben für den kleinen Jungen das Richtige war. Für ihn war es richtig, da hegte er keinerlei Zweifel. Aber was sollte aus Dominic werden? Er gab ihm jeden Tag Unterricht - andrerseits wusste er, dass das, was er ihn lehren konnte, nur sehr unbedeutend und keineswegs ausreichend für Dominic war, wenn er sich je eine Stellung in der grossen Welt erobern musste. Das war es: immer war da die unbestimmte, unheimliche Bedrohung durch die grosse, grausame Welt, für die ein Junge vorbereitet und ausgerüstet sein sollte, falls er kein Geld hatte, um es mit ihr aufzunehmen. Was ihn, Patrick, betraf, so glaubte er, dass er sein Leben lang auf Rosaril glücklich sein könne. Und vielleicht konnte er, wenn die Zeiten besser wurden, wieder ein wenig aus der Farm herausholen - immerhin so viel, dass sein Vater ihnen gar nichts mehr zu schicken brauchte. Das war jedenfalls der Gipfel seines Ehrgeizes.

Doch in bezug auf Dominic war er nicht so sicher. In Patrick war etwas, das sich verräterischerweise (wie er in gewissen Stimmungen meinte) auf die Seite des Feindes schlug: dann sah er, dass es vielleicht für den kleinen Jungen richtiger wäre, wenn er in ein Schulheim geschickt würde. Doch in dem Falle würde auch er Rosaril verlassen müssen. Er glaubte nicht, dass ein Leben auf Rosaril ohne Dominic noch irgendwie schön sein könne.

Langsam stieg er die Treppe hinauf. Als er an der offenen Tür von Dominics Zimmer vorbeikam, sah er, wie sich der Junge vor einem zerborstenen Spiegel aufgeregt sein störrisches Haar bürstete. Patrick lächelte vor sich hin - ein ziemlich trauriges Lächeln war es - und ging in sein eigenes Zimmer, um die zerrissene und fleckige Jacke gegen seine einzige einigermassen ordentliche Jacke umzutauschen.

Schweren Herzens beobachtete er, wie der grosse, altmodische Wagen seiner Tante vor der Haustür vorfuhr. Diese Tür wurde nie benutzt, ausgenommen von Besuchern, und er hörte, wie sie in den Angeln kreischte, als Annie sie öffnete. Er bemerkte, dass noch jemand anders neben der alten Dame sass. Doch er konnte nicht erkennen, wer es war, weil der

Wagen fast genau senkrecht unter dem Fenster seines Zimmers stand.

Dann kam Dominic angestürmt. Sein wildes blondes Haar sah eigentlich schlimmer denn je aus, weil es nach den emsigen Bürstenstrichen erst recht federte, und hinten und an den Seiten stand es in Büscheln ab. Eine leuchtend blaue Krawatte, die er in aller Eile umgebunden hatte, wirkte auf seinen alten, abgetragenen Kleidern viel zu neu und auffällig.

«Der Teufel soll sie holen», sagte der kleine Junge, «die dumme alte Ziege, die sich in alles einmischen muss!»

«Hm, ja», gab Patrick zu, wenn auch weniger heftig. «Denke dran, dass du sofort auf sie zugehen und sie auf die Wange küssen musst, und dabei sagst du zu ihr: ‹Schön, dich mal wiederzusehen!› oder so was Ähnliches. Vor allem musst du nicht dastehen und ein wütendes Gesicht machen - wie letztesmal! Dadurch wird's nur noch schlimmer», schloss er.

«Ich finde, in Zukunft sollte Annie sagen, dass wir nicht zu Hause sind», empfahl Dominic.

Er war niemals für Kompromisse. Er befürchtete, sein Bruder könne der verhassten alten Dame gegenüber viel zu rücksichtsvoll sein. Er dagegen war mehr für stolze Überlegenheit, ohne einen Zollbreit nachzugeben.

Sie gingen zusammen in das grosse Wohnzimmer, das eine frostige Stimmung ausstrahlte, weil es schon längst nicht mehr benutzt wurde. Ihre Tante stand an einem der hohen, kahlen Fenster, die auf ein flaches, mit gelblichen Grasbüscheln bedecktes Stück Land blickten - ehemals war es der Rasen gewesen.

Sie war klein und nicht gar so alt; sie hatte dunkle Augen und graues Haar und sehr kleine, zarte Hände.

Dominic ging sofort auf sie zu - er rannte fast durch das grosse Zimmer -, küsste sie rasch auf die Wange und rief: «Schön, dich mal wiederzusehen», was alles äusserst unnatürlich wirkte. Dann trat er beiseite und starrte auf den unebenen Parkettboden, der, wie ein Minigolfplatz, kleine Hügel und Täler bildete. Er hatte alles genauso gemacht, wie Patrick es verlangt hatte, obwohl es ihn grosse Überwindung kostete. Er vertraute seinem Bruder völlig, doch sein eigener Instinkt hätte ihm ein ganz anderes Vorgehen nahegelegt.

Nachdem Patrick die Tante begrüsst und ein paar konventionelle Redensarten vorgebracht hatte, entstand eine Pause - eine leichte Verlegenheit.

«Bitte Annie, den Tee zu bringen!» sagte Patrick zu seinem kleinen Bruder. Doch aus einem ihm selbst am besten bekannten Grund ging Dominic quer durchs Zimmer und drückte auf den Klingelknopf, der seit Jahren nicht mehr funktionierte, ja in dem nicht einmal mehr etwas war, worauf man hätte drücken können. Es war nur eine Geste, um der alten Dame zu zeigen, dass sie sich zu benehmen wüssten und alles andre als die armen, heruntergekommenen Verwandten seien, für die sie von ihr gehalten wurden. Doch steckte noch etwas anderes dahinter. Es enthob ihn der Notwendigkeit, die alte Dame mit seinem Bruder alleinzulassen. Dominic glaubte, dass ihre Streitkräfte keinen einzigen Augenblick getrennt werden durften, weil er einen Grossangriff kommen sah.

Und Gott oder das gute Glück waren auf seiner Seite. Denn einen Augenblick darauf öffnete Annie die Tür und stampfte mit einem mächtigen Tablett durchs Zimmer, das sie auf Brusthöhe vor sich her trug. Der erste Eindruck war ausserordentlich gut, doch ein prüfender Blick hätte erkannt, dass die weisse Decke, die auf dem zerbeulten Blechtablett lag, eigentlich ein Gesichtshandtuch war und dass keine der drei Untertassen zu den Tassenköpfen passte. Sie stellte das Tablett auf den riesigen Mahagonitisch, eins der wenigen Möbelstücke im Zimmer.

«Oh, Annie! Wie geht es Ihnen?» wurde sie von der alten Dame begrüsst.

«Ich kann nicht klagen, Miss Longworth, Gott sei's gedankt!»

Auch das Bezugnehmen auf Gott war nicht gänzlich unüberlegt. Denn ob zu Recht oder nicht, die alte Dame stand bei den Landleuten ringsum im Ruf, eine Heidin, also ungläubig zu sein.

Dominic war jedenfalls begeistert über das, was er als einen kleinen Ausfall seitens der belagerten Garnison erkannte, und entschlossen, ihn zu unterstützen, fügte er von sich aus hinzu: «... und dank der gesegneten Jungfrau Maria!» – obwohl er keineswegs ein besonders frommer kleiner Junge war.

Die Wirkung schien jedoch nicht so zu sein, wie er es erhofft hatte, denn Miss Longworth fuhr ungerührt fort: «Die beiden sehen jedenfalls sehr gut aus, Annie – dank Ihnen!»

Die alte Kinderfrau war sofort besänftigt. Sie lächelte und fragte: «Möchten Sie ein bisschen Toast zu Ihrem Tee, Miss Longworth? Ich habe ihn im Nu gemacht!»

Und wäre Dominic, der leidenschaftliche, heldenmütige und manchmal etwas verzweifelte kleine Junge fähig gewesen, in logische Gedanken zu fassen, was er dumpf empfand, dann hätte er sich über die Mühelosigkeit gewundert, mit der die Moral selbst unsrer liebsten Verbündeten unterminiert werden kann.

Doch gerade die Unfähigkeit, seinen widersprüchlichen Gedanken Ausdruck zu verleihen, trug dazu bei, ihn erst recht unglücklich zu stimmen. Vielleicht war es nicht zum erstenmal, dass ihm eine flüchtige Ahnung vom Alleinsein und von der Einsamkeit im Lebenskampf aufstieg.

«War nicht noch jemand ausser dir im Wagen, Tante Dorothy?» fragte Patrick, ehe er sie bat, die grosse braune Teekanne mit der angeschlagenen Tülle zu nehmen und den Tee einzuschenken.

«Ja, ein junges Mädchen, das zu Besuch bei mir ist - die Tochter einer alten Freundin von eurer Mutter. Ich habe sie nicht gleich ins Haus mitgenommen, weil ich zuerst ein paar Minuten mit euch allein sprechen wollte.»

Dominic hielt den Atem an. Der verhängnisvolle Augenblick war gekommen. Der Beginn des Kampfes. Hätte er jetzt zu sprechen versucht, dann hätte seine Stimme geschwankt. Patrick aber erwiderte ganz gelassen: «Ja, Tantchen. Wahrscheinlich darüber, dass wir hier so allein leben?»

«Ach, du weisst ja, was ich immer schon gesagt habe: dass ihr nicht ewig so weitermachen könnt. Einerlei, wie glücklich ihr euch hier fühlt, es gibt noch andere Dinge, die es zu bedenken gilt, nicht wahr, Patrick?»

Was für andere Dinge? Was für Dinge, die mehr wert sind als Glück? fragte sich Dominic mit einem jener Geistesblitze, wie sie vorzeitig und geheimnisvoll selbst so kleinen Wirrköpfen zuteil werden.

«Ja, Tantchen?» entgegnete Patrick. Es war allerdings eher eine Frage als eine zustimmende Antwort. Er sprach sehr gelassen, sehr ruhig. Dominic hätte in einem solchen Augenblick nicht so sprechen können. Aber es genügte ihm, Patrick der grössten Wucht des Angriffs zu überlassen. Patrick war nicht wie Annie. Er mochte den Anschein erwecken, dass er zustimmte, dass er nachgab, sogar einen Rückzug antrat. Aber er war einer von denen, die sich beugen und beugen und beugen, fast bis auf die Erde, und die doch niemals brechen. Das war's, was Dominic von seinem Bruder glaubte. Er drückte es nicht in Worten aus, aber er empfand es so und wartete wie eine Reserveeinheit, die den Kampf hin- und herschwanken und sogar die Frontlinie nachgeben sieht, jedoch weiss, dass alles noch gut steht und dass es noch nicht an der Zeit ist, zur Unterstützung herbeizueilen.

«Ein guter Freund von mir, ein Mister Nollaton», fuhr die alte Dame fort, «ist Direktor einer sehr grossen Firma: der Caldecott-Zentralheizungen. Ich glaube, ich könnte dir dort eine Stellung mit einem recht guten Gehalt verschaffen, die dir auch Aufstiegsmöglichkeiten bietet. Fast alle Heizungen, die man in Privathäusern sieht, stammen von Caldecotts, glaube ich. Ich habe daran gedacht, mir auch eine Zentralheizung einbauen zu lassen.»

«Aha», sagte Patrick.

«Und für Dominic habe ich eine Schule in der Nähe von Dublin entdeckt, in der die Regans sind, und das Schulgeld würde ich natürlich mit Freuden selbst übernehmen. Ich kenne mehrere Jungen, die dort waren, und man scheint sie alle in die richtige Form gebracht zu haben.»

Teufel! Teufel! dachte Dominic. Alles, was seine Tante sagte, griff ihm eisig ans Herz. Caldecotts Zentralheizungen! Jungen, die man in die richtige Form gebracht hat! Verzweifelt fragte er sich, wieviel mehr sich Patrick noch gefallen lassen würde, ehe er aufbegehrte.

Doch Patrick stand neben dem riesigen Tisch, auf den das Tablett gestellt worden war, und hörte sich mit allen Anzeichen grossen Interesses an, was die alte Dame sagte. Er wartete mit dem Einschenken des Tees, bis sie sich ausgesprochen hatte und man ihre Freundin ins Haus bitten konnte.

«Was wird geschehen, wenn ihr noch länger hier wohnt?» fragte sie. «Hier bieten sich keine

Zukunftsmöglichkeiten für euch, für keinen von euch beiden, nicht wahr?»

Sie wartete, aber Patrick sagte noch nichts.

«Was meinst du?» fragte sie. Sie knöpfte den kleinen schwarzen Handschuh auf ihrer Hand ständig auf und zu. Patrick gewahrte es und schloss daraus, dass auch sie sehr erregt war und ihrem Gespräch grosse Wichtigkeit beimass. Sie und Dominic, fand er, hatten sehr viel Gemeinsames, obwohl der kleine Junge furchtbar wütend geworden wäre, hätte er ihm das gesagt. Doch es war richtig. Gefühlsmässig hatten sie beide das gleiche leicht erregbare, überspannte Naturell. Das Gespräch griff sie beide sehr an. Patrick aber war anders. Nicht etwa, dass er dem Gespräch nicht die gleiche Wichtigkeit zumass! Vielleicht begriff keiner der andern so sehr wie er, wieviel auf dem Spiele stand. Doch er war weder nervös noch aufgeregt. Seine Augen blickten auf die dunkle Mahagoniplatte, der es bitter not getan hätte, einmal poliert zu werden. Nie schienen seine grauen, etwas schläfrigen Augen aufzuleuchten oder sich ganz zu öffnen.

«Ich muss darüber nachdenken», erwiderte er.

«Darüber nachdenken? Aber Pat, hast du nicht schon jahrelang darüber nachgedacht? So geht es eben, wenn man ein Leben führt, wie ihr es tut. Dann vergeht die Zeit, und ihr merkt es nicht, und im Handumdrehen ist es zu spät, um noch etwas zu unternehmen!» rief die alte Dame.

Ihr war, als kämpfe sie gegen eine Macht, die sie unmöglich beeindrucken konnte. Selbst mit Dominics wilder und heftiger Feindseligkeit hätte sie leichter fertigzuwerden gewusst als mit Patricks Lethargie.

«Das ist richtig», gab Patrick zu. «Hier verfliegt die Zeit. Im Ernst, Tantchen, ich will es mir in der nächsten Woche reiflich überlegen. Bist du damit zufrieden?»

Doch sie wusste, dass seine Gedanken bereits anderswo waren und dass er dem Zugriff der Zentralheizungswelt und der guten Schulen für Herrensöhne bereits entschlüpft war. Wie sehr er seinem Vater glich, musste sie unwillkürlich denken. Auch er hatte sehr vieles von einem Tagedieb an sich, stellte sie verbittert fest. Der kleine Dominic dagegen war eher wie seine Mutter und wie sie selbst. Er wenigstens durfte nicht geopfert werden. Noch war es Zeit, ihn diesem Gifthauch, dieser Untätigkeit und Zeitvergeudung zu entreissen, die über Rosaril hing. Sie richtete ihre Blicke auf den kleinen Jungen.

«Aber du, Dominic», sagte sie, «du willst doch sicher etwas mit deinem Leben anfangen, nicht wahr? Etwas daraus machen, einerlei, was du dir erträumst. - Das zu wissen behaupte ich gar nicht. - Du willst dich doch nicht bloss treiben lassen und deine Träume deshalb nicht verwirklichen können, weil du nicht richtig ausgerüstet bist und nie Disziplin gelernt hast?»

Dominic war bereit. Für ihn war der Augenblick gekommen, in die Bresche zu springen. Die vorderste Verteidigungslinie hatte, wie ihm schien, etwas unter dem Ansturm gelitten, und jetzt musste die Reserve (er nämlich) vorrükken.

«Doch, ich bleibe hier», erwiderte er mit seiner ziemlich schrillen Stimme und stand ungeschickt und mit steif herabhängenden Armen da. «Auch wenn Patrick weggeht und Heizkörper fabriziert! Dann bleibe ich eben allein hier. Ich finde die Regan-Bengels furchtbar gewöhnlich - es muss eine sehr schlechte Schule sein.» Er sagte es, ohne innezuhalten und Atem zu holen, und danach kehrte er ans Fenster zurück und blickte wieder hinaus. Das geschah, damit sie nicht sehen sollte, wie seine Wangen glühten und wie keuchend sein Atem ging.

Die alte Dame erhob sich.

«Dann werde ich Hylla bitten, hereinzukommen», sagte sie. Sie ging zum Wagen hinaus. Und Dominic jubelte innerlich. Seine Standhaftigkeit war es also gewesen, dachte er voller Stolz, die den Angriff abgewiesen hatte. Der Glaube an sich selbst, der (trotz all seiner äusseren Heldenhaftigkeit) nie sehr gross gewesen war, hatte beträchtlich zugenommen.

Als die alte Dame auf die Treppe hinaustrat, dachte sie bei sich: wenn nur der kleine Junge da wäre, wie leicht könnte ich dann mit allem fertigwerden. In ihm ist etwas, woran man sich wenden kann. Aber der andere - das ist ja gerade so, als wollte man in einem Klumpen Haferbrei eine bleibende Delle hinterlassen.

Als die beiden Jungen einen Moment allein waren, warf Dominic seinem Bruder einen Blick zu, und unter den blonden Wimpern strahlten seine Augen. Patrick wusste, wie stolz er war und dass er ein Lob erwartete. Doch er selbst sorgte sich und war unsicher, weil er nicht wusste, ob sie wirklich einen Sieg errungen hatten. Für sich selbst, ja, aber nicht für Dominic.

«Ich finde, du bist nicht besonders gut aufgetreten», sagte der kleine Junge. «Ich habe den Vogel abgeschossen!»

«Ja», sagte Patrick, «du hast weiss Gott den Vogel abgeschossen.» Er begann den Tee einzugiessen: dabei hielt er die Tassen nicht über den Tisch, denn bei der angeschlagenen Tülle der Teekanne verschüttete man unweigerlich sehr viel Flüssigkeit.

II

Miss Longworth kam mit einem in Grün gekleideten jungen Mädchen zurück. Das war's, was man über sie gesagt hätte, denn auf den ersten Blick war anscheinend nicht viel anderes über sie zu sagen, als dass sie in Grün gekleidet war. Sie war weder hässlich noch schön, weder gross noch klein. Die alte Dame machte sie mit ihren Neffen bekannt. Sie hiess Hylla Canavan.

Patrick gab ihr die Hand und schenkte die letzte Tasse Tee ein, was besser vonstatten ging, weil die Tülle nicht viel verschüttete, wenn die Kanne fast leer war. Dominic gab ihr mit einem nicht völlig unübersehbaren Stirnrunzeln die Hand, weil sie als Freundin der alten Dame möglicherweise zu den Feinden gezählt werden musste. Obwohl sie, wie er zugeben musste, nicht sehr nach «Feind» aussah.

Wenn man auf den ersten Blick nicht viel über sie hatte sagen können, mochte man, nachdem man sie ein paar Minuten beobachtet hatte, eine ganze Menge über sie festgestellt haben. Andrerseits mochte man aber auch festgestellt haben, dass es schwer in Worte zu fassen war, was man beobachtet hatte. Vor allem hatte sie etwas Vornehmes an sich. Kein Getue, nicht die Art falscher Vornehmheit, sondern das Echte, so dass man, selbst wenn man es vorher nie gesehen, sondern nur davon gehört oder in Büchern über vergangene Zeiten darüber gelesen hatte, es sofort erkannt haben würde. Und Dominic erkannte es und verneigte sich im Geiste davor, weil es ihm plötzlich als das Köstlichste von der Welt erschien.

Vielleicht war es die Art, wie sie dasass oder vor sich hinblickte oder sprach. Er wusste es nicht. Es erinnerte ihn an die Art, wie die sehr, sehr vornehmen Königinnen ausgesehen haben mussten, wenn sie inkognito in armseligen Kleidern durch die Hintergassen ihrer Hauptstadt gingen. Sie wollten durchaus nicht anders als all die andern erscheinen, aber wer auch nur mit halbem Blick hinsah, bemerkte sofort etwas Wunderbares an ihnen. Ja, das war es, dachte der kleine Junge bei sich. Dieses Mädchen war etwas sehr Wunderbares, aber sie wollte es die Leute nicht merken lassen, sie wollte inkognito bleiben. Das Wort hatte für ihn eine geheimnisvolle Anziehungskraft. Auf Grund seiner Vermutungen reichte er ihr eine Tasse Tee und ein Butterbrot, bevor er seiner Tante etwas anbot. Er wusste, es wäre ein Verstoss gegen gutes Benehmen gewesen, etwas anderes zu tun, obwohl das, was er tat, den übrigen wie eine grobe Unhöflichkeit erscheinen musste.

«Wie schön es hier ist!» sagte das Mädchen.

«Ja, nicht wahr?» bestätigte ihr Dominic. «Möchtest du gern ein Photo von der Prinzessin sehen, die wir selbst aus Erin Forever von Joe Mullen gezüchtet haben?» fuhr er fort.

Hylla betrachtete den kleinen Jungen mit ernstem Ausdruck in ihrem Gesicht. Sie hatten beide sofort aneinander Gefallen gefunden.

«Ja, sicher», erwiderte sie. Weil sie vor allem auf den reizenden hohen Tonfall seiner Stimme gehorcht und das Aufleuchten seines Gesichts beobachtet hatte, das vor ein paar Minuten noch finster gewesen war, hatte sie nicht genau verstanden, was sie auf dem Photo sehen sollte.

«Es ist in der Küche», sagte Dominic und ging auf die Türe zu.

Sie stand rasch auf und folgte ihm. Eine Sekunde drauf dachte sie, ob sie nicht besser hätte warten sollen, bis er ihr das Photo brachte. Doch sie verliess das Zimmer und folgte Dominic durch den dunklen Steingang zur Küche. Als er sich umsah (er war fast gerannt) und bemerkte, dass sie ihm folgte, wartete er auf sie.

«Hier musst du achtgeben», erklärte er. «Hier ist eine Stelle, wo die Steinplatten eingesunken sind. Unter dem Haus ist nämlich ein Sumpf. Gib acht, dass du nicht hineinfällst!»

Sie lachte. Es war eine so lustige Idee, dass man in einen Sumpf fallen könne, während man durch einen Flur ging. Doch im nächsten Augenblick sank ihr Fuss in eine Wasserpfütze, die ihr bis über die Knöchel stieg, und sie lachte nur noch mehr.

«Es stimmt also tatsächlich», rief sie aus, «und ich hab's nicht geglaubt!»

«Doch, ja. Auf dieser Seite muss man sich nah an die Wand halten.»

«Und was ist darunter? Richtiges Moor?»

«O nein! So ein Sumpf ist es nicht! Bloss Schlamm und Morast. Es sind sogar Frösche und Aale drin. Hast du ein Zündholz? Vielleicht ist ein Frosch da. Würde mich gar nicht verwundern», schloss er mit so sachlichem Tonfall, dass es in diesem Zusammenhang sehr komisch klang. Sie hatte jedoch keine Zündhölzer, und sie gingen in die Küche.

Dominic hätte Annie gern seine neue Freundin vorgestellt, aber er erinnerte sich nicht an ihren Namen. Als seine Tante ihn genannt hatte, war er zu nervös gewesen, um ihn sich zu merken.

«Oh, Miss, hat er Sie ins Sumpfloch treten lassen?» rief Annie, als sie sah, dass der Strumpf des jungen Mädchens bis zum Knöchel hinauf nass und schlammbedeckt war. «'s ist eine ekelhafte Stelle, wenn man sie nicht genau kennt.»

«Ja, wirklich!» erwiderte das Mädchen.

«Ziehen Sie den Schuh aus und trocknen Sie sich den Fuss am Feuer», riet die alte Frau.

Hylla bückte sich, um es zu tun, und daher fuhr sie erschrocken zurück, als Dominic ihr das Photo unter die Nase stiess.

«Sieh mal!» sagte er stolz.

Ein paar Minuten betrachtete sie das Photo von der Hündin. Ihr erschien sie aus lauter seltsam gewellten Kurven zu bestehen. Sie hatte noch nie einen reinrassigen Greyhound gesehen. Oder falls sie ihn gesehen haben sollte, hatte sie nicht sehr beachtet, dass sie so aussahen. Gar nicht so sehr wie ein Vierfüsser. Eher wie ein Fisch. Mit einem Fischkopf. Sie sagte es Dominic.

«Wie ein Fisch?» wiederholte er nachdenklich. «Nein, eigentlich nicht so sehr!» entschied er. «Obwohl ich verstehe, was du meinst. Wenn sie keine Vorderfüsse hätte, würde sie wie ein Aal aussehen.»

«Keine Vorderfüsse? Gott steh' uns bei, was für eine Idee!» rief Annie.

«Oh, Annie», erzählte Dominic, «die alte Dame war greulich. Sie wollte mich in das gleiche Schulheim schicken, wo die widerlichen Bengel von den Regans sind, und Patrick soll mit einem Menschen namens Caldecott oder so ähnlich Warmwasserheizungen fabrizieren.»

«Und was ist draus geworden, Liebling?» fragte die alte Frau besorgt.

«Nichts – dank mir! Ich habe ihr erklärt, dass ich niemals von hier wegginge, egal, was kommt. Pat ist ihr nämlich nicht gewachsen. Er hat's furchtbar schlecht gemacht. Hat die ganze Zeit bloss immerzu ‹Ja, Tantchen› gesagt.»

«Er hat's auf seine Art gemacht», erwiderte Annie. Sie war nicht vergebens seine Kinderfrau gewesen. Sie kannte den älteren Jungen besser, als jedermann sonst ihn kannte. Und sie liebte ihn. Sie liebte sie beide, aber Patrick liebte sie am meisten.

«Will sie, dass ihr hier wegzieht?» fragte Hylla.

«Ja. Sie hat gesagt, das hier wäre kein Leben für uns.»

«Darüber also wollte sie ohne mich sprechen! Sie hatte mir erklärt, sie wünsche nicht, dass ich anfangs dabei wäre.»

«Ja, das war's. Du bist nicht auf ihrer Seite, was?»

«Was glaubst du?» fragte Hylla den kleinen Jungen und sah ihn an. Er hielt noch immer das Photo in der Hand, hatte es aber im Augenblick vergessen.

«Sag's mir doch!» flehte er.

«Ich werde immer auf deiner Seite sein», erklärte sie sehr feierlich.

«Hast du's gehört?» rief er begeistert und drehte sich zu der alten Frau um.

«Solange ich hier bin und für sie sorge, wird's ihnen an nichts fehlen», sagte Annie. «Ihr Vater ist in der Fremde», schloss sie.

«In Paris», berichtigte Dominic. Aus irgendeinem Grund war er stolz darauf und hielt es für eine Verunglimpfung, von seinem Vater zu behaupten, er sei in der Fremde oder, wie Annie es immer nannte, «fremdgegangen».

«Bist du schon mal dortgewesen?» fragte er das Mädchen.

«Ja. Einmal. Ein paar Wochen.»

«Wie ist es?»

«Ach, wie alle Grossstädte; aber natürlich auch anders.»

«Wie sind denn Grossstädte?»

«Wie Dublin, nur viel grösser.»

Dominic nickte. Er war nie in Dublin gewesen, wollte es aber nicht sagen. Er war erst zweimal in einem Kino gewesen.

«Mitten in der Stadt steht ein riesiger schwarzer Turm, und nachts ist er mit Lämpchen beleuchtet, die blitzen auf und gehen wieder aus.»

«Das hab' ich schon auf einer Postkarte gesehen», berichtete der kleine Junge. «Es ist sehr schön.»

«Ja», fuhr Hylla fort, «es ist ein schöner

Turm, aber viele Leute mögen ihn gar nicht. Dann ist eine sehr breite Strasse da, die steigt zu einem grossen Bogen hinan, und nachts sehen die Laternen auf jeder Strassenseite wie zwei lange Halsketten aus Sternen aus, die sich in der Ferne treffen, und dazwischen fahren die Autos sehr schnell auf und ab.»

«Das muss auch sehr schön sein», sagte Dominic, aber sein Geist konnte sich nur ein sehr verschwommenes Bild davon machen. Offen gesagt, dachte er sogar, sie habe es nicht sehr gut beschrieben. Aber Mädchen verstanden sich wahrscheinlich nicht besonders gut auf derlei Dinge.

Paris, die Rosaril-Prinzessin und das junge Mädchen - alles schien für Dominic von einem Zauber und einem Geheimnis umgeben, die ihn erregten. Eine Grossstadt, ein Greyhound und jetzt noch das Mädchen: sie trugen ihm einen Hauch von der Romantik des Lebens zu.

Als sie ins grosse Wohnzimmer zurückkehrten, in dem sie Patrick und die alte Dame alleingelassen hatten, waren die beiden nicht mehr da. Dominic erriet sofort, wohin sie gegangen waren, und das Herz wurde ihm schwer. Seine Tante hatte sich selber überzeugen wollen, was für Fortschritte er im Unterricht bei seinem Bruder gemacht hatte, und sicher hatte sie darauf beharrt, in das kahle

Zimmer geführt zu werden, das als Schulzimmer benutzt wurde, um sich dort seine Hefte anzuschauen. Und Patrick, der immer so nachgiebig war, hatte natürlich eingewilligt.

«Da drüben ist sie jetzt», erklärte er Hylla, und sein helles Gesicht wurde besorgt und ängstlich. «Schaut sich meine Hefte an.»

«Sind sie denn schlecht?» fragte sie.

Er nickte. Jetzt würde sie doppelt so entschlossen sein, ihn in ihre grässliche alte Schule zu schicken.

«Was können wir tun?» sagte das junge Mädchen. Sie stand am Tisch. Vor den stockfleckigen Wänden, an denen ein oder zwei grosse Bilder hingen, die so nachgedunkelt waren, dass man nur noch unbestimmte Schatten darauf erkennen konnte, sah jetzt auch das Mädchen ernst und ziemlich furchtsam aus. Den Kopf hatte sie erhoben, als lausche sie auf ein Geräusch, das ihren Argwohn bestätigen sollte. Und selbst in diesen üblen Sekunden musste der kleine Junge unwillkürlich denken, dass sie ihn an etwas erinnerte – an etwas längst Vergangenes oder sehr Fernes. War es etwas auf einem Bild, in einem alten Geschichtsbuch, mit einer jungen Königin in einem Verlies? Oder vielleicht überhaupt nicht in einem Geschichtsbuch, sondern in einer Sage von nördlichen Ländern, dunklen und verschneiten Ländern? Er hatte nicht gedacht, dass es solche Menschen heutzutage noch gab. Doch was er genau mit «solche Menschen» meinte, hätte er nicht sagen können.

Die alte Dame kam zurück, hinter ihr Patrick. In ihrer kleinen, zarten Hand hielt sie ein tintenbekleckstes Heft, dessen roter Deckel teilweise abgerissen war. Dominic erkannte es nur zu gut. Denn als er von «seinen Heften» sprach, hatte er geprahlt. Er besass nur ein einziges Heft, in das er seine schriftlichen und seine Rechenaufgaben und alles andre eintrug, was Patrick ihm beibrachte.

Miss Longworth kam näher und legte das Heft auf den Tisch. Irgendwie erschien es auf dem riesigen Tisch ganz besonders verdammenswert, wie ein ekelhaftes Beweisstück während eines gerichtlichen Verhörs. «Also das hier», sagte Miss Longworth, «ist leider völlig unzureichend!»

Sie wartete, aber Dominic sagte nichts.

«Ich glaube, wenn dein Vater das sähe, würde er mir durchaus rechtgeben, dass du in eine Schule gehörst.»

Ein furchtbarer Gedanke durchzuckte den kleinen Jungen: sie wollte das Heft einpacken und seinem Vater schicken! Wenn sie seinen Vater auf ihre Seite bringen konnte, dann war alles verloren, das wusste Dominic. Warum hatte Patrick ihr bloss erlaubt, es anzuschauen? Ihm war, als habe sein Bruder ihn im Stich gelassen und sei zum Verräter geworden. Er war zorniger auf Patrick als auf die alte Dame, doch sein Zorn war voller Traurigkeit. Er wusste: wäre die Situation umgekehrt gewesen, dann hätte er das Heft vor ihr behütet, falls nötig sogar mit seinem Leben. Mit seinem starken Gefühl fürs Dramatische malte er sich sofort Szenen aus, in denen sich eine solche Situation hätte ergeben können. Und weil er all das dachte, sagte er noch nichts, während seine Tante wartete und ihn ansah und dann wieder planlos und aufgeregt die zerrissenen und schmutzigen Seiten des Hefts umblätterte.

Es war zuviel für den kleinen Jungen.

«Warum hast du's ihr gegeben?» brach es aus ihm hervor. Eigentlich hatte er nicht zeigen wollen, was er empfand. Vor dem Feind wollte er sich nichts anmerken lassen. Aber es überwältigte ihn. Er war den Tränen nahe.

Patrick, der dicht bei der Tür gestanden hatte, ging zu seinem Bruder. Mit einer zärtlichen, beinah scheuen Bewegung legte er seine Hand auf Dominics Arm und zog ihn zu sich heran.

«Wir haben nichts zu verheimlichen», sagte Patrick zu ihm. «Tante Dorothy wollte sehen, wie weit wir gekommen sind.»

«Und ich bin sehr enttäuscht», sagte sie.

«Aber vielleicht kann ich das besser beurteilen», fuhr Patrick fort. «Ich bin schliesslich derjenige, der ihn unterrichtet hat. Es stimmt, dass er sehr spät angefangen hat - vor kaum zwei Jahren. Aber er macht es ganz gut.»

«Das hier kann niemand ‹ganz gut› nennen», sagte die alte Dame und schlug das Heft an einer beliebigen Stelle auf. «Versteh mich recht, lieber Patrick: ich bezweifle, ob du selber viel weisst.»

«Nicht viel, Tantchen, aber genug, um Dominic noch ein, zwei Jahre zu unterrichten.»

«Hör mal», entgegnete sie, «ich will dir drei ganz einfache Fragen vorlegen - eine aus der Geschichte, eine aus der Geographie und eine aus der Geometrie. Nicht Dominic, sondern dir.»

«Ja, Tantchen.»

Dominic hatte seine Selbstbeherrschung restlos wiedergefunden. Patrick hatte sich also doch bewährt. Und jetzt schämte sich Dominic wegen seines Ausbruchs. Was die Fragen betraf, so erwartete er das Ergebnis der Prüfung mit der grössten Zuversicht. In Patricks Kenntnisse setzte er das höchste Vertrauen.

«Erste Frage», begann die alte Dame und lächelte: «In was für einer berühmten Schlacht besiegten die Iren ein anderes Volk und änderten damit vielleicht den ganzen Verlauf der Weltgeschichte?»

Patrick hatte keine Ahnung. Er stand da, den Arm halb um Dominic gelegt, und starrte in die dämmerigen, fernen Ecken des grossen Zimmers. Ihm war es klar, dass er gänzlich besiegt und blossgestellt würde. Nicht nur vor der alten Dame, die seine Unwissenheit seit langem geahnt hatte, sondern – was tausendmal schlimmer war – auch vor Dominic.

In diesem unangenehmen Moment mischte sich das junge Mädchen ein.

«Ich weiss, dass es mich gar nichts angeht», sagte sie. «Überhaupt nichts. Aber in zwei Fächern bin ich sehr gut, und das sind Geschichte und Mathematik.»

Miss Longworth blickte ein wenig überrascht auf das junge Mädchen. Aber sie sagte nichts.

«Ich könnte vormittags herkommen und Dominic in diesen beiden Fächern unterrichten, wenn ich dürfte», schlug das Mädchen vor.

«Und wie wolltest du herkommen?» fragte die alte Dame.

«Ich könnte herreiten.»

«Das wäre herrlich», rief Dominic.

«Und obwohl ich in Französisch nicht ganz so gut bin, könnte ich dich auch darin unterrichten, und dein Bruder kann dir alles übrige beibringen, und dadurch wäre es vielleicht beinah wie eine richtige Schule», schloss Hylla.

Patrick blickte sie an. Bisher hatte er sie kaum beachtet. Es war so viel anderes zu bedenken gewesen.

Frauen und Mädchen waren ihm stets fremd geblieben. Er hatte nie viel mit ihnen zu tun gehabt, doch nachgedacht hatte er sehr viel über sie. Und die wenigen Frauen, denen er begegnete, beurteilte er nach diesen idealistischen und ziemlich verschwommenen Richtlinien. Natürlich waren sie alle sehr tief unter dem Mindestmass geblieben. Denn nichts ist für eine Frau so schwierig, wie den Erwartungen eines romantischen zweiundzwanzigjährigen jungen Mannes zu entsprechen. Doch Hylla brachte es fertig. Wie - das wusste er nicht. Vielleicht dadurch (so schien es ihm), dass sie selber auch ein wenig unfassbar und entrückt war, wie die Träume selbst.

Den fraulichen Typ deutete sie eher an, als dass sie ihn verkörperte. Nicht in harten, groben Konturen war ihr Bild umrissen, sondern es war skizziert, so dass man, wenn sie nicht da war, jederzeit etwas hinzufügen und sie gewissermassen nacherfinden konnte. Wegen all dieser Gründe fand Patrick plötzlich, dass sie sehr schön sei, was nicht genau zutraf.

«Es wäre herrlich», sagte er. «Falls Tante Dorothy einwilligt.»

«Und könntest du mich auch im Katechismus unterrichten?» fragte Dominic - nur, um die alte Dame zu ärgern. «Das ist nämlich sehr wichtig.»

«Ja, vielleicht auch das», sagte Hylla.

«Wir werden sehen», meinte die Tante. «Ich bin nicht überzeugt, dass es ein guter Plan ist. Ich muss an Dominics Vater schreiben.» Sie schaute sich nach dem roten Heft um. Aber es lag nicht mehr auf dem Tisch. Sie sah ihn an, doch schien er über das Verschwinden des Hefts so ehrlich überrascht, dass man ihn nicht ohne weiteres beschuldigen konnte, es genommen zu haben. Es hätte übrigens auch in keine seiner Taschen gepasst.

Miss Longworth lag es nicht, eine Szene zu machen, wenn sie es vermeiden konnte, besonders dann nicht, wenn sie nicht genau wusste, ob sie es zu einem erfolgreichen Ende führen könnte. Das Heft war weg, und es hatte nicht den Anschein, als könne sie es wiedererlangen. Daher erwähnte sie es überhaupt nicht. Doch sie schaute Hylla an, und das Mädchen wandte den Blick ab und sah ihr nicht in die Augen. Die alte Dame ahnte nicht, dass es Patrick, der unverdächtige Patrick war, der das Heft unter seine Jacke gesteckt hatte, weil ihm die verzweifelte Beschuldigung des kleinen Jungen noch in den Ohren nachhallte.

III

Der wolkenschwere Herbst ging in einen ungestümen Winter mit heftigen Winden über, die den Himmel kahlfegten und die kleinen Felder ausdörrten. An den Vormittagen ritt Hylla meistens auf einer grauen Stute nach Rosaril, um Dominic Stunden zu geben.

Manchmal lief Dominic ihr entgegen. Während sie noch in weiter Ferne war, blieb er stehen und beobachtete sie, wobei er sich Geschichten ausdachte, wer da wohl mit unbedecktem Kopf und einem grünen Mantel und weissen Lederhandschuhen auf einer grauen Stute angeritten kam. Manchmal galoppierte sie auch querfeldein, doch meistens liess sie die Stute im Schritt gehen: sie sass dann sehr gerade im Sattel, blickte vor sich hin und dachte nach.

Wenn Dominic sie beobachtete und sie ihn oft gar nicht sah, fragte er sich, worüber sie so in Gedanken versunken war. Ob sie sich, wie er, Geschichten ausdachte? Oder waren es eher praktische Gedanken, wie die von erwachsenen Leuten? Wenn sie dann den blondhaarigen Jungen erblickte, der leichtfüssig und mit schlenkernden Armen über das holperige Gras lief oder auf der Querstange eines morschen Gatters sass und sie erwartete, dann winkte sie ihm mit ihrer weissbehandschuhten

Linken zu. Oft liess sie ihn das letzte Stück Wegs auf der Stute reiten, und das tat er unter viel Zurufen und Antreiben mit den Fersen, die gewöhnlich noch in Hausschuhen steckten, und galoppierte erst einmal ein hübsch langes Stück in der entgegengesetzten Richtung. Denn er gab sich nie damit zufrieden, so ruhig wie Hylla zu reiten, sondern stets machte er viel Theater und Geschrei und brachte es, wie sie glaubte, zu guter Letzt doch nicht fertig, dass die Stute dorthin ging, wohin er wollte. Aber das hätte er nie zugegeben.

Sie liebten sich immer mehr, Hylla und Dominic, jeder auf seine Art. Die Liebe des Mädchens war eher zurückhaltend und nicht sehr offenkundig. Sie verriet sich nur in gewissen kleinen Zügen, zum Beispiel, wie sie ihn manchmal ansah und wie ihre grauen Augen rasch über sein helles Gesichtchen flogen, als wollten sie allen Zauber und Liebreiz, den es besass, auf einmal in sich aufnehmen. Oder was das Äusserste war: sie nahm seine meistens schmuddelige kleine Hand und drückte deren Handrücken gegen ihre Wange.

Und Dominic zeigte seine Liebe zu ihr auch auf seine eigene, besondere Art. Da er ein sehr kritischer kleiner Junge war, gab es in der ganzen Welt niemanden, an dem er nicht etwas zu tadeln fand – ausgenommen Hylla und Patrick.

Selbst wegen Annie murrte er oft und machte manchmal bissige Bemerkungen. Was seine Bekannten ganz allgemein betraf, so hatte er die Gewohnheit, über sie zu sagen, was ihm gerade durch den Kopf schoss. Und was ihm durch den Kopf schoss, war oft sehr ungünstig.

Vor allem äusserte sich seine Liebe zu Hylla in den Geschenken, die er ihr machte. Es war eine merkwürdige Sammlung. Er fand nämlich, Hylla sei ein Mensch, wie dafür geschaffen, Geschenke zu erhalten. Aber keine gewöhnlichen Dinge, und auf keinen Fall etwas Praktisches. Es wäre fast einer Beleidigung gleichgekommen, anzunehmen, sie brauche etwas. Nein, sie musste grossartige, unpraktische Geschenke erhalten, die ihr als eine Art Huldigung dargebracht wurden wie die Dinge, die man früher den Edelleuten gab. Daher stöberte er in den Mansarden herum und fand dort Sachen wie einen angelaufenen Silberspiegel, dessen Glas zwar zerbrochen, der aber rundherum von silbernen Blumen und Früchten eingerahmt war. Er schenkte ihr auch einen vergoldeten Leuchter aus Holz, der leicht angestossen war, und einen kleinen Dolch in einer Lederhülle. Allerdings gehörten ihm die Sachen nicht, aber sie gehörten auch sonst niemandem, und sicherlich würden weder sein Vater noch Patrick sie beansprucht haben.

Was Patrick betraf, so war er in grosser Sorge. Das Leben zu dritt in Rosaril kostete nicht viel, aber immerhin etwas, und jetzt war es zwei Monate her, seit er zum letztenmal Geld von seinem Vater erhalten hatte. Die Schulden im Kaufmannsladen häuften sich, und bald würden sie die halbjährlichen Steuern zahlen müssen. Er überlegte, ob er seinem Vater schreiben und ihn um Geld bitten solle. Aber das war ihm sehr zuwider. Vielleicht verdiente sein Vater nicht mehr, als er in diesen schlechten Zeiten selbst zum Leben brauchte, und es hatte keinen Sinn, ihn zu beunruhigen. Patrick hatte ja das alte Auto, für das er vielleicht ein paar Pfund bekam, und dann war noch der Greyhound da. Doch er wusste, dass es Dominic fast das Herz brechen würde, wenn er die Prinzessin verkaufte. Der kleine Junge setzte so grosse Hoffnungen auf die Hündin. Zu grosse Hoffnungen, wie Patrick fand, aber so war es nun einmal: Dominic hatte nicht viel, worauf er sich freuen konnte. Das Leben bedachte ihn nicht so verschwenderisch wie viele andere Jungen, für die es Erfolg und Reichtum in Fülle bereithielt.

Mit niemandem konnte er seine schwierige Lage besprechen, ausser mit Annie.

«Wieviel Geld hast du noch übrig?» fragte sie ihn.

«Drei Pfund und sechs Shilling.»

«Ja, das ist - weiss Gott - wenig, mein Liebling», sagte die alte Frau.

Im Laufe des Vormittags, als sie das Fleisch aufgesetzt und den Tisch fürs Mittagessen gedeckt hatte, stieg sie auf den Boden hinauf. Dort in den Mansarden waren die Haushaltswracks aufgehäuft: Möbelstücke und Ziergegenstände, die beschädigt wurden, waren dort oben «nur für ein paar Tage» abgestellt worden, bis der Bastler aus dem Dorf überredet werden konnte, sie abzuholen und auszubessern. Aber aus den «paar Tagen» waren Wochen und Jahrzehnte, ja in manchen Fällen hundert Jahre geworden. Jetzt war es schon lange her, seit dem Sammelsurium wieder etwas hinzugefügt worden war, und niemand hatte die Sachen angeschaut, bis Dominic vor kurzem seine Geschenke für Hylla hier ausgesucht hatte.

Annie hatte eine Kerze mitgenommen, weil das Oberlicht durch lauter Staub und Spinnweb verdunkelt war, und das bisschen Licht, das hindurchschimmerte, fiel nur auf die genau darunterliegenden Dinge. Sie hoffte aber, in den vier Ecken etwas Wertvolles zu finden, was Patrick verkaufen könnte.

Es dauerte jedoch einige Zeit, bis sie zu den Ecken vorgedrungen war, denn wenn das Kerzenlicht auf irgendwelche Sachen fiel, auf einen alten Polsterstuhl oder eine verrostete Babybadewanne, dann stand sie jedesmal lange davor, starrte sie still an und erinnerte sich an Tage und Ereignisse, die ihr durch nichts anderes ins Gedächtnis zurückgerufen werden konnten.

Sie wurde immer tiefer in ein Gespinst aus Träumen verstrickt, sowohl traurigen wie schönen, die wie Weihrauch aus verrostetem Eisen oder aus einem Stück Stoff aufstiegen, dessen längst verblasstes Muster vor ihren Augen wieder zu leuchten begann.

So stand die alte Frau da, während die Kerze ihren Talg wie geschmolzene Perlen auf schmutzige Holzbretter tropfen liess. Und als wäre die Zeit tatsächlich nichts anderes als eine gewundene Strasse und der Mensch ein Pilger auf ihr (wie es die Wissenschaft zu vermuten beginnt), so war sie plötzlich weit, weit auf ihr zurückgewandert und auf Orte aus der andern Richtung gestossen, die ihr beglückend vertraut, aber auch seltsam unvertraut waren.

Der Regen strömte auf das Oberlicht über ihrem Kopf, und die Kerzenflamme flackerte im Durchzug und wurde merklich kürzer. An jenem Tag assen sie sehr spät zu Mittag.

Als Patrick sah, was die alte Frau auf dem Boden gefunden hatte und was er verkaufen sollte, war er zuerst nicht sonderlich beeindruckt. Da war ein Bild von Hähnen und Hühnern in einem fremdländisch aussehenden Hof. Der Rahmen war zerbrochen, und deshalb war das Bild offenbar vor vielen Jahren in die Mansarde gebracht worden.

«Ich erinnere mich, wie dein Vater einmal sagte, das Bild sei sehr wertvoll», erzählte Annie. «Obwohl ich nicht behaupten kann, dass ich mir viel draus mache. Aus Geflügel hab' ich mir noch nie viel gemacht - trotzdem muss ich sagen, das hier scheinen lauter Ausstellungstiere zu sein.»

Patrick hatte das Bild betrachtet. Er hatte es nie gesehen.

«Doch», sagte er, «ich finde es sehr schön. Sieh dir mal den roten Gockel an! Er sieht aus, als stünde er in Flammen.»

Auch ein silberner Pokal war dabei: einer der reichverzierten Henkel war verbogen. Auf der einen Seite war eingraviert: «Gewonnen von Mr. Francis de Laceys grauem Fohlen ‹All Alone› an Hallowe'en 1872», und auf der andern Seite stand: «Connaught-Pokal».

«Für den solltest du ziemlich viel bekommen», meinte Annie. «Hebe ihn mal, wie schwer er ist! Wär's nicht viel besser, den zu verkaufen, statt die Prinzessin?»

«Ja, ich glaube auch», antwortete Patrick.

«Aber ist es nicht komisch, einen Pokal zu verkaufen, um einen Greyhound trainieren zu können und mit ihm einen andern Pokal zu gewinnen? Und der, den wir dann gewinnen, Annie, wäre nicht halb so schön wie der hier!»

«Aber denk mal, wie stolz ihr wärt, mein Liebling!»

«Und als der hier gewonnen wurde – was das erst für ein ruhmvoller Sieg war! Und wo ist all der Ruhm geblieben? Ein graues Fohlen, All Alone», wiederholte er. «Damit ist sicher eine wunderbar romantische Geschichte verknüpft. Ein Wettrennen über breite Gräben, nehme ich an, und mein Grossvater ritt das Pferd. Vielleicht war es so wildes Wetter wie heute, und der Wind blies ihm um die Ohren, und die Leute standen rings um die lange Rennstrecke auf der Anhöhe ...»

«Och, hör bloss auf, ja?» schalt die alte Frau. «Sonst sagst du mir noch, dass du ihn behalten willst.»

«Ob wohl noch jemand hierherum lebt, der sich an jenes Rennen erinnert?» fragte er sie.

«Falls sich jemand dran erinnert, könnt's nur Dan Delaney sein.»

«Wenn man ihn in nüchternem Zustand anträfe», meinte Patrick.

«Das ist es ja! Den hat der Alkohol in den Klauen, obwohl's wahrscheinlich das ist, was ihn am Leben erhält. Dem sein Inneres ist sicher vom Alkohol gebeizt, so dass es gar nicht absterben kann. Wenn der Whisky einen Menschen nicht umbringt, dann hält er ihn meistens ewig am Leben.»

«Selbst wenn er nicht nüchtern ist, könnte er sich vielleicht daran erinnern», sagte Patrick.

«Oder was erfinden!» meinte die alte Frau. «Dan Delaney ist berühmt dafür.»

Nach dem Mittagessen brachen die beiden Jungen und Hylla auf, um den alten Dan Delaney zu besuchen. Patrick war ganz versessen darauf, etwas über das Rennen zu erfahren. Denn wenn er auch nichts über die Schlacht von Clontarf gehört hatte und die Geschichte Irlands nicht gut kannte, ahnte er doch, dass es grosse Tage waren, die jetzt der Vergangenheit angehörten, und grosse Zeiten, als alles noch in grossem Stil geschah. Und da er nun auf etwas Greifbares und Beschriebenes aus jener romantischen Vergangenheit gestossen war, wollte er über das Rennen an einem wilden Hallowe'en mehr erfahren.

Sie zogen querfeldein: Dominic ritt auf Hyllas grauer Stute, und Patrick und das junge Mädchen gingen zu Fuss. Niedrig hängende graue Wolken fegten vom Atlantik herein und waren so rauchig grau, als schwele das Land im Westen unter dem Regen.

Dominic galoppierte auf der Stute über das aufgeweichte Land, und sie hörten das Stapfen der Pferdehufe hinter der Mauer aus losen Feldsteinen, die das Weideland einschloss. Feuchte, treibende Nebelschwaden hatten Dominic ihren Blicken entzogen.

«Ist es noch weit?» fragte das junge Mädchen.

«Nein. Bist du müde?»

«Nein. Nicht deswegen. Ich würde mich freuen, wenn es noch weit wäre. Es sind herrliche Tage.»

«Ja», sagte Patrick. Ihm waren diese Tage zwar nicht so vorgekommen. Es war einfach herbstliches Wetter. Ein nasser, wilder Herbst. Er blickte Hylla an und drehte sein Gesicht dem Wind entgegen. Sie trug einen schwarzen Regenmantel, der bis zum Kinn hinauf zugeknöpft war; das Gesicht darüber wirkte bleich, und ihre Augen waren grau wie der Herbsttag. Er sah, dass sie etwas an sich hatte, das er nie an einem andern Menschen bemerkt hatte, ausser an Dominic: etwas Zauberhaftes und Geheimnisvolles und Unerreichbares. Wenn er an das Rennen dachte, das schon so weit zurücklag und um dessentwillen er den Ausflug unternommen hatte, überkam ihn das gleiche Gefühl, wie wenn er jetzt Hylla betrachtete. Oder vielleicht war es nicht genau gleich. Es gab Dinge, die ein Geheimnis in sich zu bergen schienen, welches ihn sicher betören würde, wenn er es herausbrachte. Dominic - und die Vergangenheit - und jetzt Hylla. Aber Dominic würde stets sein Geheimnis bewahren, und die Vergangenheit würde den grössten Teil ihrer Geheimnisse bewahren - doch in Hylla mochte sich das Geheimnis enthüllen. Warum war das so? grübelte er. Weil sie ein Mädchen war? O nein, nein. Das war es nicht. Es hatte nichts damit zu tun, dass sie ein Mädchen war, sagte er sich. Und doch - irgendwie musste es damit zusammenhängen.

Vor dem nächsten Durchschlupf in der Feldsteinmauer blieben sie stehen. Er war verschlammt und voll scharfer Hufspuren von den Schafen, die auf der Suche nach dem spärlich wachsenden Gras hin- und hergelaufen waren. In der Ferne schrie Dominic seiner Stute - oder sich selbst - etwas zu.

«Ich finde, wir sollten den Becher behalten», sagte Patrick. «Ich glaube, wir müssten uns geradezu schämen, wenn wir ihn verkauften.»

Es war seine Art, dem Romantischen nachzugeben und all jenen Dingen, die es in der neuen Zeit befehdeten, den Rücken zu kehren. Und nicht nur, dass er jene Träume der Vergangenheit für kostbarer als die Gegenwart hielt, sondern auch nach dem Mädchen streckte er jetzt auf seine eigene, wunderliche Art die

Hand aus. Aber sie begriff es ohne Verständigung oder Erklärung. Und weil sie begriff, was kein anderes Mädchen begriffen haben würde, darum war es einer jener strahlenden Augenblicke in einer dunklen Welt. Einer jener Augenblicke, in denen sich Wort und Ton finden und zu einem Lied verschmelzen. Zu einem wilden, traurigen, frohen Lied, das halb ein Liebeslied und halb eine Hymne war. Jedoch nicht etwa eine Hymne, die in der Kirche gesungen wird.

«Du musst mich nie verlassen», sagte er. Doch er küsste sie nicht. Einen Moment hielt er ihre Hand. Es war keine Wärme in ihren Händen. Nur eine flüchtige Berührung von regenfeuchten, beinah erstarrten Händen. Und ihre grauen Augen schweiften rasch über sein Gesicht, als wollte sie sich's auf ewig ihrem Gedächtnis einprägen. Und dann nichts mehr. Dann nur sie beide, wie sie in dem verschlammten Durchschlupf zwischen lose aufgeschichteten Feldsteinen einen Weg suchten.

IV

In Dan Delaneys Hütte war es so dunkel, dass sie zuerst fast gar nichts sehen konnten. Ein kleines Fenster war wohl da, aber die Scheibe war braun vom Torfrauch. Der alte Mann hiess sie ohne Umstände willkommen. Er schien nicht überrascht, sie zu sehen. Er wirkte eher so, als habe er sich von den äusseren Ereignissen dieser Welt zurückgezogen. Er war das, was es in Irland - und vielleicht überall - nur selten gibt: ein Alleinsäufer. Beinah die ganze Nacht pflegte er für sich allein - allein mit einer Flasche Whisky auf dem Tisch und einer Kerze auf dem Bort über dem Torffeuer - in dem einen Raum seiner Hütte aufzubleiben. Es hiess von ihm, er habe viel Geld, das er sich in Amerika verdient hatte, wohin er als junger Mann für etwa fünfzehn Jahre gegangen war. Er war aber keineswegs geizig, nur zog er seine eigene Gesellschaft der fast all seiner Nachbarn vor. Er und der Vater der beiden Jungen waren sehr gute Freunde, und niemand konnte Mike de Lacey so sehr vermissen, wenn er in Paris war, wie der alte Dan. Er hatte schon für den Grossvater der beiden Jungen gearbeitet, der vom gleichen Jahrgang wie Dan gewesen war.

Als die drei auf der Bank neben dem Feuer Platz genommen hatten, setzte sich der alte Mann auf die Kante des Tisches, der kaum zu hoch für ihn war, denn er war sehr gross. Von dort aus beugte er sich vor, die Hände auf einen dicken Eschenstock gestützt.

«Ein Tröpfchen Whisky wird Sie aufwärmen, Miss, nach dem nassen Weg, den Sie hinter sich haben», sagte er zu Hylla. «Falls es Ihnen nichts ausmacht, aus einem Becher zu trinken?»

Sie sah jetzt, dass eine Flasche und ein paar Becher und ein Krug Wasser gleich neben ihr in einer kleinen Nische der Kaminwand standen.

«Und euch brauch' ich nicht zu sagen, euch zu nehmen, was ihr haben wollt», wandte er sich an die Jungen, «denn es wäre ja seltsam, wenn ihr euch hier nicht ebenso zu Hause fühlen würdet wie drüben in Rosaril, wenn man all die Tage und sogar Nächte bedenkt, die euer Vater hier war, bloss wir beide, und immerfort geredet und geredet!»

«Worüber habt ihr denn geredet?» fragte Dominic.

«Ja, das kannst du wohl fragen, mein Kleiner! Aber niemand kann sagen, wovon er gesprochen hat, wenn's vorbei ist, nicht wahr? Es wär' ja gerade so, als wollte man den Fisch, den man schon am Angelhaken und tot auf dem Ufer hatte, wieder in den Fluss werfen.»

«Ja, das wäre komisch, Dan», sagte Dominic.

«Für dich steht Milch auf dem Spind», sagte der alte Mann, «denn du bist noch zu jung für den Whisky, Gott sei's gedankt!»

«Warum sagst du ‹Gott sei's gedankt›?» fragte der kleine Junge. Er konnte das Regal erkennen, das der alte Mann als Spind bezeichnete.

«Weil du's noch vor dir hast», erklärte Dan Delaney. «Und du wirst es sehr geniessen, wenn die Zeit für dich gekommen ist, denn es steckt euch im Blut, soweit ich nur zurückdenken kann.»

«Und du - trinkst du sehr viel Whisky?» fragte Dominic.

«Ja, das tu' ich. Das tu' ich», fuhr der Alte fort. «Wenn ich's nicht tun würde, wäre ich jetzt nicht hier, um mit euch zu sprechen, sondern ich wäre längst im Grab. Ich bin jetzt achtzig oder vielleicht fünfundachtzig. Ach, zum Teufel, vielleicht bin ich sogar neunzig. Aber zuerst muss man's im Blut haben, eh' es einem guttut. Ich hab' viele gekannt, die sich dem Whisky ergeben haben, obwohl sie's nicht in ihrem Blut hatten ...» Er brach ab und schüttelte den Kopf, beugte sich vor und stützte sich mit den grossen Händen, die er über der Krükke kreuzte, auf seinen Eschenstock.

«Und wie ist es denen ergangen?» fragte Dominic.

«Schlimm genug, mein Kleiner. Schlimm genug ist's ihnen ergangen. Der eine ist ertrunken, als er ein paar noch nicht verkaufte Jährlinge vom Markt in Cloughmore nach Hause treiben wollte. Ein andrer ist in seinem Bett gestorben, war erst vierzig, und dem sein Gesicht war so weiss wie die Wand. Dann war da noch einer, Simon John Roche, der war so selbstsicher, dass er geglaubt hat, er könnte machen, was er wollte. Hat geglaubt, er könnte eine Flasche nach der andern trinken, so gut wie wir mit unsern ausgepichten Kehlen, wie ich nämlich und dein Vater, Gott sei ihm gnädig ...»

«Warum sagst du so was, wenn er doch nicht tot ist?» unterbrach ihn Dominic.

«Weil dein Vater uns verlassen hat und in die Fremde gegangen ist. Er ist nicht tot, er hat noch seine besten Jahre vor sich, natürlich; aber er ist jetzt weg, und es ist schrecklich, dass ein Mann wie er seine Heimat verlassen muss, um sein Brot zu verdienen. Es steht schlimm um Irland, wenn's dahin gekommen ist.»

Er hörte auf zu sprechen, und seine schwarzen Augen unter den buschigen weissen Brauen starrten in die rote Torfglut.

«Aber was war mit dem Mann, von dem Sie uns erzählen wollten?» erinnerte ihn Hylla.

«Was war das für'n Mann, Miss?» fragte er und hob den grossen Kopf.

«Simon John Roche, haben Sie gesagt», erinnerte ihn das Mädchen.

«Simon John Roche?» wiederholte Dan Delaney, als höre er den Namen zum erstenmal oder als riefe er eine sehr schwache und weit zurückliegende Erinnerung wach, auf die er sich nicht besinnen konnte.

«Es ist ihm was passiert», half Dominic nach.

«Tatsächlich?» rief der alte Mann interessiert. «Was war denn das?»

«Vielleicht ist er auch ertrunken, als er vom Viehmarkt zurückkam», fuhr der kleine Junge fort. «Aber ich glaube, es war etwas Schlimmeres.»

«Vielleicht. Es gibt Schlimmeres als das Ertrinken. Ich habe mal einen Mann gesehen, der ist von seinem Pferd sechs Meilen weit über Land geschleift worden, weil sich sein Fuss im Steigbügel verklemmt hatte. Das war ein schlimmer Tod.»

«War er tot, als du ihn gesehen hast?» fragte Dominic.

«Ja.»

Dominic wartete. Er glaubte, es gehöre eine Geschichte dazu, aber Dan sagte nichts mehr.

Hin und wieder fiel ein Tropfen aus dem Strohdach auf den Lehmfussboden. Dan beugte sich vor und stocherte den Torf im Kamin mit seinem Stock zusammen.

«Giessen Sie sich nach, Miss!» forderte er Hylla auf. «Sobald es dunkel wird, machen wir uns einen Topf Tee.»

Der alte Mann hatte keine Uhr, und die Zeit zum Teetrinken wurde auf andre Art errechnet. Dominic fand, dass es in dem kleinen Raum nicht viel dunkler werden konnte, als es schon war. Er nippte höflich von der Milch, die er nicht mochte und nur trank, weil er Dan sehr gern hatte und ihn zu kränken fürchtete, wenn er die Milch zurückwies.

Nun begann Patrick dem alten Mann die Frage auseinanderzusetzen, die der Zweck ihres Besuchs war. Er war sehr glücklich: hier neben Hylla auf der Bank zu sitzen, halb an sie zu denken, wie er nie zuvor an jemanden gedacht hatte, und halb dem alten Mann zuzuhören – das schien ihm die schönste Art, einen Herbstabend zu verbringen. Und auf seiner andern Seite sass Dominic und hielt den Emaillebecher in beiden Händen, während das Torffeuer aus seinen Wollsocken den Dampf aufsteigen liess und sein helles Gesicht von der Glut schwach beleuchtet wurde. Es war einer von jenen ganz seltenen Augenblicken, wenn der Wildbach des Lebens auf seinem Lauf innehält und in eine tiefe, schattige Seitenbucht sinkt, wo er dem Tosen seines eigenen Ungestüms vor und hinter ihm entzogen ist.

«Das Rennen fand auf einer fünf Meilen langen Strecke statt, fünf Meilen, und keinen Zoll weniger», erzählte Dan. «Vom Kreuz in Kilbride bis zu O'Mahoneys Farm in Cloughmore. Ich habe nie von jemand gehört, der all die Hürden und Gräben gezählt hat, über die gesprungen wurde, aber es müssen an die vierzig gewesen sein. Zwei oder drei waren so schlimm, dass Mick Clancey, der beim Grand National in England mitgeritten war, hinterher gesagt hat, über so was sei er noch nie gesprungen. Bei dem Rennen damals sind mehr Männer und Pferde zu Tode gestürzt als auf jeder andern Rennbahn in der ganzen Welt», schloss der alte Mann voller Stolz.

«Es muss eine wunderbare Rennstrecke gewesen sein», sagte Dominic.

«Nach einiger Zeit wurde sie von der Polizei geschlossen», fuhr Dan fort, «da mussten die Rennen heimlich abgehalten werden. Manchmal war von den dreissig oder vierzig Startern zum Schluss kein einziges Pferd mehr da, und manchmal bloss noch eins. Die höchste Zahl, die je O'Mahoneys Hof erreicht hat, waren fünf, soviel ich weiss, und zwei von denen waren ohne Reiter.»

«Bist du selbst auch mal mitgeritten?» fragte Dominic.

«Wie konnt' ich da mitreiten bei dem Gewicht, das ich immer hatte?» erwiderte Dan. Es war stets eine grosse Enttäuschung für ihn gewesen, so schwer zu sein, dass ihn kein Reitpferd über die Connaught-Pokal-Rennstrecke tragen konnte.

«Aber ich bin ihnen ein paarmal gefolgt», fuhr er fort. «Manchmal hab' ich mich eine Meile und manchmal zwei Meilen neben ihnen behauptet. Und einmal konnte ich schon O'Mahoneys Farm sehen. Wie ich's so weit schaffen konnte, weiss ich bis auf den heutigen Tag nicht. Nur noch drei andre waren übrig – und ich nicht eingetragen beim Rennen, verstehst du? Ich war nicht eingetragen und hatte keine Nummer.

‹Gib's auf, Dan!›, schreit mir Mick Clannick zu; ein Lord war er, der auch, hat aber nichts bedeutet bei den Teufelskerlen.

‹Gib's auf!› schreit er, ‹du bist kein Starter!›

Ich hatte keinen Schnauf mehr in mir, sonst hätt' ich ihm geantwortet. Ich war vor dem letzten breiten Graben, und das war der schlimmste von allen.»

Der alte Mann unterbrach sich, als ziehe er es vor, diesen Glanzpunkten der Vergangenheit nachzuträumen, statt noch mehr über sie zu reden.

«Was hast du also gemacht?» fragte Dominic. Seine Blicke hingen am Gesicht des alten Mannes.

«Was hättest du denn gemacht, mein Kleiner – in so einem Fall?»

«Wie kann ich das wissen, solange ich nicht dabei bin?» erwiderte Dominic.

«Da hast du recht», nickte Dan. «Weisheit wird dem Menschen nur nach Bedarf verliehen. Ich habe nie dabeisein wollen, und vielleicht hatte ich auch kein Recht, dabeizusein. Es ist genauso, als wenn eine Königin so wunderschön ist, dass sie mehr einem Engel als einer sterblichen Frau gleicht. Und nur eine Handvoll Männer auf Erden würde davon träumen, sie um ihre Hand zu bitten. Und sie weist einen nach dem andern ab. Und wenn man dann selber zu ihr hinaufgeht, nachdem man durch die Hintertür hineingeschlüpft ist, und sie die Arme öffnet und einem zulächelt - wenn einem da die himmlischen Heerscharen zurufen, man soll aufgeben - dann, ja dann würde man eine Menge Weisheit brauchen, um zu wissen, was tun.»

«Ich hätte nicht gedacht, dass es in einem solchen Falle so schwierig wäre, zu wissen, was tun!» erklärte Hylla.

«Wenn man kein Recht hat, dort zu sein, ist's verteufelt heikel», sagte der alte Mann. «Aber eine Frau kann so was nicht begreifen.»

«Und was hast du getan?» fragte Dominic wieder.

«Ich habe nicht aufgegeben», erzählte Dan. «Wir sind zum letzten breiten Graben geritten.

Ein grossartiger Gaul war's, und wenn er einen mittelschweren Mann im Sattel gehabt hätte, würde er an jenem Tag den Connaught-Pokal gewonnen haben. Aber mittlerweile hatte keiner von uns beiden genug Schnauf, und er sprang noch, obwohl er nicht mehr auf seinen vier Beinen hätte stehen können, wenn ich abgestiegen wäre. Am Graben hat er sich das Genick gebrochen. Es war ein ehrenvoller Tod.»

Dan verstummte ein Weilchen.

«Und was ist *dir* passiert?» fragte Dominic.

«Drei Tage hat's gedauert, bis ich die Augen aufgemacht habe», erzählte Dan. «Aber es waren die drei herrlichsten Tage meines Lebens.»

«Wie meinst du denn das?» fragte der kleine Junge, und sein Gesicht strahlte.

«Ich weiss es nicht», erwiderte Dan. *«Das* könnt' ich dir wirklich nicht sagen. Vielleicht waren's Träume, oder vielleicht war's Wirklichkeit. Aber wenn's mir ebenso ergehen sollte, wenn ich im Sterben liege, dann wäre jeder Tag zwischen heute und meinem Tod die reinste Zeitverschwendung.»

«Es war also richtig, dass Sie sich von der Königin in ihre geöffneten Arme nehmen liessen», sagte Hylla.

«Ich weiss nicht, ob's recht war. Wenn es wirklich eine Frau und nicht ein Rennen gewesen wäre, dann wär's nicht richtig gewesen.

Keine Frau ist je über die Erde gegangen, die mich so verrückt glücklich hätte machen können, wie ich es damals war. Und es ist auch nie ein Getränk gebrannt worden, das einen so verrückt glücklich machen könnte - obwohl Whisky für diesen Zweck recht dienlich ist. Nur die Engel Gottes könnten einen wieder so glücklich machen, obwohl ich noch viel weniger ein Anrecht habe, bei ihnen zu sein. Das ist ein Rennen, für das ich mich auch niemals hab' eintragen lassen, Gott erbarm' sich meiner!»

«Und meiner!» sagte Dominic aus irgendeinem unerfindlichen Grund. Die Geschichte des alten Mannes hatte ihn mit fortgerissen.

Patrick dagegen erinnerte sich, was Annie über Dan gesagt hatte: «Etwas erfinden - dafür ist er berühmt!» Er wusste also nicht, ob er ihm Glauben schenken konnte. Aber auch ihn hatte es angeregt, dem alten Mann zuzuhören. Nur hatte er nicht die ganze Zeit an das Hindernisrennen gedacht, sondern an die Königin, die der alte Mann als Bild für die Herrlichkeit gebraucht hatte, die es noch auf Erden gab. Und für Patrick war es jetzt Hylla, in der all diese Herrlichkeit beschlossen war: in dem jungen Mädchen neben ihm mit der nassen Regenhaut, die sie ausgezogen und quer über die Bank gelegt hatte, so dass es auf den Fussboden tröpfelte.

Zu Beginn der Dunkelheit kehrten sie nach Rosaril zurück. Patrick führte die graue Stute am Zügel, und Dominic nahm Hyllas Hand. Sie folgten der Landstrasse.

«Nun haben wir doch nichts von dem Rennen gehört, das All Alone gewonnen hat!» sagte Dominic.

Aber sie hatten so vieles gehört: noch soviel mehr hatte der alte Säufer ihnen mit seinen Worten zu verstehen gegeben, dass es ihnen nur recht war.

Nach einer Meile Wegs begegnete ihnen ein Auto, dessen Scheinwerfer sie bei dem schräg niederfallenden, funkelnden Regen blendeten. Die Stute, von Dominic zur Erinnerung an diesen Nachmittag jetzt «All Alone» getauft – wenn auch ganz unlogischerweise, da sie ja gerade über den Sieger All Alone nichts gehört hatten –, versuchte sich von Patrick loszureissen. Der Wagen verlangsamte das Tempo und hielt neben ihnen. Es war ihre Tante, Miss Longworth, die sich aufgemacht hatte, sie zu suchen. Sie war zum Tee in Rosaril gewesen und hatte dort eine Stunde gewartet.

«Was macht ihr nur hier draussen so mitten in der Nacht?» Ihre Stimme klang missbilligend.

«Es ist noch nicht Nacht», wurde ihr von Dominic klargemacht.

«Steigt ein – alle drei!» befahl sie.

«Wir sind vier», wandte Dominic ein.

«Was ist denn, Liebling?»

«All Alone ist auch noch da», rief er. Er stand auf dem erhöhten Strassenrand.

«Wer ist All Alone?»

«Die Stute», erklärte Hylla. «Wenn du die Jungen im Wagen mitnimmst, kann ich auf der Stute zurückreiten.»

«Das wirst du keinesfalls tun», entschied Miss Longworth. «Joe kann sie reiten, und Patrick kann uns zurückfahren.» Joe war ihr Fahrer.

«Joe soll's aber nicht!» rief Dominic. Er kletterte bereits auf den Rücken der Stute; das Wasser tropfte ihm aus dem blonden Haar, das angeklatscht auf seiner Stirne lag. Im Licht der Scheinwerfer sah er vor der unendlichen, feuchten Finsternis winzig klein aus.

«Komm, lass mich!» flüsterte er Patrick zu, der noch immer die Zügel in der Hand hielt.

Patrick liess ihm den Willen. Er wusste, wie es dem kleinen Jungen zumute war und dass es, nachdem er sich Dans Geschichte angehört hatte, eine Möglichkeit für ihn war, etwas zu unternehmen. Er musste die Stute an einem solchen Abend ganz allein nach Hause reiten: es wäre eine grossartige Tat, und Patrick wusste, dass Dominic etwas Grossartiges tun musste, weil er aufgeregt und begeistert war. Im gleichen Moment, in dem er die Zügel fahrenliess, feuerte Dominic die Stute mit den Fersen an, und das letzte, was sie von ihm sahen, war das vorwärtsdrängende Gesicht des kleinen Jungen, das im Wagenlicht bleich erschien und vom Regen glänzte. Dann verschwand er auf der Strasse voraus, und seine Tante rief ihm mit hoher Stimme nach, er solle halten. Schliesslich hörte sie auf zu rufen, und man vernahm nur noch das Geräusch von Pferdehufen auf der verschlammten Strasse und den Regen, der auf die erhitzte Kühlerhaube des Wagens pritschelte.

«Rasch! Du musst wenden!» rief Miss Longworth ihrem Fahrer zu. «Er wird sich umbringen!»

«Es kann ihm nichts passieren», entgegnete Patrick.

«Steigt ein!» gebot sie ihnen. Hylla und Patrick setzten sich auf den Rücksitz. Es dauerte eine Weile, bis der Wagen auf der schmalen Landstrasse gewendet hatte.

«Kann ihm wirklich nichts passieren?» flüsterte Hylla.

«Nein», erwiderte Patrick. Und doch machte er sich Sorgen. Dominic war kein besonders guter Reiter, und jetzt, wo er den Kopf voll waghalsiger Heldentaten hatte, mochte er wer weiss was unternehmen. Das war das

Schlimmste. Im allgemeinen war er ziemlich scheu, aber wenn er erst einmal in Fahrt geriet, war er ganz verrückt. Und das alles wegen der verdammten Lügengeschichten des alten Säufers! Männer wie Dan Delaney lebten in einer Traumwelt, und ihre Heldentaten spielten sich in ihrer Phantasie ab, doch Menschenkinder wie Dominic mussten diese Dinge in die Tat umsetzen. Und Dominic konnte man nicht, wie es Dan in der Geschichte ergangen war, «Gib's auf!» zurufen, weil Dominic immer im Rennen bleiben würde. Doch Patrick fand, dass auch er selber sich törichten, romantischen Ideen überliess, die nicht auf dem Boden der Wirklichkeit standen. Er versuchte, es sich vorzuwerfen, aber es gelang ihm nicht.

Miss Longworth sass mit erbostem Gesicht auf dem Vordersitz und sprach nicht. Auch Hylla sprach nicht. Sie hatte die Hände über den Knien gefaltet, die von der nassen Regenhaut bedeckt waren. Mit der leisesten Bewegung hätte Patrick ihre Hände berühren können. Aber er tat es nicht. Weil Dominic irgendwo vor ihnen her über die dunkle Landstrasse galoppierte, berührte er Hyllas Hände nicht. Alles musste warten, alles war jetzt unwesentlich neben dem einen: dass Dominic heil nach Hause kam. Und er hatte sogar eine Art abergläubisches Gefühl, dass es den kleinen

Jungen irgendwie beschützen würde, wenn er Hylla nicht an das erinnerte, was er ihr über ihr Beisammensein gesagt hatte.

Und auch Hylla wusste, weshalb er ihre Hand nicht berührte. Sie war froh darüber; denn dadurch, fand sie, waren sie sich sehr nahe: ohne zu sprechen und ohne sich zu berühren. Und der Gedanke an den kleinen Jungen trennte sie nicht etwa, im Gegenteil, er trug noch dazu bei, sie eins werden zu lassen. Es war etwas Tragisches um ihn, dachte sie, das weder um Patrick noch um sie selber war. Und sie begriff, dass sich die Angst, die sie um ihn empfand, nicht nur auf heute, sondern auf jeden zukünftigen Tag bezog. Und während sie so im Wagen sass und voraus der Regen funkelte und schräg niederfiel, stieg eine seltsame Frage in ihr auf. So seltsam, dass sie im Dunkeln lächeln musste. War es denn Dominic, den sie liebte?

Was konnte sie auf einen so phantastischen Einfall antworten? Trotzdem versuchte sie, ihn nüchtern zu beantworten. Es war nicht Dominic, sondern Patrick. Aber wie nun, wenn Dominic zehn Jahre älter gewesen wäre? bohrten ihre Gedanken weiter. Und diese Frage liess sie unbeantwortet.

Sie holten Dominic nicht mehr ein. Nach einer Meile Fahrt liess Miss Longworth den Wagen halten, und Joe stieg aus und suchte die

Landstrasse nach Hufspuren ab. Es waren keine da.

«Er muss querfeldein geritten sein, Miss Longworth», sagte der Fahrer.

«Querfeldein? Du lieber Himmel, das wäre ja verrückt!» rief die alte Dame.

«Er ist in den Heckenweg eingebogen, der zu den O'Briens führt», sagte Patrick. «Das war früher einmal O'Mahoneys Farm.»

«Was hat denn das zu bedeuten, wem die Farm früher einmal gehört hat? Warum ist er denn den Heckenweg entlanggeritten?» fragte Patricks Tante gereizt.

Patrick hielt es nicht für notwendig, die Bedeutung der Farm zu erklären, die einst den O'Mahoneys gehört hatte.

«So kann er auch nach Hause kommen», sagte er. «Lass uns weiterfahren, sonst ist er vor uns da.»

«Es war sehr unrecht von dir, dass du ihn auf die Stute gelassen hast», sagte die Tante. Sie fuhren weiter.

Dominic bog in Rosaril fast in der gleichen Minute in den Hof ein, als vorne Miss Longworths Wagen hielt. Er ging sofort hinauf, um seine nassen Sachen auszuziehen, und trödelte in seinem Zimmer herum, weil er hoffte, dadurch seiner Tante zu entgehen.

Dazu kam es jedoch nicht, denn Patrick lud

sie ein, zum Abendessen zu bleiben, und zu aller Überraschung sagte sie zu. Patrick hatte es nicht erwartet und ging in die Küche, um nachzuschauen, ob etwas Essbares da sei. Er liess die Tante allein bei drei Kerzen im grossen Wohnzimmer sitzen. In der Küche stiess er auf Hylla, die vor dem Feuer sass. Sie hatte Schuhe und Strümpfe ausgezogen, um sie zu trocknen. Ihr nasses Haar hatte sie aus der Stirn gekämmt, und sie sah so gelassen und unerreichbar aus, als sie mit geraden Schultern und die Hände im Schoss am Feuer sass, dass sie wie ein Druckmuster wirkte. Sie hatte eine sehr breite Stirn und Backenknochen und ein Kinn, die sich stark abzeichneten, was ihrem bleichen Gesicht etwas Nacktes und Knochiges verlieh. Ihre Augen waren sehr grau. Sie erinnerten ihn an den feinen Rauch, der manchmal über einem Laubhaufen oder einem Holzstoss hängt, bevor ein Windstoss hineinfährt und die Flamme hervorbricht.

Sie waren allein in der Küche. Annie war nach oben gegangen, um dafür zu sorgen, dass Dominic sich den Schlamm vom Gesicht und von den Händen wusch, ehe er sich im Wohnzimmer zeigte. Patrick war es jedoch nicht darum zu tun, Hylla noch mehr zu sagen als das, was er am Nachmittag in der Mauerlücke zu ihr gesagt hatte. Dass sie hier im gleichen

Raum allein mit ihm war, genügte ihm vorläufig beinahe. Er hätte gern ihre blossen Füsse berührt - mehr nicht. Küssen wollte er sie noch nicht. All das lag noch vor ihm, wie es Dan in bezug auf den Whisky zu Dominic gesagt hatte. Aber es gelang ihm doch nicht ganz, zu glauben, dass es wirklich vor ihm lag. Niemals konnte sie ihm gehören, weil sie nicht so aussah, als könne sie jemals jemandem gehören. Dass sie so gelassen war, machte einen Teil ihrer Schönheit aus. Jemand, der so gelassen war, konnte doch wohl niemandem gehören, nicht wahr? überlegte er. Aber was verstand er schon von solchen Dingen? dachte er weiter. Er wünschte, mehr über die Menschen und die Liebe zu wissen; dann hätte er vielleicht ein Mädchen wie Hylla besser verstanden.

«Würdest du mir bitte einen Schluck Wasser geben?» bat sie ihn. «Der Whisky hat mich so durstig gemacht.»

Er nahm einen Becher vom Spind und tauchte ihn in einen Eimer mit Trinkwasser, der in der Ecke auf dem Boden stand.

«Das kommt daher, weil du ihn nicht gewöhnt bist», sagte er. Er gab ihr den Becher, und sie trank alles auf einmal.

«Ich muss bald nach Hause», sagte sie.

«Aber die Tante bleibt ja zum Essen! Ich weiss nur nicht, was man ihr vorsetzen kann.»

«Das meinte ich nicht. Ich meine, in mein Elternhaus zurück.»

«Oh!» rief Patrick. Er war überrascht, weil er nie daran gedacht hatte, dass sie ja natürlich nur zu Besuch bei der Tante war. Er hatte vergessen, dass sie ein Elternhaus hatte, in das sie zurückkehren musste. Er hatte sie nie auch nur danach gefragt. Jetzt beobachtete er sie, um zu sehen, ob sie es bedauerte. Aber sie blickte in die Glut hinter den eisernen Stäben.

Er berührte ihre Schulter, damit sie ihn anblickte. Sie wandte ihm den Kopf zu, und ihre grauen Augen schienen zu strahlen - vielleicht von der Lampe auf dem Kaminsims. Jetzt sah sie nicht mehr so unerreichbar fern aus. Sie gab ihm den leeren Becher. Er wusste nicht, ob er ihn noch einmal füllen oder wegstellen sollte. Als er sie fragte, schüttelte sie den Kopf, blickte ihn an und lächelte. Und dann waren Küsse und alles, was dazugehört, nicht mehr vor ihnen. Der Augenblick war da, den er noch in weiter Zukunft geglaubt hatte. Ihre Lippen waren warm, und aus ihrem feuchten Haar stieg ein Duft nach Torfrauch auf, den es in Dans Hütte angenommen hatte.

Sie nahm seine Hand, verschränkte ihre Finger mit den seinen und blickte darauf nieder.

«Als ich dich das erstemal sah, fielen mir deine Hände auf», sagte sie.

«Was ist mit ihnen?»

«Aber mich hast du überhaupt nicht bemerkt», fuhr sie fort.

«Nein. Ich war sehr besorgt.»

«Ich will unser Leben so machen, dass du dich niemals sorgen musst», sagte sie.

«Mein Liebstes», nannte er sie.

«Ich will für dich sein, was der Alkohol für Dan ist und was Abenteuer für Dominic sind; nur werde ich nicht schädlich für dich sein, wie der Alkohol, oder gefährlich, wie die wilden Abenteuer», sagte sie so leise, dass es fast ein Flüstern war: als scheue sie sich, es ihm zu sagen.

«Nicht!» bat er. «Sag mir nicht solche Dinge, die mich zu glücklich machen! Es bringt vielleicht Unglück.»

«Warum, Patrick?»

«Es könnte Unglück bringen, wenn man plötzlich so glücklich ist. Oder ist das töricht?» fragte er.

«Ja, es ist töricht. Aber sei ruhig töricht, wenn du's sein möchtest! Sei, was du willst, vorausgesetzt, du bist es mit mir zusammen.»

«Ich glaube nicht, dass es schon einmal jemanden wie dich in der Welt gegeben hat», sagte er. «Vor ein paar Minuten warst du mir noch so unerreichbar fern, dass ich nicht wagte, dich zu berühren.»

«Ich möchte unerreichbar und sehr gelassen sein, damit ich mich vor dir anders geben kann. Verstehst du, was ich meine? Vor der Welt will ich überlegen sein; vor dir aber, wie auch immer du mich haben willst.»

«Ich will nur, dass du mich nie verlässt.»

«Das werde ich auch nicht», versprach sie.

«Und, Hylla ...»

«Ja, Liebster – aber hör mal», unterbrach sie ihn, «ist die Tante etwa ganz allein im Wohnzimmer? Und hattest du sie nicht zum Essen eingeladen?»

«Ja, ist es nicht furchtbar? Es ist nichts zu essen da!»

Sie löste ihre Finger aus den seinen und stand auf. Sie ging auf Zehenspitzen (weil sie barfuss war) über den Zementboden zum Spind und öffnete die Schubfächer.

«Es sind drei Eier da», sagte sie.

«Wenn's wenigstens vier wären!» seufzte er. «Denn wenn einer von uns kein Ei bekommt, wird sie denken, wir verhungern, und argwöhnen tut sie das ohnehin schon.»

«Geh zu ihr, Liebster, und unterhalte dich mit ihr», sagte Hylla zu ihm. «Und sorge dich nicht! Annie und ich werden ein köstliches Essen zubereiten.»

Patrick kehrte ins Wohnzimmer zurück, und das Leben war so strahlend geworden, dass ihm der dunkle Gang hell vorkam und dass ihn das «Sumpfloch», über das er hinwegschreiten musste, nicht länger an den Zerfall rings um ihn her erinnerte, sondern ihn laut auflachen liess. Als er daher ins grosse Wohnzimmer trat, wo seine Tante bei den drei Kerzen sass und wartete, fragte sie ihn: «Was gibt's denn zu lachen?» Ihr selbst, der Ärmsten, war es durchaus nicht zum Lachen zumute.

V

Das Abendbrot nahmen sie an dem grossen Tisch ein. Annie hatte eine Lampe gebracht und auf ein Tischchen gestellt, so dass die eine Zimmerecke schwach erhellt wurde. Sie blies eine von den drei Kerzen aus, weil drei eine Unglückszahl ist, und sie assen beim Licht von zwei Kerzen. Es war keine weitere Kerze im Haus, um vier Flammen zu haben. Sie brachte auch einen Petroleumofen, der das Zimmer mit einem herben, russigen Geruch erfüllte - vielleicht deshalb, weil der Docht zu kurz oder feucht war, denn er wurde nie gebraucht. Und schliesslich trug sie stolzen Hauptes eine dampfende Schüssel herein, die sie auf einem Tablett anbrachte, das einst schwarz gewesen, jedoch von Dominic für wer weiss was benutzt worden und nun nichts anderes als ein eingebeultes, verrostetes Blech war. Hylla folgte ihr mit einer Art Sosse.

Patrick hob den Deckel von der grossen Schüssel. Er wollte gern wissen, was sie mit den drei Eiern gemacht hatten, die jetzt eine so grosse Schüssel ausfüllten. Doch was er sah, beruhigte ihn - jedenfalls, soweit es die Menge betraf. Es würde bestimmt für sechs Personen reichen. Was es eigentlich war, konnte er sich nicht vorstellen. Und an der Farbe konnte er es bei dem trüben Licht auch nicht erraten.

Er teilte aus und wollte seiner Tante einen Teller reichen, als Annie, die er nicht hinter sich hatte stehen sehen, ihm den Teller aus der Hand riss und selbst servierte, wozu sie um den ganzen Riesentisch herumwandern musste. Danach bot sie der alten Dame von der Sosse an. Doch die lehnte Miss Longworth sofort ab.

«Gibt's denn heute keine Suppe?» fragte Dominic, der das Seinige dazu beitragen wollte, um einen günstigen Eindruck von ihrem Lebensstandard zu erwecken. Dabei bestand das Abendbrot der Jungen im allgemeinen aus Tee, Brot und Butter und hin und wieder einem Ei.

Keiner beachtete seine Frage. Bei dem kleinen Jungen bestand die Gefahr, dass seine Vorliebe für einen Jux die Oberhand gewann und alles zu einer Farce werden liess. Nachdem

Patrick das Ragout ausgeteilt hatte, kostete er es jedenfalls rasch, um seine Besorgnis zu zerstreuen. Er war in dieser Hinsicht kein Kenner, und trotzdem war er nicht sonderlich beeindruckt. Es schmeckte eher wie eine Süssspeise und nicht wie ein Hauptgericht. Der Grund dafür war die Tatsache, dass nichts vorhanden gewesen war, um die drei Eier zu strecken, ausser einigen Bananen; Salz, Pfeffer und etwas Curry, den sie glücklicherweise in einer alten Blechbüchse entdeckt hatten, und ein paar vom Mittagessen übriggebliebene Kartoffeln waren hinzugefügt worden. Die Sosse, die Hylla aus Senf, Essig und dem Dotter von einem der drei kostbaren Eier zusammengebraut hatte, war dafür bestimmt, den allzu süssen Geschmack des Ragouts etwas zu überdecken. Dass die alte Dame die Delikatesse zurückwies, hatte den Plan leider vereitelt.

«Köstlich!» rief Dominic und brach damit ein etwas peinliches Schweigen. Er unterhielt sich ausgezeichnet: der Nachmittag und der Abend gehörten zu den schönsten Erlebnissen, die er je gehabt hatte. Er würde sie nicht vergessen.

Miss Longworth ass eine Zeitlang schweigend weiter. Sie merkte kaum, wie das Essen schmeckte, weil sie die unterdrückte freudige Erregung der drei andern am Tisch Sitzenden irgendwie wahrnahm. Denn in dem trüben, kalten Zimmer herrschte eine so glückliche Stimmung, dass es auffallen musste. Und obwohl sie nicht viel mehr als sechzig Jahre zählte, fühlte sie sich sehr alt und einsam. Zum hundertstenmal dachte sie, dass Dominic in ein Schulheim geschickt werden müsse, und Patrick sollte eine feste Arbeit übernehmen. Es war nicht so, dass sie ihnen ihre rätselhafte Fröhlichkeit (unter so offenbar ungünstigen Bedingungen) missgönnte: das war nicht ihre Art, obwohl Dominic vielleicht glaubte, sie sei so. Aber sie fand, dass die beiden in ein belangloses, unnützes Dasein hineinglitten. Und je glücklicher sie dabei waren, desto schlimmer war es vermutlich für sie, weil um so schwieriger zu ändern. Sie glaubte, dass das Mädchen die beiden noch ansporne und mit ihnen gegen sie Partei ergriffe. Leider war auch an Hylla etwas, wie sie bemerkt hatte, das sich einem solchen Dasein leicht anpassen würde. Es war ein Zug in ihrem Wesen, der Miss Longworth nicht gefiel.

«Was für Fortschritte macht Dominic in seinen Stunden?» fragte sie Hylla.

«Sehr gute, scheint mir. Er wird immer besser», antwortete das junge Mädchen lächelnd.

Warum lächelt sie? fragte sich Miss Longworth. Es gibt doch nichts zu belächeln und nichts, worüber man so entzückt sein könnte? Sie schauerte zusammen und blickte in den dunklen Hintergrund des Zimmers, wo Annie wartend stand.

«Das höre ich gern», sagte sie, als zweifle sie sehr, ob es stimmte.

«Kannst du jeden beliebigen Satz lesen?» fragte sie den kleinen Jungen.

«Nein», antwortete er wahrheitsgetreu. Er war zu selig, um es für notwendig zu halten, sie in gute Laune zu versetzen, wie er es unter andern Umständen vielleicht getan hätte. Allerdings lag ihm so etwas ohnehin nicht sehr.

«Hast du kürzlich von eurem Vater gehört?» fragte sie Patrick.

«Nein, es ist schon eine Weile her.»

«Beunruhigt dich das nicht?»

«Ob es mich beunruhigt?» wiederholte er. Und wenn er sich tatsächlich deswegen eine Zeitlang beunruhigt hatte, wusste er doch auch, dass die Frage seiner Tante eine Kritik an seinem Vater einschloss, und deshalb bestritt er, dass ein Grund zur Beunruhigung vorliege.

«Es ist sehr schwer zu entscheiden, was am besten unternommen werden muss», fuhr sie fort. Sie hielt es fast für eine moralische Pflicht, die frivole Heiterkeit der andern zu dämpfen, die ihr am heutigen Abend besonders auffiel.

«Nimmst du noch etwas?» fragte Patrick. Er

blickte Hylla an. Er versuchte, sich alles ins Gedächtnis zu rufen, was sie ihm vor einer halben Stunde gesagt hatte. Doch wenn er sie jetzt sah - wieder so zurückhaltend und überlegen, das Gesicht vom matten Kerzenschimmer beleuchtet -, schien es ihm fast unmöglich, dass sie die Worte gesagt hatte, an die er sich erinnerte. Es war so erregend, sie hier mit jemandem wie seiner Tante zu sehen, vor der sie nur als Bekannte (oder nicht viel mehr) erscheinen durften, und dabei zu denken, was sie in Wirklichkeit waren. Und was waren sie denn nun in Wirklichkeit? Ein Liebespaar? Er wiederholte sich das Wort. Was für ein beglükkendes Wort es war! Tausende und Abertausende von Liebespaaren gab es in der Welt, nahm er an, aber keins war genau wie er und sie. Dann merkte er, dass seine Tante ihn verblüfft und leise missbilligend ansah. Er glaubte, sie habe etwas zu ihm gesagt, was er überhört hatte.

«Ich komme morgen vormittag her», sagte sie, «und dann werden wir darüber sprechen. Und in ein paar Minuten müssen wir aufbrechen. Ich entlasse Joe nämlich sonst viel eher. Die Stute kann morgen von jemand abgeholt werden», sagte sie zu Hylla.

Das bedeutet, dass der Unterricht aufhören soll, dachte Patrick. Denn wenn die alte Dame morgen herkommen will, warum kann Hylla sie dann nicht begleiten und hinterher selber die Stute zurückbringen? Höchstwahrscheinlich bedauerte es Miss Longworth bereits, dass sie das junge Mädchen je nach Rosaril mitgenommen hatte, und nun plante sie wohl, Hylla ohne Aufschub zu ihrer Familie zurückzuschicken. Daher schien - was bei ihm selten vorkam - ein entschlossenes Auftreten nötig zu sein. Er konnte es nicht riskieren, Hylla zu verlieren. Er konnte sie sich nicht im gleichen Augenblick entführen lassen, in dem das gegenseitige Entdecken ebenso reich an Abenteuern war, wie das Auftauchen einer feinen, baumbesäumten Küstenlinie über einem fernen Horizont für einen Seefahrer, als die halbe Welt noch unentdeckt war.

Es blieb ihm keine Zeit, lange zu überlegen. Nur eins konnte er tun, und da hing der Erfolg gänzlich von Hylla ab.

«Ich habe Hylla gebeten, heute abend nicht mit dir zurückzukehren, sondern ein Weilchen hier bei uns zu bleiben, und sie hat es versprochen», sagte er zu seiner Tante.

Als er Hylla gebeten hatte, ihn «nie zu verlassen», hatte er bestimmt nicht etwas so Übereiltes gemeint, doch jetzt schien es die einzige Lösung zu sein. Wenn er sie heute abend fortliesse, dann würde ihr vielleicht nie wieder gestattet, nach Rosaril zurückzukehren, das wusste er. Wenn man selber kein Geld hatte, war es nicht leicht, sich gegen Leute zu behaupten, die welches hatten. Er wartete nervös: nicht, um zu hören, was seine Tante, sondern was Hylla sagen würde. Und nach einer kaum merklichen Pause sagte sie: «Ja, ich habe es versprochen.»

Auch sie hatte erkannt, dass der Augenblick gekommen war, sich standhaft der Einmischung der Aussenwelt zu widersetzen. Sie sah keinen Grund, weshalb sie nicht in Rosaril bleiben sollte, da sie ja so zwanglos in das Leben hier geschlüpft war, dass sie es allmählich fast als ihr Zuhause ansah. Es war eigentlich so, wie wenn eine Schwester nach einer langen Abwesenheit wieder da war.

«Aber nein! Das kannst du doch unmöglich tun?» rief Miss Longworth und blickte sie überrascht an.

«Warum nicht?» fragte Dominic sofort. Er war begeistert über die Idee. Wenn sich alles gut anliess, wurde es bald immer noch besser, das hatte er oft beobachtet. Doch wenn ein Tag schlecht begann, wollte nichts gutgehen.

«Es hat nichts mit dir zu tun, Darling», sagte seine Tante. «Ich sprach mit Hylla.»

«Bitte gib deine Einwilligung», sagte Hylla, «denn ich habe es versprochen.»

«Versprochen? Wie ernst du es nimmst! Er hätte dich nie darum gebeten, wenn er sich auch nur einen Augenblick überlegt hätte, wie das aussehen würde. Du weisst, dass wir in einem Land leben, das auf Klatsch und Skandalgeschichten versessen ist!» warnte die alte Dame.

«Ich muss aber bleiben», sagte Hylla. «Bitte denke nicht, ich sei unhöflich und kümmere mich nicht um deine Wünsche! Ich verstehe sie. Du bist immer so gut und geduldig mit mir gewesen, und der Aufenthalt bei dir war sehr, sehr schön. Ich werde mich immer gern daran erinnern, und wenn ich wüsste, was ich tun könnte, um dir meine Dankbarkeit zu beweisen...» Hylla verstummte. Sie hatte mit leiser Stimme gesprochen und an den verkehrten Stellen innegehalten, wie wenn sie ausser Atem wäre. Es fiel ihr schwer, das alles zu sagen. «Und wenn ich jetzt hierbleibe, dann nicht deshalb, weil ich nicht glücklich bei dir war. Das ist es gar nicht...»

«Was meinst du eigentlich? Du redest ja, als ob du beabsichtigst, längere Zeit hierzubleiben?»

«Das weiss ich noch nicht genau», erwiderte Hylla. «Vielleicht bleibe ich ziemlich lange.»

«Du bist völlig verrückt! Und Patrick, was ist dir denn eingefallen? Hoffentlich kommt es nicht daher, weil der widerliche alte Kerl, den ihr besucht habt, euch gezwungen hat, seinen Whisky zu trinken?» Miss Longworth blickte sie besorgt an, als wolle sie herausfinden, ob sie ein bisschen betrunken wären. Das könnte, wie sie fand, sehr leicht das sonderbare Lächeln und die unbegreiflich heitere Stimmung erklären, die sie so verdross.

«Dan ist ein Prachtkerl», entgegnete Dominic, der diesen Ausdruck kürzlich aufgeschnappt hatte und ihn jetzt zum erstenmal benutzte: er fand, dass er sich sehr gut anhöre.

«Bitte verlass das Zimmer, Dominic», sagte die Tante. «Nur für ein paar Minuten. Ich möchte mit deinem Bruder und mit Hylla allein sprechen.»

«Kann ich nicht erst fertig essen? Ich bin ziemlich hungrig», sagte er mit einem Tonfall, den man einem quengeligen Kind gegenüber anwenden mochte, das einen mit törichten Bitten belästigt.

«Aber dann beeile dich bitte! Wir wollen nicht zu spät heimkehren.»

Sofort nahm er sich zwei von den vier Bananen, die noch auf dem Tisch waren. Er begann sie langsam zu schälen und zu zerstückeln. Danach würde er noch zwei oder drei Scheiben Brot mit Butter essen, nahm er sich vor, und falls sich inzwischen niemand mit den restlichen Bananen bedient hatte, würde er es vielleicht schaffen, noch eine Banane zu essen. Aber das wusste er noch nicht genau. Auf jeden Fall brauchte er nicht sofort aufzustehen.

«Wir haben jeder einen kleinen Whisky getrunken», erwiderte Patrick, «weil wir froren und durchnässt waren. Und das ist mindestens drei Stunden her.»

«In dem Falle entschuldige ich mich für meinen Verdacht; aber es ist alles so ungewöhnlich...» Miss Longworth bemühte sich nach Kräften, zu verstehen, was vor sich gegangen war, aber es gelang ihr nicht. Sie wusste, dass es Leute gab, die sich ineinander verliebten, obwohl sie so etwas nie getan hatte. Aber das konnte es doch sicherlich nicht sein! Denn wenn das junge Mädchen in Patrick verliebt wäre, würde ihr gewiss nichts so fernliegen wie der Gedanke, hierzubleiben. Sie würde sich gewiss nicht wegwerfen wollen. Im Gegenteil, sie würde doppelt zurückhaltend sein und keinen Augenblick den Eindruck erwecken, als wäre sie gern in seiner Nähe. Das heisst, falls sie an eine Heirat dachte. Denn woran sonst konnte sie denken? - obwohl es ganz erstaunlich schien, da der junge Mann kein Vermögen hatte und nicht arbeiten wollte.

Miss Longworth kam zu der Überzeugung, dass es sich nicht um Liebe handle. Es war ein

Schachzug ihrerseits, um Dominic davor zu bewahren, in ein Schulheim geschickt zu werden. Aber dieser Gedankengang erschreckte sie noch viel mehr.

Es kam der alten Dame so vor, als würde Dominic seine Mahlzeit niemals beenden. Und doch konnte sie ihm nicht vorwerfen, absichtlich zu trödeln; denn sooft sie ihn ansah, stets kaute er emsig.

Schliesslich bat sie die beiden andern, mit ihr aus dem Zimmer zu gehen und in der dunklen Halle mit ihr zu sprechen, denn das einzige andre Wohnzimmer im Haus, das noch «möbliert» war, war der Raum, in dem Hylla den kleinen Jungen unterrichtete, und den würde Patrick nicht für die «Besprechung» vorschlagen. Sie würde sich sofort mit scharfem Blick auf Dominics Heft stürzen, und eine Wiederholung jener Episode wollte Patrick unbedingt vermeiden.

Er nahm also die dritte Kerze, die Annie ausgepustet hatte, und stellte sie auf den hohen Kaminsims in der zugigen Halle des alten Hauses, und bei ihrem launischen Licht standen sich die drei gegenüber (denn Stühle waren nicht vorhanden).

Aber nicht Miss Longworth sprach zuerst, sondern Hylla.

«Ich weiss», sagte sie zu der alten Dame,

«wie dir das alles erscheinen muss: sehr eigensinnig und unhöflich. Ich kann nicht behaupten, dass es nicht unhöflich ist, und das ist schlimm. Es ist gewöhnlich, und ich schäme mich deswegen. Es kommt daher, weil ich noch nicht weiss, wie man schwierige Probleme liebenswürdig und freundlich handhaben muss. Aber verzeih mir dieses eine Mal, weil ich unerfahren und dumm bin.»

Sie schwieg. Sie stand im Halbdunkel, und auf ihr noch feuchtes Haar fiel ein wenig von dem unsteten Kerzenlicht.

«Nein, wirklich, Hylla, was für ein überflüssiges Gerede! Für mich ist es keine Frage der Höflichkeit. Es ist viel ernster. Wenn du hierbleiben würdest, gäbe es einen Skandal. Du würdest im ganzen Land zum Tagesgespräch.»

«Das bedeutet mir nichts», antwortete das junge Mädchen. «Prächtige Menschen sind hierzulande schon Tagesgespräch gewesen. Aber unhöflich waren sie nie. Deshalb schäme ich mich.»

«Könnte ich bitte einen Augenblick mit Hylla allein sprechen?» bat Patrick seine Tante.

«Ja, ja! Mach nur! Ich höre nicht hin. Die ganze Geschichte wird phantastisch», erwiderte die alte Dame. Sie ging ans Ende der Halle und starrte aus dem schmalen Fenster neben der Haustür in die pechschwarze Nacht hinaus.

Patrick trat auf Hylla zu und nahm ihre Hand.

«Es war das einzige, was mir einfiel», flüsterte er. «Ich hatte den Eindruck, dass sie dich mitnehmen und nie zurückkehren lassen will.»

«Als du mich gebeten hast, dich nie zu verlassen - hattest du es da ganz so gemeint?» fragte Hylla.

«Nein», gab er zu. «Aber jetzt wirst du's wirklich nie tun!»

«Nie ist ein schreckliches Wort», erwiderte sie.

«Für uns heisst es: immer und ewig», antwortete er.

«Ja, Patrick. Es ist der Beginn.»

Immer würde er sich an diese Worte erinnern, die sie an jenem Abend in der dunklen Halle zu ihm gesagt hatte: es ist der Beginn. Glückliche, tragische Worte. Mehr war darüber nicht zu sagen. Er begann alles so zu sehen wie sie: dass es schlimmer wäre, ihr Versprechen so schnell zu brechen, als die alte Dame so unhöflich und plötzlich zu verlassen. Das Versprechen war zu kostbar, um gebrochen zu werden oder auch nur ein oder zwei Tage in der Schwebe zu bleiben. Das wäre dann, was er «unheilvoll» nannte.

Er ging zu seiner Tante hinüber und erklärte ihr, dass Hylla bleiben müsse. Darauf folgte ein

Wortwechsel, der einer Szene so nahekam, wie es zwischen den beiden möglich war. Denn Patrick war ein ruhiger Mensch, der heftige Worte verabscheute. Wenn es Dominic gewesen wäre, hätte es einen wilden Auftritt gegeben. Und es wäre keine Bitterkeit zurückgeblieben. Doch das Gespräch zwischen den beiden, bei dem keiner die Stimme hob, vertiefte eine Entfremdung, die bereits vorhanden war.

Miss Longworth unternahm Dominic zuliebe einen letzten Anlauf.

«Bedenke doch, was für Folgen es für ihn haben wird!» sagte sie. «Er wird unbedingt Andeutungen und Getuschel hören, die seine Unschuld vergiften. Er wird ...» Aber sie wurde von Hylla unterbrochen.

«Ich finde, du hast unrecht. Niemand von den Leuten hier in der Umgegend würde das tun. Auch sie sind unschuldig.»

«Was verstehst *du* davon?» entgegnete Miss Longworth. «Es wäre nicht der erste Skandal, den es in diesem Haus gegeben hat.»

«Aber es ist ja gar kein Skandal», erwiderte Hylla.

Doch Patrick schwieg. Er war entsetzt, dass seine Tante sich so weit erniedrigte, um die alte Geschichte wieder hervorzuholen, die mit seines Vaters Vergangenheit zu tun hatte. Er erinnerte sich noch an die Frau, die ein paar

Monate hier im Haus gewesen war. Eine sehr grosse Frau, die mit einem ausländischen Akzent gesprochen hatte, und er hatte sie gehasst. Sie hatte Dominic pflegen sollen, der damals noch kein Jahr alt war. Ihre Mutter war gestorben, als Dominic erst ein halbes Jahr alt war.

«Dann lass mich wenigstens Dominic hier wegnehmen!» sagte Miss Longworth.

«Nein», erwiderte Patrick. Seine Stimme war kalt geworden, und sein Wille war gefestigt. Im gleichen Augenblick spürte er, wie ihn jemand in den Fuss kniff. Der kleine Junge war in die dunkle Halle geschlüpft und sass hinter ihm auf dem Fussboden. Er hatte alles mitangehört, sogar Patricks und Hyllas Geflüster. Und darüber war er ganz besonders entzückt.

VI

In den nächsten paar Tagen spürten Patrick, Hylla und Dominic, dass sie in einer belagerten Festung lebten. Um das, was Miss Longworth als Skandal bezeichnete, rasch zu beenden, hatte sie im Dorfladen, in dem sie selbst auch Kundin war, einfach angeordnet, dass Rosaril nichts mehr auf Kredit erhielte. Bulger, der Besitzer, ein kleiner kahlköpfiger Mann mit einem roten Schnurrbart und sehr blassen Augen, war nicht gar zu betrübt, eine gute Entschuldigung für einen Schritt zu haben, an den er ohnehin schon selbst gedacht hatte.

Für die kleine Festung war es ein schwerer Schlag. Auf Meilen in der Runde war Bulgers Laden der einzige für die nötigsten Lebensmittel. Patrick wusste, dass es nicht leicht für sie wäre, in einem andern, weit entfernt liegenden Laden ein Kreditkonto zu eröffnen, und doch musste es versucht werden. Ausserdem wusste er nicht, ob seine Tante etwa noch andere Schritte unternommen hatte, um den Fall der Festung zu beschleunigen. Er dachte, sie könne versucht haben, bei den Landleuten ringsum eine feindliche Einstellung ihnen gegenüber zu wecken. Doch das würde ihr nicht so leichtfallen, wie er wusste. Obwohl einige Nachbarn streng moralisch waren, sogar bis zum Fanatismus, nahm er doch nicht an, dass sie von ihm und Hylla etwas Schlechtes denken würden. Im Gegenteil, viel eher würden sie ihre Partei und nicht die ihrer Tante ergreifen. Immerhin veranlasste ihn die Möglichkeit von Klatschereien, eine Zeitlang innerhalb der Grenzen Rosarils zu bleiben.

In der «Festung» verlief das Leben froh und glücklich. Obwohl Hylla gesagt hatte, «es ist der Beginn», begann es doch sehr still und nicht übereilt. Den Anfängen ihrer Liebe haftete nichts Fiebriges, Ungeduldiges an. Es war eine sehr romantische Liebe, die nie über Küsse hinausging, und die gaben sie sich nur selten, und auch sie waren nicht fiebrig, sondern ruhig und still.

Hylla brachte Dominic vormittags Lesen und Schreiben, Geographie und Geschichte bei. In dem kleinen Raum, der ihr Schulzimmer war, sassen sie bei einem Feuer aus Brennholz, das sie selber im Wald gesammelt hatten.

Wenn Hylla dem kleinen Jungen ein Diktat gab und ihn mitten im Diktieren anschaute, entdeckte sie oft, dass seine grauen Augen mit den hellen Wimpern nicht auf sein Heft, sondern auf sie gerichtet waren. Er hatte nur die ersten Wörter niedergeschrieben. Dann versuchte sie streng zu sein und an eine Strafe zu denken, oder sie sagte vielleicht: «Liebling, warum hilfst du mir nicht? Warum willst du nichts von mir lernen? Wenn du es nicht tust, wirst du in eine Schule geschickt, und alles war umsonst.»

«Ich habe nachgedacht», antwortete er dann.

«Worüber?» Sie versuchte stets, ihn besser zu verstehen.

«Über dich, Hylla. Aber es würde zu lange dauern, wenn ich's dir erklären wollte.»

Und sie konnte nicht herausbekommen, was das für Gedanken waren, die soviel Zeit für eine Erklärung benötigten und sich in seine Schulstunden eindrängten.

Geschichte interessierte ihn ein wenig, aber nur, wenn sie von bestimmten Leuten handelte, und die waren, vom erzieherischen Standpunkt aus betrachtet, nie die wichtigsten. Sie wusste zum Beispiel nicht, ob eine genaue Kenntnis von Beatrice Cenci, Marco Polo und Maria Stuart notwendig und nützlich war. Wenn er über solche Menschen von ihr hörte, starrte er sie nicht mit abschweifenden Gedanken an. Er brauchte es nicht zu tun, weil diese Stunden ihn genauso interessierten wie Hylla. Das war die einfache Erklärung, die sie lange Zeit nicht herausfand. Menschen interessierten ihn; Psychologie (um ein hässliches Wort zu gebrauchen) interessierte ihn, und was andere aus dem Leben machten (schliesslich das einzige, was uns am Leben interessieren kann), faszinierte ihn geradezu. Doch leider machte er sich gar nichts aus dem Schicksal von Völkern – sondern nur von Individuen. Sobald das Schicksal von Nationen mit dem Schicksal von Individuen verknüpft war, zeigte er einen feinen Instinkt für das Historische. Doch kam es anscheinend nur zu selten vor (jedenfalls laut Hylla und dem Lehrbuch, das sie hatten).

Eine Zeitlang war Marie Antoinette eine seiner Lieblingsheldinnen.

«Aber sie stand wahrscheinlich auf der falschen Seite», wandte Hylla nachdenklich ein.

«Die Seite, auf der sie stand, war die richtige!» rief Dominic.

«Ich weiss nicht, ob sie, abgesehen von ihrer Schönheit» (hierüber waren sich Hylla und das Lehrbuch einig) «irgendwelche hervorragenden Eigenschaften hatte.»

«Sie war sehr stolz», sagte Dominic.

«Aber worauf denn? Frankreich ging es damals sehr schlecht. Die Leute lebten im Elend, Darling.»

«Sie konnte auf sich selbst stolz sein», rief er beharrlich.

«Aber denke doch an die Menschen, die rings um sie her verhungerten! An die Kinder, Dominic, die nichts zu essen hatten, und an all die schrecklichen Dinge, die sich damals abspielten!» erklärte ihm Hylla. Über die Einzelheiten war sie nicht sehr sicher.

«Sie war eine wunderbare Königin. Sie hatte sich nicht selber dazu gemacht. Es war einfach so, und deshalb hatte sie Grund, stolz zu sein. Sie war herrlich. Natürlich war es traurig, dass die Leute Hunger litten, aber das ist etwas ganz anderes.»

«Wie meinst du das?»

«Es war nicht ihre Angelegenheit – es ging Gott an», sagte er.

Der grausame, romantische kleine Junge! Und doch auch so ein zärtlicher und mitleidiger kleiner Junge. Die Tränen sprangen ihm in die Augen, als er von der Hinrichtung seiner Heldin hörte.

«Wenn du selbst zu den ganz armen Leuten in Frankreich gehört hättest, wärst du wahrscheinlich auch für die Revolution gewesen», sagte Hylla.

«Dann wäre ich aber nicht ‹ich› gewesen», widersprach er. «Dann wär's jemand anders gewesen.»

«Du glaubst also, dass du nur als Aristokrat geboren werden könntest?»

«O ja! Du und ich, was hätten wir beide sonst sein können?» fragte er erstaunt.

Und damit hatte er vielleicht recht, dachte sie. Jedenfalls, was ihn betraf. Vielleicht war es das, was ihn manchmal so tragisch erscheinen liess: dass er etwas war, wofür die moderne Welt nur sehr wenig Verwendung hatte. Ob mit Recht oder nicht, die Welt hatte die Aristokratie als ein zu kostspieliges Ideal angesehen, und ein so leidenschaftlicher Anhänger der verlorenen Sache, wie Dominic einer war, würde dafür leiden müssen. Sehr sanft und ein klein wenig lau (weil sie selber auch daran glaubte), versuchte sie, seinen wilden und unbeugsamen Geist zu zähmen.

Die Stunden endeten meistens kurz vor dem Mittagessen. Das war ungefähr die Zeit, zu der Patrick vom Hof oder vom Feld zurückkehrte. Manchmal brachte er ein Kaninchen mit heim, oder sogar einen Hasen, den die Prinzessin erwischt hatte. Den andern beiden kam es dann zum Bewusstsein, dass sie ja - trotz all ihrer imaginären Reisen durch Raum und Zeit - in einer belagerten Festung lebten, und das waren sichere und angenehme Tatsachen.

Für Hylla war nur eine Seite der «Belagerung» ärgerlich: sie besass nur die Kleider, die sie an jenem Abend getragen hatte, als alles anfing. Ein paar wesentliche Sachen hatte sie sich bei Bulger kaufen können, ehe ihnen dort der Kredit aufgekündigt wurde, doch an Kleidern hatte sie nur das Schwarze.

In seiner alten schmuddeligen Tweedjacke teilte Patrick, dem eine Locke seines braunen Haars in die Stirn fiel, beim Mittagessen das Ragout aus. Sie assen meistens Ragout, weil es das beste Gericht ist, wenn die Vorräte zur Neige gehen.

Immer gab es viel zu reden und viel zu lachen, aber auch manches Traurige. Das Leben in all den Aspekten, die sie kannten oder sich vorstellen konnten, war ein umfassendes und erstaunliches Thema. Es schien, dass es ihnen, einerlei, wie lange sie in Rosaril bleiben würden, nie an Stoff für ihre Unterhaltung fehlen könne.

Wenn Patrick in der rechten Stimmung war, konnte er Dominic lange, phantastische Geschichten erzählen, denen auch Hylla mit dem grössten Interesse lauschte. Patrick hatte eine Gabe, die unwahrscheinlichsten und lächerlichsten Dinge glaubwürdig erscheinen zu lassen. Der kleine Junge hörte mit hingerissenem Gesichtsausdruck zu und hasste die kleinste Unterbrechung, und manchmal zögerte Patrick absichtlich und verstummte, nur, um Dominics ungeduldiges «Weiter! Weiter!» zu hören.

Die Geschichten begannen meistens folgendermassen: «Hab' ich euch schon erzählt, wie ich von der Galway-Bucht westwärts segeln wollte?»

«Erzähl!» rief Dominic.

«Es war auf einem Huker, einem Boot für die Hochseefischerei, und für eine lange Seereise eingerichtet. Wir hatten ein Dutzend Greyhounds bei uns, die wir in Kolumbien verkaufen wollten. Das war damals ein gutes Geschäft.

In den ersten Tagen hatten wir schlechtes Wetter. Es ist kein Kinderspiel, die grünen, weissgeäderten Wellenberge des Atlantik mit einem schwarzen Achtzehn-Tonnen-Huker 'raufzuklimmen! Ewig 'raufklimmen und abgleiten und schlingern. Und ich sass da, die Ruderpinne zwischen die Schenkel geklemmt, und die Hände frei, um die Segel zu bedienen. Natürlich war ich nass bis auf die Knochen.

Wenn meine Wache vorbei war, bin ich in die Back gekrochen, wo wir auf einer Steinplatte ein kleines Torffeuer brennen hatten.»

«Und wo waren die Greyhounds?» fragte Dominic.

«Oh, die waren mittschiffs gut versorgt: schön warm und trocken auf reichlich Stroh. Nach einer Weile wurde das Wetter besser. Es wurde heiss, und die Brise war sehr schwach, und wir kamen nur gerade eben voran. Dann sichteten wir eines Morgens auf der Backbordseite die Bramsegel von einem grossen Dreimaster, einer Bark, noch sehr weit weg.

‹Gefällt mir gar nicht›, sag' ich zu Mick ClanWilliam.

‹Ach was›, hat er gerufen, ‹ist doch bloss eins von den alten Kornschiffen!›

Aber sie kam auf uns zugestürmt und hatte alle Segel gesetzt. Da erzählen die Leute immer, auf See wär's heutzutage genauso sicher wie auf der Landstrasse von hier nach Dublin. Aber was für Leute sind'n das, die einem so was erzählen? Leute, die den Ozean auf 'nem Linienschiff überquert haben, und auch nur auf den meistbefahrenen Routen. Es ist aber ganz was andres, in einem kleinen Galway-Kähnchen mit einer wertvollen Ladung auf dem Südatlantik zu kreuzen!»

«War sie wertvoll?» fragte Dominic.

«Zwölf von den besten Hunden, die jemals in Connaught gezüchtet wurden», sagte Patrick. «Mit Greyhounds, wertvoll wie Diamanten südlich der Linie.»

«Was für einer Linie denn?»

«Die Linie rings um die Erdkugel, in der Mitte zwischen den beiden Polen», lautete Patricks Erklärung.

«Was hatte die damit zu tun?»

«Womit?»

«Ach, mach nur weiter!» rief Dominic ungeduldig.

«‹Drei Strich nach Steuerbord!› hab' ich gerufen. Mir gefiel die Sache gar nicht.»

Immer, wenn dem Erzähler «die Sache gar nicht gefiel», wurde Dominics Interesse besonders auf die Folter gespannt.

«Es war gegen Abend», fuhr Patrick fort, «und die Sonne stand nur ein paar Zoll über dem Horizont, auf Armeslänge vor uns ...»

Und so ging es weiter. Greyhounds, die in der Tropennacht bellten – die Röte eines Torffeuers, schwach durch die Luke heraufglimmend – der gleichmässige Passat in den schwarzen Segeln des Hukers – und Teetrinken mit einem Schuss Poteen unter fremden südlichen Sternbildern.

Doch Beschreibungen interessierten Dominic nicht sehr. Er interessierte sich für den grossen Dreimaster, den er in Gedanken schon mit einer brutalen Mannschaft besetzt hatte. Hyllas Interesse begann dagegen erst jetzt zu erwachen. Sie träumte auch gern von fremden Gegenden, halb bekannten und halb unbekannten, die voller Leben waren. Doch Patrick, meinte sie, erfand Leben, statt zu leben. Nicht nur Dominic zuliebe dachte er sich phantastische Geschichten aus, sondern auch, um seine eigene Sehnsucht nach Romantik zu befriedigen. Aber von jetzt an, dachte sie bei sich, will *ich* das alles für ihn sein. Das heisst, wenn ich kann, schloss sie im stillen.

An den Nachmittagen gingen sie aus. Manchmal ritt Hylla auf All Alone, und manchmal Dominic. In ihrem schwarzen Kleid auf der grauen Stute prägte sie sich Dominics Geist als ein Bild ein, das er nie vergessen konnte: Hylla auf All Alone an den grauen Wintertagen, wenn der feuchte Wind angebraust kam und die niedrig hängenden Wolken vom Atlantik vor sich herfegte! Das war für ihn eins von den Bildern, das, ein wenig nachgedunkelt, von so vielen kaleidoskopartigen Erinnerungen übrigblieb.

Patrick ritt niemals. Als er so alt wie Dominic gewesen war, hatten sie keine Reitpferde gehabt, und jetzt wäre er nicht gut genug, meinte er. In jener Gegend nicht zu reiten, hielt er für richtiger, als ein mässiger Reiter zu sein.

Doch er begleitete sie und machte in seinem zerrissenen Regenmantel mit leicht vorgebeugten Schultern lange, ausholende Schritte, und wenn sie an die Grenzen ihres eigenen Landes kamen, gingen sie nie darüber hinaus.

Wenn er so mit Hylla durch den Wind schritt und wenn ihnen vielleicht ein Nieselregen ins Gesicht wehte, fand er es am leichtesten, mit ihr zu sprechen. Aber wenn sie im Haus, in der Küche, vor dem Feuer sassen oder im kleinen Zimmer, wo Dominic seine Schulstunden hatte, ihren Tee tranken, fand er es viel schwieriger, all die Dinge zu sagen, die er ihr sagen wollte.

Falls ein Tag verging, ohne dass sie auf eine auch nur indirekte Weise von ihrer Liebe gesprochen hatte, dann bildete er sich ein, sie habe vielleicht das Leben mit ihm satt, und wenn er zu Bett ging, lag er bei der brennenden Kerze da und grübelte, grübelte über sie nach. Aber nicht voller Glück - eher war es eine Art Verzweiflung, weil er sich bereits einbildete, dass er sie verliere. Vielleicht würde er diese düsteren Stunden immer haben, einerlei, was geschah, da er sie auch früher gehabt hatte.

Vielleicht war es eine Seite seines Wesens, der er nicht entrinnen konnte. Das Erbe einer langen Kette von Menschen vielleicht, die, wie es der alte Dan nannte, den Alkohol im Blut hatten. Doch an den Tagen, an denen er ihr etwas hatte sagen können, und wenn's nur etwas so Einfaches wie «Liebste Hylla!» war oder «Wir wollen uns nie trennen!», und wenn sie dann gelächelt und seine Hand auf die rasche, zärtliche Art berührt hatte, die ihr eigen war, dann war er glücklich und lag nicht stundenlang bei Kerzenlicht wach. In jenen Nächten las er in den alten, zerfetzten Büchern, die er in Ecken und Winkeln des grossen Hauses fand, und schlief schnell darüber ein.

Hylla kannte die schwarzen Stunden nicht. Sie dachte sehr viel an ihn. Manches an ihm verstand sie, und manches noch nicht, und manches würde sie wohl nie verstehen, meinte sie. Da waren zum Beispiel seine Spässe, seine Narrenpossen mit Dominic, die manchmal zu absurd waren, um noch drollig zu sein. Oder da waren Zeiten, wenn er niedergeschlagen und verdriesslich war, nicht sprach und die buschigen Augenbrauen tiefer über seine schläfrigen Augen sinken liess; und dann wieder seine grosse Zärtlichkeit, die so still und tief war und sich beinah nicht äusserte, es sei denn in wenigen zärtlichen Worten – jedoch mit seiner langsamen, weichen Stimme vorgebracht, die ihnen Glut verlieh. Alles Dinge, die sie verstand, und Dinge, die sie noch nicht verstand, und Dinge, die sie wohl nie verstehen würde, wie sie meinte.

Abends, nachdem Dominic schlafen gegangen war, sassen sie beide im kleinen Schulzimmer. Die Lampe auf dem Kaminsims ergoss ihr gelbliches Licht in das kleine Zimmer. Hylla hatte eine besondere Art dazusitzen: mit geraden Schultern, geschlossenen Knien und Füssen, die etwas nach auswärts zeigten. Das Lampenlicht über ihr malte tiefe Schatten unter ihre Augen. Ihre seidenen Strümpfe waren etwas ungeschickt ausgebessert. Sie waren etwas, das man in der dortigen Gegend nicht kaufen konnte. Es gehörte zu den ersten Anzeichen der «Belagerung».

«Findest du, wir sollten Pläne machen?» fragte sie ihn eines Abends.

«Wir müssen ein wenig warten», antwortete Patrick.

Sie sagte nichts weiter darüber. Es war seine Art: zu warten. Vielleicht hatte er recht damit. In seiner Passivität lag eine gewisse Weisheit. Sie hatte begonnen, das einzusehen.

«Dominic macht Fortschritte im Lernen, und ich habe dich», fuhr er fort. «Was könnten wir Besseres planen?»

«Ich dachte an praktische Fragen - wie wir weiterhin leben wollen», sagte sie.

«Dafür werde ich sorgen», erwiderte er. «Du und ich brauchen nicht darüber zu sprechen.»

«Nein. Nicht, wenn du es nicht willst. Du teilst mit mir, was du möchtest, und bleibst mit dem übrigen für dich. Und natürlich gibt es sehr viele Dinge, mit denen du für dich alleinbleiben musst, einerlei, wie sehr wir einander lieben. Das ist das Traurige daran», sagte sie.

«Das weisst du also auch?» fragte er.

«O ja, ich weiss es. Ganz besonders deinetwegen, mein Liebster. Eine Seite in dir muss immer allein sein.»

«Aber verlass mich nie!» bat er.

«Nein, wie könnte ich dich verlassen! Ich gehöre zu dir, um immer dort zu sein, wo du mich haben möchtest. Wie kann ich dir klarmachen, dass ich es wirklich und ganz einfach so meine? Ich und alles, was ich habe! Sieh mal hier: der Strumpf da gehört dir» (sie hob ihren Fuss), «einfach, weil ich ihn trage. Das alte schwarze Kleid hier gehört dir, jede Strähne von meinem Haar - ja, es muss geschnitten werden - gehört dir. Kann ich es dir klarer machen, wenn ich mich töricht ausdrücke?»

«Hylla, mein Liebstes, hör zu; ich will dir etwas sagen, was dir phantastisch klingen mag. Aber ich glaube es. Nie vorher hat es auf Erden ein Mädchen so wie dich gegeben. Du machst aus der Liebe etwas Lieblicheres, als sie es je gewesen ist. Und du machst es alles so mühelos, so ohne nachzudenken, als wäre es das Natürlichste von der Welt.»

Er sass auf dem Fussboden, hatte den Kopf gegen sie gelehnt und den einen Arm um ihre Knie geschlungen. Der blecherne Wecker, mit dem sie und Dominic die Unterrichtsstunden bemassen, tickte metallisch auf dem tintenflekkigen Holztisch.

Viele Dinge wollte er ihr sagen, aber er konnte die rechten Worte nicht finden. Wären sie draussen gewesen, im Wind über die feuchten Felder wandernd, dann hätte er sie gefunden, wie er meinte. Er hob sich auf die Knie, legte ihr die Arme um ihre geraden, nachgiebigen Schultern und küsste sie. Küsse waren ein Ersatz für Worte. Oder doch nicht? Küsse konnten nicht *alles* ausdrücken, was er ihr sagen wollte und was sie hören sollte.

Er schwieg und hatte den Kopf gegen ihre Schulter gelehnt.

«Du musst dir niemals den Kopf darüber zerbrechen, was du mir sagen willst», begann sie nach ein paar Minuten. «Sage, was dir gerade in den Sinn kommt, oder sage gar nichts. Es ist das gleiche: eins so gut wie das andere.» Es war, als hätte sie seine Gedanken erraten.

«Jede Strähne deiner Haare», flüsterte er, «jedes Augenlid mit dem leisen Schwung von Chrysanthemenblättern, jede winzige rosa Falte auf den Gliedern deiner Finger – alles gehört mir, Hylla?»

Sie nickte. Sie lachten beide wie über einen riesengrossen Spass. Und für sie war es auch ein Spass, denn wenn man so verliebt ist, wie sie es waren, wird die Verliebtheit zum Scherz, zu einem übernatürlichen, phantastischen, unmöglichen und doch wahren Scherz. Für sie aber einstweilen noch ein gedanklicher Scherz – noch nicht ein phantastischer körperlicher Scherz. Oder vielmehr: wenn sie an jene Seite ihrer Liebe dachten, war es noch immer zu unmöglich, beinah zu phantastisch, um es glauben zu können.

VII

Dominic hatte sich einen Plan ausgedacht, um die «Belagerung» aufzuheben. Er erzählte niemandem davon, nur Hylla. Es sollte so gemacht werden: eines Abends sollten sie auf die grosse Überlandstrasse Galway-Dublin gehen und warten, bis ein sehr teurer Wagen daherkam; den wollten sie aufhalten und sich alles Geld nehmen, das sie bei den Insassen fanden.

«Wir müssen natürlich Masken tragen, und

Patrick hat in seinem Schrank in einem Schubfach einen Revolver.»

Hier muss leider gestanden werden, dass Hylla nicht besonders entsetzt war, ja dass sie den Plan sogar ganz sachlich in Erwägung zog. Ihr Sinn für Privateigentum war nämlich nicht sehr stark entwickelt, und ihr schien es nicht unrecht, Leuten, die Geld «übrig hatten», fünf oder zehn Pfund abzunehmen.

«Aber selbst wenn wir einen Revolver hätten, könnten ein kleiner Junge und ein Mädchen die Leute im Wagen nicht einschüchtern», erklärte sie ihm.

«Dann muss Patrick mitkommen, und du könntest dich als Mann verkleiden», empfahl er.

«Glaubst du, dass dein Plan Patrick gefallen wird?»

«Hm - nein», gab Dominic unsicher zu.

«Also jetzt weiter - wo waren wir? Wo liegt Ecuador?» setzte sie die unterbrochene Stunde fort.

«Ich weiss es nicht», sagte der kleine Junge mit fester Stimme.

«Aber ich hatte es dir doch gerade eben erzählt!»

«Ist es sehr wichtig, Hylla? Muss ich solche Sachen wissen?»

«Natürlich!»

«Ach je – also dann ...»

«Ecuador liegt in Südamerika», sagte sie. Das Buch lag offen auf ihrem Schoss.

«Unter der ‹Linie›?»

«Ja, Darling, sehr wahrscheinlich.»

«Du weisst selbst nicht sehr viel darüber, nicht wahr, Süsses?» Er nannte sie manchmal so, seit er mitangehört hatte, wie Patrick an jenem Abend in der dunklen Halle ihr gegenüber das Kosewort gebraucht hatte.

Hylla lächelte. Im Grunde wusste sie in Geographie ziemlich gut Bescheid.

«Aber nachts können wir nicht gut erkennen, ob es ein teurer Wagen ist oder nicht», fuhr er fort. «Erst, wenn wir ihn aufgehalten haben.»

«Und wenn er's dann nicht ist, könnten wir sie einfach nach dem Weg fragen und weiterfahren lassen», meinte Hylla, die sich wieder ablenken liess.

«Ja, gut! Dann muss also der, der den Wagen aufhält, keine Maske tragen. Das könntest du sein, als Mann verkleidet! Dann kann man dich nicht wiedererkennen», fuhr Dominic fort. «Und Patrick und ich würden mit dem Revolver hinter dem Graben hervorkommen und rufen: ‹Los jetzt, ihr verdammten Kerls! Rückt die Pinke 'raus, wenn ihr kein Blei zwischen die Rippen bekommen wollt!›» Er hörte zu sprechen auf, weil er sich über den verrückten Flug seiner Phantasie vor Lachen ausschütten musste, und sein helles Gesicht wurde dunkelrot.

«Ich finde, wir sollten höflicher vorgehen», meinte Hylla.

«Ach wo! Wir müssen ihnen Angst einjagen - und ausserdem dürfen wir ihnen nicht den kleinsten Anhaltspunkt geben», wurde sie von ihm erinnert.

«Dominic, wo liegt Ecuador?»

«Unter der ‹Linie›.»

«Aber in welchem Land?»

«Es ist ja selber ein Land.»

«Du weisst, was ich meine, Dominic.»

«In Südafrika.»

«Lieber Himmel, Dominic!»

«In Südamerika.»

Hylla seufzte und blätterte die Seite um.

«Ich weiss, was wir tun könnten», begann Dominic wieder. «Wir könnten zum alten Dan gehen und den fragen, wie er über meinen Plan denkt.» Dominic hielt den alten Trunkenbold für sehr bewandert in allen praktischen Fragen. Zudem hatte er es satt, ewig auf dem Rosaril-Gelände festzusitzen. Darauf hatte Patrick nämlich bestanden, weil er nicht wusste, ob der kleine Junge nicht vielleicht doch im Dorf ein Geschwätz über den «Skandal» aufschnappen würde, wie es seine Tante prophezeit hatte.

Nicht etwa, dass er es für wahrscheinlich hielt. Die meisten Dorfleute - davon war er überzeugt - würden eher sterben als andeuten, dass sie derartige Gedanken hegten. Aber einer oder der andre, wie zum Beispiel Bulger, der in der Angelegenheit seine eigennützigen Zwekke verfolgte, könnte Dominic zumindest hintenherum aushorchen. Und Patrick hätte es nicht ertragen können, wenn auch nur das passierte.

Hylla fand ebenfalls, es sei eine gute Idee: sie wollte Dan Delaney sehr gern wiedersehen.

«Glaubst du, dass Patrick uns gehen lässt?» fragte sie.

«Wir sagen's ihm erst, wenn wir wieder hier sind. Wir könnten am Vormittag gehen, wenn er mit der Prinzessin auf den Feldern ist.» Dann hätte er gleich zwei Fliegen mit einem Schlag erwischt, dachte Dominic: er kam um die Schulstunden herum.

«Wollen sehen», sagte sie. «Was für Länder gibt es sonst noch in Südamerika, Dominic?»

«Der Teufel mag's wissen!» Der Gedanke an den alten Dan regte ihn auf und machte ihn widerborstig.

«Du bist unhöflich! Wo ich dir doch etwas beibringen will.»

«Oh, Süsses, verzeih mir! Ich will nie wieder unhöflich zu dir sein, Ehrenwort!»

«Also dann sag's mir!»

Dominic legte seine helle Stirn in Falten, als stecke alles Wissen über solche Dinge tatsächlich dahinter und als müsse er es nur dort aufstöbern. Doch nach ein paar Minuten gab er zu, es nicht zu wissen.

Dann trat Patrick ein und warf einen Hasen auf den Tisch. Die Ohren lagen auf den schmalen Schultern, und die langen Hinterläufe ragten steif über die Landkarte von Südamerika. Dominic fuhr mit der Hand über die Löffel. Ein paar Regentropfen hingen noch im Fell. Er beugte sich mit dem Gesicht darüber, bis seine Nase das noch nicht ganz kalte Tier berührte, und sein Atem teilte das bräunlichgraue Fell, so dass kleine sternförmige Grübchen die helleren Haarwurzeln blosslegten.

«Armes totes Tier! Armes Liebes! Armer Hase!» sagte er, nicht laut, sondern nur vor sich hin, als wollte er verschiedene Möglichkeiten erproben, das Mitleid auszudrücken, das er plötzlich mit dem Tier empfand.

Einen kurzen Augenblick dachte er an den Tod - an eine tote Hylla, einen toten Patrick, und er selber tot. Doch nur während eines ganz flüchtigen Augenblicks. Er war nicht morbid, war nicht einmal sehr ernst, aber ein sehr abenteuerlustiger kleiner Junge, der war er, und manchmal sehr tollkühn.

«Wo habt ihr ihn bekommen?» fragte er.

«Oben vor dem Wildwald im Feld. Er lief an der Mauer entlang, und die Prinzessin stellte ihn an der Waldecke ...»

Patrick erzählte alle Einzelheiten der Verfolgung bis zum Abwürgen. Dominic sah alles im Geiste vor sich: den Hasen wie im Flug, den Greyhound im Sprung, ein rasches Hakenschlagen, die zuschnappenden Kiefer – doch alles mit noch mehr Tempo, etwas dramatisch, wie es seiner Art entsprach.

«Es muss herrlich gewesen sein», sagte er. Er bedauerte es sehr, dass er nicht mitgemacht hatte. Manchmal wartete Patrick bis zum Nachmittag, damit Dominic mitkommen konnte; doch am heutigen Morgen war er früh weggegangen, um eine seiner Depressionen abzuschütteln. Es so zu machen, war eine wunderbare Methode, hatte er herausgefunden: mit einem guten Greyhound auf die Hasenjagd zu gehen.

Jetzt war ihm wieder leicht ums Herz, und seine Augen blickten nicht mehr so düster drein. Das Haar war ihm in geraden Strähnen in die Stirn geweht worden, sein Gesicht war vor Kälte bleich, und nur Nase und Ohren hatten etwas Farbe.

Aber Hylla konnte nicht verstehen, dass es ein so herrlicher Sport war, einen Hasen mit mehreren Greyhounds - oder auch nur mit einem - zu verfolgen. Sie war ein- oder zweimal mit den Jungen im Freien gewesen, als sie einen Hasen aufgescheucht hatten. Sie hatte gehofft, der Hase würde entwischen, und stand Todesängste um ihn aus. Und dass Patricks Augen leuchteten, solange die Jagd anhielt, und dass sein Atem schneller ging, das hatte sie nicht verstehen können.

Vielleicht wurde sie auch einmal so? Oder sie wurde niemals so, was wahrscheinlicher war. Was tat's? Er würde dann ohnehin allein sein - in den schönsten und in den schlimmsten Augenblicken war man allein.

Er hatte versucht, es ihr zu erklären.

«Ich weiss nicht, was es ist. Wenn ich einen springenden Lachs sehe, ist es so ähnlich. Dann möchte *ich* der Lachs sein! Und das nächstbeste ist dann: ihn zu fangen. Ich weiss nicht, warum. Ich möchte der Hase sein und der Greyhound sein und der Lachs sein. Wenigstens denk' ich's mir so. Aber vielleicht will ich es gar nicht ernsthaft. Ebensogut könnte ich sagen, ich küsse dich, weil ich du sein will. Doch so ist es nicht.»

«Und wenn du mich nicht küssen könntest, würdest du mich mit einem Greyhound verfolgen oder an einem Angelhaken fangen oder auf mich schiessen?» lachte sie.

«Ich kann's nicht erklären», gab er zu. «Ich weiss nicht, weshalb es so ist.»

Gab es überhaupt jemanden, der es wusste?

«Wir wollen ihn braten und zum Abendbrot essen», schlug Patrick jetzt vor.

«Das geht doch nicht! Er muss ein paar Tage hängen», erinnerte ihn Hylla.

Plötzlich zeigte Dominic auf den Tisch.

«Da sind jetzt überall Blutflecke neben den Tintenklecksen», sagte er. Ein kleines Blutrinnsal drang unter dem Hasen hervor.

«Ja, und warum nicht?» fragte Patrick.

«Es ist viel besser so. Bloss Tintenkleckse – das nützt nichts.»

«Nützt nichts – wofür?» fragte Patrick.

«Die nützen überhaupt nichts. Tinte ist was Totes», erklärte Dominic.

Manchmal spricht er wie ein vier- oder fünfjähriges Kind, dachte Hylla, und manchmal wie ein Erwachsener. Der kleine Junge tauchte die Spitze des Bleistifts, den er in der Hand hielt, in das Blut des Hasen und begann damit in sein Heft zu kritzeln.

«Nicht, Dominic!» sagte Hylla. Sie war ziemlich entsetzt. Wie gefühllos er sein konnte. Und doch wieder so zärtlich. Der mitleidige, mitleidlose Dominic! Wild und tollkühn und schüchtern, alles zusammen. Er klappte rasch das Heft zu.

«Geh und wasch dich und bürste dir deine Haare!» rief sie ihm zu.

Er lief ins Badezimmer, das unten neben der Küche lag. Es war später angebaut worden, nachdem das Haus schon lange dagestanden hatte. Es war eine dunkle kleine Kammer mit einem Zementfussboden, die eher einem Keller als einem Badezimmer glich. Die Hähne funktionierten nicht mehr, und man konnte es nur benutzen, indem man das Wasser in Eimern hereinschleppte.

«Du hast den Vormittag also genossen, Liebster?» fragte Hylla.

«Ja. Dir hätte es allerdings nicht gefallen. Aber wenn's nicht deinetwegen gewesen wäre, hätte es mir auch nicht so gut gefallen.»

«Was habe ich denn mit Greyhounds und Hasen zu tun?»

«Es sind die Stunden, in denen ich am meisten an dich denke. Halb beobachte ich die Hunde und jedes Grasbüschel im Gelände, und halb denke ich an dich.»

«Über was denn da?»

«Allerlei Wildes und Verrücktes. Du erscheinst mir dann so besonders lieblich und unerreichbar. Als wärst du das erste Mädchen, das je erfunden und in die Welt gesetzt wurde. Daher weiss ich nicht genau, was du bist und was ich mit dir tun soll.»

«Wie ein weisser Elefant», sagte sie.

«Nein, ein weisser Hase! Ich hatte nämlich gedacht, wenn wir einen weissen Hasen hinter einem Grasschopf hochjagten, wäre das nicht so ungewöhnlich, wie dass du hier bist!» fuhr er fort. «Es gibt sie wirklich, verstehst du? Irgendwo soll es weisse Hasen geben.» Er sass auf der Tischkante und beugte sich zum Feuer vor.

«Weiter!» bat sie. «Erzähl mir noch mehr von dem, was du unterwegs denkst!»

«Noch seltsamere Dinge; aber wenn ich dir das erzählte, würde es sich nach gar nichts anhören.»

«Erzähl's!» bat sie ihn.

«Ich muss denken, wie bestürzend du bist. Je stiller du bist: wenn du so aufrecht dasitzt mit deinem geraden Rücken, und die Hände so wie jetzt, und fast kein Wort sagst, dann wirkst du bestürzend. Es ist genauso, wie wenn ein Lachs plötzlich aus einem stillen Wasser hochspringt. So ist es, wenn man liebt, Hylla. Einen Augenblick und auf kaum begreifliche Art liebt man den Lachs und den Hasen und was sonst diese schmerzliche Erregung verursacht. Doch wenn der Fisch gefangen und der Hase getötet ist, dann ist alles vorbei. Dann denke ich: ich will auch Hylla fangen, den weissen Hasen, den goldenen Lachs.»

«Gut», sagte sie. «Und wie willst du das anstellen?»

«Das weiss niemand. Wenn man so was wie dich noch nie auf Erden gesehen hat, kann da jemand wissen, wie es gefangen werden muss?»

«Und warum muss man's überhaupt fangen?» fragte sie.

«Zum Sport», lachte er.

«Nur zum Sport? Ist das alles?» fragte sie stirnrunzelnd.

«Aber das ist ja das allerbeste, was es gibt! Versteh doch, es ist ein ganz andrer Sport als alles übrige, viel verrückter und phantastischer und spassiger ...»

«Spassiger?» fragte sie.

«Findest du es denn nicht spassig, Hylla, wenn du's dir recht überlegst?»

«Ja. Ja, es ist spassiger als alles andre. Nur ist's nicht die Sorte Spass, die einen zum Lachen zwingt. Es zwingt einen zum Staunen, immer wieder zum Staunen, wenn man plötzlich darüber nachdenkt, in der Nacht - oder sonst irgendwo ...», schloss sie etwas verwirrt.

Er küsste sie, und sie lachten beide, obwohl sie behauptet hatte, es sei nicht zum Lachen.

«Willst du mich heiraten?» fragte er sie.

«Nein.»

«Hylla! Sag das nicht noch einmal, auch nicht im Scherz.»

«Wenn ich das erste Mädchen auf Erden wäre, wüsstest du nichts vom Heiraten. Niemand wüsste etwas davon.»

«Vielleicht würden wir nach langer Zeit etwas darüber wissen», sagte er.

«Wenn ich ein weisser Hase oder ein goldener Lachs wäre ...»

«Ja, Liebste? Sag's!» unterbrach er sie.

«Ich habe dir vor langer Zeit erklärt, dass ich dir gehöre. Wenn du mich also heiraten willst, brauchst du mich gar nicht zu bitten. Um nichts brauchst du mich zu bitten», sagte sie.

Dominic kam ins Zimmer. Sein Haar, auf das er Wasser gespritzt hatte, war vorne glatt und nett gescheitelt, doch am Hinterkopf stand es in Büscheln ab.

«Diese junge Dame und ich heiraten vielleicht», sagte Patrick zu ihm.

«Damit wäre ja der Skandal zu Ende!» protestierte Dominic. Er wusste nicht genau, was ein Skandal war, aber er genoss das Gefühl, «belagert» zu werden.

«Ja, das spricht dagegen», gab Hylla zu, denn auch sie hatte die «Belagerung» genossen. Doch es war unpraktisch. Sie brauchte wirklich ein paar Kleider.

«Dann wärst du wohl meine Schwester?»

«Ja. Ich wäre eine nette Schwester, glaubst du nicht?»

«Ja», antwortete Dominic unsicher. Der Gedanke sagte ihm keinesfalls zu. Er hatte ein dunkles Gefühl, als wären sie besser dran, wie es bis jetzt war. Im innersten Herzen verabscheute er alle Bindungen und alle Konventionen. Er misstraute ihnen. Aber das hätte er nicht erklären können. Und vor allem wollte er nicht, dass der «Skandal» beendet und die «Belagerung» aufgehoben würde, bevor er Zeit gehabt hatte, seinen Plan mit dem Raubüberfall mindestens prüfen zu lassen.

«Nein», sagte Hylla, «ich seh's: als Schwester würdest du dir nichts aus mir machen.»

«Es ist besser so, wie du jetzt bist», gestand Dominic.

«Aber auch *falls* Patrick und ich heiraten, brauche ich nicht deine Schwester zu werden, wenn du das nicht willst. Dann bleiben wir beide so wie jetzt zueinander», versprach Hylla.

Als sie wegging, um den Hasen aufzuhängen, sagte Patrick zu Dominic: «Hättest du was dagegen, wenn ich sie heirate? Sag's mir ehrlich!»

Er fand, wenn Dominic sehr dagegen wäre, sollte er Hylla lieber nicht heiraten. Denn war Dominic nicht sein guter Stern? Und man durfte nie seinem guten Stern zuwiderhandeln. Er glaubte, dass daraus am Ende nie etwas Gutes werden könne. Vielleicht war er abergläubisch - oder vielleicht war er klug.

Der kleine Junge antwortete nicht sofort. Er zeichnete mit dem Finger die Kurven der Maserung im Holztisch nach.

«Was für ein Unterschied wär's dann, verglichen mit jetzt?» fragte er.

«Wir hätten beide dasselbe Zimmer, in dem wir auch nachts schlafen würden», erwiderte Patrick.

Wieder schwieg Dominic ein paar Sekunden.

«Ich glaube, das wäre sehr fein», sagte er dann. Denn so erschien es ihm. Er fand, das sei etwas Unkonventionelles, eine Art Spass. Ein verwegener, toller Jux. Etwas, das der alte Dan, wie er meinte, bestimmt billigen würde, seine Tante jedoch nicht. Deshalb war er einverstanden.

«Lieber Dominic», sagte Patrick, fuhr mit der Hand durch das feuchte, glatt angeklatschte Haar und machte es gerade dort unordentlich, wo es gebürstet worden war.

Beim Mittagessen sagten sie es Annie.

«Das ist das Beste, was ich je gehört habe, seit der gescheckte Greyhound von deinem Vater den Clouanna-Pokal gewonnen hat!» rief sie begeistert. «Mein liebes gutes Kind, du hast dem Haus Segen gebracht, vom ersten Tage an, seit du hier bist!» fuhr die alte Frau fort und hielt in der Hand die grosse schwarze Kasserolle, aus der sie Kartoffeln verteilt hatte. «Sie hat das beste Herz von der Welt, und darauf kommt's schliesslich an», sagte sie zu Patrick.

Dass Annie von Hyllas Aussehen nicht viel hielt, war offensichtlich. Hyllas Schönheit war zu blass und zu zart, um der alten Landfrau einen tiefen Eindruck zu machen: was sie an einem Mädchen bewunderte, waren kräftige Farben und etwas Fleisch auf den Knochen. Aber sie legte auf das Äussere nicht viel Gewicht, und Hylla würde für Patrick die richtige Frau sein, lieb und willig. Wenn sie körperlich ein bisschen fade war, so hatte das wirklich nicht viel zu sagen, fand Annie. Patrick, der nun mal den Whisky seiner Ahnen im Blut hatte, würde in der Beziehung nicht so wählerisch sein wie andre Männer, deren Leidenschaften verdorben waren. So legte sie sich's jedenfalls zurecht.

«Jetzt wollt ihr wohl ins Dorf gehen und deinem Vater ein Telegramm schicken?» sagte sie. «Und mit dem Priester sprechen, damit er euch einen Tag nennt?»

Patrick hatte nicht an derlei Dinge gedacht.

«Und während du das machst, können Hylla und ich den alten Dan Delaney besuchen», schlug Dominic vor. Er hatte seinen Plan noch nicht gänzlich aufgegeben. Vielleicht war doch noch Zeit, dachte er, ihn vor der Hochzeit auszuführen, denn er nahm an, dass die «Belagerung» bis zur letzten Minute vor dem Hochzeitsabend fortgesetzt werden würde.

VIII

Aber noch ehe sie an jenem Tag das Mittagessen beendet hatten, hörten sie an der Haustür ein mächtiges Gepolter.

«Dada!» rief Dominic und stürzte durch den dunklen Gang zur Halle, wobei er nur um ein Haar dem Sumpfloch entging.

Und tatsächlich, es war der aus Paris zurückgekehrte Mike de Lacey, der in der einen Hand einen alten Reisekoffer trug, ein Modell, das früher als Gladstone bekannt war, und in der andern einen Packen Zeitungen.

«Hoho!» rief er und umarmte seinen kleinen Sohn, «das ist ein feines Wiedersehen, was? Die Heimkehr des Kriegsveteranen, was? Frisch vom Felde der Ehre!»

«Ja, ja», rief Dominic, lachte begeistert und starrte hingerissen auf seines Vaters mageres, zerfurchtes Gesicht. Das eine von Mikes Augen war ein wenig blutunterlaufen, was für Dominic erst recht zu dem Eindruck beitrug, er sei wahrhaftig von unvorstellbaren Abenteuern zurückgekehrt. Eigentlich war es die

Folge eines feuchtfröhlichen Abends auf dem Schiff.

Patrick kam, und sie drückten einander die Hand und wollten sie nicht mehr loslassen. Dann fiel es Mike ein, dass er ihnen sehr lange kein Geld geschickt hatte, und er schämte sich. Deshalb rief er sofort: «Hab' ich euch tüchtig überrascht? Bestimmt, wie? Das hab' ich gewollt. Und im Nu ist alles wieder schönstens beim alten, eh?»

Sie schritten durch den Gang zur Küche.

«Was der Gang hier dringend braucht, ist ein Oberlicht», fuhr Mike fort. «Das müssen wir gleich morgen in Angriff nehmen.»

«Das Oberlicht müsstest du in den Fussboden von meinem Schlafzimmer einsetzen», sagte Dominic. «Das liegt nämlich hier darüber!»

«Ach, stimmt ja», lachte Mike. «Na, so etwas!» Sofort gab er den Gedanken wieder auf, und im gleichen Augenblick stolperte er über das Sumpfloch und lachte noch heftiger.

«Das müssen wir dränieren und ein bisschen Holz drübernageln, und dann einen Teppich oder ein Stück Linoleum...», stellte er in Aussicht. Doch inzwischen war er bei der Küche angelangt und sah Hylla, über deren Vorhandensein Patrick noch kein Wörtchen hatte einwerfen können.

Mikes Redefluss versiegte. Er fuhr mit der Hand nach hinten, an seinen Rockkragen, und schob ihn mit einem Ruck seiner Schultern höher hinauf, eine fast unwillkürliche Bewegung, die er immer an sich hatte, wenn er verlegen war, und die ihren Ursprung möglicherweise in altgewohnten Zweifeln ob der Sauberkeit seines Hemdkragens hatte.

Um die kurze Unterbrechung seiner triumphalen Rückkehr zu überbrücken, begrüsste er Annie.

Dominic war es dann, der ihm Hylla vorstellte.

«Patrick und das Mädchen hier wollten gerade heiraten», sagte er und rief damit den Eindruck hervor, als habe sein Vater den Beginn der Hochzeitsfeier unterbrochen.

«So, so», sagte Mike sehr verlegen, lächelte aber und gab Hylla die Hand.

Dominic begann sofort vom «Skandal» und von der «Belagerung» und von der Gemeinheit ihrer Tante zu erzählen, und er verriet sogar etwas von seinem Plan, von dem Mike zwar nur sehr wenig begriff. Aber er wollte den kleinen Jungen nicht enttäuschen, indem er das zugab, und sagte deshalb: «Tolle Bescherung, eh? Ein Glück, dass ich zurückgekommen bin! Gerade noch in der letzten Minute, wie mir scheint. Ich werd's schon bald alles in Ordnung bringen.»

«Ja, bitte, Dada!» sagte Dominic. Er hatte Angst, Miss Longworth könne ihm etwas über seine Schulstunden geschrieben haben; deshalb wollte er seinen Vater sofort daran erinnern, dass es viel dringendere Sachen zu erledigen gäbe. Er erwähnte noch einmal das Sumpfloch und das Abdecken mit Brettern, das ja auch sein Vater für eilig gehalten hatte.

«Ja, es ist schandbar», rief Mike zwischen dem Kauen, denn Annie hatte ihm einen mit dem Rosaril-Ragout vollgehäuften Teller gebracht. «Noch dazu mit einer jungen Dame im Haus! Hast du wirklich die Absicht, dich zu verheiraten?» fragte er Patrick. Er war nicht ganz sicher, ob der Hinweis auf die bevorstehende Heirat nicht einen Teil der weniger glaubwürdigen Informationen Dominics bildete.

«Ja», erwiderte Patrick, «wenn du nichts dagegen hast?»

«Dagegen? Ich bin begeistert. Herzlichste Glückwünsche! Wie denkst du darüber, Annie?» fragte er die alte Frau, weil er wusste, dass er von ihr die zuverlässigste Auskunft erhalten würde.

«Ich hatte ihm gerade gesagt, es wär' das Beste, was ich je gehört habe, seit Sie mit der kleinen gescheckten Greyhound-Hündin den Clouanna-Pokal gewonnen haben», antwortete Annie.

Mike war restlos befriedigt. Er hätte gern etwas zu seiner zukünftigen Schwiegertochter gesagt, aber es fiel ihm nichts ein. Nicht einmal ihren Namen wusste er. Er lächelte ihr über den Tisch hinweg zu. Als er lächelte, sah Hylla, dass sein Mund dem von Patrick ähnlich war, und er hatte auch das gleiche breite Gesicht. Doch es war magerer, und seine Haut war fleckig. Und in seinen Augen stand der gleiche besinnliche, grüblerische Ausdruck, der zum Teil von der ihnen beiden gemeinsamen Eigenart herrührte, bei halbgeschlossenen Lidern vor sich hinzublicken.

«Was für eine Menge Neuigkeiten! Von den besten bis zu den weniger guten», rief Mike, und bei den letzten Worten schreckte Dominic zusammen. «Ihr habt wirklich eine aufregende Zeit hinter euch. Wann soll denn die Hochzeit sein?»

«Wir wollten heute nachmittag den Priester aufsuchen», antwortete Patrick.

«Wir können alle zusammen gehen und ihm einen Besuch machen. Es ist doch noch Father McGrath, nehme ich an? Nicht etwa, dass ich mir viel aus ihm mache. Ein sehr kalter Fisch! Aber vielleicht hat er sich verändert, oder ich habe mich verändert. Jedenfalls ist es ein festlicher Anlass, da muss er sich ja mit uns freuen. Und das Kleid - hast du ein Brautkleid?» fragte er Hylla, als ob so ein Gewand zum dauernden Bestand der Garderobe eines jungen Mädchens gehöre.

Sie schüttelte den Kopf. Aus einem unbestimmten Grund war sie Mike gegenüber schüchtern.

«Sie hat überhaupt keine Kleider!» platzte Dominic heraus. «Die alte Hexe wollte sie nicht herausrücken!»

«Meine Güte! Was für eine alte Hexe denn?»

Dominic erzählte es ihm.

«Auch das werden wir in Ordnung bringen. Aber sie ist nicht gar so schlimm. Wirklich nicht», sagte Mike. «Doch ihr, meine Lieben», fuhr er fort, weil er jetzt Gewissensbisse bekam, «wie habt ihr's nur durchgehalten? Ohne Geld, meine ich?»

Über sein zerfurchtes und fleckiges Gesicht hatte sich eine tiefe Röte gebreitet. Er schämte sich. Er übertrieb zwar vor sich selbst, wenn er sein Leben jetzt für verschwenderisch ansah, doch hätte er einiges unterlassen und dadurch Geld für sie erübrigen können. Er liebte sie so sehr, und er hatte nicht an sie gedacht. In den letzten zwei Monaten hatte er ihnen keinen Penny geschickt. Er hatte getrunken – im Dôme, in der Coupole, in Harrys Bar und, weiss der Himmel, wo noch überall! Und seine Lieblinge sassen in Rosaril und warteten auf einen

Brief von ihm! Jetzt kam es ihm schändlich vor. Im Grunde war es jedoch so, dass er zwar hin und wieder in all den Bars ein Gläschen getrunken hatte, an die er jetzt zu seiner Qual dachte (obwohl er sein liebstes Lokal ausgelassen hatte), aber wenn er trank, sparte er immerhin das Essen. In der letzten Zeit war es ihm nicht allzugut ergangen. Die englischen Journalisten in Paris hatten die Depression zu spüren bekommen.

Am Nachmittag fuhren sie also in ihrem alten Auto zu Father McGrath. Mike hatte darauf bestanden, dass gefahren wurde, obwohl der Wagen äusserst schwer ansprang, und die Steuern waren auch noch nicht bezahlt.

«Noch etwas, das wir bald erledigen müssen», sagte Mike. «Wenn ihr verheiratet seid, braucht ihr einen Wagen. Ihr könntet zum Beispiel statt einer Hochzeitsreise im Lande herumfahren, während ich mit Dominic zu Hause bleibe.»

Brautkleid! Hochzeitsreise! Wie seltsam die Worte Patrick in den Ohren klangen! Wie er fand, diesem Zurschaustellen ihrer Liebe hafte etwas beinah Anstössiges an!

Patrick fuhr, sein Vater sass neben ihm, und Hylla und Dominic duckten sich vor Wind und Regen auf den Notsitzen dahinter. Sie fuhren zum Priester. Father McGrath war ein junger

Mann mit einem asketischen Gesicht und schwarzen Haaren. Er war erstaunt über den Besuch der de Laceys und des Mädchens, von dem er schon gehört hatte. Als er ihr die Hand gab, hob er die Augen nicht zu ihr auf, denn er fürchtete sich vor dem, was sie sehen mochten. Er gehörte zu jenen Puritanern, die über das Geschlechtliche die abenteuerlichsten Ideen hegen. Er hätte nicht genau sagen können, wovor er sich fürchtete, doch er hatte ein unbestimmtes Gefühl, dass es schon an und für sich gefährlich sein musste (ausgenommen natürlich im Beichtstuhl), mit einer Frau in Berührung zu kommen, die Anlass zu Klatsch gab. Sobald Mike jedoch die Heirat erwähnte, war er erleichtert und gestattete sich, einen Blick auf das Mädchen zu werfen, wenn auch nur den allerflüchtigsten Blick. Es hatte mehrere Heilige gegeben, die, wie er sich erinnerte, während ihres ganzen Lebens nie einer Frau ins Gesicht geblickt hatten. Sie hatten allerdings religiösen Orden angehört, daher war es für sie einfacher gewesen. Was er bei diesem flüchtigen Blick sah, erregte ihn eher, als dass es ihn beruhigte. War es seine übermässige Phantasie - oder barg sich nicht doch ein heimliches, schönes Gift in den weit auseinanderliegenden grauen Augen und in dem Schwung der Lippen über einem schmalen Unterkiefer? Wie schwierig war es doch, die Schönheit der Frauen und der jungen Mädchen mit dem Gekreuzigten in Einklang zu bringen!

Was Mike de Lacey betraf, so hatte er über ihn auch schon sehr viel gehört. Doch der Alkohol war ein Feind, mit dem man leicht fertig wurde. Man konnte ihn offen und ergrimmt anprangern. Das Aussehen des Mannes sprach ja Bände! Seine Gesundheit und sein Verstand waren offenbar traurig unterminiert.

Bei Dominic fühlte sich der Priester weniger unbehaglich. Er liebte Kinder. Sein von Zweifeln geplagter Geist fand in ihnen nichts, was ihn quälen konnte. Er trat an ein Schubfach in seinem Bücherregal – einem der wenigen Möbelstücke in dem düsteren Zimmer – und holte einen Riegel Schokolade hervor. Schüchtern bot er sie Dominic an.

«Danke, Father», sagte Dominic. Er brach die Schokolade in zwei Hälften und gab Hylla das eine Stück. Dann blickte er sich die blau und weiss gemalte Statue der Heiligen Jungfrau an, die auf dem Kaminsims stand. Der Kopf war gesenkt, die Arme hingen seitlich nieder und hatten die Handfläche nach aussen gekehrt. Er fand sie sehr schön.

«Du!» flüsterte er Hylla zu. «Stell dich mal so hin! Ich möcht' gern wissen, wie du dann aussiehst.»

Aber Hylla dachte, der Priester könne eine Unehrerbietigkeit argwöhnen, und schüttelte den Kopf.

«O bitte, Süsses!» Wenn er sie so bat, musste sie nachgeben, obwohl sie es nicht wollte. Im gleichen Augenblick sah der Priester sie noch einmal an und war erschrocken über die wohlbekannte Pose, auch wenn er sie nicht mit der Statue in Zusammenhang brachte. Er starrte Hylla an und vergass seinen Vorsatz, die Augen nicht auf ihr ruhen zu lassen. Hylla änderte sofort die Stellung. In ihrem alten schwarzen Kleid und den gestopften Seidenstrümpfen, mit dem dunklen Haar, das ihr feucht und wellig bis fast auf die Schultern niederhing, und mit ihrer blassen, zurückhaltenden Schönheit glich sie einem Engel, der, als Bettelmädchen verkleidet, hier einen Besuch machte. Eine ähnliche phantastische Idee kam auch dem Priester in den Sinn; jedoch sah er sie nicht als Engel Gottes, sondern als einen dunklen Engel, der ihn in frommer Pose verführen und verspotten wollte. Er dachte nicht, dass sie kein Menschenkind sei, sondern nur, dass der Teufel sich ihrer gegen ihn bediene. Denn wenn dem nicht so wäre - weshalb bestürmten dann die widerlichsten und schlechtesten Gedanken seinen Geist und zwangen ihn fast, sich ihnen zu stellen? Er begriff nicht, was ihm widerfuhr. Er, der so in Reinheit gefestigt war! Er fand es immer schwieriger, auf das zu achten, was Mr. de Lacey sagte.

«Etwa am dreiundzwanzigsten..., ein paar Freunde..., und hoffen, dass Sie hinterher in Rosaril am Frühstück teilnehmen, Father.»

«Besten Dank, Mr. de Lacey», antwortete er mechanisch.

Sie wurde also die Ehefrau eines andern, und die Kirche gab ihren Segen. Ja, und warum nicht? Doch der junge Puritaner konnte sich nicht gegen das Gefühl wehren, dass er irgendwie überlistet wurde, dass die Kirche überlistet wurde, etwas Schändliches und Ruchloses zu segnen. Diese de Laceys! Immer schon waren sie im Kirchspiel ein Problem gewesen. Sein Vorgänger hatte ihm bereits über sie berichtet.

Patrick war im Hintergrund geblieben. Er lächelte, fast ohne es zu wissen. Vor wenigen Wochen war in Rosaril ein Mädchen mit seiner Tante in das grosse, kalte Wohnzimmer getreten, und jetzt standen sie hier und baten den Priester, getraut zu werden! Ungefähr ebenso kommt zwar jede Heirat zustande. Nur musste einem die erste Begegnung und das Kennenlernen zweier Menschen, die ausersehen sind, einander zu heiraten, in der Erinnerung ziemlich komisch erscheinen. Ein ganzes Buch könnte man darüber schreiben, fand er. Einfach eine Reihe von Episoden, von ersten Begegnungen; doch sollte man jede Geschichte nie weiter ausspinnen, nicht einmal bis zum ersten Kuss. Der Titel müsste lauten: *Sie wurden ein Liebespaar.*

«Sie haben wahrscheinlich sehr viel Zeit zum Lesen?» fragte Mike den Priester. Obwohl alles besprochen war, schien Mike es mit dem Aufbruch nicht eilig zu haben.

«Ja, das stimmt», erwiderte Father McGrath.

«Was halten Sie von den modernen Schriftstellern?» fragte ihn Mike.

«Es sind Heiden», sagte der junge Priester, und zum erstenmal leuchteten seine Augen interessiert auf. «Sie rühmen die niedrigsten Leidenschaften, sie predigen den Sinnenkult, die Poesie des Körpers.» Er blickte Hylla an, als er nicht mehr sprach. Er dachte, sie sei gerade so eine Frau, die einer der Modernen als Heldin hätte nehmen können.

Heiden! wiederholte Dominic im stillen. Das Wort reizte ihn. Er wusste nicht, was es bedeutete. Und ebenso der Ausdruck «Poesie des Körpers». Den fand er besonders schön, obwohl er auch ihn nicht richtig verstand. Er brachte ihn irgendwie mit der Statue in Zusammenhang, deren Haltung ihm so gefiel. Die Heilige Jungfrau, dachte er, war bestimmt die

Poesie des Körpers. Dass der Priester verurteilend sprach, hatte er überhaupt nicht begriffen.

Patrick wollte gern gehen. Der fanatische junge Priester in seinem freudlosen Zimmer gefiel ihm nicht. Nach der kahlen, baufälligen Armut, die in Rosaril herrschte, bedrückte ihn diese spiesserhafte Schäbigkeit. Das Zimmer strotzte vom Bemühen um Achtbarkeit, und so etwas fand man bestimmt weder in Rosaril noch in den Hütten der Nachbarn. Er war froh, als sie wieder in der Dorfstrasse standen.

«Ein sonderbarer Bursche», bemerkte Mike. «Dem käme noch ein Ketzergericht sehr gelegen.»

«Ich hab' ihn nett gefunden», sagte Dominic.

Mike lachte. «Das ist er ja auch», gab er zu. «Einer oder zwei von der Sorte sind nicht gefährlich. Aber wenn's viele von ihnen gäbe, dann hätten Leute wie wir nichts zu lachen.»

Sie fuhren die breite, schlammige Strasse entlang, auf jeder Seite weissgetünchte Hütten, hin und wieder durch einen zweistöckigen Betonklotz getrennt. Zu letzteren gehörte auch Bulgers Wirtshaus mit dem Dorfladen, und dort hielten sie. Das bedeutete, den Angriff mitten in die feindliche Zitadelle tragen, dachte Dominic. Denn hier hatte die «Belagerung» auf Anstiften Miss Longworths ihren Anfang genommen.

«Ich muss Verschiedenes mit dem Wirt in Ordnung bringen», sagte Mike zu ihnen. «Ihr könnt bei Dan Delaney auf mich warten. Ich bleibe nicht lange.»

«Ich möchte gern mitkommen», bat Dominic. Er wollte dabeisein, wenn, wie er glaubte, die «Belagerung» aufgehoben wurde.

«Ja, das geht», sagte sein Vater. Der kleine Junge sprang vom Notsitz herunter und folgte Mike in den ziemlich dunklen Laden, in dem alle möglichen Dinge verkauft wurden. Mike ging weiter - zur Bar im Hintergrund des Ladens. Dort musste, weil das Haus so wunderlich gebaut war, ständig eine Petroleumlampe brennen, sogar an einem strahlenden Sommertag. Vielleicht war es absichtlich so angeordnet, denn in Irland lieben es die Leute (zum Unterschied vom übrigen Europa), in einer Atmosphäre zu trinken, die ihnen Abgeschiedenheit und sogar Verschwiegenheit zusichert. Doch ausserdem gab es einen Zufluchtswinkel, der noch heimlicher war: er war vom eigentlichen Barraum abgetrennt worden, und zu dieser kleinen Zelle steuerte Mike, hinter ihm Dominic. Obwohl niemand hinter der Bar gestanden hatte, als sie eingetreten waren, dauerte es kaum eine Sekunde, bis Bulger erschien und Mike de Lacey über die Theke weg seine Hand entgegenstreckte. Aber Mike schien sie überhaupt nicht zu sehen. Dominic, dessen Kinn bis eben zur hohen Theke hinaufreichte, beobachtete es mit klopfendem Herzen.

«Willkommen zu Hause, Mr. de Lacey!» sagte der Wirt. Er hatte ein rundes Gesicht und eine sehr glatte Haut, wie die eines Babys, und seine Augen waren bleich.

«Geben Sie mir einen kleinen Jameson und eine kleine Limonade», bestellte Mike.

Bulger bediente sie und schob die Silbermünze zurück, die Mike auf die Theke gelegt hatte.

«Sie sind mein Gast», sagte Bulger. «Und ich bin doppelt froh, Sie wiederzusehen, Mister de Lacey, weil ich mir wegen einer kleinen Angelegenheit Sorgen gemacht habe und gern ein Wörtchen mit Ihnen darüber reden möchte.»

«Falls es wegen der Rechnung ist», entgegnete Mike, «so bin ich hergekommen, um sie zu bezahlen – und um Ihnen gleichzeitig zu sagen: das hier ist der letzte Auftrag, den Sie je wieder von Rosaril bekommen werden.»

Der Wirt lehnte sich über die Theke und redete leise auf Mike ein.

«Mr. de Lacey», sagte er, und seine bleichen Baby-Augen blickten gekränkt drein, «ich gäbe gern ein Jahr meines Lebens her, um Sie nicht so sprechen zu hören. Sie wissen doch genau, dass es im ganzen Land kein Haus gibt, dem ich mehr zugetan bin als Rosaril! Hören Sie mir bitte einen Augenblick zu: es muss irgendwo ein Missverständnis gegeben haben. Ich mache niemandem Vorwürfe, am allerwenigsten Miss Longworth, denn ich weiss, dass sie für alles, was sie tut, ihre guten Gründe hat ...»

«Was zum Teufel hat Miss Longworth damit zu tun?» rief Mike ebenso laut, wie er von Anfang an gesprochen hatte.

«Lieber möchte ich mir selbst Vorwürfe machen», fuhr Bulger fort. «Ich möchte eher sagen, dass ich es war, der sie falsch verstanden hat, als ich ihren Worten entnahm, Sie hätten mich dringendst ersucht, Mr. Patrick nichts mehr zu liefern. Es ging mir gegen den Strich, das brauche ich Ihnen wohl nicht zu sagen. Aber die Gründe, die sie mir angab ... Ich weiss ja nicht, ob ich's hätte beachten sollen oder nicht; aber da Sie nicht hier waren - und dann die Art, wie sie mir alles schilderte, versetzten mich in eine Lage, dass ich nicht recht wusste, was ich tun sollte», fuhr der abgefeimte Wirt fort. Er wandte den Blick nicht eine Sekunde von Mikes Gesicht ab. Auf das geringste Anzeichen hin war er bereit, diesen oder jenen Punkt zu ändern oder hervorzuheben und seinen Bericht auf genau die Nuance einzufärben, von der er annahm, sie würde wirksam sein. In bezug auf Erklärungen war er ein kleines Genie; seine Sprache war spitzfindig, und seine Methode bestand darin, zu verblüffen, zu schmeicheln und seinem Opfer den Gedanken nahezulegen, es sei ihm zu Dank verpflichtet - und zwar alles gleichzeitig. Es gab nichts, und wenn es noch so unangenehm war, was dieser Mensch nicht hätte erklären können - nicht nur zufriedenstellend, sondern oft weit mehr als das.

«Wenn ich recht verstanden habe, hat Miss Longworth Ihnen in meinem Namen mitgeteilt, Sie sollten Rosaril nichts mehr liefern, ja?» fragte Mike. Er sprach bereits weniger laut.

Die Taktik des Wirts liess es jedoch nicht zu, dass Mike es so einfach formulierte. Er jonglierte derart mit Winken, Andeutungen und halben Aussagen, dass man ihn nie einer glatten Lüge hätte bezichtigen können. Daher sagte er sofort: «Oh, Mr. de Lacey, ich mache niemandem Vorwürfe. Sie wissen doch selbst, dass jedermann in bester Absicht handeln und trotzdem Fehler begehen kann? Klatsch und Verleumdungen - die lasten wie ein Fluch auf unserm Bezirk, ja, ich behaupte, auf jedem Bezirk in Irland. Ich begreife, dass es das ist, was Miss Longworth befürchtete und was sie verhindern wollte. ‹Sie sind ein Freund meines Schwagers, Mr. Bulger›, hat sie zu mir gesagt, ‹und Sie wollen deshalb sicher nicht dazu beitragen, einen Zustand zu verlängern, über den Mr. de Lacey sich zu Tode grämen würde.»»

«Was für ein Zustand war denn das?» unterbrach ihn Mike.

«Nichts als Erfindungen boshafter Lügenmäuler!» fuhr Bulger fort, lehnte sich noch weiter über die Theke und verlieh seiner Stimme eine Note vertraulicher Einsicht. «Man braucht ja nur einen Blick auf die junge Dame zu werfen, um sofort zu sehen, dass sie ein unschuldiges Kind ist - und was Mr. Patrick angeht, da habe ich mein möglichstes getan, um dem Geschwätz einen Riegel vorzuschieben - wie ich Ihnen wohl nicht erst zu versichern brauche. Eines Abends habe ich hier ein paar alte Kerls einfach 'rauswerfen lassen, als ich entdeckte, was für eine Art Gespräche sie führten.» Bulger zog die Flasche zu sich heran und schenkte sich und Mike von neuem ein.

Dominic wartete; er hörte alles mit an, und seine Verzweiflung wuchs. Er verstand den Hergang nicht, aber er sah, wie seines Vaters so tapfer begonnener Ausfall abgewiesen und zerschmettert wurde. Er sah, wie durch den unaufhörlichen Redefluss des Wirts die geistige Haltung eines Mannes untergraben wurde, auf den er so grosse Hoffnungen gesetzt hatte. Von Sekunde zu Sekunde erwartete er einen Zornausbruch seines Vaters, doch vergebens.

Statt dessen wurde ihm das Glas gefüllt und immer wieder nachgefüllt; die beiden Köpfe näherten sich, und Mikes Stimme war jetzt ebenso leise wie die des Wirts.

Dominic dachte nicht daran, auch nur einen Schluck von der Limonade zu trinken. Obwohl es für ihn ein ungewohnter Genuss gewesen wäre, glaubte er, das Getränk müsse ihm in der Kehle steckenbleiben, wenn er auch nur daran nippte.

IX

Das Ergebnis des ersten Tages seit seines Vaters Rückkehr war nicht die einzige Enttäuschung für Dominic. Während der anderthalb Jahre, die Mike im Ausland gewesen war, hatte sich der Junge von seinem Vater ein Bild von heroischen Ausmassen gemacht. Stück um Stück begann abzubröckeln. Er war jetzt jenem furchtbaren Vorgang ausgeliefert, bei dem man seine Illusionen verliert. Und gleichzeitig schien sogar Hylla ihn zu enttäuschen. Sein Gefühl, dass sie auf die Erde geschickt worden sei, um Seite an Seite mit ihm für jene verlorene Sache zu kämpfen, an die er so leidenschaftlich glaubte, begann an Intensität nachzulassen. Die Sache der Romantik (auch wenn er sie nicht so zu benennen wusste) schien bis auf ihn allein ihrer sämtlichen Ritter beraubt worden zu sein. Denn Patrick hatte in Dominics Augen nie zu ihnen gehört. Seine Liebe zu Patrick war einfacher und praktischer Natur und blieb ohne Wolke.

Was mit Hylla geschehen war, begriff er nicht. Sie schien ihm nicht mehr so kameradschaftlich zu sein. Sie schien betriebsam geworden zu sein, wie so viele andere Leute es waren. Bisher war sie nie betriebsam gewesen, sondern schien endlos viel Zeit zu haben, um alles zu tun, was er vorschlug. Ausserdem trug sie jetzt nicht mehr das alte schwarze Kleid, das für ihn zu einem Teil ihrer Persönlichkeit geworden war. Miss Longworth hatte Hyllas Sachen geschickt, und nun war sie manchmal so elegant, dass er sie, wie er halb im Scherz und halb im Ernst behauptete, nicht mehr erkannte. Sie schneiderte sich ihr Brautkleid selbst, und wenn sie daran arbeitete, blieb sie oft den ganzen Nachmittag im Schulzimmer. Manchmal blieb Dominic bei ihr und plauderte mit ihr, während sie den weissen Satin zuschnitt und daran nähte, doch nach kurzer Zeit musste er entweder mit All Alone oder mit der Prinzessin durch die feuchten Felder streifen.

Er war ein stolzer kleiner Junge, und er brachte es nicht über sich, Hylla wegen der Veränderung zu fragen, die mit ihr vorgegangen zu sein schien. Er hätte es ja kaum selbst mit einem treffenden Wort bezeichnen können. Es war, als sei sie plötzlich eine Erwachsene geworden.

Was mit ihr geschehen war, liess sich durch zwei oder drei Dinge erklären. Da war zunächst die Tatsache, dass sie sich endgültig und formell mit Patrick verlobt hatte, und am gleichen Tag war Mike zurückgekehrt und hatte sich sofort mit der Hochzeit befasst und Vorkehrungen getroffen. Und dann war der Besuch beim Priester hinzugekommen. Er hatte eine tiefe Wirkung bei ihr hervorgerufen. Sie hatte etwas von seiner Feindseligkeit ihr gegenüber gespürt. Und sie hatte geglaubt, es müsse bestimmt der kindische Leichtsinn in ihr gewesen sein, den er intuitiv erkannt hatte und bei einem Mädchen, das heiraten und eine Ehefrau werden wollte, missbilligte. In sehr bewusstem Bemühen versuchte Hylla jetzt, ernster und erwachsener zu sein. In Dominics Unterrichtsstunden gestattete sie es sich nicht, über alle möglichen phantastischen Dinge zu plaudern. Sie verwendete grössere Sorgfalt auf die Art, wie sie sich kleidete, was ihr ohne weiteres gelang, da sie wieder im Besitz all ihrer Sachen war. Sie benutzte nicht mehr soviel Rouge für die Lippen, und wenn sie die graue Stute ritt, hatte sie nicht mehr das schwarze

Kleid bis zu den Knien hochgestreift, sondern sie trug jetzt ihre Reithose und eine grüne Jakke. In tausenderlei Kleinigkeiten hatte sie sich «gebessert», wie sie es nannte. Aber sie ahnte nicht, dass Dominic es bemerkte oder, wenn doch, dass er sich vereinsamt fühlte.

Der kleine Junge, der so zu Übertreibungen neigte, dass er das Gute als unübertrefflich und das Schlimme als das Allerschlimmste von der Welt ansah, glaubte jetzt nur noch einen Kameraden zu haben: die Greyhound-Prinzessin, die an seinen wilden Abenteuern teilhaben konnte. Mit der schönen Stromlinienform ihres geschmeidigen Körpers schien auch sie, wie er meinte, sich aufzulehnen gegen alles, was im Leben öde und langweilig war. Was die graue Stute betraf, so hätte er auch von ihr gerne geglaubt, sie «stehe auf seiner Seite». Doch sie war leider nicht reinrassig genug, um seiner strengen Prüfung standzuhalten. In ihren stämmigen Formen und dem zotteligen Fell lag etwas fast zu Robustes und zu Reizloses. Er hatte sie sehr gern, doch da er nie von einem Grundsatz abwich und nie Kompromisse schloss, konnte er sie nicht in die kleine Gefolgschaft der Ritter einer verlorenen Sache (der Romantik) aufnehmen, deren Anführerin bis vor kurzem Hylla gewesen war. Nicht etwa, dass er sich das alles logisch klarmachte: er fand es auf intuitivem Weg. Die kleine Gefolgschaft schrumpfte zusammen. Zuerst hatte sich sein Vater als Deserteur erwiesen, und jetzt schien es, dass auch das Mädchen, dieser wilde weisse Hase, eingefangen und gezähmt worden war und sie verliess.

Während jener ziemlich traurigen Tage dachte er oft an den Priester. Hatte er nicht die schöne Statue in seinem Zimmer gehabt? Hatte er nicht von der Poesie des Körpers gesprochen (was Dominic auf unklare Art mit der Statue, mit Hylla und mit der Prinzessin in Zusammenhang brachte)? Und hatte nicht in seinen Augen ein begeisterter Funke aufgeleuchtet? Vielleicht war er ein Verbündeter? überlegte Dominic. Und diese Möglichkeit liess ihn seine Einsamkeit weniger hart empfinden.

Sonst aber verlief das Leben auf Rosaril nach Mikes Rückkehr genau wie vorher. Das Sumpfloch – das versteht sich fast von selbst – wurde nicht dräniert und nicht mit Brettern zugedeckt, und kein Oberlicht wurde eingesetzt, um den dunklen Gang aufzuhellen. Mike war nämlich mit nicht mehr als sieben oder acht Pfund in der Tasche aus Paris zurückgekehrt. Doch da es jetzt wieder möglich war, bei Bulger fast alles auf Kredit zu bekommen, hatte sich die Lage bedeutend gebessert. Anscheinend hatte Miss Longworth das Rosaril-Konto in Bulgers Laden beglichen, ehe sie den Wirt bat, ihnen den weiteren Kredit zu sperren - jedenfalls bis zu Mikes Rückkehr oder bis Miss Canavan das Schändliche ihres Tuns eingesehen und Rosaril verlassen hätte. Doch diese Tatsache erwähnte Mike niemals, auch nicht Patrick gegenüber.

Der arme Mike! Nach seiner Rückkehr aus Paris mit all den Schwierigkeiten und den wenigen Freuden eines schlechtbezahlten Journalisten genoss er das Leben in Rosaril sehr. Um die wenigen Freuden in Paris tat es ihm nicht leid, denn sie waren meistens schlecht gewählt und in ihrer Nachwirkung deprimierend. Und was schon seit langem sein Traum gewesen war: er begann ein Buch zu schreiben. Er tat es morgens im Bett und stand erst zum Mittagessen auf. Abends sass er oft in Bulgers Kneipe. Ohne seinen Willen schien er in eine Art Freundschaftsverhältnis zu dem blassäugigen Wirt geraten zu sein.

Doch auch an *seinem* lichten Himmel trieben einige Wolken. Da war das bohrende Gefühl, Dominic enttäuscht zu haben, den strengen und tragischen kleinen Burschen, von dem er so gerne geliebt und bewundert werden wollte - mehr als von allen andern Menschen. Da war ausserdem die Tatsache, dass Bulger begierig schien, die Prinzessin zu erwerben.

Der Wirt war ganz versessen auf Greyhounds und liess mehrere seiner Hunde bei den Rennen in Galway laufen. Und weil Mikes Schulden bei Bulger sich anzuhäufen begannen, sah er kaum einen Ausweg, ihm die Hündin *nicht* zu geben.

«Wir wollen die Schulden streichen», hatte der Wirt vorgeschlagen, «und obendrein gebe ich Ihnen zehn Pfund Bargeld.» Als Mike sich in der Trinkernische gegen die Theke lehnte und den Kopf schüttelte, hatte Bulger nicht weiter gedrängt.

«Wie Sie wollen, Mr. de Lacey. Sie wissen ja, es ist mein Steckenpferd. Die Greyhounds liegen mir einfach im Blut. Jedenfalls soll mein Angebot ein oder zwei Wochen gelten. Ihre Schulden gestrichen, und zehn edle Scheinchen!» Und am nächsten Morgen lieferte er in Rosaril ein halbes Dutzend Flaschen Whisky, einen Schinken und einen riesigen Königskuchen ab. Denn Bulger war gerissen: er konnte die Leute, mit denen er zu tun hatte, gut beurteilen. Er wusste, wann er hart wie Stein sein musste und wann eine grosszügige Geste angebracht war. Fast alle Leute im Bezirk hatten Schulden bei ihm, ausgenommen jene, denen er überhaupt jeden Kredit abschlug. Es waren Leute, bei denen er nichts herausholen konnte, und wenn er sie sich noch so gefügig machte.

Daneben gab es andere, die niemals auf Konto schreiben liessen, sondern lieber in bar bezahlten. Zu ihnen gehörte Dan Delaney. Und zu ihnen war Bulger immer äusserst höflich, weil sie ihm gründlich zuwider waren.

An jenem Morgen, als das Geschenk des Wirts eintraf, sass Mike im Bett und schrieb. Dominic und Hylla sahen vom Fenster aus, wie der Wagen vorfuhr und hielt. In Rosaril wurden die Lebensmittel meistens von einem Burschen auf einem Fahrrad gebracht. Die Ankunft eines Lieferwagens war ein bedeutsames Ereignis. Dominic bat um Erlaubnis, in die Küche zu laufen und ausfindig zu machen, was los war. Hylla, die zu ihrem Kummer gespürt hatte, wie traurig er in den letzten Tagen geworden war, schlug es ihm nicht ab. Auch sie ging hinunter, und beide beobachteten, wie Annie die Holzkiste neugierig untersuchte. Als sie dann offenstand, war Annie diejenige, die am wenigsten begeistert war. Sie war die einzige in der Familie, die darum wusste, dass Mike sozusagen mittellos zurückgekehrt war. Sie hatte auch das Blatt Papier zuoberst in der Kiste gelesen, auf das Bulger mit seiner Kontobuchschrift gemalt hatte: «Mit den besten Empfehlungen von Aloysius Bulger.»

Sie hatte auch allerlei von Bulgers Passion für Greyhounds gehört und wusste, dass er seit langem ein begehrliches Auge auf die Prinzessin geworfen hatte. Doch immerhin liess sie ihrer Sorge noch nicht die Zügel schiessen: als sie die sechs Flaschen mit ihren vornehmen Schildchen aufs Regal gestellt hatte, wo sie - quer über dem goldenen Warenzeichen in schwarzen Buchstaben - mit der authentischen Unterschrift des berühmten Whiskybrenners und der fünfzehnjährigen Garantie prunkten, blieb auch ihr nichts anderes übrig, als den üppigen Anblick zu bewundern, den sie da oben boten.

«Wie in alten Zeiten», sagte sie, obwohl sie bestimmt niemals Zeiten erlebt hatte, in denen sechs Flaschen des edelsten Whiskys ein alltäglicher Anblick auf den Regalen Rosarils gewesen wären. Der Grund war natürlich nicht Enthaltsamkeit gewesen, sondern eine reine Geldfrage.

Selbst Dominic musste sie bewundern. Als die goldene Flüssigkeit im matten Licht glomm, sahen sie sehr wertvoll aus. Doch noch mehr interessierte ihn der Königskuchen - einen so riesigen hätte man niemals bei Bulgers am Ladentisch kaufen können. Er musste auf besondere Bestellung geliefert worden sein. Auch der Schinken in seiner Hülle aus weisser Gaze, oder was es sonst sein mochte, sah sehr fein aus.

Dominic sprang die Treppe hinauf, um seinem Vater von der Ankunft der Kiste zu berichten. Mike sass im Bett, im Rücken zwei Kissen, von denen das eine keinen Bezug hatte. Auf seinen hochgestellten Knien lag eine sehr schmutzige Daunendecke. Sein Haar stand beinah ebenso wie bei Dominic in Büscheln ab; doch es war nicht blond, sondern braun, mit sehr viel Grau dazwischen.

«Die Sachen sind gekommen, Dada!» schrie Dominic, noch ehe er in der Tür stand.

«Was für Sachen, Liebling?» fragte Mike und blickte von den Papieren auf, die er mit seinem Bleistiftgekritzel bedeckt hatte.

«Die Sachen, die du bestellt hast - oder hast du nichts bestellt?» fragte Dominic.

«Was? Nein, ich habe nichts bestellt.» Mike erinnerte sich, dass er davon gesprochen hatte, er wolle eine Menge Sachen bestellen; doch dazu wäre er natürlich gar nicht in der Lage gewesen.

Der kleine Junge blieb mitten in dem grossen, unmöblierten Zimmer stehen.

«Dann ..., dann ...», sagte er, und sein helles Gesicht sah plötzlich ernst und furchtsam aus, «dann ist es wohl ein Geschenk.»

«Was? Ein Geschenk? Grossartig!» rief Mike. «Was ist's?»

Doch durch Dominics Kopf jagten sich Ahnungen und Folgerungen. Warum sollte der Teufel von Bulger ihnen ein Geschenk machen?

«Hat Bulger unsre Prinzessin gesehen?» fragte er und kam langsam näher.

«Ja. Er hat sie gesehen», antwortete sein Vater. Während eines kurzen Augenblicks hatte er sich sehr glücklich gefühlt. Mit dem Buch kam er so gut voran. Gerade heute früh hatte er gespürt, dass jene Schönheit, die er - wie er wusste - auf seine eigene, wunderliche Art in Worten beschwören konnte, in Erscheinung zu treten begann. Dann kam plötzlich der kleine Junge, ihm zu eigen, ein kostbarer, kostbarer Schatz! Und obendrein noch ein Geschenk, ein Grund mehr zur Freude, die ihm einen guten Morgen abzurunden schien. Doch Dominics Frage zerbrach ihm seine ganze Freude. Bulger! Die Prinzessin! Er brachte es nicht fertig, dem kleinen Jungen Näheres darüber zu sagen.

Dominics Gesicht wurde rot, und die Augen brannten ihn etwas, aber er hielt die Tränen zurück. Wollte er weinen, dann durfte es nur insgeheim sein, wenn er allein war. Vor denen, die «auf die andere Seite» überzugehen schienen, durfte er keine Schwäche zeigen.

«Der verdammte Säufer!» rief er laut. Er wusste, dass Bulger kein Säufer war, dass er sogar kaum einen Tropfen trank. Er war zu berechnend, um zu trinken. Doch im Augenblick fiel Dominic kein anderes Schimpfwort ein. Nicht etwa, dass ihm «Säufer» genügte: er hielt es nicht für einen sehr schwerwiegenden Tadel.

«Mein kleiner Dominic!» sagte Mike hilflos. Er wusste, dass er seinen kleinen Sohn enttäuschte und ihn im Stich liess - und ihm das anzutun, war unerträglich. Denn von allen Bewohnern Rosarils war Dominic derjenige, den Mike als Ideal und Ansporn betrachtete. Auch zu Dominics Mutter hatte er aufgeblickt. Und er schien dazu verurteilt, nie jenem hohen Ideal gemäss zu leben.

Dominic stand neben seines Vaters Bett, stiess mit dem Schuh gegen den eisernen Bettfuss und fummelte mit den losen Blättern herum, die auf der Daunendecke lagen: nicht eine Minute war er still.

«Weisst du noch», fragte Mike, «wie ich dir, als du klein warst, etwas vorgesungen habe, damit du einschlafen konntest?»

«Ja», erwiderte Dominic. Er konnte sich undeutlich an früher erinnern, an die romantische Gestalt, als die ihm sein Vater erschienen war, wenn er neben seinem Kopfkissen stand und sich leise zum Rhythmus des Liedes wiegte, während ihm die schweren Augenlider halb über die Augen sanken, je mehr er vom Zauber der heldischen Worte umstrickt wurde. Er konnte nur ein einziges Lied singen, und Dominic wollte auch nie ein anderes hören.

«Könntest du es jetzt singen?» bat Dominic.

Mike stiess die graue Locke zurück, die ihm in die Stirn fiel. Er räusperte sich und stimmte die «Königin von Connemara» an. Es handelte von einem Torfboot; ein wildes, tragisches Lied war es, und als er an die Strophe kam:

«Denn sie war das schnellste Boot
zwischen Galway und Kinsale!»,

da fühlte Dominic wieder den alten Zauber, und er lauschte und blickte auf Mikes verheertes Gesicht, auf dem noch Spuren eines hohen Adels vorhanden waren, eines Adels, der sich anscheinend niemals hatte entfalten können.

Als er geendet hatte, blieb sein Blick an einer Stelle oben auf der gegenüberliegenden Wand haften, und ein scheues Lächeln umspielte seinen Mund, von dessen Winkeln tiefe Furchen zu seiner ziemlich dicken Nase hinaufstiegen. Er schaute den kleinen Jungen nicht an, sondern wartete, halb voller Hoffnung und halb voller Furcht, zu hoffen, dass Dominic begreifen würde, noch sei nicht alles zwischen ihnen aus und Mike sei trotz all seiner Schwächen und greulichen Mängel noch immer der liebe und zuverlässige Freund seines einsamen kleinen Sohnes.

Dann kam Hylla, die meinte, Dominic sei lange genug oben gewesen, und wollte ihn wieder ins Schulzimmer holen.

Etwas in den Gesichtern der beiden hiess sie schon auf der Schwelle stehenbleiben. Ihr war es, als unterbreche sie ein Gespräch, das sehr wichtig sei und an dem sie keinen Anteil habe. Dabei hatte keiner etwas gesagt. Doch Dominic rief sie: «Hylla! Hylla! Komm her!»

Sie kam bis ans Bett.

«Was ist?» fragte sie.

«Versprich mir», begann der Junge aufgeregt, «nichts von dem Schinken oder dem Kuchen zu essen und nicht einen Tropfen Whisky zu trinken!»

Er spürte, dass der kritische Augenblick gekommen war und dass er seine Streitkräfte um sich sammeln müsse: wenn er nur tapfer genug war, konnte er heute einen grossen Sieg erringen. Er stand noch im Banne des Liedes.

«Ich verspreche es dir», sagte Hylla. Was hätte sie ihm *nicht* versprochen? Alles, wie unvernünftig und kindisch es sein mochte.

«Siehst du, Dada», fuhr Dominic schon ein wenig triumphierend fort, «keiner von uns will das Geschenk von dem Kerl anrühren, weil er uns zuerst das Mädchen hier stehlen wollte und jetzt noch die Prinzessin.»

«Was?» rief Mike. «Wollte er Hylla haben?»

«Er wollte, dass sie uns verlässt, *deshalb* hat er uns nichts mehr zu essen geschickt. Der und die alte Frau!»

«So war es gar nicht. Er hat's mir alles erklärt», begann Mike.

«Und ich sage dir, dass es doch so war, und er hat dich schon beinah auf seine Seite geholt. Er hat dich schon beinah von uns weggeholt!» fuhr der kleine Junge aufgeregt fort. «Aber wenn wir alle zusammenhalten, kann er uns nichts tun. Niemand kann uns was tun, nicht wahr? Schickst du ihm all die Sachen zurück, die gerade gekommen sind?»

Mike zauderte. Er verstand, was Dominic wollte. Das Lied ging ihm noch durch den Kopf, ein andrer Vers: «Das einsame, wilde Gestade ...» Ja, er wusste, dort lag die Poesie des Lebens, die zarte, lyrische Schönheit, für die er sich einsetzen konnte, wenn er tat, was Dominic verlangte. Ja, ja, dachte er, die schwarzen Segel sind gehisst, rings um uns sind Wind und Nacht, und vor uns öffnet sich die Bucht. Nur der Befehl muss noch gegeben werden, dann segeln wir hinaus, der kleine Junge, das Mädchen mit dem schmalen Gesicht und den so sehr grauen Augen und der weissen Stirn, segeln hinaus ... Doch die Begeisterung zerflatterte so rasch, wie sie aufgeflackert war. So etwas mochte für Kinder und verliebte junge Mädchen recht sein, doch er musste sich mit den harten Tatsachen des Lebens herumschlagen. Niemals durfte er sich Bulger zum Feinde machen, nicht, wo er ihm schon so viel schuldete und die Kosten für die Hochzeit noch ausstanden. Und dann: sechs Flaschen Whisky! Was die einem zu geben vermochten, konnte die Freude ersetzen, die aus Liedern und Träumen und aus der Liebe zu Dominic entsprang. In jedem Falle würde er nie zurückgewinnen, was er vor so langer Zeit verloren hatte. «Denn jeder tötet, was er liebt», war für ihn das traurigste Wort, das es gab.

Er schüttelte den Kopf und vergrub ihn in den Kissen. Dominic hatte Hylla bei der Hand gepackt, und in der Sekunde, in der er auf seines Vaters Antwort wartete, hatte er sie so fest umklammert, dass es ihr wehtat. Jetzt begann er, sie mit sich aus dem Zimmer zu ziehen. Sie ging mit, doch sie blickte auf Mike zurück, der die Knie hochgezogen und den Kopf in dem schwarzweiss gestreiften Kissen ohne Bezug vergraben hatte. Er starrte auf eine Stelle an der Wand, wo sich die Tapete von der feuchten Ecke löste.

Hylla entzog Dominic ihre Hand, lief durchs Zimmer und bückte sich, um Mikes Wange zu küssen.

«Du Lieber, Lieber!» sagte sie.

«Nein, nein! Geh nur mit ihm! Er würde verzweifeln, wenn du nicht mit ihm gehst!» flüsterte Mike. Doch als er in die grauen Augen blickte, auf die blassen Wangen, unter denen sich die Form der Knochen so klar abzeichnete, und auf das schmale Oval des Unterkiefers, das so dicht vor ihm war, da ging ihm zum erstenmal Hyllas grosse Schönheit auf. Seit Wochen hatte er im gleichen Haus mit ihr gelebt, doch erst jetzt wurde er plötzlich von der wilden Lieblichkeit gepackt, die ihr Geheimnis war: eine Schönheit wie die von Felsen und Strandkieseln, kalt, salzduftend und etwas beunruhigend wie der Schrei einer Möwe. Keine Salon- oder Schlafzimmerschönheit. «Das einsame, wilde Gestade», ging es ihm durch den Kopf, und leise summte er die zaubrischen Worte mit ihrer traurigen, schmerzlichen Melodie.

X

Am Nachmittag vor ihrer Hochzeit sass Hylla im Schulzimmer und machte die letzten paar Stiche an ihrem Kleid. Mike wanderte im Haus herum und trug verschiedene Möbelstücke ins Wohnzimmer, in dem die Frühstücksparty stattfinden sollte. Dominic war mit Patrick, All Alone und der Prinzessin ausgegangen. Aber

Patrick kam sehr bald mit einem Kaninchen zurück, das er in einer Schlinge gefangen hatte, und ging sofort damit ins Schulzimmer hinauf. Er hob das Kaninchen hoch und berührte Hyllas über die Näherei gebeugtes Gesicht mit einer der kalten, feuchten Kaninchenpfoten.

«Pass auf, Patrick!» rief sie. «Komm ja nicht dem kostbaren Gewand zu nahe!»

Obwohl sie seit zehn oder noch mehr Tagen daran gearbeitet hatte, bemerkte er das Kleid jetzt zum erstenmal.

«Lass mich's mal anschauen!» bat er. Sie stand auf und hielt es sich an, damit er es besser sehen konnte. Das Licht vom Torffeuer spielte über den Satin, so dass er wie eine Eisfläche im Glanz der roten Abendsonne wirkte.

«Und das musst du tragen?» fragte er.

«Nein - nicht, wenn du es nicht wünschst. Ich fand es so schön und feierlich», meinte sie.

«Gut», sagte er kurz.

An dieser ganzen Geschichte mit dem Brautkleid, der Frühstücksparty und so weiter war etwas, das ihm missfiel. Er fand, ihre Hochzeit hätte in grösserer Verschwiegenheit stattfinden sollen. Für ihn lag etwas beinah Schockierendes darin, den Zeitpunkt so hervorzuheben, an dem ihre Liebe von einem Stadium in ein anderes übertrat.

«Weisst du, was Dominic macht?» fragte er

sie. «Er sucht sich Stechpalmen, um unser Zimmer zu schmücken.»

Der kleine Junge hatte schon am Morgen von seiner Absicht gesprochen, ihr Zimmer «herzurichten», wie er es nannte. Bis dahin schien niemand an ihr Zimmer gedacht zu haben, nicht einmal daran, welches es sein sollte.

«Der liebe Junge!» sagte Hylla.

Obwohl es der Vortag ihrer Hochzeit war, fühlte sie sich nicht besonders aufgeregt oder nervös oder auch nur neugierig: sie war auf eine friedvolle Art glücklich. Doch Patrick schien unruhig. Er setzte sich nicht, sondern lief in dem kleinen Zimmer umher, schlug Dominics mit Eselsohren verzierte Lehrbücher auf und schloss sie wieder, untersuchte das tote Kaninchen und gab den Torfstücken einen Fusstritt, damit sie heller aufloderten.

Hyllas Vater und ihre beiden Schwestern übernachteten in Galway, weil in Rosaril nicht genug Betten waren. Patrick hatte sie noch nicht kennengelernt (Mike allerdings schon), und er fand, dass auch sie zur unangenehm öffentlichen Seite der Hochzeit gehörten.

«Ihretwegen brauchst du dich gar nicht zu sorgen, Liebling», beruhigte ihn Hylla zum zehntenmal. «Sie lassen alles gelten, wie es ist, und machen überhaupt keine Umstände.»

«Sag mir lieber noch mal ihre Namen», erwiderte Patrick, «und wie ich sie voneinander unterscheiden kann.»

«Clarice ist die jüngste», erklärte Hylla. «Sie ist zwölf, ausgesprochen hässlich, aber auf reizende Art, finde ich, und sehr schüchtern und verlegen. Sie sieht immer verwirrt aus, als käme ihr alles unbegreiflich vor. Die andere Schwester ist Laura, sie ist siebzehn und wirkt erwachsener als ich. Entweder wird sie mit dir zu flirten versuchen, oder sie beachtet dich überhaupt nicht. Und dann Vater: er war nie so recht einverstanden mit mir. Ich glaube, er ist so froh, mich loszuwerden, dass er überhaupt nichts kritisieren wird.»

«Hast du ihn denn nicht gern?» fragte Patrick.

«Nein. Ich habe eigentlich immer Angst vor ihm gehabt.»

«Und was tut er?» Es war komisch, dass er sich bisher nie danach erkundigt hatte. Er hatte niemals über ihre Familie nachgedacht.

«Er ist Politiker, Schatz.»

«Doch nicht *der* Canavan?» fragte Patrick. Sogar er hatte von einem Lucius Canavan gehört, der vor einigen Jahren als Kultusminister viel von sich reden gemacht hatte, weil er sich im Schnellverfahren einer Gruppe von Radikalen zu entledigen gewusst hatte.

«Ja, der», bestätigte Hylla. Es war ihr nie in

den Sinn gekommen, ihren berühmten Vater vor Patrick zu erwähnen. Sie hatte angenommen - und mit vollem Recht -, dass es ihn nicht weiter interessieren würde. Der einzige Mensch, der (ausser Miss Longworth) gewusst hatte, wessen Tochter sie war, war Bulger gewesen, und er hatte seine Weisheit für sich behalten und versuchte jetzt auf seine gewundene Art, sie für seine eigenen Zwecke auszunützen. Der Besitz der Greyhound-Hündin von Rosaril war keineswegs der einzige Anlass zu seiner überraschenden Freigebigkeit, obwohl es ihm besser passte, wenn Mike das glaubte. Er hatte es auf ein edleres Wild abgesehen, wie man so schön sagt. Wenn der arme Dominic das geahnt hätte, wieviel unaufhörlichen Kummer hätte es ihm erspart!

Der kleine Junge kam jetzt mit einer Unmenge von Stechpalmen- und Kiefernzweigen an, die er im bewaldeten Teil des Rosaril-Gutes, «Wildwald» genannt, abgeschnitten hatte. Das Bündel grüner Zweige hatte er auf den Rücken der grauen Stute gebunden, und jetzt schleppte er die Zweige hinter sich her, liess sie auf dem oberen Flur liegen und überlegte, welches Zimmer am geeignetsten für das junge Paar sei. Als er nämlich Patrick wegen dieses wichtigen Punktes gefragt hatte, gab ihm Patrick nur zur Antwort, er könne wählen, welches er wolle. Ihm selbst schien es gleichgültig zu sein.

Dominic fand, dass sein eigenes Zimmer das schönste von den drei oberen Räumen sei, und obwohl es ihm schwerfiel, ein Zimmer aufzugeben, das so gemütlich und voller Erinnerungen war, begann er rasch, sein bisschen Hab und Gut auszuräumen, ehe er Zeit hatte, das Opfer zu bereuen. Er zerrte die Holzkiste heraus, in der er früher sein Spielzeug hatte aufbewahren sollen. Sehr wenig Spielsachen hatten auch nur hineingefunden, und jetzt enthielt die Kiste eine Sammlung von allerlei Plunder, wie es schien, nämlich ein paar Felle, Hasen- oder Kaninchenfelle wahrscheinlich, eine Taschenlampe, die nicht funktionierte, ein unvollständiges Spiel Karten, einen zerrissenen Zaum, ein altes Telegramm, das er vor ein paar Monaten zu seinem zehnten Geburtstag von Mike erhalten hatte, und das leicht eingedellte Ei eines wilden Schwans, das er sich im Frühling unter grossen Schwierigkeiten aus dem Nest geholt hatte.

Dann begann er das Zimmer zu schmücken. Er behängte die Wände mit mehreren langen Kiefernzweigen, deren Zapfen wie Glocken aus dem federzarten Grün hingen. Den Efeu und die Stechpalmenzweige ordnete er über dem Fenster und über dem Bett an. Dafür nahm er sich besonders viel Zeit. Als er fertig war, hing eine fremdartige Schönheit über dem Ganzen. Die Ausschmückung wirkte nicht kindlich, auch nicht heiter: eher wie für eine heldische und ernste Zeremonie in einem Saal. Es schien, als habe alles, was er anrührte, etwas von einer eher tragischen Vornehmheit an sich. Einen Augenblick stand er da und betrachtete das Bett. Für zwei Erwachsene war es bestimmt sehr schmal. Aber weder Hyllas noch Patricks Bett war breiter. Er versuchte, mit einem nicht benutzten Zweig etwas Spinnweb aus den Ecken zu wischen, jedoch ohne rechten Erfolg. Dann ging er in Hyllas Zimmer hinüber, das nun ihm gehören würde, und hängte dort den Rest der grünen Zweige auf – aber rasch und ohne viel Rücksicht auf die Wirkung. Denn er hatte, wie er bei sich dachte, nicht viel Ursache zum Sichfreuen. Doch es wäre schade gewesen, wegzuwerfen, was er so mühsam abgeschnitten und heimgebracht hatte. Zu guter Letzt sperrte er die Tür des «Brautgemachs» zu, indem er den Griff an einem Nagel in der Wand verknotete, damit sie es nicht vor dem Abend zu Gesicht bekämen. Aus irgendeinem Grund hatte sich die Vorstellung bei ihm festgesetzt, es sei der heutige Abend und nicht der nächste, an dem sie ein gemeinsames Zimmer beziehen würden.

Am Nachmittag machten Hylla und Dominic einen langen Spaziergang. Sie nahmen weder All Alone noch die Prinzessin mit. Beide fanden, es sei ein ernster Augenblick für sie: das letztemal, an dem sie zusammen waren, ehe die Beziehungen innerhalb des kleinen Haushalts sich änderten. Lange wanderten sie über vertraute Felder und sprachen kaum miteinander. Manchmal warf Dominic einen Seitenblick auf das Mädchen. Hylla ging sehr gerade, ebenso aufrecht, wie sie sass und ritt; ihr Gesicht hatte sie etwas aufwärts gewandt; er fand, dass es bleicher und schmaler denn je aussah. Nie konnte man es anschauen, ohne gleichzeitig die Knochen darunter zu gewahren. In der Art, wie ihre Kiefer die blasse Haut spannten, und in der Stirn und dem langen Oval des Unterkiefers lag etwas Hartes, Gemeisseltes. Ihre Schönheit sprach den kleinen Jungen an; er konnte sie sofort erfassen: da war auch jene feierliche Vornehmheit, die manchen Leuten (zum Beispiel Annie) ausgesprochen hässlich erschien.

«Oh, wie wunderschön du bist, Hylla!» sagte der kleine Junge plötzlich. Er hatte schon seit langem festgestellt, dass Schönheit - die Schönheit, die *er* meinte - das Wichtigste im Leben war.

«Bevor ich nach Rosaril kam, hat das nie jemand gedacht», erwiderte Hylla.

Sie gingen weiter, immer über Weideland, und oft mussten sie über Mäuerchen klettern, aber vorsichtig, damit die ungemörtelten Feldsteine nicht herunterkollerten. Weiter und weiter gingen sie, bis sie zu einem steinernen Turm kamen, der in der Westecke der Rosarilschen Besitzung auf einer kleinen Anhöhe stand. Früher war er einmal bewohnt gewesen, doch jetzt war er schon lange ohne Bewohner, abgesehen von einem gelegentlichen Landstreicher. Sogar Hylla und Dominic hielten den Turm für einen zu öden und windumbrausten Schlupfwinkel und besuchten ihn nur selten. Drei Stockwerke waren da, von denen ein jedes aus nur einem einzigen viereckigen Raum bestand. Sie kletterten bis in den obersten Stock. Wenn der Wind von Westen her blies, konnte man, wie es hiess, an dem Fenster (dessen Fensterrahmen längst herausgefallen war) die meilenweit entfernte Brandung hören.

Dominic trat ans Fenster und lauschte. Er hatte es früher schon oft getan und nichts als das Seufzen und Huschen des Windes in den Rissen der Ruine gehört. Doch heute vernahm er zum erstenmal ausser den bekannten Lauten ein anderes, schwaches und ununterbrochenes Geräusch. Ein leises, leises Grollen war es, wie wenn ein umwickelter Trommelstock unablässig und sehr sacht auf eine Trommel schlägt.

«Hylla! Hylla!» rief er ihr flüsternd zu, als könne das aufregende Geräusch abreissen, würde er lauter sprechen. Sie trat zu ihm und stand lauschend neben ihm.

«Da!» flüsterte er triumphierend. Er packte ihre Hand und drückte sie fast ebenso heftig wie vor ein paar Tagen, als er auf seines Vaters Antwort gewartet hatte, ob er Bulgers Geschenk zurückschicken würde.

«Nicht! Du tust mir weh, Schatz!» sagte Hylla diesmal. «Zeig mir deine Fingernägel!»

Sie sah, dass sie lang und nicht sehr sauber waren.

«Oh, Hylla», rief er, «weshalb bist du so verdammt erwachsen geworden?»

«Ich?» entgegnete sie überrascht.

«Ja, du, du blödes Mädchen, du greuliche Hexe, du dummes Teufelsding!» Halb scherzte er, und halb war es ihm ernst: aller in den letzten Wochen aufgestaute Ärger über sie äusserte sich jetzt.

«Das war's also, was du immer gedacht hast?»

«Ja. Und du glaubst, bloss weil du dich morgen verheiratest, kannst du mich wegen meiner Nägel tadeln, anstatt auf den Atlantik zu lauschen, der gegen die Klippen von Moher donnert!» rief er, und seine Stimme erhob sich plötzlich laut und schrill und übertönte das dumpfe, geheimnisvolle Grollen.

«O mein Schatz, mein kleiner Schatz», sagte das Mädchen und kniete auf den morschen Dielen nieder, so dass ihr blasses, reines Gesicht ein wenig tiefer als das seine war, «das stimmt ja gar nicht! Ob ich verheiratet bin oder nicht, ob ich jung bin oder alt, wirst du niemals etwas anderes als mein teuerstes Herz und meine grösste, innigste Freude sein!»

Als Dominic es hörte, nahm sein helles Gesicht einen verzückten, fast ekstatischen Ausdruck an.

«O Süsses, darf ich das sein? und bleiben?»

«Ob du es darfst? Kann ich's denn ändern? Und wenn es nicht so wäre, würde ich's dann sagen? Denn du weisst, es ist toll, so etwas zu sagen.»

«Aber ich liebe alles, was toll ist», sagte der kleine Junge.

«Zu sehr, zu sehr!», erwiderte sie schnell. «Deshalb bange ich um dich.»

«Manchmal ist mir selber bange», vertraute er ihr an.

«Du Armer», sagte sie, und aus ihrer Stimme sprach so viel Erbarmen und Mitleid, dass man hätte glauben können, sie spräche zu jemandem, der gefoltert und zerfleischt worden war.

«Hylla?» sagte er und sprach wieder sehr leise.

«Ja?» flüsterte sie ebenfalls.

«Ich will dir ein Geheimnis anvertrauen. Ich habe dein Brautzimmer mit Kiefern- und Stechpalmenzweigen geschmückt. Eigentlich wollte ich es dir nicht sagen, damit ihr überrascht seid, wenn ihr heute abend hineingeht!»

«Mein Brautzimmer?» fragte sie, als sei sie sehr überrascht.

«Ja, das ist es doch? Ich habe euch mein Zimmer gegeben, weil es das schönste ist und auf den Wildwald blickt.»

«O mein Lämmchen! Aber es ist nicht heute abend», sagte sie.

«Es ist nicht heute abend?» wiederholte er. «Ich dachte, es ist am Abend vor der Hochzeit, dass man zusammen ins Brautzimmer geht?»

«Nein, nein», sagte sie.

«Aber jetzt müsst ihr's tun», erklärte er, «weil alles bereit ist und weil es nicht aufgeschoben werden kann.»

«Es muss aber bis morgen aufgeschoben werden», sagte sie.

«Nein, das würde alles verderben! Wie konnte ich es wissen? Ich dachte, es sei heute abend! O Hylla, verdirb's nicht! O Hylla, du musst alles tun, was ich will!»

«Ja, ja, du kleiner Tyrann; aber das eine kann ich nicht.»

«Dann muss ich Patrick bitten. Tust du es dann?»

Sie schüttelte den Kopf, der so nahe vor seinem Gesicht war.

«Es ist der letzte Wunsch, den du mir erfüllen kannst, solange du noch mir gehörst, denn von morgen an gehörst du Patrick.»

«Immer gehöre ich auch dir, du süsser Quälgeist!» antwortete sie.

«Nein, das tust du nicht. Nicht so wie jetzt. Nie, nie wieder!»

Sie nickte, und ihre grauen Augen blickten lange und ernst in die Augen des kleinen Jungen.

«Wenn du mich bittest, werde ich's tun, obwohl du nicht weisst, wie schwer es mir fällt, Dominic. Und du musst auch Patrick bitten. Eines Tages wirst du begreifen, wie sehr ich dich geliebt haben muss, dass ich so etwas für dich tat.»

Ein Weilchen sagte er gar nichts. Er lauschte wieder auf das gedämpfte, dumpfe Donnern des fernen Atlantik gegen die Klippen von Moher. Dann nahm er ihre kalte Hand in seine warmen Hände und küsste sie.

«Danke, Süsses», sagte er, und seine Stimme wurde durch Hyllas Handfläche etwas gedämpft. «Es wird sehr, sehr lange dauern, bevor ich dich wieder bitten muss, etwas mir zuliebe zu tun. Irgend etwas, damit ich weiss, dass du mich liebst. Und jetzt sollst du mich um etwas sehr Schweres bitten, ja, es kann noch schwerer sein als das, was du mir zuliebe tust. Und ich tu's dann.»

Sie wusste, dass es so war: wenn er Schweres verlangte, war er auch bereit, selbst Schweres zu tun.

«Gerade jetzt habe ich nichts zu bitten», sagte sie. «Aber vielleicht wird bald etwas auftauchen, und dann bitte ich dich.»

«Was für einen Duft hast du an dir, Hylla?» fragte er und hob sein Gesicht. «Ich glaube, wie irgendein kleines Waldtier. Ein bisschen kühl ... Vielleicht wie ein weisser Hase, wenn man die Nase in sein Fell vergräbt. Steh still! Ich möchte deine Hand riechen und gleichzeitig den Atlantik hören! Es erinnert mich an etwas!»

«Woran, Schatz?»

«Das ist geheim, Hylla. Etwas, was ich nie und nimmer weitersagen kann, nicht mal dir!»

Das Mädchen legte den Arm um ihn und zog den kleinen Jungen dicht zu sich heran, und so blieben sie lange vor der leeren Fensterhöhle in dem hohen Turmzimmer.

«Hylla?»

«Ja?»

«Ich will dir das Geheimnis doch verraten!»

Sie wartete. Halb wusste sie, was er sagen würde, und halb verwunderte sie sich.

«Du bist auch *meine* Braut. Meine noch

mehr als die von irgend sonst jemandem. Stimmt es?»

Aber er wartete die Antwort nicht ab. Er rannte fort, und sie hörte, wie seine Füsse die steinerne Wendeltreppe in einem derartigen Tempo hinuntertrappelten, dass sie fürchtete, er könne stürzen.

XI

Am Abend sassen sie im Wohnzimmer, wo im grossen Kamin ein Riesenfeuer brannte. Dominic konnte sich nicht erinnern, dort jemals ein Feuer gesehen zu haben, und er war begeistert über die dicken Kloben, die sein Vater selbst zersägt hatte. Der Tisch war bereits für das Hochzeitsfrühstück gedeckt. Neun Tassen standen da, von denen nur vier zusammenpassten, dann neun Weingläser verschiedener Grösse und in der Mitte drei Flaschen Champagner und ein Schinken und zwei gebratene Hühner.

Mike hatte eine Flasche Whisky vor sich stehen, die er zu Beginn des Abends geöffnet hatte. Er schenkte auch Patrick und Hylla ein Glas ein. Patrick sass da und hatte sein kantiges Kinn in die Hände gestützt; er starrte in die hellen Flammen und sprach kaum. Dann und wann warf er einen Blick auf Hyllas blasses

Gesicht, das am heutigen Abend wieder den gewohnten, etwas entrückten Ausdruck zeigte, so dass es ihm ein unvorstellbarer Gedanke war, er dürfe sie morgen heiraten.

«Trink den Whisky aus», sagte er zu ihr. «Du siehst aus, als frierst du.»

«Wie kann ich bei so einem Feuer frieren?» fragte sie, hob die grauen Augen und blickte ihn erstaunt an.

«Ich weiss es nicht», antwortete er und verstummte.

«Es fehlt ihr nichts», sagte Mike. «Ist nicht jedes Mädchen am Abend vor der Hochzeit aufgeregt?»

«Sie ist überhaupt nicht aufgeregt», entgegnete Patrick beinah gereizt.

«Und du bist es auch, Pat», fuhr Mike fort. «Es ist für euch beide eine Nervenbelastung. Weil ihr den grossen Tag vor euch habt, solltet ihr nicht zu lange aufbleiben.»

«Ja, ich gehe jetzt zu Bett», sagte Patrick. Er trank sein Glas aus und stand auf. Er gab Hylla die Hand. Nie küsste er sie, wenn sie nicht allein waren.

«Gute Nacht, Liebling.»

Dominic lief aus dem Zimmer, hinter Patrick her. Es spielte sich gar nicht so ab, wie er es geplant hatte. Meistens ging Hylla zuerst zu Bett, und der kleine Junge hatte gedacht, sie würde bereits in dem geschmückten Brautzimmer im Bett liegen, wenn Patrick hinaufging. Jetzt war die ganze Überraschung verdorben. Als er Patrick in der Halle eingeholt hatte, sagte er nichts; er folgte ihm nur bis zu Patricks Zimmer. Sie kannten die Treppe und den oberen Flur so genau, dass sie ohne Licht hinaufstiegen. Im Schlafzimmer zündete Patrick eine Kerze an und setzte sich auf sein Bett. Es war kalt im Zimmer, aber er schien es nicht zu spüren. Dominic stand vor dem Frisiertisch und spielte müssig mit den paar Sachen, die sein Bruder dort liegen hatte. Da war ein alter Kamm, dem viele Zähne fehlten, und den liess Dominic kreiseln, um abzuwarten, auf wen er zeigen würde, wenn das Kreiseln aufhörte. Als es aufhörte, zeigte der Kamm auf eine dunkle Zimmerecke. Dominic versuchte es noch einmal. Ein Gefühl grosser Verlassenheit hatte sich seiner bemächtigt. Trotz all seiner tapferen Worte am Nachmittag in der Ruine glaubte er doch, dass ihr Leben, wie sie es bisher geführt hatten, vorbei sei und dass er allein sein würde.

«Dominic!»

Die Stimme klang so ernst, dass der kleine Junge mitten im Kreiseln innehielt und sich umdrehte. Sein Bruder sass zusammengekauert auf dem schmalen Bett und hatte seinen müden Blick auf den abgeschabten Teppich geheftet.

«Was?» fragte Dominic.

«Komm und setz dich zu mir!»

Der kleine Junge ging hinüber und setzte sich neben seinen Bruder. Patrick nahm die alte Daunendecke und hängte sie sich selbst und Dominic um die Schultern. So sassen sie ein paar Minuten im halbdunklen Zimmer nahe beisammen und sprachen nicht. Sie konnten den Regen hören, der draussen im Hof aus einer Regenrinne hervorgurgelte.

«Bekommt ihr bald Kinder?» fragte Dominic plötzlich.

«Nein. Wer hat dir denn so etwas erzählt?» fragte Patrick.

«Annie.»

«Wie konnte sie nur so etwas sagen!» rief Patrick ärgerlich.

«Es kann doch sein.»

«Und wenn es so käme?»

«Dann braucht ihr mich nicht mehr so», erklärte der kleine Junge.

«Mein Gott, wie kannst du so etwas sagen? Was haben kleine Kinder mit dir und mir zu tun?»

«Ich weiss es nicht, Patrick.»

«Nichts, rein gar nichts. Nichts und niemand hat etwas mit uns beiden zu tun. Nicht einmal

Hylla. Verstehst du das?» Patrick sprach mit harter Stimme, als wäre er böse auf jemanden; doch auf wen, das wusste Dominic nicht. Er konnte nicht wissen, dass Patrick über sich selbst ergrimmt war, weil er unter einem Bann stand - unter Hyllas Bann. Zuerst hatte er sie nur geliebt, doch jetzt stand er unter ihrem Bann, und dem wollte er entrinnen, weil er fühlte, dass es ihn zu sehr fesselte und von Dominic fernhielt. Denn selbst hier neben dem kleinen Jungen lauschte er doch die ganze Zeit, ob sie in ihr Zimmer hinaufginge. Die ganze Zeit dachte er nur an sie - mit wilden, tollen Gedanken. Es hatte ihn grosse Überwindung gekostet, Dominic zu sagen: «Sie hat nichts mit uns beiden zu tun.»

Und jetzt erzählte ihm Dominic: «Ich habe mein Zimmer für euch beide geschmückt, weil es das beste Zimmer ist, und ich hatte gedacht, ihr würdet heute nacht dort schlafen. Hylla hat mir gesagt, es sei erst morgen, aber sie hat mir versprochen, mir zuliebe trotzdem heut nacht schon mit dir dort zu schlafen.»

«Was? Das hat sie dir versprochen?» rief Patrick.

«Ja. Solange die Zweige frisch sind.»

«Allmächtiger!» stöhnte Patrick.

«Warum sagst du ‹Allmächtiger›? Freust du dich denn nicht?» fragte Dominic.

«Das verdammte Mädchen!» sagte sein Bruder. Der heutige Abend gehörte nicht ihr. Heute abend wollte er mit Dominic sprechen, und jetzt war es unmöglich. Sie machte ihn zu ihrem Sklaven.

«Was fehlt dir?» fragte Dominic, der über Patricks Worte erschrocken war.

«O Liebling, achte nicht auf mich! Es tut mir leid. Sie ist reizend und schön.»

«Ja, das ist sie.»

«Aber wir brauchen jetzt nicht von ihr zu sprechen.»

«Worüber möchtest du denn sprechen?»

«Erinnerst du dich an den Tag, als die Prinzessin ihren ersten Hasen fing? Eines Nachmittags auf dem Land hinter dem Wildwald?» fragte Patrick.

Er wollte sich abwenden, zurückkehren zu den stillen, glücklichen Tagen, die er und Dominic gemeinsam verlebt hatten. Doch seine Ohren lauschten auf das Geräusch ihrer Schritte auf der Treppe.

«Es war in der Dämmerstunde», verbesserte ihn Dominic.

Patrick legte den Arm um Dominics schmale Schultern.

«Das ist immer eine sehr schöne Zeit: wenn es gerade zu dämmern beginnt», fuhr der kleine Junge fort. «Und auch die traurigste, nicht wahr? Deswegen würde ich es in der Schule so schlimm finden: egal, was ich tue, in der Dämmerstunde müsste ich so sehr an Rosaril denken, dass ich einfach weglaufen würde.»

«Vielleicht würdest du es nach einer Weile vergessen», meinte Patrick.

«O nein, nie! Einerlei, wie alt ich werde, in der Dämmerstunde werde ich immer hierherdenken, an das Weideland und den Wildwald, und an dich und die Prinzessin und alles.»

Er war im Begriff, auch Hylla zu erwähnen, und tat es dann doch nicht. Er fühlte, dass Hylla etwas war, über das sie nicht sprechen sollten, weil jeder sein eigenes Erlebnis mit Hylla hatte. Vielleicht heiratete sie morgen früh Patrick, aber der kleine Junge dachte, dass sie im Grunde ihm gehöre: es war das Geheimnis, das er plötzlich am Nachmittag in der Ruine entdeckt hatte.

Als Patrick endlich hörte, dass Hylla heraufkam, war Dominic unter der Daunendecke eingeschlafen. Er rückte ihn sanft zurecht, zog ihm die schmutzigen Schuhe aus und legte seinen Kopf mit dem störrischen Haar, das hinten in Büscheln abstand, auf das Kissen. Dann trat er auf den Flur hinaus.

Hylla stand in der offenen Tür zu Dominics Zimmer, das er für sie geschmückt hatte. Sie schien unentschlossen, ob sie hineingehen sollte. In der Hand hielt sie einen Leuchter, und die gelbe Flamme warf ihren Schatten als lange, zuckende Silhouette über den leeren Flur. Patrick sah sie einen Augenblick an, ohne zu sprechen. Das Kerzenlicht, das von unten her ihr Gesicht beleuchtete, betonte noch die Kurve ihres Mundes und die hochsitzenden Bakkenknochen und liess ihre Augen in tiefen Schatten liegen. Als ein wildes, wildes Geschöpf erschien sie ihm, und wieder überwältigte ihn das alte Gefühl, das ihn einen springenden Lachs sehen liess oder einen Hasen, der hinter einem feuchten Grasbüschel hervorschoss.

Sie lächelte und neigte den Kopf ein wenig, wie um gute Nacht zu wünschen, und trat ins Zimmer; aber die Tür blieb offen, und er sah den blassen Lichtschimmer auf die weisse Wand des Flurs fallen, doch sie selbst konnte er nicht mehr sehen. Mit klopfendem Herzen stand er da und beobachtete den blassen Lichtschimmer, der manchmal verdunkelt wurde, wenn sie vor der Kerze vorbeiging. Er lauschte, aber er hörte kein anderes Geräusch ausser dem Regen, der in den Hof tropfte.

Er drehte sich um und legte die Hand auf seine Türklinke. Dann zauderte er und wandte sich wieder um, ging auf Zehenspitzen zu der hellen Türöffnung und schaute ins Zimmer.

Hylla stand neben dem Bett. Sie wirkte sehr gross in ihrem grünen Nachthemd, das die gleiche Farbe wie die blanken Efeublätter hatte, die das Kopfende ihres Bettes schmückten. Sie stand seitlich zur Tür und sah ihn nicht; dann bückte sie sich und blies die Kerze aus, und er hörte das leise Rascheln der Leintücher, als sie ins Bett stieg und nur noch die matten Umrisse des Fensters sah, das auf den Wildwald blickte.

Er trat ins Zimmer. Er streckte die Hand aus und spürte einen scharfen Stich von den stachelbewehrten Stechpalmenblättern. Dann senkte er die Hand und fühlte ihr Haar.

«Meine süsse Frau», flüsterte er.

«Noch nicht», sagte sie. Er konnte sich ihr Gesicht vorstellen, wie es im Dunkeln lächelte und doch still und ruhig war. Anfangs hatte er sich darüber geärgert, über diese Ruhe, die anscheinend durch nichts aus der Fassung gebracht werden konnte. Er hatte ihre Ruhe aufschrecken wollen, damit sie ebenso erregt wurde, wie er selbst es war. Doch jetzt schien sie ihm ferner denn je. Genauso fern wie am ersten Tag, als sie mit seiner Tante ins Esszimmer gekommen war und als die alte Dame gesagt hatte: «Das ist Miss Canavan».

«Warum hast du die Tür offengelassen?» fragte er.

«Weil ich es Dominic versprochen habe - hat er's dir nicht erzählt?»

Patrick kniete auf dem Fussboden, das Gesicht neben dem ihren auf dem Kopfkissen. Er steckte seine Hand unter das Leintuch und legte sie unter ihre linke Brust. Allmählich konnte seine kalte und zitternde Hand den ruhigen und gleichmässigen Schlag ihres Herzens fühlen. Seine Hand wurde langsam warm, doch sie zitterte noch - wegen der leichten Rundung, die sie fühlte und die anders als alles war, was sie jemals gefühlt hatte: fremder und geheimnisvoller anzufühlen als eine Forelle, die im Bach unter einem Felsblock steht. Doch Hyllas Herz schreckte bei der Berührung nicht so zusammen, wie die Forelle es tut. Ruhig und gelassen klopfte es seinen gewohnten Rhythmus. Patrick atmete den harzigen Duft der Kiefernzweige ein, die über ihrem Bett hingen. Er bewegte den Kopf ein wenig, und ihre Lippen berührten sich fast zufällig und blieben so. Dann hob er den Kopf und versuchte sie zu erkennen, aber ihr Gesicht war nichts als der hellste Schatten vor den helleren Schatten des Kissens. Er erhob sich. Eine Sekunde stand er vor ihrem Bett. Seine Beine fühlten sich so schwach an wie damals, als er nach einer Krankheit zum erstenmal aufgestanden war.

«Gute Nacht, Hylla», sagte er.

«Gute Nacht, Patrick.»

Er ging zur Tür, und jeder Schritt war eine Überwindung. Er schloss die Tür hinter sich, und dann stand er im Flur und lehnte sich mit der Schulter gegen die Wand. Er wunderte sich selbst über das, was er hatte tun können. Er hatte sie verlassen, denn noch länger bei der kühlen, unerreichbaren Hylla zu bleiben, wäre ihm beschämend und grotesk vorgekommen. Wie ein derber, unangebrachter Scherz. Wenn doch auch sie, gleich ihm, erregt gewesen wäre; aber da lag sie im Dunkeln - still und ruhig und beinah feierlich.

Patrick ging wieder hinunter. Sein Vater sass noch im Wohnzimmer. Er sass da, beugte sich zum Feuer vor und summte eine Melodie. Neben ihm auf dem Fussboden standen ein Glas und eine Flasche Whisky. Und auf der andern Seite des Kamins stand Bulger, der Wirt. Er hatte Mike in einer geschäftlichen Angelegenheit aufgesucht, die, wie er behauptete, von der grössten Wichtigkeit war. Er hatte die Verabredung zu dieser späten Stunde erbeten, weil er sicher sein wollte, Mike allein anzutreffen. Er wünschte Lucius Canavan zu sprechen und ihm einen Plan zu unterbreiten, um gewisse Waren zu besonderen Tarifen an Anstalten im Westen des Landes liefern zu können. Er seinerseits war bereit, Mike de Laceys Schuldkonto zu löschen und ihm auch weiterhin bis zu einer bestimmten Summe Kredit zu gewähren. Das alles hatte er bereits vorgebracht, und Mike hatte versprochen, ihm am nächsten Tag die Bekanntschaft des Kultusministers zu vermitteln.

«Hallo», rief Mike, «suchst du deine Braut? Sie ist schon in ihr Nest geflogen.»

«Ich muss Sie beglückwünschen, Mister Patrick», sagte der Wirt. «Sie haben sich eine Schönheit gefangen, alles was recht ist!»

«Sie interessieren sich doch für den Vater der Schönheit», wies Mike ihn zurecht.

«Ein grosser Patriot», erklärte Bulger ehrerbietig.

«Glauben Sie, dass er mir einen Posten verschaffen würde?» fragte Mike.

«Warum denn nicht?» entgegnete Bulger. «Kein Mann ist so gut wie Sie für einen Regierungsposten geeignet. Männer wie Sie, die im Ausland gewesen sind und etwas von der grossen Welt gesehen haben, die brauchen wir. Wir neigen dazu, provinzlerisch zu werden – das sage ich, der ich nie die Nase über die Landesgrenzen hinausgestreckt habe.»

Patrick stand stirnrunzelnd da. Es passte ihm gar nicht, mitanhören zu müssen, wie sein Vater und Bulger Pläne machten, was sie aus der Beziehung seiner Familie zu Canavan herausschlagen könnten. Er fand, dass sie Hylla für einen Kuhhandel benutzten.

«Du kannst ihn nicht um so etwas bitten!» sagte er schroff.

«Warum denn nicht?» entgegnete Mike. «Er gehört jetzt zur Familie.»

«Nein, keineswegs. Selbst dann nicht, wenn Hylla sehr an ihm hinge!» erwiderte Patrick.

«Ich verstehe Ihre Einstellung», sagte Bulger sofort. «Sie macht Ihnen Ehre. Immerhin ist es keine Gunst, die wir von ihm erbitten wollen, durchaus nicht. Nur eine freundschaftliche Abmachung zwischen Verwandten.»

Patrick nahm es dem Wirt übel, dass er das Wörtchen «wir» benutzte. Er wusste nicht genau, um was es ging.

«Was ist denn das für eine freundschaftliche Abmachung, die Sie da vorhaben?» fragte er.

«Nichts. Gar nichts. Ich habe nur zu Ihrem Vater gesagt, ich würde es mir zur Ehre anrechnen, wenn ich einem so grossen Patrioten wie Mr. Canavan die Hand drücken dürfte, und Ihr Vater war so gütig und versprach mir, ihn, wenn die Festlichkeiten hier vorbei sind, zu einem kleinen Imbiss zu mir zu bringen.»

«Und wenn er ihn nicht mitbringt?» fragte Patrick. Er war unerträglich gereizt und nervös.

«Das wäre eine grosse Enttäuschung für mich, Mr. Patrick», entgegnete Bulger.

«Der lilienweisse Vogel flog heim in sein Nest», summte Mike vor sich hin und beugte sich, in beiden Händen sein Glas, näher zum Feuer hin. Im Verlauf des Abends hatte er eine Unmenge Whisky getrunken, und nun begann er sich nicht mehr um Bulger und seine «freundschaftlichen Abmachungen» zu kümmern. Diese Tatsache war dem Wirt - als einem guten Psychologen - durchaus klar. Er hielt die Zeit für gekommen, sich zu verabschieden, ehe Mike de Lacey etwas sagte, das als Widerruf seines Versprechens gelten könnte. Doch selbst wenn Mike das getan hätte, würde es Bulger nicht sonderlich beunruhigt haben, da er wusste, dass Mike die Dinge am nächsten Morgen wieder in einem vernünftigen und zweckdienlichen Licht ansehen würde.

Was Patrick betraf, so glaubte der Wirt, dass er mit ihm überhaupt nicht zu rechnen habe. Ein Taugenichts würde er bleiben, nachdem er das erste beste Mädchen geheiratet hatte. Und obendrein ein hässliches Ding. Bleich und knochig - immerhin hätte Canavan ihr einen besseren Ehepartner suchen können als so einen mittellosen Tagedieb von einem de Lacey. Einerlei - all das ging ihn nichts an.

«Ich möchte Ihnen beiden eine gute Nacht wünschen», sagte er und griff nach seinem Hut. «Wie stolz werden Sie morgen früh sein, wenn

Sie ein so liebliches Geschöpf zum Altar Gottes führen!»

Als er gegangen war, setzte Patrick sich hin. Er goss sich etwas Wasser ein.

«Schulden wir ihm viel?» fragte er seinen Vater.

«Weiss der Teufel, wieviel», antwortete Mike.

«Du hast wohl kein Geld, nehme ich an?»

«Etwa drei Pfund», erwiderte Mike. «Eine schöne Bescherung, was?»

«Ich sollte überhaupt nicht heiraten», sagte Patrick.

«Natürlich sollst du! Ob du nun mit drei oder mit dreissigtausend Pfund heiratest, das läuft alles aufs gleiche hinaus.»

«Es wird Zeit, dass ich zu arbeiten anfange», sagte Patrick.

Da Mike ja jetzt anscheinend endgültig zurückgekehrt war, bestand für ihn, Patrick, nicht länger eine Notwendigkeit, in Rosaril zu bleiben. Der Gedanke, von hier wegzugehen, war ihm furchtbar; aber er begriff, dass er so wie bisher nicht weitermachen konnte und dabei auch nicht einmal zufrieden sein würde. Einen kurzen Augenblick dachte er fast mit Bedauern an die alten, nun schon fernen Tage zurück, als er und Dominic hier ganz allein mit Annie gehaust hatten. Doch es war nur ein flüchtiges Bedauern. Wenn er sich Hylla vorstellte, die oben in dem geschmückten Zimmer lag, dann überwältigte ihn die Freude, und alles andere verblasste.

XII

Der Hochzeitsmorgen fing schlecht an. Annie, die sehr früh aufgestanden war, ging zuerst in Hyllas Zimmer, um sie zu wecken, damit sie genügend Zeit und Ruhe hatte, sich zurechtzumachen. Doch niemand war in ihrem Zimmer. Dann versuchte sie es in Dominics Zimmer, wo sie Hylla antraf, wie sie beim Licht einer Kerze ihre Strümpfe suchte, die sie hatte tragen wollen. Sie waren verschwunden, als Dominic ihre Sachen etwas nachlässig «umgeräumt» hatte. Annie half ihr bei der Suche, aber sie fanden sie nicht, und Hylla musste Strümpfe anziehen, die überhaupt nicht zu ihrem Kleid passten. Sonst hätte es ihr nichts ausgemacht, aber am heutigen Morgen, der so kalt und verschlafen war, schien es ihr wie ein unheilvolles Omen. Sie weinte so selten, nicht einmal, wenn ihr das Herz fast brach, doch jetzt war sie den Tränen nahe.

Danach wollte Annie Patrick wecken. Er sah übermüdet aus, als er aufwachte, und blickte sich sofort im Zimmer um und fragte, wo Dominic sei.

«Er ist nicht in seinem Zimmer - auch nicht in Miss Hyllas Zimmer -, denn gestern abend haben sie ja getauscht», erzählte Annie.

«Sicher nicht! Er hat heute nacht bei mir geschlafen. Er muss aufgestanden und weggegangen sein.»

«Ach», meinte Annie, «er wird schon wiederkommen.»

«Aber ich wollte ihn jetzt gleich sprechen», erwiderte Patrick. Er hatte fast gar nicht geschlafen, und die Augen brannten ihm. «Hol's der Teufel!» schalt er.

«Wahrscheinlich ist er auf dem Hof», tröstete ihn Annie.

«Auf dem Hof? Wenn's noch stockdunkel ist?» entgegnete Patrick gereizt.

Auch Mike war nicht in seinem Zimmer. Annie fand ihn schlafend in einem Sessel im Wohnzimmer, und ausserdem entdeckte sie zwei leere Whiskyflaschen, von denen die eine auf dem Kaminsims und die andre auf dem Fussboden stand. Sie hatte Mühe, ihn wachzurütteln.

«Nicht über meine Leiche!» wiederholte er ein paarmal, ehe er seine Augen aufschlug, um sich blickte und lächelte. Er konnte ganz besonders zärtlich lächeln, und die alte Frau war tief gerührt, als sie dieses Lächeln jetzt in dem grauen, zerfurchten Antlitz sah, das im Kerzenlicht hager wirkte. Sie bückte sich und steckte ihm die Pantoffeln, die neben dem Sessel lagen, an die Füsse, deren Fersen aus den zerlöcherten Socken hervorschauten.

«Bleiben Sie still sitzen», sagte sie weich. «In einer Minute bring' ich Ihnen den Tee!»

Er musste sich ein paarmal räuspern, bevor er sprechen konnte. Er spuckte in die Asche.

«Tu einen Schuss Whisky 'rein, Annie, sei so lieb!» bat er. «Heute ist Hochzeitstag, und mir ist zumute wie am Jüngsten Tag!»

«Ach, wieso denn!» widersprach sie ihm. «Für Sie wird der Jüngste Tag ein Glückstag sein, mein lieber Junge, wenn Sie gerechtfertigt vor Ihm stehen, der die Geheimnisse der Menschenherzen kennt.»

Sie eilte aus dem Zimmer, um Tee zu kochen. Als er allein war, schloss er die Augen wieder, begann aber vor Kälte zu zittern. Er stand unsicher auf und knöpfte die Weste zu, unter der er ein nicht allzu sauberes Hemd trug. Langsam ging er zum Fenster, wo sich gerade ein bleicher, trübseliger Morgen zu lichten begann. Er summte ein paar Takte und sang dann sehr mutlos:

«Und saufen lernt' ich wie ein Mann
in Costa Rica –
wen geht's schon was an?»

Er stand ein paar Minuten da und schaute in die feuchte graue Morgendämmerung hinaus. Die Bäume sahen so tot und verlassen aus, als müssten ihre Zweige bei der kleinsten Berührung zersplittern. Ein paar Krähen, die das Licht im Fenster aufgescheucht hatte, begannen zu krächzen und verstummten und schliefen weiter.

Dann erschien Annie mit einer Tasse Tee, in die sie vier Stück Zucker und eine gute Vierteltasse Whisky getan hatte.

«So, da hätten wir's! Danach können Sie Bäume ausreissen», sagte sie zu ihm.

«Mir ist schon besser», entgegnete er. «Ich komme immer sehr rasch wieder auf die Beine.»

«Ja, das war schon immer so», bestätigte sie voller Stolz. «Der einzige, der es nach so einer Nacht mit Ihnen aufnehmen kann, ist der alte Dan Delaney.»

«Eine Nacht? Dass ich nicht lache! Erinnerst du dich nicht mehr an die Zeiten, als wir vier, fünf Nächte durchgetrunken hatten, ganz zu schweigen von den dazwischenliegenden Tagen?»

«Und wie ich das noch weiss, Gott steh' mir bei!»

Er trank den Tee rasch hinunter und sah sich nach einer Zigarette um. Doch er fand nur ein leeres Päckchen.

«Keine einzige Zigarette ist im Haus», beklagte er sich seufzend, als wäre es an diesem Morgen der schwerste Schlag. «Gib mir noch eine Tasse Tee, Annie!» bat er.

Annie ging wieder hinaus, und Mike begann kleine Torfstückchen aus der Asche zu klauben und sie auf einen Fleck zu schichten, den er freigemacht hatte. Dann kniete er sich davor hin, blies auf die Bröckchen und versuchte, sie noch einmal zum Glimmen zu bringen. Die federige Torfasche stieg ringsum in Wölkchen auf und liess sich auf seinem Haar und seinen zerknüllten Kleidern nieder. Auf dem einen Torfstück bildete sich ein heller Funke, aber im nächsten Augenblick erstarb er wieder, weil ein zu kräftiger Atemhauch ihn ausgelöscht hatte. Mike kauerte auf den Fersen, und als er einen nur halb gerauchten Zigarettenstummel in der Asche entdeckte, holte er ihn hervor, staubte ihn ab und steckte ihn in den Mund. Dann vergass er, ihn anzuzünden, und starrte minutenlang auf das tote Feuer. Merkwürdige Gedanken und längst vergessene Erinnerungen fuhren ihm durch den Kopf, als träume er noch, schlafumfangen. Er erinnerte sich lebhaft an bestimmte Szenen, die seit Jahren immer wieder zurückkehrten und ihn quälten. Er sah ein grosses Stück Weideland vor sich, und in der Ferne niedrige blaue Berge unter einem grauen Himmel. Hunde waren paarweise an Leinen gekoppelt. Eine Menge Leute waren da, neben ihm eine Frau in einem schwarzen Regenmantel und einem Hut aus schwarzer Ölseide. Sie war gross und schlank und hatte braune Augen und ein ovales Gesicht.

«Darling», flüsterte sie ihm zu, «wie ich dich liebe!» Aber im Augenblick, als sie es sagte, hatte er einen alten Mann beobachtet, der auf seinem Braunen von ihnen fort und quer über das nasse Gelände ritt. Herzzerreissende, anklagende Erinnerung! Vor Jahren war der Regen auf den schwarzen Regenhut gefallen, und vor Jahren hatte der Mund - den er jetzt so deutlich vor sich sah und nie vergessen konnte - jene fünf zaubrischen Worte geformt. Ein Glanz war vom Himmel auf das nasse Gelände gefallen, und ein Glorienschein ihrer Freude hatte die fernen blauen Berge bekrönt.

Doch die liebliche und unsagbar traurige Vision verblasste, und er sah wieder die kleine Pyramide schwarz verkohlter Torfstückchen, die nicht aufgeflammt waren. Annie kam mit der zweiten Tasse Whiskypunsch.

«Gerechter Gott!» rief sie. «Ich hab' einen Augenblick geglaubt, Sie beten hier. Haben Sie versucht, Feuer zu machen?» Sie reichte ihm die Tasse, und er trank hastig. Er hustete, wischte sich den Mund und sprang auf.

«Wieviel Uhr ist es?» fragte er.

«Es ist sieben durch, und in einer Viertelstunde kommt der Wagen!» Sie hatten im Dorf ein Auto bestellt, das sie zur Kirche fahren sollte.

Mike ging in sein Zimmer hinauf, um sich in einen Anzug umzukleiden, den er als seinen «guten» bezeichnete, obwohl er nicht weniger schäbig war als der, den er getragen hatte. Er klopfte im Vorbeigehen an Hyllas Tür und wünschte ihr einen guten Morgen, und sie rief ihm zu, doch einzutreten. Sie war in ihrem alten Zimmer, um die weissen Seidenstrümpfe zu suchen, von denen sie bisher erst einen hatte finden können. Sie war schon in ihrem Brautkleid, sass mit nackten Füssen auf dem Bettrand und blickte auf ein kleines Stück Papier, das sie in der Hand zerknüllte, als Mike erschien. Das Zettelchen stammte von Dominic - er hatte es ihr unter die Tür geschoben, wo sie es beim Aufstehen gesehen hatte. In seiner schlechten Handschrift und mit Fehlern, die für einen fast elfjährigen Jungen schandbar waren, hatte er geschrieben: «Es tut mir so leid, aber Du verstehst es sicher (nicht wahr, meine liebste Hylla?), dass ich bei Deiner Hochzeit nicht durchhalten kann; deshalb geh' ich nicht mit, aber ich wünsche Dir und meinem lieben Patrick viel Glück und Freude und dass Ihr in den Himmel kommt, wenn Ihr sterbt. Ich bin rechtzeitig zum Frühstück zurück, also lebe wohl bis dahin, meine getreue Braut, und ich bleibe ewig Dein Dich liebender Dominic.»

Hätte sie sich Zeit genommen, darüber nachzudenken, dann hätte sie begriffen, dass es nicht die verschwundenen Strümpfe waren, sondern Dominics Zettelchen, das sie so aufwühlte. Sie allein, die ihn unterrichtet hatte, wusste, wie endlos viel Zeit es ihn gekostet haben musste, das auszudenken und mühsam niederzuschreiben. Bei den Worten «getreue Braut» hatte sie ein wenig gestutzt. Doch sie war sich bald im klaren, dass er es nicht ironisch gemeint hatte. Im beschränkten Wortschatz des kleinen Jungen war «getreu» einfach ein Kosewort mit einem schönen Klang, und darum benutzte er es, um seine Liebe zu ihr auszudrücken.

Als Mike eintrat, stand sie auf.

«Sehe ich gut aus», fragte sie, «abgesehen von den Strümpfen?»

Im Tageslicht und Kerzenschimmer, die sich im Zimmer befehdeten, blickte Mike sie prüfend an. Er fand, dass sie schon besser ausgesehen hatte. Es war ganz erstaunlich, wie ihr Aussehen von Tag zu Tag, ja beinah von Stunde zu Stunde wechselte. Heute hatte sie anscheinend nicht ihren guten Tag. Die feingemeisselten

Gesichtszüge waren da, nie konnten sie sich verändern, doch die Nase glänzte trotz des Puders; unter den Augen hatte sie Schatten, und sie schien zu frieren.

«Du siehst gut aus», sagte er, «aber so, als hättest du Kopfschmerzen.»

«Oh!» entgegnete Hylla.

«Mach dir nichts draus!» fuhr er fort. «Du gehörst zu den Frauen, die langsam in Gang kommen, die aber immer schöner werden, je weiter der Tag vorrückt. Es ist mir wiederholt an dir aufgefallen», schloss er.

«Dominic kommt nicht», sagte sie ihm.

«Er kommt nicht?» wiederholte Mike erstaunt.

Nach der ersten Überraschung stellte er keine weiteren Fragen. In Dingen, die seinen kleinen Sohn betrafen, besass er unendlich viel Takt. Und Hylla, die sich plötzlich über diese seltene Tugend an der schäbigen, beinah clownhaften Gestalt klarwurde, nahm eine seiner Hände zwischen die ihren und sagte: «Ich bin sehr stolz, eine de Lacey zu werden.»

Mike lachte. «Früher war es einmal ein vornehmer Name in Irland. Aber wenn du jetzt die feinen Leute hier in der Gegend fragtest, würden sie dir antworten, dass wir eine schlappe, unnütze Sippschaft sind.»

«Ich verabscheue die feinen Leute», sagte sie.

Sie hörten den Wagen die Allee heraufkommen, und Mike lief eilends weg. Er musste sich noch rasieren und umkleiden, und Hylla musste Strümpfe anziehen, die nicht zu dem weissen Satinkleid passten.

Patrick war der einzige, der bereit war, als der Wagen kam.

Dominic stand am Rande des lichten Waldes aus Lärchen und verkrüppelten Eichen, den sie Wildwald nannten, und schaute zu, wie sich die nadelstichfeinen Scheinwerfer auf der Landstrasse nach Rosaril näherschlängelten. Er lehnte sich an einen dünnen Baumstamm und sah sehr zerzaust und unordentlich aus. Er trug seine Hausschuhe, denn seine Stiefel waren in dem Zimmer geblieben, in dem Hylla geschlafen hatte. Seine Finger waren von dem mühsamen Abfassen des Zettels, wofür er eine ganze Stunde gebraucht hatte, voller Tintenflecke, und statt eines Gürtels - den er nicht hatte finden können - hatte er sich einen weissen Seidenstrumpf umgebunden, der seine Kordsamthose festhielt.

Lange Zeit stand er so, um zu beobachten, wie der Wagen vom Haus wegfuhr; aber es war inzwischen so hell geworden, dass die Scheinwerfer vermutlich ausgeschaltet waren, und deshalb konnte er nichts sehen. Die Greyhound-Hündin wartete geduldig neben ihm.

Manchmal trottete sie ein kleines Stück aufs Land hinaus und erwartete ihn dort, aber wenn er ihr nicht folgte, kehrte sie langsamer zurück. Obwohl die Luft voll aufregender Gerüche war, verliess sie ihn nicht.

Als er sich endlich in Bewegung setzte, ging er nicht aufs Weideland hinaus, wo ein Hase hätte sein können, sondern in den Wald, der zwar voller Kaninchen steckte, wo sie jedoch noch nie einen Hasen erjagt hatten.

Dominic ging durch den lichten Wald bergauf, und seine Arme schlenkerten, wie sie es immer taten, wenn er tief in Gedanken versunken war.

Er hatte nicht übertrieben, als er auf seinem Zettel angedeutet hatte, dass er nicht bei der Trauung anwesend sein könne, ohne zusammenzubrechen und zu weinen. Andrerseits war er ziemlich stolz darauf, ebenso auf das Gefühl seiner Verlassenheit inmitten des ganzen Jubels, welch letzteren er gewaltig übertrieb. Er stellte sich vor, dass die Hochzeit vom Augenblick an, da die Gesellschaft das Haus verliess, bis weit in den Tag hinein ein einziges langes Freudenfest sein würde, bei dem Gelächter und Gesang, Schmausen und Trinken miteinander abwechselten und nur die kürzeste Pause für das Aussprechen der feierlichen Worte (wie immer sie lauten mochten) übrigliessen. Er hielt es für eine Kreuzung zwischen einem Jahrmarkt und dem Trubel bei einem ländlichen Pferderennen, denn das waren die beiden einzigen Feste, die er bisher mitgemacht hatte.

Als er auf dem Gipfel angelangt war, wandte er sich nach Westen und betrat ein offenes Gelände, das als Hügelhang abfiel. Von dort hatte er einen weiten Blick über das Land ringsum. In den Mulden steckten noch Nebelfetzen, die wie die Überreste nach einem Schneefall aussahen, wenn sonst aller Schnee schon weggetaut ist.

Plötzlich war die Prinzessin nicht mehr neben ihm. Er sah sie, sah ihren Stromlinienkörper, wie er über das Gelände flog. Und dort, keine zwanzig Meter, entfloh ein Schatten, und der war weiss!

Dominic begann zu rennen. Sein Herz klopfte so heftig, dass es ihn beinah hinderte, noch schneller zu laufen. Der Weisse Hase! Für ihn war es *der* Weisse Hase, nicht bloss *einer,* weil es für ihn ein fast sagenhaftes Tier geworden war. In seiner Vorstellung war es ein Bild seines eigenen Lebens, wie er bei sich dachte, ohne genau zu wissen, was er damit meinte. Ein Bild auch für Hylla, was für ihn kein Widerspruch war, denn sein Schicksal war irgendwie mit dem ihren verknüpft.

Am Rande der Wildnis vollführte die Prinzessin einen einzigartigen Richtungswechsel, indem sie in vollem Tempo beinah um ihre eigene Länge kehrtmachte und den weissen Hasen aufs freie Gelände zurückjagte. Dominic rannte weiter. Er schrie nicht; er stiess nicht den leisesten Ruf aus. Dafür war seine Aufregung zu gross.

Der Hase lief jetzt bergab, und die Prinzessin schien wie ein tieffliegender Vogel über das beschopfte Gras hinwegzuschiessen. Halbwegs bergab schlug ihre Beute im rechten Winkel einen Haken und sauste auf eine Lücke in der Feldsteinmauer zu. Die Hündin machte eine Wendung, wie Dominic sie noch nie gesehen und nicht für möglich gehalten hatte. Sie schien mit der flinken Drehung eines Bumerangs durch die Luft zu wirbeln, wie wenn die Kurve zum Flug gehörte. Und ausser seinem eigenen Keuchen hörte Dominic das leise «Klick» von zuschnappenden Kiefern. Doch der weisse Hase sauste durch die Lücke und so blitzschnell weiter wie das reflektierte Licht, das Dominic manchmal mit einem kleinen Spiegel flink über die Wand oder die Stubendecke huschen liess.

Gleich hinter der Lücke schlug der Hase abermals einen Haken, doch die Hündin war jetzt nur noch ein oder zwei Meter hinter ihm und wendete so rasch, dass sie zur Stelle war und die Kiefer über dem weissen Schatten zuschnappten. Dann war es still.

Dominics Herz hämmerte, und er rang nach Atem, als er zur Hündin kam, die ihre Beute immer wieder aufgeregt beschnupperte. Er bückte sich und nahm ihr den weissen Hasen weg. Er sah, dass die Augen braun und nicht etwa rot waren, dass es folglich ein echter weisser Hase war, nicht bloss ein gewöhnlicher Hase im seltenen Schneekleid. Die Hündin verhielt zitternd, und Dominic fuhr ihr mit der Hand über ihren langen, schmalen Kopf.

Jetzt tat es ihm leid, dass sie ihre Beute abgewürgt hatte. Doch das durfte er sie nicht merken lassen. Sie hatte gejagt, wie kein andrer Greyhound in Irland je gejagt hatte, und er war so stolz auf sie, dass es ihm fast die Brust sprengte. Doch mächtiger noch als sein Stolz auf sie war das jähe Gefühl unendlichen Kummers um den weissen Hasen, der wie ein Wunder aus dem grauen, schicksalsvollen Morgen aufgetaucht und mit dem es jetzt aus und vorbei war. Er erblickte in ihm ein Zeichen, dessen Bedeutung er nur halb erriet. Es war sein Schicksal, und es war Hylla. Beide würden sich verwirklichen, beide würden für einen flüchtigen Augenblick eins werden - und dann aus und vorbei. Es würde das Ende sein. Das war es, was er hineindeutete, und es genügte ihm. Er verstand es hinreichend; besser wollte er es nicht verstehen. Und da er es verstand, war er froh und gleichzeitig bange.

Lange Zeit stand er so, den weissen Hasen auf seinen Armen. In weiter Ferne sah er jenseits der Felder mit den Nebelfetzen die Galway-Bucht. Allmählich liess das Keuchen der Hündin nach, und auch Dominics Herz schlug ruhiger.

Schliesslich drehte er sich um und kehrte in den Wald zurück. Dort in der Wildnis unter feuchten Birkenblättern und lockerem Humus begrub er den weissen Hasen. Es kostete ihn grosse Überwindung, ihn nicht im Triumph nach Rosaril zu bringen. Denn was für ein Triumph wäre es für die Prinzessin gewesen, und sogar für ihn selbst. Doch er fand, man sollte keinen Triumph daraus machen. Es musste ein grosses Geheimnis bleiben. Er teilte es nur mit dem stürmischen, flinken Geschöpf, das so schön war und es nie ausplaudern konnte.

Er bezeichnete die Stelle so, dass er allein darum wusste, und ging langsam und die Arme schlenkernd bergab nach Rosaril - sein helles Gesicht nun wieder ganz blass.

XIII

Als Dominic nach Hause kam, war die Hochzeitsgesellschaft bereits von der Kirche zurückgekehrt. Er ging rasch in sein Zimmer hinauf. Als erstes wusch er sich die Erde von den Händen, mit denen er dem Hasen ein Grab ausgehöhlt hatte. Er zog sich besonders sorgfältig an, weil er es für wichtig hielt, einen guten Eindruck auf Hyllas Verwandte zu machen. Er glaubte, sie wären ihr alle mehr oder weniger ähnlich, nur nicht ganz so schön, und darum bürstete er sein Haar mit grösster Sorgfalt, wechselte die schmutzigen Schuhe und die nassen Strümpfe und ging hinunter. Er getraute sich nicht gleich, die Wohnzimmertür zu öffnen. Er stand vor der Tür und fasste Mut, denn noch nie hatte er so viele Menschen in einem Zimmer beisammen gesehen.

Dann kam Patrick von der Küche her den Gang entlang.

«Oh, Patrick ...», rief der kleine Junge, brach ab und wurde rot. Er wusste gar nicht, wie er seinem Bruder die Abwesenheit erklären sollte.

«Darling!» rief Patrick, trat auf ihn zu und zerzauste ihm sein so sorgfältig gebürstetes Haar, was er immer tat, wenn er besonders liebevoll gestimmt war.

«Bist du mir nicht böse, Patrick?» fragte Dominic.

«Nein! Aber du bist trotzdem ein Schlingel! Ich wäre bestimmt bei deiner Hochzeit erschienen, wenn du geheiratet hättest.»

«Wenn ich Hylla geheiratet hätte?» fragte Dominic.

«Sogar dann», erwiderte Patrick.

«Ja, ich glaub's dir», gab der kleine Junge nachdrücklich zu. «Du bist ein feiner Mensch.»

«Ja, nicht wahr?» lächelte Patrick.

«Sind sie schon alle drin?» fragte Dominic. «Wie sind Hyllas Verwandte?»

«Ganz nett, scheint mir», antwortete Patrick.

Sie öffneten die Tür und traten zusammen ein. Patrick stellte Dominic vor, und der gab Hyllas Verwandten die Hand. Auch dem Priester gab er die Hand, und seine Tante küsste er auf die Wange. Er setzte sich zwischen den Priester und Clarice, die jüngste Tochter Mr. Canavans. Er blickte Hylla nicht an, bis er endgültig Platz genommen hatte und die allgemeine Unterhaltung wieder im Gang war. Dann warf er ihr unter seinen blonden Wimpern hervor einen langen Blick zu. Doch dabei unterbrach ihn Clarice.

«Warum warst du nicht da?» fragte sie.

«Ich hatte zu tun.»

Clarice war ein ziemlich dickes kleines

Mädchen mit schwarzem Haar und roten Wangen und Hylla nicht im entferntesten ähnlich. Zwar hatte sie die gleiche hohe Stirn wie Hylla. Doch während Hylla dadurch ein würdevolles Aussehen bekam, machte es die kleine Schwester nur oberlastig und drollig, wie Dominic fand. Sie hatte grosse braune Augen und sah meistens, wie Hylla es beschrieben hatte, ein bisschen verwirrt aus.

«Ich bin gern auf dem Land», erklärte Clarice.

Dominic kam die Bemerkung reichlich dumm vor. Über so etwas sprach man nicht – es gehörte zu den selbstverständlichen Tatsachen.

«Du etwa nicht?» fragte sie nach einer kleinen Pause.

«Es ist ganz nett», antwortete er knapp. Doch als ihm einfiel, dass sie Hyllas Schwester war und dass er sich vorgenommen hatte, einen guten Eindruck zu machen, fuhr er fort: «Wo wohnst du?»

«Oh, wie komisch! Das weisst du nicht?»

Ein albernes kleines Ding, stellte er bei sich fest. Er konnte nicht begreifen, weshalb sie glaubte, er müsse alles über sie wissen.

«Warum ist es komisch?» fragte er geduldig.

«Ach, ich hatte gedacht, Hylla hätte dir alles über uns erzählt», gab sie ihm zur Antwort.

Er schwieg. Er konnte ihr nicht gut sagen, dass ihre Schwester niemals zu ihm über sie oder die andern gesprochen hatte. Er ahnte zwar nicht, weshalb sie es hätte tun sollen, aber das kleine Mädchen schien enttäuscht zu sein, weil er nichts über sie wusste.

«Sie gibt dir Stunden, nicht wahr?» fuhr Clarice fort. «Mich hat sie auch manchmal unterrichtet. Sie ist sehr gescheit, finde ich. Du auch?»

«Ist sie das?» fragte Dominic. Gescheitheit war etwas, das ihm überhaupt nie in den Sinn kam.

«Wird sie niemals wütend auf dich - wegen der Schulaufgaben?» forschte Clarice weiter.

«Nein.»

«Wirklich nicht? Auf mich war sie manchmal wütend. Findest du, dass sie hübsch ist?»

«Hübsch» war das letzte Wort, das er auf Hylla angewandt hätte. Es war ein Wort, mit dem für ihn alles sofort und vollständig verdammt wurde. Er liebte Schönheit und Vornehmheit und eine Art wilder Traurigkeit, sogar Hässlichkeit, wenn sie klar und einfach war, wie etwa die angestossene Marienfigur - aber «Hübsches» konnte er nicht ausstehen. Es war eine Bezeichnung, die in Rosaril nur spöttisch gebraucht wurde, und er wusste nicht, dass andere Leute es anerkennend benutzten.

«Natürlich nicht», erwiderte er und war erstaunt, dass das kleine Mädchen so etwas fragen konnte.

«Oh!» sagte Clarice. Sie sah verwirrter denn je aus.

«Möchtest du nach dem Frühstück gern auf der Stute reiten?» fragte er sie. Er hatte ein Gefühl, als verliefe zwischen ihnen nicht alles so, wie es sollte. Er sprach von All Alone immer nur als der Stute, nie als dem Pony, was auch zugetroffen hätte.

«Oh, in dem Kleid hier kann ich nicht reiten», wandte Clarice ein.

Dummes Zeug, dachte Dominic. Hylla würde in jedem Kleid reiten. Da seine Erfahrung mit Mädchen auf der Bekanntschaft mit Hylla beruhte, hatte er sich einen etwas ungewöhnlichen Wertmesser angeeignet, mit dem er andre beurteilte.

Auf der rechten Seite des Priesters sass Laura Canavan und versuchte auf sehr unauffällige Art mit ihm zu flirten. Doch darüber konnte sich Father McGrath nur amüsieren. Sosehr er durch Hylla – obwohl sie ihn kaum angesehen hatte – beunruhigt worden war, sowenig spürte er sich versucht, Laura gegenüber vom Gebot strengster Reinheit abzuweichen. Und dabei war sie viel eleganter als Hylla gekleidet, und obwohl sie erst siebzehn war, sah sie mindestens wie zwanzig aus. Äusserlich glich sie ihrer Schwester noch weniger als Clarice. Ihr Gesicht war eher breit als lang, die Wangen waren rund, und die Stirn war nicht auffallend hoch.

Dominic konnte sie nur sehen, wenn er sich den Hals verrenkte und am Priester vorbeiblickte. Er tat es aber gründlich, weil er jetzt, da sie hier waren, Hyllas Verwandte studieren wollte, obwohl er ihnen vorher kaum einen Gedanken gegönnt hatte.

Laura sah nicht übel aus, fand er. Er hatte noch nie eine elegant angezogene Frau gesehen, und was er sah, machte Eindruck auf ihn. Obwohl Hylla seit dem Ende der «Belagerung» ein paar sehr teure Kleider getragen hatte, gelang es ihr nie, elegant zu wirken.

Danach befasste er sich mit Lucius Canavan. Auch er besass die hohe Stirn, die hochsitzenden Backenknochen, den weiten Mund über einem ziemlich hervorstehenden Kinn, dem Abschluss eines oval zulaufenden Unterkiefers. Ja, er sah Hylla noch am ähnlichsten, fand Dominic. Und doch, obwohl es, anatomisch gesehen, zutraf, unterschied er sich gründlichst von ihr durch den Ausdruck. Daher fand Dominic eine Sekunde drauf, er sähe ihr am wenigsten ähnlich. Anstelle des schönen Ernstes in Hyllas Gesicht lag im Ausdruck ihres Vaters nur eine unendliche Kälte. Die Leute hatten oft auf die grosse Ähnlichkeit zwischen Vater und Tochter hingewiesen, doch nach seiner anfänglichen Überraschung ob der Ähnlichkeit im Knochenbau wusste Dominic, dass er niemals dergleichen sagen würde.

Dominic, der nie lange unschlüssig war, wenn es galt, sich eine eigene Meinung zu bilden, kam in bezug auf Hyllas Verwandte zu folgendem Ergebnis: Clarice war freundlich und dumm. Lucius war nicht freundlich und nicht dumm. Laura war halbwegs freundlich und nicht sehr dumm. Sie war die einzige, die ihm überhaupt gefiel. Nachdem er dieses für ihn sehr wichtige Problem gelöst hatte, wollte er gern mit dem Priester sprechen, doch er war zu scheu, um einen Anfang zu machen.

Was Father McGrath betraf, so fühlte der sich äusserst unbehaglich. Laura Canavan unterhielt sich gerade mit Mike, daher warf er wiederholt einen Seitenblick auf Dominic. Er liebte Kinder sehr, doch seltsamerweise war er anfangs in ihrer Gegenwart stets sehr scheu. Und weil er bisher nur mit den Bauernkindern in den Volksschulen zu tun gehabt hatte, war er nicht sicher, ob die Kinder gebildeter Leute ihn etwa ganz uninteressant finden mochten. Der junge Priester war zwar ein strenger Puritaner, sonst aber äusserst bescheiden.

Schliesslich raffte er seinen Mut zusammen, holte ein kleines, in braunes Papier eingewikkeltes Paket aus der Tasche und gab es Dominic.

«Ich habe dir ein kleines Geschenk mitgebracht», sagte er, «zur Erinnerung an den Hochzeitstag deines Bruders.» Und aus irgendeinem Grunde wurde er dunkelrot.

Dominic nahm das Paket entgegen und bedankte sich. Er wusste nicht recht, ob es passender war, das Paket jetzt zu öffnen oder bis nachher zu warten. Es lag ihm viel daran, das zu tun, was der Priester von ihm erwartete. Er ahnte nicht, dass Father McGrath, einerlei, was er tat (es sei denn, er hätte es aus dem Fenster geworfen), alles als völlig passend empfinden würde.

Zu guter Letzt beschloss er, das Paket zu öffnen, und entdeckte eine kleine Figur, eine verkleinerte Nachbildung der Statue, die er auf dem Kaminsims des Priesters so bewundert hatte.

«Oh, wie schön!» rief er. «Woher wussten Sie, dass sie mir damals so gut gefiel, als wir Sie besuchten?»

Der Priester hätte ihm nicht sagen können, woher er es wusste. Es war eben so, dass er Kinder ausserordentlich gut verstand, und Dominic war trotz seiner zahlreichen ungewöhnlichen Eigenschaften in mancher Hinsicht ein sehr naives Kind, dessen Neigungen und Abneigungen jeder leicht erraten konnte, der sich die Mühe nahm.

«Nach dem Frühstück müssen Sie sich die Prinzessin anschauen», schlug Dominic vor. Die Figur hatte er vor sich auf den Tisch gestellt.

«Sehr gern», erwiderte der Priester. Er hatte keine Ahnung, wen zu betrachten er aufgefordert wurde. Hoffentlich nichts Skandalöses, dachte er, denn er hatte über die de Laceys vergangener Generationen so viel phantastische Gerüchte gehört, dass er abergläubisch an die Möglichkeit dachte, in der alten Baracke von einem Haus könnten sich finstere Geheimnisse verbergen.

Miss Longworth, die zwischen Patrick und Hyllas Vater sass, hatte versucht, sich mit letzterem zu unterhalten, wenn auch ohne grossen Erfolg. Sie kannte die Canavans schon zu lange. Sie konnte sich an Hylla als kleines Mädchen erinnern, das nicht älter als Dominic war. Auf Grund dieser Tatsache hatte sie sich zu der Haltung berechtigt gefühlt, die sie dem «Skandal» gegenüber eingenommen hatte. Sie hatte sich nicht nur vor Mike für das Benehmen seiner Kinder verantwortlich gefühlt, sondern auch in geringerem Grade vor Lucius Canavan wegen seiner Tochter Hylla. Doch seit nun alles geregelt schien, war sie ehrlich erleichtert. Und als Zeichen dafür, dass zumindest auf ihrer Seite keine Bitterkeit zurückblieb, hatte sie Patrick am Morgen einen Scheck über fünfundzwanzig Pfund geschenkt. Für Patrick war das ungeheuer viel Geld, und er hatte gemeint, es müsse dazu verwandt werden, um die Schulden bei Bulger abzubezahlen. Wenn noch etwas übrigblieb, wollte er Dominic damit ein Geschenk kaufen.

Die Canavans und Miss Longworth blieben bis zum Abend. Dominic konnte sich nicht erinnern, jemals so viele Menschen im Haus gesehen zu haben. Er wanderte umher und wusste nicht, was er mit sich anfangen sollte. Der übliche Tagesablauf war gestört, und wenn er auch glaubte, dass er die Gäste irgendwie unterhalten müsse, so hatte er doch keine Ahnung, wie er das anstellen sollte. Dem Priester hatte er die Prinzessin vorgeführt, und das war kein grosser Erfolg gewesen. Doch hinterher hatte er ihn ein kleines Stück zum Dorf begleitet, und von all den unerwarteten Eindringlingen in das einsame Leben auf Rosaril war der Priester dem kleinen Jungen als der einzige vorgekommen, der etwas beizusteuern gehabt hätte. Doch sogar er schien manchmal erstaunlich schwerfällig und verständnislos. Dominic hatte versprochen, ihn zu besuchen.

Jetzt schlenderte er in die Küche. Es war, wie er vermutete, der einzige Raum im Haus, der ungefähr wie immer aussah. Er war begeistert, als er Dan Delaney vorfand, der vor dem Feuer sass, während Annie ganze Stösse von Geschirr abwusch.

«Hallo, alter Sportskerl», rief der alte Dan, «was für ein grossartiger Tag, was?»

«Ja, kann sein», erwiderte Dominic unsicher, lächelte aber dem alten Mann glücklich zu.

«Du bist wohl nicht ganz davon überzeugt, was? Well, ich weiss, wie's dir zumute ist. Aber kein Wort mehr darüber», sagte er und zwinkerte mit den Augen. Der kleine Junge fragte sich, ob Dan es wirklich wusste. Es wäre sehr leicht möglich, dachte er, denn er konnte sich keinen weiseren Mann vorstellen als den versoffenen alten Dan.

«Ich muss dir ein Geheimnis erzählen», sagte Dominic mit leiser Stimme, denn er hatte plötzlich einen Entschluss gefasst. «Etwas, das ich niemals jemand anders in der weiten Welt erzählen werde!»

«Da hast du dir den rechten Mann ausgesucht», erwiderte Dan. «Ich hab' in meinem Leben verteufelt viel Geheimnisse und Bekenntnisse angehört, und manche waren so schaurig, dass dir die Haare zu Berge stehen würden – aber nichts davon ist mir je über die

Lippen gekommen, ob ich nüchtern oder betrunken war.»

«Also denk nur», begann Dominic sofort nach Dans Zusicherung, «ich war heute sehr früh mit der Prinzessin draussen, und sie hat einen weissen Hasen gejagt! Sie hat ihn zweimal zum Hakenschlagen gezwungen, und hinter der Lücke auf dem grossen Feld westlich vom Wildwald hat sie ihn abgewürgt!»

«Hatte er rote Augen?» fragte Dan. Er hatte gespannt zugehört.

«Nein, hat er nicht gehabt. Er hatte braune Augen, und das Fell war weiss bis zu den Haarwurzeln 'runter!»

«Wo ist er?» fragte Dan.

«Ich habe ihn begraben», sagte Dominic, «und mir die Stelle gemerkt.»

Der alte Dan Delaney starrte ein paar Minuten lang ins Feuer. Ein- oder zweimal blickte er auf den kleinen Jungen. Die Wirkung des Berichts entsprach bestimmt allem, was Dominic sich hätte wünschen können.

«Es ist sehr seltsam», begann Dan endlich. «In meinem ganzen Leben habe ich nur von einem einzigen echten weissen Hasen gehört, der in der Grafschaft Galway abgewürgt wurde. Aber was noch seltsamer ist: dass es ausgerechnet am heutigen Tag geschehen musste!»

«Was flüstert ihr beiden euch da zusammen,

um Himmels willen?» rief Annie vom Spülstein her.

«Kümmere dich nur um deine eigenen Angelegenheiten!» riet ihr Dan. «Wir sprechen über Sachen, die keine Frau hören soll.»

«Gott erbarm' dich!» lachte Annie.

«Es gibt Greyhounds, und es gibt Pferde, und es gibt Frauen, und es gibt Whisky», fuhr der alte Mann etwas leiser fort. «Und sie alle machen was sehr Merkwürdiges aus dem Leben. Wenn sie nicht wären, gäbe es nicht viele Geheimnisse - alles wäre klar wie der lichte Tag. Und wer könnte so ein Leben aushalten, frag' ich dich in Gottes Namen?»

Dominic gab sich die grösste Mühe, jedes Wort des alten Mannes zu verstehen.

«Stimmt», gab er zu. «Ich hab's gern, wenn die Dinge zauberhaft sind.»

«Das ist das richtige Wort, Sportskerl!» rief der alte Dan, «es ist ein grossartiges Wort, und ich hatte es vergessen. Ja, und die Dinge, die ich aufgezählt habe, die machen das Leben ganz verdammt zauberhaft. Bedenk doch mal den heutigen Tag! Zuerst der weisse Hase - durch einen Greyhound. Dann die Hochzeit - da hängt auch ein Zauber dran, obwohl du's erst in ein paar Jahren verstehen wirst. Hochzeit - also eine Frau. Und nun heute abend: Whisky! Ist auch ein grosser Zauberer: was der alles mit deinen Gedanken machen kann! Ich hab' sie alle drei erprobt», schloss er, «und auf die Dauer ist der Whisky das allerbeste. Das heisst, wer's vertragen kann.»

Dominic hörte ihm zu - er war hingerissen. Eher hätte er nicht an Gott geglaubt, als dass er angezweifelt hätte, was der alte Mann da sagte.

«Ich versteh' auch ein bisschen von den Frauen», flüsterte er. «Da ist nämlich Hylla.»

«Ja, vielleicht verstehst du was davon - und mehr, als ich dir zugetraut hätte. Vielleicht verstehst du von *dem* Geheimnis schon die beste Seite. Aber nicht alles. Das kommt erst später. Und wenn du darüber etwas von dem Mädchen gelernt hast, das sich heute verheiratet hat, dann kann ich dir versichern: keine von allen, die meine Augen jemals gesehen haben, wäre besser geeignet als sie, um was drüber zu lernen. ‹Denn sie ist des Morgens Wonne ...›», deklamierte der alte Mann. «Allerdings kann ich mich nicht mehr erinnern, ob damit die Flasche oder ein Mädchen besungen wird.»

«Dada versteht sich auch auf den Whisky», sagte Dominic. «Oder etwa nicht?»

«Doch, das tut er. Keiner so gut wie er. Und niemals, oder so gut wie niemals, hab' ich ihn (wie man das so nennt) besoffen gesehen. Ich habe keine Achtung vor den Leuten, die in den späteren Nachtstunden nicht mehr geradeaus gehen und nicht richtig sprechen können. Das ist die Sorte, die den ‹Temperenzlern› und den ‹Pionieren› Anlass zum Einschreiten gibt. Ein Mann darf die andern nie merken lassen, dass er betrunken ist – höchstens sich selbst. Denn wenn's nämlich nichts Zauberhaftes an sich hat, mein Kleiner, dann ist's was verdammt Ordinäres.»

«Ja», sagte Dominic. Wenn er in seinen Unterrichtsstunden so konzentriert zugehört hätte, wie er es jetzt tat, dann wäre er ein sehr gescheiter Junge gewesen.

«Eigentlich wollte ich deinen Dada besuchen», fuhr Dan fort, «aber als ich ins Freie trat, bin ich ihm begegnet, wie er mit Mr. Canavan ins Dorf ging. Sie wollten den verdammten Saukerl, den Bulger, besuchen.»

«Zu dem wollten sie gehen?» fragte Dominic besorgt.

«Ja, stimmt. Bulger ist ganz scharf drauf, den Vater von deinem Mädchen kennenzulernen.»

Der kleine Junge überhörte es keineswegs, dass der alte Mann von Hylla als «seinem» Mädchen und nicht als Patricks Mädchen sprach. Das machte ihn sehr stolz. In Schmeichelkünsten war Dan ein Genie: er wusste anscheinend instinktiv, wo selbst der Unbestechlichste seine Achillesferse hatte. Doch den wenigen Menschen, die er als seine Freunde betrachtete, schmeichelte er nie aus einem andern Motiv als dem, sie glücklich zu machen.

«Aber ich bin dann doch hergekommen, um eine Tasse Tee zu trinken. Hab' keine grosse Hoffnung gehabt, mit dir oder mit Patrick zu reden - wo ihr all die Gäste unterhalten müsst!»

«Ja, sie sind überall zugange», bestätigte Dominic, «und ich weiss nicht, wie ich sie unterhalten soll. Doch sie sind ganz zufrieden, scheint mir. Warum will Bulger den Vater von Hylla kennenlernen?» fragte er nach einer Pause.

Dem alten Mann blieb jedoch keine Zeit für eine Antwort, denn im gleichen Augenblick trat Hylla in die Küche. Sie trug noch ihr weisses Seidenkleid, hatte aber Schleier und Kranz abgenommen. Sie drückte Dan Delaney die Hand.

«Oh», sagte sie dann zu Dominic, «hierhin bist du also geflohen, mein Schatz?»

«Ich bin nicht geflohen, Hylla. Ich habe mich mit Dan unterhalten.»

«Wir haben über ein paar sehr wichtige Dinge gesprochen», bestätigte der alte Mann. Es war ihm völlig Ernst.

«Ich frage mich manchmal, was denn dazu gehört. Wissen Sie es, Dan?» fragte sie.

«Ich schon», entgegnete er, «aber ein Mädchen würde es nie wissen. Ein Mädchen kann's nicht wissen, weil sie selbst dazugehört.»

Hylla sass am Tisch, hatte den Ellbogen aufgestützt und ihr schmales Kinn in die Handmuschel geschmiegt. Hinter ihrer nachdenklichen Stirn schien sie gelassen abzuwägen, was Dan gesagt hatte.

«Sie meinten also die Liebe», sagte sie.

«Nein», widersprach Dan. «Ich rede von den Frauen. Die Liebe kann etwas verdammt Ordinäres sein, wie ich's vorhin auch über das Trinken gesagt habe. Wenn ein Mann ein Mädchen liebt, so dass jeder es merken kann, dann ist's das gleiche, wie wenn man sinnlos betrunken ist, und das ist alles andere als gut. Ein Mann sollte wissen, wie er sich zu einer Frau verhalten muss, genau wie zum Whisky, damit sie ihm lieber zu Kopfe steigen als seinen Körper berauschen.» Er klopfte sich mit seinem Trauerrandfinger an die zerfurchte Stirn: «Da muss das Feuer aufflammen, eh?» Er wandte sich dabei an den kleinen Jungen, als erwarte er von ihm eine Bestätigung. Einerlei, wie sehr er eine Frau bewundern mochte (und er war vielleicht ausser den de Laceys im ganzen Bezirk der einzige Mensch, der Hylla für eine Schönheit hielt) - nie fand er es der Mühe wert, ernste Gespräche mit ihr zu führen.

«Ich meine natürlich nicht, dass ein Mann nicht mit seiner Liebsten schlafen soll. Das ist schon recht. Aber der Gedanke ist es, die starke Flamme, die sie hier in ihm entzündet» (und diesmal schlug er auf seinen mächtigen Brustkasten), «die ihn zu einem Mann macht. Denn dass er mit ihr schläft, lässt die Flamme nicht heller brennen.»

«Das löscht sie vielleicht zu guter Letzt aus», meinte Hylla.

«Allerhand, wenn ein Mädchen so was an seinem Hochzeitsmorgen sagt», entgegnete Dan. «Trotzdem: es ist ein kluges Wort. Vielleicht kommt's daher, oder vielleicht kommt's vom Alter. Egal, wie man's ansieht, nichts geht über den Whisky. Das ist ein Feuer, das nie schwächer wird. Jedenfalls bei mir noch nicht, und ich habe in fünfzig Jahren mehr Whisky getrunken als jeder andre im Kirchspiel, behaupte ich.»

«Oder in ganz Irland», warf Dominic ein, der es ihm an Komplimenten gleichtun wollte.

«Um Gottes willen», mischte sich Annie ein, die sich seit Hyllas Erscheinen näher herangeschmuggelt hatte, um auch am Gespräch teilzunehmen. «So kann man doch nicht vor einem Kind sprechen!»

«Wo ist hier ein Kind?» fragte Dan, als wäre er erstaunt. «Meinst du etwa Dominic? Der ist vor allem ein Sportskerl, ehe er ein Kind ist. Das lass dir gesagt sein. Und wenn die junge Frau hier nichts auszusetzen hat an meinen Worten, was musst *du* dann den Mund aufmachen?»

«Ich habe bestimmt nichts dran auszusetzen», sagte Hylla, «aber es gibt Leute, die es tun würden.»

«Und was gehen die uns an?» fragte Dan schlagfertig.

«Nichts, Gott sei Dank», bestätigte sie.

«Siehst du wohl?» rief er Annie zu. «Was sagst du jetzt?»

«Ich hab' ja bloss Spass gemacht», verteidigte sie sich. «Ich weiss doch ganz genau, dass sogar ein unschuldiger Säugling bei dir keinen Schaden nimmt.»

«Ach», sagte er nachdenklich, «das geht auch wieder zu weit. Für Säuglinge hab' ich gar nichts übrig. Aber was die Unschuldigen angeht – sind wir das nicht alle, und immer noch, Gott sei's gedankt und der Heiligen Jungfrau!»

«Du und unschuldig? Wo du von allen sieben Wochentagen keinen einzigen nüchtern bist? Oder mindestens jeden zweiten nicht?» griff Annie ihn an.

«Und was hat das damit zu tun?» entgegnete Dan ärgerlich. «Ich habe nie einem Schwachen wehgetan, weder in Worten noch in Taten. Ich habe nie eine Seele betrogen, ob schwach oder stark. Und nie hab' ich eine Frau geküsst, wenn ich sie nicht mit meinem letzten Tropfen Blut geliebt habe, und weder Tod noch Teufel haben mich von einem Weg abbringen können, den ich einmal eingeschlagen habe!»

Während er sprach, sah er zornig aus, und seine Augen, die sonst so klein unter den runzligen Lidern steckten, flammten auf. Doch dann verstummte er, lachte plötzlich und wandte sich an Dominic, als hätte er den Frauen überhaupt nichts mehr zu sagen: «Aber vielleicht bin ich ja bloss ein alter Narr. Ein verdammter alter Faselhans. Ein aufgeblasener Süffel, eh?»

Auch der kleine Junge musste über den jähen Frontwechsel lachen. Gleichzeitig schüttelte er jedoch den Kopf: «Was soll ich wohl ohne dich anfangen?»

XIV

Die kleine Gesellschaft gleichgestimmter Seelen wurde durch Hyllas zwei Schwestern gestört, die in die Küche kamen.

«Wir haben dich überall gesucht, Hylla», klagte Clarice.

Laura untersuchte ihren Schuh und den

Knöchel: sie war auf dem Weg hierher ins Sumpfloch getreten.

Hylla machte sie mit Dan Delaney bekannt. Sie reichten sich die Hand, und dann wurde es plötzlich still. Dominic wünschte die beiden zum Teufel. Hylla fühlte sich etwas schuldbewusst. Ursprünglich war sie nur in die Küche gekommen, um Annie wegen des Essens Bescheid zu sagen. Dan sah mit seinen kleinen zusammengekniffenen Augen auf die beiden Mädchen, und dann starrte er ins Feuer.

«Wir hörten euch hier sprechen», erklärte Laura, «und sind euren Stimmen gefolgt.»

«Haben wir solchen Lärm gemacht?» fragte Hylla.

«Ihr habt euch gestritten», behauptete Laura.

«O nein, durchaus nicht», widersprach Hylla. «Wir waren uns alle sehr einig.»

«Worüber bloss?» fragte Laura. Es kam ihr offenbar seltsam vor, dass Hylla die Unterhaltung des gruselig aussehenden alten Mannes, der nach Torfrauch und Whisky roch, interessant finden konnte. Was den kleinen Jungen betraf, so hätte sie eher geglaubt, dass Hylla von seiner Gesellschaft genug habe, da sie ihn ja bereits während der Schulstunden sah.

«Wir haben über die Liebe und den Alkohol gesprochen», erklärte Hylla.

«Oh!» staunte Laura. In der hier anwesenden

Gesellschaft das eine wie das andre Thema anzuschneiden, kam ihr höchst seltsam vor, und auf jeden Fall waren es zwei sehr schlecht zusammenpassende Themen, die man nicht gleichzeitig erörtern konnte. Während sie die Liebe für den interessantesten Gesprächsgegenstand der Welt hielt, fand sie es äusserst langweilig, über Alkohol zu sprechen, weil sich nichts weiter darüber sagen liess, als die Trunksucht zu verurteilen. Sie lehnte jeden Mann ab, der trank. Ihr Vater hatte nie im Leben einen Tropfen Alkohol angerührt.

«Und über die Unschuld!» warf Dominic ein. Er wollte Dan Delaney anspornen, noch mehr zu sagen.

«Hylla, du solltest dich mit deinem Kleid auf dem Tisch da in acht nehmen!» mischte sich jetzt Clarice ein. Dominic zog die Stirne kraus, als er den Unsinn hörte.

«Ich trag's ja nicht ein zweitesmal, nicht wahr?» entgegnete Hylla.

«Aber du kannst dir ein Abendkleid draus machen lassen! Das ist allgemein üblich», erklärte Laura.

«Ich sollte allmählich nach Hause gehen», sagte Dan und schob seinen Stuhl zurück. Dabei rief er Dominic zu: «Denk dran, mich bald zu besuchen, und bring auch dein Mädchen mit!»

«Ich komme gern, wenn er mich auffordert», sagte Hylla, «aber Sie wissen doch, dass Sie lieber sprechen, wenn keine Frauen dabei sind.»

Laura blickte erstaunt drein. Und Clarice zeigte die gleiche verdutzte Miene wie immer.

Dan Delaney lachte.

«Ja, das stimmt», gab er zu, «aber ich fange an, etwas anders über Sie zu denken. In einem wichtigen Punkt haben Sie mehr von einem Mädchen an sich als alle übrigen, aber in andrer Hinsicht gleichen Sie keiner einzigen.»

«Was ist denn das für ein wichtiger Punkt, Dan?» fragte sie.

«Oho, Sie möchten doch nicht, dass ich die jungen Damen hier schockiere, eh?» fragte er mit einem Seitenblick auf Hyllas Schwestern.

«Das ist mir völlig egal!» lachte sie.

«Hylla!» rief Laura tadelnd.

«Wenn Sie als verheiratete Frau mir zuhören, ist das in Ordnung, und es ist auch recht, wenn der kleine Sportskerl hier zuhört; aber ich weiss, wo man eine Grenze ziehen muss, was, Annie?» fragte Dan und drehte sich zu der alten Frau um.

«Vielleicht, vielleicht», antwortete sie und freute sich, dass er ihr nicht mehr böse war.

«Wenn wir Sie also in Ihrer Unterhaltung stören, wollen wir lieber gehen», sagte Laura. Dominic konnte seine Erleichterung nur schlecht vertuschen. Wie immer, glaubte er jedem aufs Wort, und dabei hatte Laura natürlich gar nicht die Absicht, wegzugehen. Sie war sehr neugierig und wollte hören, was der alte Mann so Schockierendes zu sagen hatte. Denn während Hylla und Dominic den alten Dan als Ganzes nahmen und seinen kräftigeren Aussprüchen keine besondere Beachtung schenkten, waren gerade sie es, dic Laura interessiert und schockiert hätten.

«Ich glaube, wir sollten alle gehen», sagte Hylla bedauernd.

Dominic war es erst recht verhasst, in die andern Räume des von Fremden wimmelnden Hauses zurückzukehren. Doch Dan Delaney reichte allen die Hand und ging; und dem kleinen Jungen, der ihn an die Hoftür begleitete, flüsterte er zu: «Gott hat dir ein grosses Glück geschenkt, kleiner Sportskerl!» Nach diesen rätselhaften Worten schlurfte er die Zufahrt hinab.

Dominic grübelte eine Weile darüber nach. Er ging nicht wieder in die Küche, sondern aussenherum ums Haus, das er durch die vordere Tür betrat. «Vielleicht hat er's wegen des Hasen gemeint», war seine etwas sonderbare Schlussfolgerung.

«Ein ziemlich grausiger alter Mann», sagte Laura zu Hylla, während sie sich durch den dunklen Gang zurücktasteten. «Und was für einen komischen kleinen Jungen du zum Schwager bekommen hast!»

Hylla antwortete nichts darauf.

«Weisst du, was er mir beim Frühstück gesagt hat?» rief Clarice. «Er hat gesagt, du wärst nicht hübsch.»

«Ja, das kann mir keiner nachsagen», erwiderte Hylla.

«Du warst schon immer ziemlich merkwürdig, Liebling», begann Laura wieder, «aber ich finde, dass du sehr seltsam geworden bist, seit du herkamst. Du wirst doch nicht hier wohnen, wie?»

«Ich weiss es nicht.»

«Habt ihr denn keine Pläne gemacht?»

«Nein.»

«Ich glaube, es wäre ganz und gar nicht gut für dich, Hylla, wenn du hier wohnen würdest», fuhr Laura fort.

«Warum nicht?»

«Patrick ist ein Schatz, aber sein Vater und sein kleiner Bruder sind wirklich ganz erstaunlich. Es ist ja gut und schön, hin und wieder so malerische Leute kennenzulernen, aber es ist nicht gut, zuviel von ihnen zu sehen.»

«Hör bitte auf», erwiderte Hylla schroff.

«Ich glaube, dein Schwiegervater trinkt, nicht wahr?» fuhr Laura fort.

«Ja, das tut er», antwortete Hylla unnötig laut.

«Arme Hylla! Weisst du, ich finde wirklich...»

«Ich finde wirklich, du solltest dich hier fortscheren und das rosa Täubchen gleich mitnehmen!» rief Hylla und deutete auf die kleine Schwester in ihrem rosa Sonntagsstaat.

«Oh, Hylla!» Das kleine Mädchen fing an zu schluchzen.

«O je, mein Schätzchen!» rief Hylla, kniete sich auf den feuchten Zementboden und umarmte das Kind. «Das war aber scheusslich von mir! Was für ein Ekel ich bin!»

«Begreiflich, dass du ein bisschen nervös bist», sagte Laura. «Es ist so natürlich!» Sie blickte Hylla wissend an, als teilten sie über den Kopf der kleinen Schwester hinweg ein Geheimnis.

«*Was* ist natürlich?» fragte Hylla.

«Dass dir an deinem Hochzeitstag so zumute ist!»

«Der Teufel hol' meinen Hochzeitstag!» rief Hylla. «Und wenn ich mich heute zum drittenmal verheiratete, würde ich dir trotzdem empfehlen, dich fortzuscheren, wenn du so von meinen Lieben sprichst.»

«Ich sollte meinen, nur Pat ist der Liebe! Du hast doch nicht die ganze Familie geheiratet!»

«Ach, halt den Mund!» wiederholte Hylla, doch diesmal eher müde als wütend.

Im Wohnzimmer fanden sie Patrick und Miss Longworth vor. Patrick hatte bei der alten Dame einen schüchternen Aussöhnungsversuch unternommen, der auf mehr Verständnis und Wärme stiess, als er erwartet hatte.

«Weisst du», hatte sie ihm erklärt, «ich kann jetzt nicht sagen, dass ich im Unrecht war, weil ich das nicht glaube; aber ich sehe ein, dass ihr beiden auch nicht im Unrecht wart. Ich kann nicht einmal sagen, dass es ein Missverständnis war, denn das war es ja nicht. Doch will ich gern zugeben, dass ich die Art, wie ihr durchgehalten habt, bewundern musste.»

«Eine Zeitlang war es schwer genug», gestand er. Ihm schien es plötzlich so, dass sie wie zwei feindliche Kommandanten miteinander sprachen, nachdem die Feindseligkeiten beigelegt waren. «Aber wir waren trotzdem glücklich.»

«Ja, ihr wart bestimmt glücklich – und ich war's bestimmt nicht», sagte sie. Beide lachten. «Aber ich glaube, der kleine Dominic wird mir nie vergeben», schloss sie traurig. Patrick wusste, dass sie darunter am meisten litt. Er antwortete nicht darauf, weil er nicht klarsah. Vielleicht hatte Dominic ihr schon verziehen, aber er würde ihr gegenüber immer abweisend und argwöhnisch bleiben; er war ein kleiner Junge, der nichts vergass, ob es gut war oder schlimm.

Als die drei Mädchen eintraten, brachten sie eine leicht verkrampfte Stimmung mit, die Patrick sofort spürte.

«Weisst du, wo wir Hylla gefunden haben?» fragte ihn Laura.

«Ich wusste nicht, dass ihr sie gesucht habt», entgegnete Patrick. Er ärgerte sich über die Unterstellung, dass er Hylla habe suchen lassen oder dass man, weil es ihr Hochzeitstag war, von ihnen erwartete, dass sie dauernd zusammenblieben. Er wusste, dass ein so scheues Geschöpf wie Hylla bei all ihrer Liebe zu ihm doch immer Freiheit brauchte.

Laura ging ans Fenster und blickte hinaus. Sie langweilte sich schrecklich. Wenn auch nur ein einziger junger Mann bei der Hochzeit gewesen wäre, hätte sie sich gut unterhalten. Aber ein Priester und der Bräutigam ihrer Schwester - die waren von ihrem Standpunkt aus gänzlich ungeeignet als amüsante Partner.

Miss Longworth, die ebenfalls merkte, dass nicht alles erfreulich stand, soweit es Hyllas Verwandte betraf, versuchte das kleine Mädchen zu unterhalten. Sie zog sich Clarice auf ihre ziemlich knochigen Knie, was der Kleinen von Anfang an sehr missfiel, da sie fand, dass sie mit zwölf Jahren viel zu erwachsen für so etwas sei. Doch Miss Longworth begann ihr eine lange Geschichte zu erzählen, an die sie sich nur noch dunkel erinnerte. Zuletzt hatte sie sie Patricks Mutter erzählt, die viele Jahre jünger als sie gewesen war. Doch Patrick hatte sie nie Geschichten erzählt, weil er nie zuhören wollte, und was Dominic betraf, so besass er an Mike und Patrick eine so reiche Fundgrube an Geschichten, dass er sich niemals mit den ihren abgeben mochte.

Deshalb erprobte Miss Longworth jetzt zugunsten der kleinen Clarice die längst eingerosteten Flügel ihrer Phantasie; doch nicht einmal sich selbst konnte sie weismachen, dass ihr Flug etwas anderes als ein unsicheres Geflatter war.

«Die Reiterschar hielt vor dem Tor», stolperte sie weiter, «und die Königin schaute zum Fenster heraus ..., oder war es der König? Lass mich mal nachdenken!» Aber Clarice zeigte keinerlei Interesse.

«Ach je, wo war ich stehengeblieben?» fuhr Miss Longworth nach einer Minute fort. Das kleine Mädchen hatte keine Ahnung, weil sie es längst aufgegeben hatte, ihr zuzuhören. Doch es erforderte mehr Mut, abzubrechen als weiterzumachen, und daher sah sich Miss Longworth von immer neuen Helden umringt und immer weiter von einem glücklichen Schluss entfernt, der ihre einzige Rettung war.

Der Nachmittag schlich endlos hin. Dominic tauchte ein- oder zweimal auf und sah noch immer ungewöhnlich gepflegt und völlig ratlos aus, und endlich kehrten Mike und Lucius Canavan zurück.

Im Augenblick, als sie das Wohnzimmer betraten, war es sofort klar, dass nicht alles zum besten stand. Zunächst einmal: Mike war betrunken. Er ging gerade und sprach deutlich, aber die Jungen und Hylla und sogar Miss Longworth sahen, was mit ihm los war. Lucius Canavans Miene war kälter denn je.

«So, da wären wir wieder - nach einem sehr netten kleinen Lunch!» rief Mike.

«Wo war das?» fragte Miss Longworth - um Schwierigkeiten zu überbrücken, wie sie glaubte.

«Bei Aloysius Bulger, einem alten Freund unsrer Familie, oder mindestens einem Freund von einigen unter uns», sagte Mike.

«Wo wohnt er?» fragte Laura und lebte sofort auf. Ein unverheirateter Mann, selbst wenn er ältlich und leicht betrunken war, mochte nach dem Nachmittag, den sie hinter sich hatte, ein wahrer Segen sein.

«Seine Behausung während seines kurzen Aufenthalts auf dieser finsteren Erde ist eine

Dorfkneipe», sagte Mike. «Und seine Behausung in der Ewigkeit ist ein Verlies in der Hölle.»

«Als wir dort waren, hast du mir nicht den Eindruck gemacht, so schlecht über ihn zu denken», wandte Lucius Canavan ein.

«Das geschah aus Takt – eine sehr wertvolle Eigenschaft», entgegnete Mike.

«Was ist denn nicht recht an ihm?» fragte Laura.

«Er ist eine Schlange. Die Viper an meinem Busen. Jeder von uns nährt eine Viper an seinem Busen. Hat schon Paulus gesagt», verkündete Mike.

«Was für eine merkwürdige Idee!» rief Laura.

«Findest du? Oh, ich könnte mit noch viel seltsameren Ideen aufwarten. Ich habe manche einsame Stunde damit zugebracht, Ideen zu formulieren. Ich interessiere mich für Ideen aller Art.»

«Nenne mir ein paar!» bat Laura. Sie unterhielten sich jetzt zu zweien, da die andern vier in einer Gruppe am Kaminfeuer standen.

«Hast du dich gelangweilt?» fragte er, um das Thema zu wechseln.

«Jetzt nicht mehr», antwortete sie.

«Natürlich hast du dich gelangweilt», fuhr er fort. «Jemand hätte sich um dich kümmern müssen.»

«Man ist immer selber schuld, wenn man sich langweilt», bemerkte sie.

«Los, komm mit! Ich zeige dir das Haus!» forderte er sie auf. Sie gingen beide hinaus.

In der Halle stiessen sie auf Dominic, der auf der Treppe sass. Er schämte sich, weil er dabei ertappt worden war, wie er ganz offensichtlich auf eine Rückkehr des Lebens zum normalen Zustand wartete.

Mike führte Laura durch mehrere leere Zimmer, in denen - bis auf die Aussicht aus den Fenstern - nichts zu sehen war. Sie machte eine Bemerkung über den Charme alter Häuser. Ungefähr im vierten Zimmer fragte sie sich, wann er zum ersten Annäherungsversuch übergehen würde. Sie war nämlich überzeugt, dass er sie einzig deshalb hinaufgeführt hatte. Sie überlegte, ob er wohl sofort versuchen würde, sie zu küssen, oder ob er bloss ihre Hand nehmen würde. Langweilig fand sie es nicht mehr. Doch nach dem sechsten Zimmer begann sie sich zu fragen, ob er nicht vielleicht doch seltsamer sei, als sie anfangs geglaubt hatte. Sie blieb absichtlich lange in Dominics Zimmer, um ihr Gesicht vor dem geborstenen Spiegel zurechtzumachen. Dabei dachte sie, noch nie ein so ödes Haus gesehen zu haben.

Mike sass unterdessen auf Dominics Bett und wartete auf sie. Als sie fertig war, kam sie zu ihm und setzte sich neben ihn. Mehr kann ein Mädchen wirklich nicht tun, dachte sie im stillen. Er legte ihr den Arm um die Schulter. Sie lehnte sich ein klein wenig zu ihm hinüber. Aber irgendwie schien ihr das Ganze ein Fehlschlag zu sein. So ein Haus muss ja alles erstikken, dachte sie gereizt. Mike sah sich in der gleichen misslichen Lage wie Miss Longworth mit ihrer Geschichte: er wusste nicht, wie er die Sache zu einem glücklichen Ende bringen sollte. Auch er konnte nicht mehr klar denken.

Traurig sagte er: «Armes Phantom einer grossen Liebe!» Aber Laura wusste nicht, ob er zu ihr sprach oder ob es bloss eine seiner «Ideen» war.

Unwillkürlich schauerte sie zusammen, teils, weil es sie fröstelte, und teils, weil sie deprimiert war. Die Wand ihr gegenüber wies eine grosse feuchte Stelle auf, und etwas Verputz war auf den Boden gefallen und nicht weggefegt worden. Von einem Nagel baumelte eine Efeuranke herunter, was noch dazu beitrug, die Kirchhofsstimmung hervorzuheben, wie sie meinte.

«Well», sagte er endlich, «es wird wohl Zeit, dass wir zu den Hochzeitsgästen zurückkehren.»

Als sie wieder ins Wohnzimmer traten, gelang es ihr, furchtbar schuldbewusst dreinzublicken. Es war ein letzter Versuch, die Langeweile zu vertreiben. Nicht etwa, dass sie hoffte, Hylla damit zu ärgern oder auch nur die Neugier ihrer kleinen Schwester zu erregen - denn aus alter Erfahrung wusste sie, dass Hylla selbst für ihre auffallendsten Liebeleien nicht das geringste Interesse aufbrachte, ja sich nicht einmal die Mühe nahm, sie zu missbilligen. Doch Laura wusste, dass ihr Vater sich gewiss fragen würde, was sie mit Mike angestellt hatte. Vor ihrem Vater hatte sie - anders als Hylla - überhaupt keine Angst, weil sie immer sein Liebling und Verzug gewesen war.

Lucius Canavan sah tatsächlich äusserst verstimmt aus, als sie zurückkehrten. Patrick und Hylla schienen ganz in ein Gespräch versunken, denn sie blickten nicht einmal auf. Laura hätte gar zu gern gewusst, worüber sie sich so eifrig unterhielten. Ihre Schwester hatte eine besondere Seite in ihrem Wesen, die Laura nicht begriff: sicherlich war es das, was sie zu Patrick hintrieb und was Patrick an ihr liebte. Es musste ein Charakterzug sein, der zu diesen de Laceys passte. Wenn sie nur hätte mitanhören können, was sie sich erzählten, dann hätte sie einen Blick in jene Welt tun können, zu der sie nicht gehörte: sie hatte es schon immer geahnt, aber erst recht, seit sie in das Haus hier gekommen war. Sie schmuggelte sich etwas näher an sie heran, indem sie vorgab, eine Karte zu studieren, die noch immer auf dem Kaminsims stand, eine alte Karte mit einem ehemaligen Jagdprogramm.

Sie schienen in eine Art Spiel vertieft zu sein. Patrick sagte die Namen von Leuten, und Hylla antwortete mit «Sonne» oder «Mond».

«Father McGrath», sagte Patrick.

«Sonne», antwortete Hylla.

«Dan», sagte Patrick.

«Mond», antwortete Hylla.

«Dominic!»

«Mond. Sehr stark!»

Dann klangen die Antworten anders.

«Dominic», sagte Patrick.

«Wasser», antwortete Hylla.

«Patrick», sagte Patrick.

«Luft», antwortete Hylla.

«Hylla!»

«Wasser», antwortete Hylla.

«Father McGrath!»

«Feuer», kam es von Hylla.

Na, wenn sie das interessant finden, dachte Laura, dann entgeht mir wirklich nicht viel.

XV

Für Dominic kehrte das Leben auf Rosaril nie wieder in den normalen Zustand zurück. Patrick sprach nämlich jetzt davon, sich eine Arbeit zu suchen, und das bedeutete, dass er und Hylla weggehen würden. Obwohl sie weiterhin so leben mochten wie immer, schwang in der wilden, süssen Symphonie der letzten Tage ein Ton mit, der das Ende ahnen liess.

Patrick hatte mehrere Unterredungen mit seiner Tante, und jetzt wartete er nur noch auf einen Brief von der Heizkörperfirma Caldecott, der ihm das Angebot einer Stellung in ihrem Dubliner Büro bestätigen sollte. Er fand diese Aussicht abscheulich, doch war wenigstens ein kleiner Lichtblick dabei. Er meinte, es müsse Spass machen, mit Hylla in einer Grossstadt zu leben, wo er an den Abenden frei sein würde. Er war nur selten in Dublin und nie ausserhalb Irlands gewesen; deshalb war es für ihn eine brodelnde Metropole. War er einmal da, mochten andere Arbeitsmöglichkeiten auftauchen, die ihm besser entsprachen.

Eines Tages hatte er sich mit Hylla sehr weit von Rosaril entfernt: er war zu Fuss gegangen, und Hylla ritt All Alone. Sie waren zu einem Dorf namens Bara an der felsigen Atlantikküste gekommen. Dort nahmen sie sich einen schweren Fischerkahn, von der Art, wie er beim Aussetzen der Hummerkörbe benutzt wurde, und ruderten unterhalb der Klippen das Ufer entlang. Am Fusse der Steilwände kamen sie zu einer kleinen Bucht zwischen zackigen Felsen. Sie vertäuten das Boot und kletterten auf dem schmalen Felsenband weiter, das bei Flut meistens unter Wasser lag und vom goldbraunen Seetang schlüpfrig war. Hylla hatte ihre Schuhe im Boot gelassen und ging auf Strümpfen.

Zwar sah das Meer weiter draussen ruhig aus, doch unter ihren Füssen toste und brüllte es unablässig, wenn die wogende Dünung gegen die Felswand gepresst wurde, die sich unter dem Meeresspiegel noch viele Faden tief fortsetzte. Wollten sie sich etwas sagen, dann mussten sie schreien. Die Rufe der Möwen dagegen waren so deutlich zu hören, als hätten sie sich ihren eigenartig hellen Schrei absichtlich deshalb angewöhnt, um das dunkle Trommeln der Brecher zu übertönen.

Sie kamen zu einer Stelle, wo ein Weitergehen unmöglich schien. Das Felsenband wurde von einer schmalen Rinne mit grünem, schaumgeädertem Wasser zerschnitten, das in die kahle Klippenwand hineinstrudelte. Hylla blieb stehen, und Patrick holte sie ein; zusammen standen sie auf der letzten, mit Seegras überzogenen Felsplatte, und die kleinen schwarzen Blasen des Tangs knisterten unter ihren Füssen. Die lärmende Luft war erfüllt vom herben Geruch nach Salz und Jod und Meerwasser. Hylla hatte ihre gelassene Ruhe aufgegeben: ihre feuchten Wangen glühten vor Farbe, und sie sah so aus, wie er sie sich am Abend vor der Hochzeit gewünscht und erhofft hatte - und noch an vielen Abenden danach -, wie sie es aber nie gewesen war. Er legte seinen Arm um sie, damit sie auf der kleinen Felsplatte, die kaum Platz für sie beide bot, besser stehen konnten. Seine Hand lag unter ihrer Brust, und er fühlte, wie keuchend ihr Atem ging nach all dem Springen und Ausgleiten und Klettern von Felsblock zu Felsblock.

«O Hylla», rief er, «so schön bist du noch nie gewesen!» Und wenn er es ihr nicht durch die nassen blonden Haarsträhnen ins Ohr gesagt hätte, dann hätte sie ihn nicht verstanden.

Sie lachte und blickte ins Wasser hinunter und entdeckte in den unsteten weissen Schaumsträngen der Wasserrinne zu ihren Füssen alle möglichen wilden Bilder.

«Wessen Liebste bist du, Hylla? Gehörst du mir - oder dem Meer und den schwarzen Felsen?» fragte er.

Sie schüttelte den Kopf. «Ich hab' dir doch schon vor langer Zeit gesagt, dass jedes Haar auf meinem Kopf und jede Falte auf meinen Fingern dir gehört!»

«Bei mir hast du aber nie so wild und herrlich ausgesehen! Und du weisst selber, dass dein Herz für mich niemals so stark geklopft hat», entgegnete er vorwurfsvoll.

«Oh, mein Liebster, habe ich dich enttäuscht?» fragte sie und hielt ihr Gesicht nah an sein Gesicht.

«Weisst du noch, dass du sagtest, wie gern du in Gegenwart von andern kalt und ablehnend erschienst, damit du das alles mir gegenüber im Nu von dir werfen könntest?»

Sie nickte.

«Aber du hast es noch nie ganz richtig von dir geworfen», schloss er.

«Weisst du was?» sagte sie. «Lass uns 'rüberspringen!» Und sie zeigte über die schmale grüne Wasserrinne hinüber. Er betrachtete die Felsplatte auf der andern Seite. Sie war ein wenig tiefer als die, auf der sie standen, doch es war eine Entfernung von über zwei Metern, und man konnte für den Sprung keinen Anlauf nehmen. Die jenseitige Platte war ebenfalls dicht mit Seegras überzogen.

«Es ist zu gefährlich», warnte Patrick.

«Nicht *zu* gefährlich - bloss gefährlich», antwortete sie.

«Wir könnten nicht zurück, denn hier auf

unsrer Seite ist die Felsplatte höher», erklärte er.

«Bleib du auf dieser Seite, um mich aufzufangen, wenn ich zurückspringe; dann kann ich's machen», sagte sie.

«Nein, Hylla.»

«O bitte, Liebster!» bettelte sie.

«Nein.»

Doch mit einer blitzschnellen Bewegung hatte sie sich aus seiner Umarmung gelöst und sprang hinüber, den Rock bis zu den Knien hochgerafft. Sie landete genau auf der Kante der gegenüberliegenden Felsplatte, fiel vornüber auf die Knie und klammerte sich mit den Fingern an das dicke, zähe Seegras. Rasch sprang sie auf die bestrumpften Füsse, drehte sich einen Augenblick lachend um und sah ihn an.

Soviel Schönheit! dachte er. Wenn doch alle Welt sie jetzt sehen könnte! Wenn die andern Leute sie jetzt sähen, würden sie es nie wieder wagen, auch nur das kleinste bisschen an ihr zu kritisieren. Aber er war auch ärgerlich über sie. Nicht deswegen, weil sie nicht gehorcht hatte – das war ihm gleichgültig. Sondern es schien, als sei sie in genau dem Augenblick vor ihm geflohen, in dem sie von der Flamme ergriffen wurde.

Er schaute ihr zu, wie sie sich bückte und mit einer Nadel ihren Rock hochsteckte, so dass er sie nicht behinderte. Dann sprang sie auf dem jenseitigen Felsband davon, obwohl es viel schwieriger sein musste als das, auf dem sie bisher entlanggeklettert waren. Er beobachtete sie, wie sie mit unglaublicher Geschwindigkeit von Fels zu Fels hüpfte. In ihrem schwarzen, bis zu den Knien hochgesteckten Kleid glich sie mit ihren langen, abwechselnd balancierenden und springenden Beinen einem Geschöpf, das von einem übermenschlichen Drang beseelt war. Wenn er sich an jenem Abend vor der Hochzeit und an den folgenden Abenden damit getröstet hatte, dass eine Natur wie die ihre niemals toll und leidenschaftlich sein könne, dann musste er diese Ansicht jetzt aufgeben.

In dem Sprühnebel und Gischt hob sich ihr dunkles Kleid fast nicht vom Hintergrund der schwarzen Felswand ab. Er sah nur ihr Gesicht und die Beine unterhalb der Knie. Sie flüchtete wie ein riesiger junger Seevogel, der zum erstenmal seine Schwingen erprobt. Er rief ihr nach, umzukehren, aber bei dem Getöse konnte seine Stimme sie nicht erreichen, oder falls doch, dann beachtete sie es eben nicht. Weiter und immer weiter flog sie, wie angefeuert und als wollte sie all ihre Leidenschaft in diesem irren Tanz über abschüssigen Felsen erschöpfen. Und ebenso wie ein gütiges Geschick die Betrunkenen angeblich vor den natürlichen Folgen ihrer Torheit schützen soll, so schien etwas Ähnliches Hylla wohl hundertmal davor zu bewahren, dass sie abstürzte. Patrick konnte es nicht ertragen, sie noch länger zu beobachten, und doch - gar nicht hinzuschauen wäre noch schlimmer gewesen. Aber ausser seiner Furcht empfand er auch die gleiche Spannung, die eine Menschenmenge angesichts eines Seiltänzers im Zirkus oder angesichts eines Stierkämpfers in der Arena den Atem anhalten lässt.

Endlich hielt sie inne. Weit vorn, auf der Spitze einer kleinen Landzunge, sah er ihre dunkle Gestalt, die auf ihrem schwarzen Rastplatz leicht zu schwanken schien, weil sich der Hintergrund mit den heranrollenden Flutwellen bewegte. Ihr Kleid war wieder auf die Knöchel gesunken, oder vielleicht hatte sie es selbst hinunterfallen lassen, und so stand sie, ein schmaler schwarzer Strich, im salzigen Sprühnebel.

Sie kehrte langsam zurück. Und erst jetzt, wo sie wegen ihrer Schritte aufzupassen schien, begriff er, wie schwierig ihr Weg war. Sie glitt wiederholt aus und konnte sich nur eben in letzter Minute retten, indem sie in die Wurzeln des Seetangs griff. Als sie endlich die Felsplatte gegenüber von dem Felsenriff erreichte, auf dem er sie erwartete, sah sie erschöpft aus. Der feuchte Meerwind schien ihr Haar, das sich sonst im Nacken kräuselte, geglättet zu haben und blies es ihr in wilden Strähnen ins Gesicht. Ihre Wangen und ihre Stirn waren feucht vom Gischt, aber auch vom Schweiss, und ihre Strümpfe waren zerrissen. Doch sie blieb nicht am Rande der tiefen Rinne stehen – als hätte sie gespürt, dass sie nie die Kraft für das Wagnis des letzten grossen Sprungs zurückerlangen würde, falls sie jetzt zauderte. Er breitete die Arme aus, als er sie kommen sah, und es glückte ihm nur gerade eben, sie hochzuzerren, indem er mit der einen Hand ihr Kleid am Hals packte, so dass es ein Stück weit einriss.

Als sie nebeneinander auf dem schmalen Felsenriff standen, lehnte sie sich haltlos an ihn, und ihr Atem ging in zitternden Stössen. Er sah, wie die Schlagader an ihrem Hals zuckte.

Behutsam half er ihr über das Felsenband und zurück zum Boot. Er bettete sie im Bug auf ein paar Säcke, die dort lagen, zog die Jacke aus, um besser rudern zu können, und legte sie ihr unter den Kopf.

Die ganze Zeit über hatten sie kaum miteinander gesprochen. Und jetzt musste er mit den langen Riemen zu mühsam arbeiten, um ihr mehr als ein, zwei Worte sagen zu können. Es kam ihm überhaupt nicht in den Sinn, ihr wegen ihrer Tollkühnheit Vorwürfe zu machen, und sie lag ruhig da, blickte übers Dollbord aufs Meer hinaus und schloss bald die Augen.

Patrick wandte nur von Zeit zu Zeit, wenn er sich orientieren musste, den Blick von ihr ab. Die See war rauher, und er hatte Mühe, das schwere, schlingernde Boot von der Küste fernzuhalten. Sie sah wieder sehr bleich aus, bleicher denn je, und lag mit angezogenen Knien auf der Seite. Obwohl sie sich das Kleid um den Hals gezogen hatte, war das zerrissene Stück wieder heruntergefallen, und er sah die weisse Haut bis zu der leichten Schwellung der einen Brust.

Sie sah beinah hager aus, wie sie da im kalten Licht auf dem Bootsboden lag. Ihre geschlossenen Lider und ihre Lippen waren bläulich verfärbt, und auf ihren Wangen zeichneten sich Schatten ab. Einen Augenblick hatte er eine Vision, wie sie als alte Frau aussehen würde. Sie würde sich im Alter nicht so sehr wie andre Frauen verändern, weil ihre Schönheit nicht eine Frage glatter Haut und frischer Farben war, sondern tiefer ging, bis auf den Knochenbau. Eine Schönheit jedoch, die auf ganz erstaunliche Weise kam und fast verging. Wenn sie jetzt schön war, dann war es eine herbe, beinah erschreckende Schönheit, wie die einer feierlichen Ruine, in der am Abend Geister umgehen. Es war ein Wunder, fand er, dass ein so junger Mensch so aussehen konnte. Und er versuchte, sie ein paar Minuten lang nicht anzuschauen, als wäre es fast wie die Verletzung eines Geheimnisses, sie so zu sehen. Doch selbst beim Rudern konnte er die Augen nicht von ihr abwenden. Er war wie besessen von ihr, und aus einem verborgenen Gefühl heraus begehrte er sie gerade jetzt, wo sie selbst weiter denn je von solchen Gefühlen war, so heftig wie nie zuvor.

Er konnte seine Gedanken nur dadurch von zu wilden und leidenschaftlichen Vorstellungen abdrängen, indem er all seine Kraft auf das Weiterbewegen des schweren alten Fischerkahns verwendete. Manchmal schwappte eine Welle über Bord und nässte ihr Kleid; doch er durfte die Riemen nicht loslassen, um sie an eine trocknere Stelle zu legen, und sie schlug weder die Augen auf, noch schien sie irgendein Unbehagen zu empfinden.

Sie liessen die Stute in einem Schuppen hinter dem Wirtshaus von Bara stehen und nahmen ein Auto, das sie nach Hause brachte. Während des ganzen Rückwegs war sie sehr still, und er wagte nichts anderes, als ihre kalte Hand zu halten und auch zu schweigen.

Als sie zum Abendbrot hinunterkam, in

einem andern Kleid und mit gebürsteten Haaren, schien sie völlig erholt. Sie erzählte Dominic von dem Abenteuer, doch verkleinerte sie es eher, statt zuviel davon herzumachen.

«O Hylla», seufzte der kleine Junge, «warum habt ihr mich nicht mitgenommen? Wie rasend gern wäre ich dabeigewesen!»

«Dafür bist du noch nicht alt genug», tröstete sie ihn.

«Aber wir werden auch mal solche Abenteuer bestehen, Süsses, ja?» flehte er sie an.

«Ja», versprach sie.

Und Patrick wusste, dass Dominic, wäre er alt genug gewesen, die wilde Ekstase mit ihr geteilt haben würde, zu der er selbst sich nicht hatte aufschwingen können. Aber eifersüchtig war er nicht. Er würde nie, nie im Leben eifersüchtig auf den kleinen Jungen sein, und dabei wusste er genau, dass es niemals jemand anders geben würde, auf den eifersüchtig zu sein er dermassen berechtigt war.

An jenem Abend gingen sie früh zu Bett und liessen Mike bei einer halben Flasche Whisky im kleinen Schulzimmer sitzen. Dort blieb er und trank gemächlich seinen Whisky, las obenhin in einem Detektivroman und schaltete oft lange Pausen ein, ehe er wieder eine Seite umblätterte, da er in Ideen und Pläne versunken war, die ihn mehr fesselten als das Buch.

All seine Pläne hingen vom Besitz einer ziemlich grossen Geldsumme ab, und die einzige Möglichkeit, sie zu erhalten, wäre ein phantastischer Erfolg des Buches, an dem er arbeitete. In Gedanken füllte er die Ställe von Rosaril mit Vollblutpferden und Greyhounds, während die neu tapezierten und möblierten Zimmer der geeignete Hintergrund für eine schlanke Frau waren, die jedoch in eine längst verflossene Mode gekleidet war und die das Oval und die braunen Augen besass, an welche er in einer späten Stunde wie dieser so oft denken musste, wenn er nur eine halbe Flasche Whisky getrunken hatte, oder manchmal auch frühmorgens beim Erwachen, falls es beträchtlich mehr Whisky gewesen war.

Er hatte so unsagbar teure Erinnerungen an jene Frau, an die ihn Dominic stets erinnerte. Doch weil er sie so enttäuscht und im Stich gelassen hatte, waren die Erinnerungen auch bitter, wie etwas Erfrischendes, das im Mund zu Asche wird.

Zum Frühstück waren nur Dominic und Patrick in die Küche hinuntergegangen. Mike blieb morgens im Bett und schrieb an seinem Buch. Hylla schlief noch, wie Patrick erzählte. Nach dem Frühstück ging Dominic hinauf, um sie zu besuchen. Leise öffnete er die Tür und stahl sich ins Zimmer. Aber er stiess gegen einen ihrer Schuhe, der mitten im Zimmer stand und den er nicht gesehen hatte (sie war nicht besonders ordentlich mit ihren Sachen), und von dem Geräusch erwachte sie.

«O Hylla, verzeih mir!» rief er.

«Es macht nichts, Liebling», sagte sie verschlafen, richtete sich etwas auf und zog das Leintuch um die nackten Schultern. Sie schnitt eine Grimasse.

«Was fehlt dir, Süsses?»

«Meine Arme und Beine tun mir entsetzlich weh», sagte sie.

«Ich wäre so wahnsinnig gerne dabeigewesen», wiederholte er.

«Wie zäh du bist», lachte sie. «An etwas anderes kannst du wohl nicht denken?»

«Was bedeutet zäh, Hylla?» fragte er.

«Lass nur», sagte sie. «Und hungrig bin ich auch.»

«Dann kannst du nicht krank sein, Hylla!»

«Natürlich bin ich nicht krank! Nur müde und steif.»

«Ich bringe dir dein Frühstück!» rief er.

Er ging in die Küche und half Annie, Hyllas Frühstück zurechtzumachen, das heisst, er schüttete das feuchte Salz aus dem Salzfässchen, obwohl sie sich alle daran gewöhnt hatten, es ohne Deckel zu benutzen. Er füllte neues, trockenes Salz ein und schraubte den

Deckel auf, den er nur nach einigem Suchen finden konnte.

Er fing an, sich mit Annie über die bevorstehende Abreise zu unterhalten. Es war für sie beide ein sehr trauriges Thema.

«Was meinst du - willst du nicht auch mit ihnen gehen?» fragte Annie.

Das war eine Möglichkeit, an die er noch nicht gedacht hatte. Es kam wohl daher, weil ihm ein Leben irgendwoanders, fern von Rosaril, kaum lebenswert erschien. Und doch - da die alte Frau es ihm jetzt vorgeschlagen hatte, begann er sich zu fragen, ob es nicht ein Ausweg aus der Lage sei, die er als tragisch empfand. Er glaubte zwar nicht, dass er irgendwoanders als hier glücklich sein könne. Immerhin: er wusste nicht, ob es nicht vielleicht besser wäre, in einer verhassten Umgebung mässig unglücklich zu sein - als in einer geliebten Umgebung, die seine Heimat war, restlos unglücklich. Das erforderte sehr viel Nachdenken. Hier in Rosaril konnte er ohne Patrick und Hylla auf eine würdige Art unglücklich sein. Und war das nicht besser als ein elendes Dahinleben, weder unglücklich (weil er ja mit ihnen zusammen war) noch glücklich (weil er im Exil lebte)? Und weil er ein so romantischer kleiner Junge war und nichts von einem Realisten an sich hatte, fand er, es stimme.

Als er das Frühstückstablett hinaufgetragen und es Hylla auf die Knie gesetzt hatte und zuschaute, wie sie das Salzfässchen genauso benutzte, wie man es benutzen sollte, fragte er sie: «Gehe ich mit euch nach Dublin, oder lasst ihr mich hier?»

«Wie könnte ich dich hierlassen!» sagte sie überrascht, als wäre es eine abgemachte Sache, dass er mit ihnen ging. Und als sie das sagte, fehlte ihm der Mut, ihr den edlen Grund zu nennen, der ihn bewogen hätte, lieber hierzubleiben.

Ausserdem war er jetzt in ihrer Nähe nicht mehr so sicher, ob er wirklich hierbleiben wollte. Es mochte ein sehr edler Entschluss sein, so etwas zu tun - von seinem geheimen Ehrenkodex aus beurteilt -, doch würde es, wie er sich eingestand, mehr Tapferkeit erfordern, als er besass.

«Das könntest du nicht», gab er zu.

XVI

An einem der ersten Frühlingstage fuhren Hylla, Patrick, Dominic und die Prinzessin im alten Wagen nach Dublin. Dominic sass mit der Prinzessin auf dem Notsitz. Er sah sehr wenig von der Gegend, die neu für ihn war, sobald sie den Shannon überquert hatten, denn er weinte fast die ganze Zeit. Die Prinzessin hatten sie mitgenommen, weil sie für die Rennbahn trainiert werden sollte: Dominic hatte das als Geschenk von Patrick gewählt, der dafür die fünfundzwanzig Pfund von Miss Longworth hergab. Da es nämlich so schien, als habe Bulger das Rosaril-Konto gelöscht, nachdem Mike ihm den Wunsch erfüllt hatte und mit Lucius Canavan in sein Wirtshaus gekommen war, konnte der ganze Betrag für diesen Zweck verwendet werden.

Sie sollten bei einem Angestellten der Caldecottschen Radiatorenfabrik und dessen Frau wohnen, jedenfalls zunächst. Auch das hatte Miss Longworth für sie geregelt: sie zahlte Mr. und Mrs. Walsh wöchentlich ein Pfund als Mietanteil, und Patrick sollte von den drei Pfund, die sein Wochenlohn waren, zwei Pfund bezahlen.

Das Haus von Mr. und Mrs. Walsh war klein und aus gelben Ziegelsteinen gebaut; Türen und Fenster waren mit roten Ziegelsteinen eingerahmt – ein Reihenhaus in einem eher trübseligen, wenn auch respektablen Vorort der Grossstadt. Dominic fand, er habe noch nie im Leben etwas derartig Hässliches gesehen – nicht etwa auf prunkvolle Art hässlich, wie das Majestic-Kino in Galway, sondern von einer schäbigen und armseligen Hässlichkeit.

Da es an einem Sonntag war, waren beide Walshs zu Hause, sie zu begrüssen. Es war ein noch junges Paar - sie waren erst ein paar Jahre verheiratet, und sie hatten ein Baby. Mehr hatten die de Laceys nicht über sie erfahren, und Patrick und Hylla zeigten daher einiges Interesse. Dominic dagegen war viel zu traurig und wollte nichts sehen und hören.

Mr. Walsh kam an die Haustür, reichte ihnen die Hand und fragte, ob sie eine angenehme Fahrt gehabt hätten. Sein Gesicht war bleich, ein wenig gelblich, und das dunkle Haar hatte er mit Hilfe von Pomade zurückgekämmt. Er trug eine Brille. Als er den Greyhound sah, sagte er: «Ich wusste nicht, dass Sie einen Hund haben.»

Mrs. Walsh empfing sie im Wohnzimmer. Es war ein kleiner Raum, vollgestopft mit geschnitzten Möbeln, die auf Hochglanz poliert waren, und mit sehr viel Porzellan- und Nippsachen auf jedem nur erdenklichen Platz. Dominic sah sich mit unverhülltem Erstaunen in dem kleinen Zimmer um. Er hatte nichts vom Vorhandensein menschlicher Behausungen geahnt, die wie diese hier aussahen. Und doch glich das Zimmer den ungefähr hundert andern Wohnzimmern in dieser Häuserzeile und den tausend andern in all den andern Strassen, Gassen und Alleen.

Mrs. Walsh führte Hylla gleich nach oben und sagte, Hylla wolle sich gewiss vor allem gründlich säubern, obwohl es ihr, dem Blick nach zu urteilen, den Hylla auf Patrick und Dominic warf, ehe sie entführt wurde, sehr unerwünscht schien, sich in diesem kritischen Augenblick von den beiden andern trennen zu lassen. Viel lieber wäre sie noch ein paar Minuten bei ihnen geblieben, um sich gemeinsam mit ihnen zu akklimatisieren.

Mr. Walsh nahm unterdessen das Problem mit dem Greyhound in die Hand. Es war klar, dass die Prinzessin nicht lange in einem Zimmer wie diesem bleiben konnte, ohne ernstlichen Schaden anzurichten. In einem Schuppen am Ende eines schmalen, abgetretenen Grasstreifens hinter dem Haus fand er einen Platz für sie. Dominic hielt den Platz für durchaus ungeeignet, aber da er auch das Haus für einen ungeeigneten Platz für sie alle drei ansah und weil die Hündin nur ein paar Tage dortbleiben sollte, bis sie zu dem Trainer kam, lehnte er sich nicht allzusehr gegen die Regelung auf.

Mr. Walsh schien überrascht, dass der Greyhound zu einem Trainer kommen sollte, obzwar er erleichtert war, dass das Tier nicht bei ihnen blieb.

«Natürlich verstehe ich nichts davon, da ich kein Sportler bin, aber ich habe immer gehört, es sei eine sehr riskante Angelegenheit, das Hundewettrennen.»

«Sie müssen mal eines Abends mitkommen», schlug Patrick vor, teils aus Freundlichkeit und teils, um sich und Dominic daran zu erinnern, dass sie wenigstens etwas hatten, worauf sie sich freuen konnten - eine kleine Aufmunterung, die sie im Augenblick dringend nötig hatten.

«O nein, das kann ich nicht gut, Mister de Lacey. Unsre Firma ist sehr heikel, und ich fürchte, es könnte zu unsern Ungunsten ausgelegt werden, wenn wir uns bei so einer Veranstaltung blicken liessen.»

«Ach so», sagte Patrick.

«Aber wir haben abends reichlich Unterhaltung», wollte ihn Mr. Walsh beruhigen. «Es ist eine sehr gesellige kleine Nachbarschaft. Wir haben ein paar recht gute Bridgespieler, und falls Sie sich etwas aus Musik und Gesang machen ...?»

«Aus Gesang schon», antwortete Patrick.

«Gibt's ein Kino in der Nähe?» fragte Dominic.

«O ja, gleich um die Ecke ist ein Kino. Im Winter gehen wir meistens samstags dorthin. Donnerstags habe ich meine Zusammenkunft der Ritter von St. Brendan, zu denen ich gehöre. Aber sicher können Sie sich an jenem

Abend auch allein beschäftigen. Mittwochs haben wir meistens einen gemütlichen Abend bei Freunden von uns, die Loftus heissen. Sie werden es also nicht langweilig finden, glaube ich, besonders, da Sie ja das Leben auf dem Lande hinter sich gelassen haben.»

Dann wurden auch sie nach oben geführt, um auspacken und sich waschen zu können.

«Am Sonntag gibt es um sechs Uhr Tee, an den Werktagen um halb sieben», erklärte Mrs. Walsh.

Dominic hatte eine winzige Kammer an der halben Treppe, die auf den schmalen Grasstreifen und darüber hinaus auf eine Häuserzeile blickte, welche der glich, in der sie jetzt wohnten. Weiter weg konnte man nicht sehen, weil ein gütiger Rauchschleier über der Szene hing. Dazu kam es eben manchmal sonntagnachmittags, wenn in den Wohnzimmern, die während der Woche nie benutzt wurden, Hunderte von Kaminfeuern brannten.

Patricks und Hyllas Zimmer lag im ersten Stock an dem schmalen Flur. Es blickte auf die Strasse, und an den Fenstern hingen dichte Spitzengardinen. Ein grosses Messingdoppelbett war da und ausserdem eine Sitzgarnitur aus imitiertem Mahagoni. Allerdings hatten Patrick und Hylla nicht die leiseste Ahnung, was da imitiert werden sollte.

Dominics kleine Kammer war weniger deprimierend, weil sie nicht so aufgetakelt war. Und über dem Bett hing ein Steindruck von der heiligen Therese. Dominic freute sich darüber, denn obwohl das Bild ebenfalls sehr hässlich war, wies es doch eine anheimelnde Hässlichkeit auf, die ihm wohlbekannt war: ähnliche Drucke hingen in den meisten Hütten rings um Rosaril, und sie waren nicht, wie alles andere im Haus, von einer kalten, ungewohnten Scheusslichkeit. Er setzte sich auf die Bettkante, und wenn er nicht schon im Auto so viel geweint hätte, dann würde er jetzt geweint haben. Doch all seine Tränen waren anscheinend bereits vergossen, und seine Augen blieben heiss und trocken. Sie sollten ausreissen und wieder nach Hause gehen. Oder wenn nicht nach Hause, dann in eine weniger hässliche Wohnung dieser Grossstadt ziehen, deren erster Anblick so entmutigend war. Die Vorstadt nämlich, in der sie jetzt waren, lag im Westen, das heisst auf der Seite, die sie bei der Ankunft zuerst berührt hatten, und deshalb hatte ihnen Dublin seinen trübseligsten Anblick geboten.

Doch es musste ja in einer solchen Stadt, so folgerte er, irgendwo Häuser mit grossen und annehmbar leeren Zimmern geben! Sein Massstab war eben Rosaril, und er erwartete weder Luxus noch schöne Tapeten und Möbel, sondern nur eine Wohnung ohne Krimskrams, die etwas Ruhe ausstrahlte.

Er verliess seine Kammer und schlich sich auf Zehenspitzen die restlichen Treppenstufen hinauf, da er befürchtete, Mr. Walsh könne ihn abfangen, um ihm das Badezimmer zu zeigen: er hatte schon etwas dergleichen gemurmelt. Oben fand er Hylla allein in ihrem Zimmer, und seufzend fielen sie einander in die Arme.

«Oh, Süsses», rief er, «kannst du das aushalten?»

«Es wird mir schwerfallen», antwortete sie Dominic.

«Wenn du Mr. Walsh gehört hättest, nachdem du weggegangen warst!» flüsterte er ihr zu, denn der Himmel mochte wissen, wie nah ihnen der Mensch in so einem Haus sein konnte.

«Und wenn du *sie* gehört hättest!» sagte Hylla.

«Was hat sie gesagt?» fragte Dominic.

«Sie hat mich gefragt, ob ich nicht stolz und glücklich sei, mit einem jungen Mann wie Patrick verheiratet zu sein, der einen so guten Posten habe, und sie sei überzeugt, dass er nach einer Weile in die Verkaufsabteilung aufrücken würde - oder in die Einkaufsabteilung oder so ähnlich -, und dann könnten wir uns bestimmt ein eigenes kleines Haus leisten, so eins wie das hier, und vielleicht hätten wir dann ein Baby, oder sogar zwei, hat sie, glaube ich, gesagt, und ob ich mir vorstellen könne, was Seamus (das ist vermutlich ihr Mann) zu ihr gesagt habe, ehe ihr Baby auf die Welt kam ...»

«Wenn wir uns nicht hätten, was sollten wir bloss anfangen?» seufzte Dominic. Endlich gaben sie die trostreiche Umarmung auf, und Dominic sah sich im Zimmer um.

Es hatte schon etwas von seinem einschüchternden Aussehen verloren. Hyllas Kleider lagen in vertrauter Unordnung herum. Ihr Hochzeitskleid, das sie sich nicht in ein Abendkleid hatte umarbeiten lassen, wie es ihre Schwester empfohlen hatte, verbarg einen Teil der protzigen Messingbettstelle. Seidenstrümpfe lagen auf der Frisierkommode, und auf dem geschmacklosen Teppich tummelten sich eine Dose mit Creme und ein paar Lippenstifte.

Dominic hob einen Lippenstift auf und malte gemächlich ein Bild auf den Spiegel, das drei einsame Menschen und einen Hund darstellen sollte, die zusammen in einem Verlies eingesperrt waren.

«So!» sagte er. «Wenn du dich frisierst, soll dich das jeden Augenblick daran erinnern, wo wir sind.»

Sie wies ihn nicht besonders darauf hin, dass

letzteres wohl kaum nötig sei und dass sein gruseliges Gemälde fast einen ganzen Lippenstift aufgebraucht habe.

«Wann reissen wir aus?» fragte er.

«Sehr bald, glaube ich», erwiderte sie.

«Es muss doch in Dublin irgendwas für uns geben?» fuhr er fort.

«Ja, natürlich, nur haben wir nicht sehr viel Geld. Die fünfundzwanzig Pfund, die wir fürs Trainieren der Prinzessin brauchen, dürfen wir nicht anrühren.»

Dominic überlegte einen Augenblick, ob es nicht besser sei, das Trainieren des Greyhounds noch etwas zu verschieben und lieber erst eine halbwegs freundliche Wohnung zu suchen. Doch dann fand er, das sei eine kurzsichtige Politik.

«Sie wird ja bald Geld bei den Rennen gewinnen, und dann haben wir haufenweise Geld», meinte er.

«Und bis dahin sollten wir uns vielleicht einfach damit abfinden, wie es hier ist», schlug Hylla zaudernd vor. Wenn sie es nur als ein vorübergehendes Opfer betrachteten, das ihnen ein Vermögen und der Prinzessin Ruhm einbringen würde, dann könnten sie es vielleicht aushalten. Denn sowohl Hylla wie Dominic sahen das ganze Unternehmen weit mehr im Zusammenhang mit dem Debüt der

Prinzessin auf der Rennbahn an, und nicht mit Patricks Posten, denn den nahmen sie gar nicht sehr ernst.

«Und weisst du», fuhr Hylla fort, «im Grunde sind sie beide sehr gutherzig. Sie möchten wirklich, dass wir uns hier wohlfühlen.»

«Woher weisst du das?» fragte Dominic.

«Es ist schade, dass sie so anders sind als wir», versuchte Hylla es ihm zu erklären. «Sie können sich nicht vorstellen, dass wir es hier scheusslich finden. Vielleicht erginge es ihnen in Rosaril genauso.»

«Hast du schon das Baby gesehen?» fragte er, weil er gar nicht erst versuchen wollte, das Rätsel zu ergründen.

«Ja», sagte sie.

«Wie sieht es aus?»

«Grässlich», erwiderte sie und erstickte damit seine letzte Hoffnung auf einen kleinen Lichtblick in diesem Fegefeuer.

Dann kam Patrick, und sie fragten ihn, ob es ratsam sei, jetzt schon auszureissen. Doch er war dagegen, was Dominic schon halb befürchtet hatte. Er fing an, ihnen die finanzielle Lage zu erklären: es drehte sich darum, dass ihre Tante, die wöchentlich ein Pfund für ihren hiesigen Aufenthalt beisteuerte, es wahrscheinlich nicht mehr tun würde, wenn sie anderswo lebten, es sei denn, sie führten hinreichende (von *ihrem* Standpunkt aus hinreichende) Gründe für einen Wechsel an.

«Sieht der alten Hexe ähnlich!» erklärte Dominic.

Patrick sah, dass Dominic zu überreizt war, als dass man mit ihm überlegen konnte.

Sie besassen nur zwei Pfund ausser den fünfundzwanzig Pfund für die Prinzessin; doch da Patrick diese Summe Dominic geschenkt hatte, konnte der kleine Junge sie ausgeben, wie er wollte. Wenn er wollte, konnte er den Greyhound wieder heimschicken und das Geld für eine weniger trostlose Wohnung ausgeben.

«Damit könnten wir ein halbes Jahr lang die Miete für zwei unmöblierte Zimmer bezahlen», meinte Hylla.

«Dann hätten wir noch keine Möbel», erinnerte Patrick.

«Für den Anfang könnten wir einfach zwei Betten und einen Tisch kaufen», fuhr Hylla fort, «und wir würden so billig leben, wenn wir uns selber unser Essen kochten, dass wir allmählich mehr Möbel kaufen könnten.»

«Aber dann sind wir zuletzt kein bisschen reicher geworden», wandte hier Dominic ein. «Dann hätten wir ebensogut zu Hause bleiben können. Ich sehe nur eine einzige Möglichkeit, einen Haufen Geld zu bekommen: wenn die Prinzessin in den Rennen für uns läuft.»

«Das stimmt, mein Schatz», gab Hylla zu. Auch sie war bereit, im Hinblick auf spätere Einnahmen das Opfer zu bringen, obwohl der Gedanke, zwei eigene Zimmer einzurichten und allmählich zu möblieren, ihr mehr zusagte.

Dann hörten sie unten eine Glocke.

«Das wird wohl fürs Abendbrot sein», sagte Patrick.

«‹Tee› hat er's genannt», wurde er von Dominic erinnert.

«Ich glaube, es ist dasselbe», sagte Hylla. Sie wusste etwas mehr über die seltsame neue Welt als die beiden Jungen. Sie war schliesslich etwas umhergereist und hatte mehr Menschen kennengelernt. Alle drei waren nach der langen Fahrt und nach allem, was sie durchgemacht hatten, sehr hungrig.

Den «Tee» gab es, wie zumindest die Jungen erwartet hatten, nicht in der Küche - die sie noch nicht gesehen hatten -, sondern im Wohnzimmer. Dort war ein Tisch gedeckt worden, der für fünf Personen viel zu klein war, wie sie fanden.

Sie setzten sich alle hin, und erst als Dominic merkte, dass Mrs. Walsh ihn ansah, fiel ihm ein, dass er vergessen hatte, ins Badezimmer zu gehen. Nach all dem Gerede übers Händewaschen war es eine unheilvolle Einleitung ihrer ersten Mahlzeit. Und er verbesserte die Situation nicht, als er eine Minute drauf einen kleinen Krug umstiess, der eine (wie ihm schien) winzige Menge Milch enthielt. Nach Rosaril war alles von lächerlich kleinen Ausmassen.

Zur Unterhaltung trugen vor allem die Walshs bei, obwohl Hylla auch ein paar Versuche unternahm.

Dominic war gleich zu Beginn der Mahlzeit ein so grossartiger Gedanke gekommen, dass er ihn völlig in Anspruch nahm, und er konnte es nicht abwarten, bis der Tee beendet war, sondern musste ihn Hylla schon eher mitteilen.

«Der Wagen», tuschelte er Hylla zu, «wir könnten den Wagen verkaufen!»

Hylla konnte nur mit dem Kopf nicken, denn beide, Mr. und Mrs. Walsh, sahen zu ihr hin. Es war sicherlich ein guter Einfall, doch bei näherer Überlegung kamen ihr Zweifel, ob sie für den alten klapperigen Motor mehr als vier oder fünf Pfund erhalten würden. Aber eine Unterredung darüber konnte erst hinterher stattfinden.

Dominics Laune hob sich angesichts des neuen Plans, und als Mr. Walsh daher Patrick fragte, ob er und «der Kleine» gern einen Bummel und eine Besichtigung mit ihm unternehmen würden, während die Damen ihre Erfahrungen austauschten, war Dominic sofort einverstanden. Er lächelte sogar ein bisschen über Hyllas offensichtlichen Verdruss wegen des ihr drohenden Gesprächs. Was für «Erfahrungen» sie mit Mrs. Walsh austauschen könne, war ihr unbegreiflich. Doch der kleine Junge begann jetzt, wo eine Fluchtmöglichkeit in unmittelbare Nähe zu rücken schien, den Humor der Situation zu erkennen.

Nach dem Tee gingen also Mr. Walsh, Patrick, Dominic und die Prinzessin zusammen aus und liessen die arme Hylla ganz verloren auf dem Sofa vor dem Gasfeuer zurück – neben ihr Mrs. Walsh.

Die Herren gingen die Häuserzeile entlang, bis sie zur Kreuzung mit einer breiten Strasse mit Strassenbahnschienen kamen.

«Hier nehmen wir den Bus fürs Büro», sagte Mr. Walsh zu Patrick. «Ich fahre immer mit dem Bus», erklärte er. «Er ist fünf Minuten schneller als die Strassenbahn. Von der Ecke hier sind's zwölf Minuten, ich habe es verglichen.»

«Um wieviel Uhr müssen wir dort sein?» fragte Patrick.

«Punkt neun! Der alte Herr ist ganz versessen auf Pünktlichkeit!»

Patrick wusste nicht, wer «der alte Herr» war – es war ihm auch egal. All diese langweiligen Einzelheiten würde er bald genug erfahren, meinte er.

Sehr viele Leute schlenderten auf den Bürgersteigen einher und genossen den ersten schönen Frühlingssonntag. Patrick und Mister Walsh gingen voraus, und Dominic folgte ihnen mit der Prinzessin, die mit tief herabhängendem Schwanz weiterschlich und sehr jämmerlich dreinschaute.

«Auf dem Weideland und im Wildwald sieht's anders aus, nicht wahr, Allerschönste?» flüsterte der kleine Junge.

Sie gingen ziemlich weit, falls man ein so zielloses Schlendern in der Menschenmenge überhaupt als «Gehen» bezeichnen konnte, dachte Dominic.

Mr. Walsh zeigte hin und wieder auf Häuser, die er vermutlich für interessante Baulichkeiten hielt.

«Das da ist die Schule», sagte er und deutete auf ein grosses gelbes Gebäude: über der einen Tür stand BOYS und über der andern GIRLS. «Dort wird ja wohl unser Kleiner hingehen», sagte er.

«O nein, meine Frau unterrichtet ihn», erklärte Patrick.

Dominic hatte noch nie gehört, dass Patrick Hylla «meine Frau» nannte: es hörte sich sehr komisch an.

«Dahinter ist das Kloster», sagte Mr. Walsh nach einem Weilchen und deutete, mit dem

Kopf nickend, auf eine Betonmauer. «Dorthin wird Mrs. Walsh unser Baby schicken, sowie es alt genug ist.»

Scheint alles voller Schulen zu sein, dachte Dominic im stillen und mit leichter Übertreibung. Es wundert mich gar nicht, schloss er.

Hin und wieder grüsste Mr. Walsh Leute, die er kannte. Wenn seine Freunde mit einer Dame zusammen waren, lüftete er den Hut und sagte: «Guten Abend», aber wenn sie allein oder mit einem männlichen Begleiter daherkamen, begnügte er sich mit einem seitlichen Kopfnicken und rief: «Gut in Form, Joe?» All das beobachtete Dominic mit Staunen. Er fragte sich, was Dan Delaney von den Walshs gehalten hätte. Dann dachte er an seinen Vater, der ganz allein in Rosaril war, und er überlegte, ob sie nicht, wenn sie den Wagen verkauft hätten, nach Rosaril zurückkehren und die Prinzessin beim Trainer lassen sollten.

«Ich kannte einen Burschen namens Devlin», erzählte Mr. Walsh. «Mit dem hab' ich mich ein bisschen herumgetrieben, bevor ich Mrs. Walsh geheiratet habe. Nichts Wildes natürlich. Bloss hin und wieder mal 'ne Partie Billard in der Stadt, und im Sommer einen kleinen Ausflug nach Howth mit ein paar anständigen Mädchen. Fürs Tanzen habe ich nie viel übrig gehabt. Die ‹Ritter› befürworten es nicht. Sie sind nicht gänzlich dagegen - vorausgesetzt, dass der Tanzsaal keine Lizenz für Alkoholausschank hat. Immerhin, es ist besser, auf der sichern Seite zu sein, sage ich immer.»

«Sehr richtig!» stimmte Patrick zu. Und Dominic wunderte sich, weshalb Patrick den unsinnigsten Aussagen zustimmte, mit denen er im Grunde keineswegs einverstanden war. Auch bei Miss Longworth hatte er sich so verhalten, und sogar bei Bulger. Er pflegte bis zum letzten Moment zuzustimmen, wie Dominic wusste, aber wenn der Augenblick kam, wo das Einverständnis in Handeln übergehen sollte, wurde er plötzlich stahlhart, und niemand konnte auch nur halb so halsstarrig sein, wie Patrick es dann war.

«Doch seit ich die Bande des heiligen Ehestands auf mich genommen habe», fuhr Mr. Walsh kichernd fort, als hätte er etwas Witziges gesagt, «habe ich das alles aufgesteckt. Die Frauen mögen es nicht gern, wenn man sich dauernd mit Freunden herumtreibt. Wahrscheinlich haben Sie diese Erfahrung auch schon gemacht?»

«Gewiss», antwortete Patrick.

Nach einiger Zeit waren sie plötzlich am andern Ende der Häuserzeile, obwohl Dominic sie nicht sofort erkannte, weil sie auch an diesem Ende so sehr allen Strassen glich, durch die sie im Laufe des trübseligsten Spaziergangs gekommen waren, den er je gemacht hatte.

Hylla hatte inzwischen das Baby bewundern müssen, das aufgewacht war.

«Das arme Würmchen!» rief Hylla, weil ihr das kleine Geschöpf als recht jämmerlich erschien; aber es war keine passende Bemerkung, und Mrs. Walsh sagte (nicht zum erstenmal): «Bald werden Sie ein eigenes Baby haben, vermute ich.» Und leiser fügte sie hinzu: «Falls es nicht schon unterwegs ist? Ich darf mich doch danach erkundigen, ja?»

Hylla schüttelte den Kopf. Obwohl sie sich die anrüchigste Bemerkung des alten Dan hatte anhören können und sogar, wenn es sich so ergab, selbst etwas beigesteuert hatte, spürte sie jetzt, wie sie rot wurde. Hier in dem vollgestopften Schlafzimmer empfand sie das Getuschel von Frauen über noch nicht vorhandene Babies als unanständig.

«Ich dachte nur, Sie hätten so blass ausgesehen», fuhr Mrs. Walsh fort. «Mir ging's ebenso in den ersten paar Monaten - ich war einfach erledigt.»

«Ich bin immer blass gewesen», entgegnete Hylla schroff.

«So? Das ist dann etwas anderes. Und Sie haben ja noch reichlich Zeit, nicht wahr? Sie sind wohl erst ein oder zwei Monate verheiratet?»

«Ja.»

«Ich finde, Ihr Mann sieht so lieb aus», erklärte Mrs. Walsh jetzt. «Und es wird so ein Ansporn für ihn sein, bei Caldecotts emsig zu arbeiten, wenn er dann am Abend zu Ihnen nach Hause kommen kann. Das sagt nämlich Seamus immer wegen mir.»

«Ist Shelbourne Park hier in der Nähe?» fragte Hylla, um von einem Thema abzurükken, das ihr peinlich war. Sie begriff nicht, wie man mit Fremden über seine liebsten Menschen sprechen konnte.

«Ein Park?» fragte Mrs. Walsh. «Shelbourne Park habe ich noch nie gehört, aber es gibt einen hübschen Park nicht sehr weit von hier. Den kann ich Ihnen morgen früh zeigen.»

«Nein, nein, es ist eine Rennbahn für Greyhounds», erklärte Hylla.

«Oh, die kenne ich nicht. Gehen Sie zu den Greyhound-Rennen, Mrs. de Lacey?»

«Wir werden hingehen, wenn die Prinzessin läuft - das ist die Hündin, die wir mitgebracht haben», erwiderte sie.

Aber Mrs. Walsh interessierte sich wirklich mehr für Ehemänner als für Greyhounds, denn ein Interesse für Greyhounds hielt sie für den Gipfel der Verrücktheit, besonders bei einer jungverheirateten Frau, deren Mann drei Pfund die Woche verdiente. Sie fand, dass sie es nachher sehr taktvoll andeuten müsse. Jetzt brachte sie die Unterhaltung wieder auf Themen, die sie für passender hielt und die Mr. Walsh offenbar gemeint hatte, als er vom «Austausch von Erfahrungen» sprach.

«Seamus bekommt jetzt fünf Pfund die Woche, aber natürlich hat er auch mit drei Pfund angefangen. Als wir heirateten, war er bereits auf vier Pfund gestiegen. Wir waren nur drei Monate verlobt. Vorher hat er niemals ein Mädchen angesehen. Und ich auch nicht - ich meine, keinen Mann. Nicht in *der* Beziehung», sagte sie, während sie die Windeln des Kindes wechselte.

Es hätte Hylla interessiert, dabei zuzuschauen, wenn Mrs. Walsh geschwiegen oder wenigstens ein anderes Thema als Begleitung gewählt hätte - statt dieses so furchtbar hausfraulichen Themas.

«Ich glaube, ich lege mich etwas hin», sagte Hylla schliesslich.

«Ja, tun Sie das nur, Mrs. de Lacey! Darf ich Sie bei Ihrem Vornamen nennen? Ich heisse Mary.»

«Ich heisse Hylla.»

«Was für ein komischer Name! Der ist wohl nicht irisch, wie?»

«Ich weiss es nicht», musste Hylla gestehen.

«Wie war denn Ihr Mädchenname?» fragte

Mrs. Walsh weiter, folgte Hylla bis zu ihrem Zimmer und trug dabei das in wollene Schals eingehüllte Baby.

«Canavan», sagte Hylla.

«Wohl nicht mit dem Minister verwandt?» fragte Mrs. Walsh.

Als Hylla ihr sagte, sie sei seine Tochter, machte es einen gewaltigen Eindruck auf Mrs. Walsh.

«Heilige Mutter Gottes!» rief sie. «Das ist ja ganz erstaunlich! Da müssen Sie aber sehr stolz sein! Und Seamus wird begeistert sein, wenn er es hört. Er ist ein glühender Anhänger der gegenwärtigen Regierung.»

Hylla hatte keine Ahnung, weshalb sie stolz und weshalb Mr. Walsh begeistert sein sollte. Sie verstand diese Frau, die nur ein oder zwei Jahre älter als sie war, immer weniger.

Mary Walsh fuhr fort, über Lucius Canavan zu sprechen, während sie mit dem Baby im Arm auf und ab ging. Sie schien es seltsam zu finden, dass der Minister seinem Schwiegersohn keinen einträglicheren Posten verschafft hatte.

«Ach, er macht sich nichts aus mir, verstehen Sie?» erklärte Hylla.

«Oh, das tut er aber bestimmt! Ein Vater ist doch schliesslich ein Vater! Ich wette, dass er Sie im Auge behält und es Ihnen an nichts fehlen lässt», behauptete Mrs. Walsh. Während sie im Zimmer umherging, verstand sie es mit viel Geschick, das Baby auf dem einen Arm zu tragen und dabei Hyllas Sachen vom Bett und vom Fussboden aufzuheben. In ihrem Gesicht stand ein verdutzter, nachdenklicher Ausdruck. Sie fand es sehr merkwürdig, dass ein Mann wie Lucius Canavan es geduldet und seine Tochter mit einem armen Schlucker wie dem jungen de Lacey verheiratet hatte. Sie meinte, irgendwo müsse es doch eine Erklärung dafür geben. Wenn also kein Baby unterwegs war, fiel dieser Grund bereits weg. Natürlich bestand die Möglichkeit, dass seine Tochter vorher etwas angestellt hatte und dass ihr Vater über jeden Heiratsantrag froh gewesen war. Das würde sie gar nicht erstaunen. Allmählich fand sie, dass die junge Frau etwas Befremdliches an sich hatte.

«Dann legen Sie sich nur hin», sagte sie. «Sie sehen sehr müde aus!»

Als sie Hylla verlassen hatte, fragte sich Mrs. Walsh wieder, ob die junge Frau nicht doch schwanger sei: das würde auch ihr etwas befremdliches Wesen erklären, das sie nicht näher bezeichnen konnte.

XVII

Mehrere Wochen vergingen, und die drei de Laceys wohnten noch immer bei Mr. und Mrs. Walsh. Der Verkauf des alten Wagens hatte nur vier Pfund eingebracht. Die Prinzessin war jetzt beim Trainer, und wenn sie das auch monatlich nur dreiundeinhalb Pfund kostete, hielten sie es doch für richtiger, so viel beiseite zu legen, dass sie sechs Monate lang trainiert würde, was im schlimmsten Falle die längste Zeit war, ehe sie bei einem Rennen gewinnen konnte. Das bedeutete, dass ihnen von den fünfundzwanzig Pfund noch vier Pfund verblieben, und mit den vier Pfund vom Wagenverkauf besassen sie also zusammen acht Pfund, was Hylla nicht für ausreichend hielt, um umzuziehen. Wenigstens nicht sofort.

Patrick ging jeden Morgen mit Mr. Walsh ins Büro und kam kurz nach sechs zurück. Die Arbeit war noch beschwerlicher, als er es angenommen hatte, und nur weil er mit Dominic und Hylla über seine neue Rolle lachen konnte, vermochte er bei der Stange zu bleiben. Hätte er es ernst genommen, dann wäre es zuviel für ihn gewesen.

Ihr Verhältnis zu den Walshs hatte sich inzwischen nicht verbessert. Vor allem Mary erschien ihr Benehmen überaus merkwürdig.

Hunderterlei Dinge an ihnen konnte sie einfach nicht verstehen. Und wenn sie etwas nicht verstand, dann war es praktisch das gleiche wie eine Missbilligung.

Da war zunächst einmal Dominics Benehmen, vor allem sein Benehmen Hylla gegenüber.

«Weisst du, wenn er nicht ein Kind wäre, könnte man glauben, *er* sei mit ihr verheiratet», berichtete sie ihrem Mann. «Die Kosenamen, die er ihr gibt! Und die Sachen, wo sie drüber reden! Heute früh bin ich in ihr Zimmer gegangen, als sie ihm eigentlich Unterricht geben sollte, und was meinst du, wo sie drüber gesprochen haben? Wie einem zumute ist, wenn man betrunken ist, bitte schön! Sie hat ihm erzählt, man könne das gleiche Gefühl auch noch auf andere Art bekommen, ausser durch den Alkohol, und sie hätte beides erlebt. Einmal, als sie irgendwo in den Klippen war. Und dann hat er gesagt, er hätt's auch beides erlebt. Da hat Mrs. de Lacey zu ihm gesagt, sie wüsste, wo es gewesen sei, nämlich in einer alten Ruine oder so was, glaube ich, und dann, nach allerlei verrücktem Gerede, sagt doch der Junge, man bekäm's auch, wenn man verliebt wäre. Was sagst du dazu?»

«Und so haben sie gesprochen, während du im Zimmer warst?» fragte ihr Mann.

«Ach, ich war nicht direkt im Zimmer. Ich wollte ’rein, und als ich sie sprechen hörte, bin ich eine Minute vor der Tür stehengeblieben, weil ich sie nicht unterbrechen wollte, und dann, als ich gewartet hatte und sie immer weiterredeten, hab’ ich an der Klinke gerattert, obwohl die Tür gar nicht zu war, und da haben sie natürlich aufgehört», schloss Mary Walsh.

«Du hast also nicht absichtlich gelauscht?» fragte ihr Mann. «Das solltest du nämlich nicht tun.»

«Nein, natürlich nicht», antwortete sie kurz.

Dann war da noch Hyllas Einstellung dem Posten ihres Mannes gegenüber. Das war auch ein Grund für Mary Walsh, sich zu empören.

«Sie scheint es als Jux zu betrachten», beklagte sie sich bei Seamus.

Mr. Walsh war etwas nachsichtiger zu den de Laceys eingestellt als seine Frau. Doch auch ihm war es mit ihnen zusammen sehr unbehaglich zumute. Es war einmal zu einem peinlichen Vorfall gekommen, der sich in Anwesenheit von einigen Nachbarn ereignet hatte. An einem musikalischen Abend, zu dem Mistress de Lacey unbedingt den kleinen Jungen mitbringen wollte, hatte es für diejenigen Damen, die so etwas tranken, Rotweinbowle gegeben, die andern Damen tranken Tee und die Männer Whisky. Als Mrs. de Lacey gefragt wurde, ob sie Rotweinbowle oder Tee nähme, hatte sie um Whisky gebeten. Sie hatte es allerdings sehr höflich getan und sich sogar gewissermassen entschuldigt, aber es hatte trotzdem sehr schlecht ausgesehen.

«Wie könnte ich so einen Abend nur mit Rotweinbowle überstehen, Liebling?» hatte sie Dominic zugeflüstert.

Dass sie Lucius Canavans Tochter war, machte es natürlich weniger schlimm. Das durfte man nicht vergessen! Die Tochter eines so geachteten Pfeilers der Regierung konnte sich viele Dinge erlauben, welche für eine junge Frau, die niemand Besonderes war, zu riskant waren. Mr. Walsh gab es zu. Er war sogar bereit, noch viel mehr Zugeständnisse zu machen, da er im Grunde grosszügiger war als seine Frau.

Das Verhältnis der jungen Mrs. de Lacey zu ihrem Vater machte ihm Kopfzerbrechen. Er hatte gehofft, der Minister würde sie hier im Haus besuchen. Er wohnte nicht weit ausserhalb von Dublin, und überhaupt war er vermutlich jeden Tag im Regierungsgebäude. Er war jedoch nicht ein einzigesmal hergekommen, um seine Tochter und seinen Schwiegersohn zu besuchen. Und sie hatten, soweit er es wusste, auch ihn nicht besucht. Darüber war Mr. Walsh ziemlich enttäuscht. Er hatte im

Sinn, diesen Punkt sehr taktvoll zu klären, sobald sich eine Gelegenheit ergab.

Dann hatte Mary Walsh etwas an Hyllas äusserer Erscheinung am Frühstückstisch auszusetzen. Man kam nicht (wenigstens nicht in Tara Terrace) direkt aus dem Badezimmer, noch dazu in einem schwarzen Bademantel über einem grünen, tief ausgeschnittenen Nachthemd und mit rotgeschminkten Lippen und dunklen Augenlidern! Wegen der Augenlider befand sie sich übrigens im Irrtum: Hylla hatte von Natur dunkle Augenlider!

Man musste sich immer genügend Zeit nehmen, um sich fürs Frühstück anzukleiden, selbst wenn man das Gesicht und die Haare erst später mit Sorgfalt vornahm.

Und dann das Benehmen ihrem Mann gegenüber - oder vielmehr, wie sie sich beide zueinander benahmen! Abends, wenn der kleine Junge zu Bett gegangen war und die beiden Paare im Wohnzimmer sassen, setzte sich Mary Walsh meistens auf die Lehne von ihres Mannes Sessel, und er legte den Arm um sie, oder sie hielten sich einfach bei der Hand. Doch die de Laceys schienen sich niemals diese kleinen Zärtlichkeiten zu gestatten, welche doch unter den gegebenen Umständen, das heisst in Gegenwart eines andern verheirateten Paares, nicht nur erlaubt, sondern wünschenswert waren, weil sie dem schmückenden Beiwerk der Leidenschaft einen ehrbaren Status verliehen. Da die beiden andern es nicht taten, regte sich in Marys Herz der Verdacht, dass deren Ehe, und wenn sie noch so jung verheiratet waren, nicht ganz glücklich sein müsse. Aber das konnte man natürlich bei solchen Leuten nie wissen.

Und was sie dann vielleicht mehr als alles andere schockiert hatte (wenn sie auch nicht genau hätte sagen können, warum eigentlich), war die Tatsache, dass mindestens zweimal mitten in der Nacht das wildeste, haltloseste Gelächter aus ihrem Zimmer gedrungen war. Nun ist doch sicher Gelächter das letzte, was man zu solch nächtlicher Stunde in einem Zimmer zu hören erwartet, das faktisch noch ein Brautgemach ist. Koseworte und Geflüster - gut! Das heisst, falls man angespannt lauscht, und so etwas zu tun, wäre natürlich schandbar. Vielleicht sogar ein kleiner Zank. Das wäre schade, aber keineswegs unerklärlich. Dagegen Gelächter! Und was für ein Gelächter! Nein, für so etwas gab es keine Entschuldigung. Und nicht *einmal,* sondern *zweimal* - mindestens! Dadurch wurde Marys Gefühl für gutes Benehmen, ja beinah sogar für Anstand sehr erschüttert.

Beim zweitenmal war sie so weit gegangen,

hinterher zu Mrs. de Lacey zu sagen (irgendwie hatte sie doch nie begonnen, sie Hylla zu nennen): «Letzte Nacht scheinen Sie sich mächtig amüsiert zu haben!» Aber die junge Frau hatte nur wieder zu lachen angefangen und immer mehr gelacht, und dann musste sie es wohl dem kleinen Jungen erzählt haben, denn in der Zeit, wo er eigentlich hätte unterrichtet werden sollen, hatte sie sein ziemlich schrilles Gelächter gehört, in das sich das aussergewöhnlich tiefe Lachen Mrs. de Laceys gemischt hatte.

Mit Patrick konnte man noch am leichtesten umgehen, fanden die Walshs. Nicht etwa, dass sie dabei sehr weit kamen, denn von den dreien war er der am wenigsten gesprächige; aber er setzte sich nicht so empörend in Widerspruch zu den meisten der allgemein anerkannten Sitten und Bräuche, wie es die beiden andern taten.

«Er ist ein eigenartiger Mensch», sagte Mr. Walsh zu seiner Frau. «Im Büro arbeitet er wirklich sehr emsig, aber leider wird er es nie zu etwas bringen. Er hat keine Initiative. Und wenn der alte Herr kommt und mit ihm spricht, dann macht er ein ausgesprochen mürrisches Gesicht und hat kaum etwas zu seinen Gunsten zu sagen, anstatt sich von der besten Seite zu zeigen.»

«Könntest du ihn nicht darauf aufmerksam

machen?» schlug Mrs. Walsh liebenswürdigerweise vor.

«Habe ich versucht, doch er kümmert sich nicht um Ratschläge. Es ist ein Jammer, weil er sehr fleissig arbeitet, und wenn er nicht diese Eigenart hätte, würde er vorankommen.»

Es stimmte, dass Patrick auf seinen eintönigen Posten sehr viel Fleiss verwandte. Denn wie sehr er auch mit den beiden über seine neue Rolle lachen mochte, fand er doch, dass er durchhalten müsse, bis eine andre Möglichkeit auftauchte, ihnen den Lebensunterhalt zu sichern. Es geschah sogar mit einem kleinen Anflug von Stolz, als er Hylla am Ende der Woche zwei Pfund geben konnte, um die Walshs zu bezahlen, und das restliche Pfund zwischen sich und ihr teilte. Doch das hätte er nie weder vor ihr noch vor Dominic zugegeben, weil er wusste, dass sie so ein Gefühl nicht verstanden hätten. Für sie war Geld etwas, mit dem man entweder in grossen Summen umging – ob es nun Ausgaben oder Einnahmen waren –, oder man besass es überhaupt nicht, wie in Rosaril. Dass man jedoch das wöchentliche Abrechnen jemals sehr ernst nehmen konnte, ging noch immer über ihr Verständnis hinaus.

In dieser Beziehung hatten sie – und sogar Patrick – alle Hoffnungen auf die Prinzessin gesetzt. Hylla hatte die überschüssigen acht Pfund, die sie beim ersten Rennen ihres Greyhounds setzen wollten, sicher verwahrt.

Eines Samstagnachmittags gingen sie zum Shelbourne Park, um ihr bei einem Solo-Proberennen zuzuschauen. Die Walshs hatten für den Abend ein paar Nachbarn eingeladen und schärften es den de Laceys ein, pünktlich zurückzukommen.

Dominic hatte noch nie eine Rennbahn für Greyhounds gesehen. Er erwartete etwas ganz anderes, obwohl er nicht genau wusste, was eigentlich. Er hielt den elektrischen Hasen für eine höchst lächerliche Vorrichtung und war überzeugt, dass sich die Prinzessin nicht von ihm täuschen lassen würde. Sie aber sprang aus dem Falltor und jagte ihm rund um die Rennbahn nach und erreichte die aussergewöhnlich schnelle Zeit von genau dreissig Sekunden auf einer Fünfhundert-Meter-Strecke. Ihr Trainer freute sich riesig über das Ergebnis, und Hylla und die Jungen waren natürlich entzückt, obwohl zumindest Dominic nicht überrascht war. Bessere Sachverständige, als er sie hier im Shelbourne Park anzutreffen erwartete, hatten die Prinzessin stets für eine sehr schnelle Hündin gehalten, und zu Hause hatte er selbst mitangesehen, wie sie einige der besten älteren Hunde ausgestochen hatte. Trotzdem war er jetzt ein sehr stolzer kleiner Junge, und sein helles Gesicht war rot, und die Augen strahlten - fast so sehr, als glänzte eine Träne darin.

Der Trainer lud sie zu einem Drink in einem kleinen Raum unter den Betontribünen ein. Dominic war so aufgeregt, dass er an seiner Limonade nicht viel mehr als höchstens nippen konnte. Er war zwar überzeugt, dass der Trainer weniger von Greyhounds verstand als zum Beispiel Dan Delaney, aber er bewunderte ihn trotzdem, und obwohl ihn die Rennbahn nach den feuchten Feldern im fernen Westen als Sportplatz eher enttäuscht hatte, begeisterte er sich doch für die ziemlich slumartige Umgebung des Shelbourne Park, die sich jetzt in der Dämmerstunde mit all ihren Kranen längs des Flusses gegen den Abendhimmel abzeichnete. Er hielt sie zum Wohnen für einen viel, viel geeigneteren Stadtteil als Tara Terrace. Hier, zwischen der Greyhound-Rennbahn und dem Liffey-Fluss mit seinen Möwen und Tramp-Frachtdampfern, sollte man, wenn es schon nicht Rosaril sein durfte, sehr leicht eine Zuflucht finden können, meinte er.

Er erklärte es den beiden andern auf der Rückfahrt in der Strassenbahn. Sie teilten seine Ansicht, und es wurde beschlossen, wenn die Prinzessin ihr erstes Rennen gewonnen hätte, in den ziemlich anrüchigen Stadtteil in der

Nähe von Ringsend zu ziehen. Im Augenblick hatten sie gar keine Lust, eiligst in ihre hochachtbare Wohnung und zum Kartenspiel zurückzukehren - oder wozu sonst die Freunde der Walshs sich angemeldet haben mochten. Patrick schlug vor, in der Nähe vom Nelson Pillar, wo sie ohnehin umsteigen mussten, in ein Hotel zu gehen und dort eine Flasche Wein zu trinken, um das Ergebnis des Probelaufs zu feiern.

Hylla und Dominic waren über seinen Vorschlag entzückt. Und als sie hineingingen, machte die riesige Halle mit den Glasplatten auf den Korbtischen und allem übrigen Luxus einen grossen Eindruck auf den kleinen Jungen. Nach Bulgers Wirtshaus mit der ewig brennenden Petroleumlampe schien ihm das hier sehr elegant zu sein. Er hatte sich Räume, in denen man trinkt, stets düster und verschwiegen vorgestellt, wie eben die meisten konzessionierten Kneipen auf dem Lande.

Patrick und Hylla tranken Burgunder, dessen dunkelrote Glut ihnen im elektrischen Licht als eins von den festlichsten Dingen vorkam, die sie je gesehen hatten. Es war das erstemal seit ihrer Ankunft in Dublin, dass sie wieder die alte ungetrübte Freude vergangener Tage spürten, die, wie sie fanden, schon weit zurücklagen.

Die Prinzessin würde bald ein Rennen gewinnen, und dann würden sie in eine eigene Zweizimmerwohnung zwischen dem Shelbourne Park und dem Fluss ziehen, und Hylla würde sie einrichten. Dann würde die Prinzessin noch ein Rennen gewinnen - vielleicht noch zwei -, bis sie genug Geld hätten, um im Triumph nach Hause zurückzukehren.

Sie holten sich etwas Hotelbriefpapier, und Patrick schrieb einen Brief an Mike, in den er während des Schreibens Sätze einflocht, die Hylla und Dominic ihm vorschlugen, und dann unterzeichneten sie alle drei. Sie wussten, dass Mike sich über den wundervollen Probelauf der Hündin genauso freuen würde, wie sie es taten.

«Der arme Dada!» seufzte Patrick. «Für ihn ist es schlimmer als für uns, denn er hat zwar Rosaril, aber wir haben uns!»

«Wir sollten Dan eine Karte schicken», sagte Dominic.

Sie suchten die ordinärste Karte aus, die sie in der kleinen Auslage des Hotels finden konnten, und schickten sie dem alten Mann. Ein sehr dicker Mann mit einer übertrieben roten Nase war darauf abgebildet, der mit einer Flasche in der Hand auf einem Jaunting-car sass und zu trinken versuchte. Dominic zeichnete ihm mit Tinte einen Schnurrbart, damit er Dan ähnlicher wurde. Hylla schrieb es auf die für Mitteilungen bestimmte Hälfte, doch Patrick strich es wieder aus und sagte, so etwas könne nicht bei der Post aufgegeben werden. Deshalb schrieb sie etwas weniger Lästerliches, das sie alle für furchtbar drollig hielten.

«Es wäre gar nicht übel, hier zu wohnen», sagte Hylla, «falls wir mal sehr reich werden sollten!»

«O Süsses, wie komisch du aussiehst!» rief Dominic plötzlich.

«Wieso?»

«So – verträumt. Vor allem um die Augen herum», versuchte Dominic es zu erklären.

«Sie hat einen Schwips», behauptete Patrick lachend.

«Ja, o ja, das ist es!» rief Dominic hingerissen.

«Nein, gar nicht!» widersprach Hylla. «Ich bin nicht beschwipst, bloss sehr glücklich und froh, dass wir unserm Gefängnis entronnen sind.»

Doch ob berauscht oder nicht – es war einer jener Abende, an denen sie bildschön aussah. Sie hatte das schwarze Kleid an, das sie während der «Belagerung» getragen hatte, und dazu trug sie einen schwarzen Hut, der ihre schöne Stirn nicht allzusehr versteckte; ihr Gesicht hatte mehr Farbe als gewöhnlich, und ihre Augen sahen tatsächlich dunkel und verträumt aus.

«Ja, du siehst furchtbar glücklich aus», sagte Dominic. «Und sehr jung. Fast so jung wie ich. Stimmt doch, Patrick, nicht wahr?»

«Ach, ihr guten Kinder, ich bin gar nicht beschwipst», wiederholte sie, so dass sie beide lachten, weil sie fanden, sie wäre es doch.

«Einerlei, ob du's bist oder nicht», sagte Patrick, «Hauptsache, dass du wieder glücklich bist.»

«Nein, einerlei ist es nicht», widersprach sie. «Mädchen dürfen nicht betrunken sein; das hat sogar Dan gesagt.»

«Ach, vielleicht ein ganz klein wenig und sehr, sehr selten», räumte Dominic ein, damit es nichts ausmachte, falls sie es wirklich war. Natürlich konnte er Dan nicht gänzlich unrecht geben.

«Es kommt alles drauf an», meinte Patrick. «Manche werden vertrauensselig.»

«Fühlst du dich vertrauensselig?» fragte Dominic, ohne überhaupt zu wissen, was das Wort bedeutete.

«Nicht sehr.»

«Könntest du uns dein grösstes Geheimnis anvertrauen, Liebling?» fragte Patrick.

Sie schüttelte den Kopf.

«Bitte, Süsses!» bettelte Dominic.

«Könnte ich meinen beiden Schätzchen etwas abschlagen?» sagte sie daraufhin. Sie warteten gespannt, aber sie blieb stumm.

«Also erzähl doch weiter!» drängte Dominic ungeduldig.

«Ach nein, lieber nicht!» Sie hatte sich anders besonnen. «Wir sind nicht ernst genug.»

«Doch, jetzt sind wir ernst», entgegnete Patrick, und Dominic versuchte, seinen Gesichtsausdruck zu ändern, aber es gelang ihm nicht besonders.

«Nicht mein allergrösstes Geheimnis!» flehte sie.

«Gut, also dann dein zweitgrösstes», antwortete Dominic hartnäckig.

«Aber deshalb bin ich doch nicht beschwipst, nicht wahr?» wiederholte sie.

«Natürlich nicht», gab Patrick zu.

«Am allerersten Tag also», erzählte Hylla, «an dem ich dich sah, nahm ich mir vor, dich zu heiraten, Patrick, und am nächsten Morgen schrieb ich nach Dublin und bestellte mir die Seide für mein Brautkleid. Und am Tage, als dein Vater zurückkam und als wir uns verlobten, fragte er mich, ob ich ein Brautkleid hätte, und da habe ich nein gesagt. Doch das stimmte nicht. Ich hatte es schon seit Wochen.»

«Das war aber herrlich!» rief Patrick.

Dominic dagegen wusste nicht genau, ob es

wirklich ein so aufregendes Geheimnis war, wie er es erwartet hatte.

«Trink noch ein bisschen mehr Wein!» redete er ihr hoffnungsvoll zu. Aber die Flasche war jetzt leer.

Als sie bei den Walshs eintrafen, sollten Hylla und Dominic auf Patricks Rat sofort nach oben und zu Bett gehen, weil Dominic in all seiner Aufregung und Hylla teils vor Aufregung und teils wegen des ungewohnten Weins seiner Ansicht nach nicht in der richtigen Verfassung waren, um an einer Soirée der Walshs teilzunehmen. Unglücklicherweise machte ihnen Mary Walsh selber die Türe auf. Sie hatte offenbar auf sie gewartet und war ziemlich enttäuscht, weil sie so spät kamen. Sie war nämlich entschlossen, ihren erwartungsvollen Gästen die Tochter Lucius Canavans vorzuführen. In ihrem kleinen Kreis war es ein gesellschaftlicher Triumph, die Tochter eines Ministers vorstellen zu können, und diesmal schien die betreffende junge Dame durchaus nicht abgeneigt, sich zu zeigen. Übrigens auch Dominic nicht, obwohl er nicht persönlich aufgefordert wurde. Patrick folgte ihnen in das kleine überfüllte Wohnzimmer - nicht ohne bange Vorahnungen.

Etwa acht oder neun Leute waren anwesend - zwei Angestellte von Caldecotts mit ihren

Ehefrauen, ein junger Mann namens McCabe, der am Monatsblatt der Ritter von St. Brendan Hilfsredakteur war, nebst seiner Braut und ein oder zwei andern.

Zuerst ging alles gut. Hylla und Dominic sprachen mit dem jungen Mädchen, das mit McCabe verlobt war. Sie war eigentlich nicht hübsch, da ihre Nase kurz und dick war, und die braunen Augen waren eher klein; aber sie hatte einen grossen, humorvollen Mund, der, wenn sie lachte, ihr ganzes Gesicht veränderte, so dass es auf eine keineswegs hochachtbare Art erstaunlich frech aussah. Obwohl sie «gleich um die Ecke» wohnte, schien sie in der Umgebung von Tara Terrace nicht am rechten Ort zu sein und hätte, wie Hylla fand, viel besser in die Nähe von Ringsend gepasst, das jetzt für sie und Dominic zu einem gelobten Land geworden war.

Rose Jenkins (wie sie obendrein hiess) begann Hylla gegenüber nicht gleich von ihrem Minister-Vater zu reden, und dafür war Hylla ihr sofort dankbar. Ausserdem schien sie sich sehr für den Probelauf der Prinzessin zu interessieren, und daher war auch Dominic gleich von Anfang an sehr zutraulich zu ihr.

«Leben Sie gern hier?» fragte der kleine Junge gespannt.

«Ach, ich habe nie woanders gelebt. Du

etwa?» fragte sie ihn. Es war das erstemal, dass sie bei den Walshs war.

«Grosser Gott, ja! Wir leben doch nicht hier!» rief er.

Miss Jenkins lachte. «Das klingt ja nicht gerade so, als wärst du gerne hier.»

«Ach», begann Dominic, «ach ...», und dann verstummte er. Auch wenn es manchmal den genau entgegengesetzten Anschein hatte, war er doch ein taktvoller kleiner Junge, und er wollte die Gefühle der hier wohnenden jungen Dame nicht verletzen.

«Sind Sie Bruder und Schwester?» fragte Miss Jenkins.

Hylla schüttelte den Kopf.

«Sie sehen sich ziemlich ähnlich», fuhr Rose fort, und damit hatte sie Dominics Herz gewonnen.

Sie arbeitete in der Damenkleiderabteilung eines grossen Warenhauses in der O'Connell Street, wie sie erzählte.

«Besuchen Sie mich mal, wenn Sie zufällig dort vorbeikommen», forderte sie Hylla auf.

«Das muss doch lustig sein - all die Leute, die Sie dort kennenlernen», sagte Hylla.

«Und ob!» bestätigte sie. «Aber lauter Frauen, verstehn Sie, und meistens ältere. Wenn ich dagegen in einem Zigarettenkiosk oder dergleichen wäre, wo ich vor allem Herren zu bedienen hätte, wäre ich besser dran. Mit denen komme ich besser aus.»

«Das würde ich auch», nickte Hylla.

«Oh, für Sie ist es doch ganz was andres!» sagte Miss Jenkins. «Sie sind eine Schönheit!»

Hylla war ehrlich überrascht. Sie wusste natürlich, dass Patrick und Dominic und Mike sie schön fanden, oder zumindest hin und wieder; doch sie hatte geglaubt, das sei bloss eine ihrer freundlichen Besonderheiten, eine Seite ihres seltsamen, unkonventionellen Standpunktes. Dass nun aber dieses anscheinend vernünftige und praktische Mädchen auch so dachte, war etwas ganz anderes.

«Ja, nicht wahr?» rief Dominic. «Und heute abend erst recht!»

«Oh, jetzt sehe ich, dass du nicht ihr Bruder bist», lachte Miss Jenkins. «Brüder sagen nie etwas so Nettes von ihren Schwestern.»

«Ich wüsste gern, ob ich auch so einen Posten wie Sie haben könnte», sagte Hylla. «Dann könnten wir sofort ausziehen», flüsterte sie Dominic zu.

«Sie?» fragte das junge Mädchen überrascht. «Ich dachte, weil Sie so gut aussehen, hätten Sie haufenweise Geld?»

«Ich habe gar keins», erklärte Hylla.

«Ich könnte wetten, dass Ihr Kleid ein schönes Stück Geld gekostet hat», fuhr Miss Jenkins fort. «In solchen Sachen kenne ich mich aus.»

«Und wenn die Sachen hin sind, die ich habe, dann weiss ich nicht, was ich anziehen soll», versicherte Hylla.

«Wenn Sie's wirklich möchten, könnte ich Sie, glaube ich, dort unterbringen, wo ich arbeite», erklärte Rose Jenkins. «Ein gutes Aussehen ist nämlich sehr wichtig, wenn ich mir auch nicht recht denken kann, warum es in einer Abteilung für Damenkleider nötig ist.»

«Aber was wird dann aus mir, Süsses?» meldete sich Dominic. «Wenn ich den ganzen Tag allein hierbleiben soll, sterbe ich!»

Miss Jenkins musste über sein trauriges kleines Gesicht lachen, als er es sagte.

«Dann wären wir doch nicht mehr hier. Dann hätten wir eine eigene Wohnung, für die du sorgen könntest.»

«Ja, das könnte gehen», meinte er, wenn auch etwas zweifelnd.

Es wurde abgemacht, dass Miss Jenkins wegen Hylla mit der Abteilungsleiterin sprechen sollte, und wenn sich eine Möglichkeit zeigen würde, käme sie eines Abends herüber, um es ihr zu sagen.

Doch nun wurde das Trio, das sich so gut verstand, durch Mrs. Walsh unterbrochen, die es nicht dulden konnte, dass sich das wichtigste

Schaustück ihres Abends in Gesprächen mit einem kleinen Ladenmädchen verzettelte.

Hylla wurde zu einer Gruppe geführt, die am Gaskamin stand, wo Patrick von Anfang an sich selbst überlassen war. Er hatte fast dauernd geschwiegen und damit den Eindruck erweckt, ein sehr verdriesslicher junger Mann zu sein, so dass das Erscheinen von Lucius Canavans Tochter um so willkommener war.

«Wir sind grosse Bewunderer Ihres Vaters», begann Mr. McCabe, der auch zu der Gruppe gehörte.

«Ich nicht», erwiderte Hylla. Sie wollte nicht unhöflich sein, aber sie hielt es für wichtiger, sogleich jedem Missverständnis vorzubeugen.

Ihre Bemerkung wurde mit unsicherem Gelächter aufgenommen - als versuchten sie es als einen witzigen Geistesblitz aufzufassen, der nicht ganz geglückt war.

«Den Rittern liegt es sehr am Herzen, dass er eines Abends einen Vortrag bei ihnen hält», fuhr Mr. McCabe fort, «und wir dachten, ob Sie es ihm vielleicht übermitteln könnten?»

«Welche Ritter?» fragte sie.

«Die Ritter von St. Brendan», erklärte er geduldig. In einer Versammlung wie der heutigen war es sonst nicht nötig, den ganzen Titel zu nennen.

«Drollige Sorte Ritter», tuschelte Dominic,

der sich mit Miss Jenkins an den Aussenrand der Gruppe geschlängelt hatte. Er hatte durch Mr. Walsh von den Rittern gehört, weil der ihn als Mitglied der Jugendgruppe ins Auge gefasst hatte. Die einzigen Ritter, die Dominic anerkannte, waren die Ritter der Romantik seines eigenen Geheimbundes, dessen heldenhafte Führer die Prinzessin und Hylla waren. All Alone konnte sich nur mit Mühe und Not als Mitglied halten und stand unmittelbar nach ihm selber auf der Liste - denn eitel war Dominic durchaus nicht.

Miss Jenkins kicherte, doch es gelang ihr, aus dem Geräusch ein danebengeratenes Niesen zu machen.

«Wofür sind sie da?» fragte Hylla.

Sie hätte keinen Führer finden können, der begeisterter war. «Wir haben uns verpflichtet, die drei grössten Übel zu bekämpfen, die unser Land verheeren», begann Mr. McCabe und geriet in Feuer, je mehr ihm die vertrauten, anfeuernden Phrasen ins eigene Gehör drangen. «Trunksucht, Glücksspiele und Sittenlosigkeit! Wir bekämpfen sie mit allen Mitteln, die in unsrer Macht stehen, und werden, wenn Gott will und wenn es nötig ist, bis zum letzten Blutstropfen dabei ausharren.»

Von ein paar andern stieg leises, beifälliges Gemurmel auf.

«Was die Glücksspiele betrifft», entgegnete Hylla, und ihre tiefe Stimme klang nach den feurigen Kadenzen des jungen Mannes kalt und beinah teilnahmslos, «so komme ich gerade vom Probelauf einer Greyhound-Hündin zurück, weil wir sehen wollten, ob eine Möglichkeit besteht, Geld mit ihr zu verdienen. Was die Trunksucht betrifft, so bin ich gerade ein bisschen beschwipst, und was die Sittenlosigkeit angeht, so haben mich nur meine Veranlagung und ein gütiger Zufall davor bewahrt.»

«Mrs. de Lacey!» rief Mary Walsh. Diesmal lachte Miss Jenkins offen heraus.

«Sehr richtig!» krähte Dominic aufgeregt. Und Patrick murrte etwas vor sich hin, das wie ein Schimpfwort klang; doch da er gleichzeitig Hylla zulächelte und Dominic zublinzelte, waren es bestimmt nicht seine Angehörigen, denen das Schimpfwort gegolten hatte.

XVIII

Nach diesem peinlichen Abend wurde die Lage der de Laceys im Haus an der Tara Terrace ausgesprochen heikel. Hylla wartete ungeduldig auf Nachricht von Miss Jenkins, und Patrick hielt es für richtiger, Mr. Walsh unterdessen klarzumachen, dass er und seine Frau eigentlich lieber sofort ausziehen würden. Er trug es so behutsam wie möglich vor, während sie am Montagmorgen im Bus zum Büro fuhren.

«Verstehen Sie», sagte er, «es liegt nur daran, dass wir nicht den gleichen Standpunkt haben. Wir sind Ihnen sehr dankbar, dass Sie uns die ganze Zeit aufgenommen haben, doch jetzt halte ich es für richtiger, wenn wir ausziehen.»

Mr. Walsh fingerte an seinem Päckchen Zigaretten herum.

«Ich werd' Ihnen mal sagen, was es ist, de Lacey», begann er und war offensichtlich verlegen. «Es ist wegen meiner Dame und Ihrer! Die beiden können's einfach nicht miteinander. Vom ersten Moment an war es so. Sie und ich, wir kommen ja grossartig zusammen aus. Und dann der Kleine! Sie nehmen's mir hoffentlich nicht übel, wenn ich Ihnen sage, dass Sie ihn verwöhnen, wie mir scheint. Unsre Schule hier wäre genau das Richtige für ihn gewesen.»

«Damit er genauso wird wie die Leute hier?» entgegnete Patrick mit einer für ihn ungewöhnlichen Heftigkeit.

«Oh - well - darüber wollen wir nicht disputieren», meinte Mr. Walsh. «Aber ich finde, Mrs. de Lacey hatte kein Recht, neulich abend so zu reden. Wären wir alleingewesen, hätt's nicht soviel ausgemacht ...»

«Aber es waren ja Tatsachen», erklärte Patrick.

Obwohl Mr. Walsh und seine Frau die ganze schändliche Episode anscheinend von jedem nur erdenklichen Standpunkt aus durchgesprochen hatten, war das hier ein neuer Aspekt, mit dem sie sich nicht befasst hatten. Ihnen schien es nicht zur Sache gehörig.

«Das hat gar nichts damit zu tun», sagte er.

«Für uns schon», erklärte Patrick.

«Aber sie hat sich über uns lustiggemacht», wandte Mr. Walsh ein.

«O nein, sie hat es ernst gemeint», antwortete Patrick. «Es wäre sehr unhöflich gewesen, wenn sie es nicht ernst gemeint hätte, und unhöflich sind wir nicht, einerlei, was wir sonst sein mögen.»

Mr. Walsh sagte nichts, weil seine Frau und er fanden, dass sie genau das wären. Jedenfalls die beiden andern.

Als Patrick am Abend das Gespräch vor Hylla und Dominic wiederholte, kamen sie alle drei zu dem Schluss, dass es den Walshs wahrscheinlich lieber wäre, wenn sie auszögen. Und weil es so war, trafen sie die nötigen Vorbereitungen.

Am nächsten Morgen fuhren Dominic und Hylla mit der Strassenbahn zum Shelbourne Park, und von dort aus drangen sie in das unbekannte, aber für sie romantische Stadtviertel zwischen der Rennbahn und dem Fluss vor. Bei Tageslicht sah es bei weitem nicht so verlokkend aus, wie sie sich gestehen mussten. Anstelle der eintönigen Aufgeräumtheit von Tara Terrace sahen sie hier eine andere Eintönigkeit, nämlich Schmutz und Unordnung. Obwohl es, theoretisch betrachtet (das heisst entsprechend der de Lacey-Theorie), vielleicht wünschenswerter war, schien es doch nur sehr wenig wünschenswert, wenn man ihm Aug in Auge gegenüberstand, das heisst mit Augen und Nase.

«Sicher haben wir noch nicht die richtige Gegend gefunden», sagte Dominic. Er hielt sich für den Pionier ihrer Entdeckungsreise und hätte nur ungern zugegeben, dass seine Träume von einer bewohnbaren Gegend nur Träume waren.

Sie tauchten schliesslich aus einem scheinbaren Labyrinth schmutziger Strassen auf, die, wie Hylla bemerkte, nicht einmal eng, sondern beinah breit waren. Denn wenn sie sich mit Schmutz in einer engen Gasse abgefunden hätte, konnte sie das jedenfalls nicht in Strassen, die so scheusslich breit und bevölkert wie diese hier waren. Sie kamen am Fluss heraus, und beide stiessen einen Seufzer der Erleichterung aus. Hier, mit dem Blick auf das Pflaster des

Uferdamms, hinter dem ein oder zwei unglaublich verrostete Dampfer gemächlich beladen oder ausgeladen wurden, zog sich eine Reihe ulkig aussehender kleiner Häuser hin.

«Das genügt uns!» verkündete Dominic.

Auch Hylla fand, dass es das Richtige sein könnte. Seit sie Rosaril verlassen hatten, war sie nie so lange gelaufen, und beide begannen die Müdigkeit zu spüren.

Nun war es ja leicht, von oben herab «Das genügt uns!» zu verkünden - viel schwerer war es jedoch, die Sache zu verwirklichen. Sie gingen daher zunächst einmal in eine Wirtschaft, wo Hylla unter den Stammgästen grosses Interesse erregte, als sie für sich ein Glas Portwein und für Dominic eine Flasche Limonade bestellte. Sie hätte Whisky vorgezogen, aber sie hielt sich jetzt für sehr praktisch und verantwortungsvoll und stand unter dem Eindruck, Portwein sei eine Ersparnis. Und obwohl es eine noch grössere Ersparnis gewesen wäre, anstatt überhaupt etwas zu bestellen, einfach zu fragen, ob es in der Nachbarschaft Zimmer zu mieten gäbe, wäre ihr das als eine knickerige Art erschienen, die Dinge anzupakken. Sie standen also zwischen Dockarbeitern und gewöhnlichen Tagedieben, die sie in ihrem Optimismus für Matrosen in Landaufmachung hielten, und befassten sich vorerst mit ihrem

Getränk, ehe sie Nachforschungen anstellten.

Als Hylla mit der ihr angeborenen Höflichkeit fand, dass sie nun lange genug dagewesen wären und bestimmt nicht allzu offensichtlich den Eindruck erwecken könnten, ihr eigentliches Anliegen sei der Hauptzweck ihres Besuchs, fragte sie den Barmann, ob er wisse, wo vielleicht hier am Quay Zimmer zu vermieten seien.

Daraufhin wurden ihnen zwei Schlafzimmer im obersten Stock der Kneipe gezeigt, in der sie gerade waren. Allerdings blickte keins der beiden Zimmer auf den Fluss hinaus, denn es waren Hofzimmer. Obwohl das eine schmerzliche Enttäuschung war, fühlten sich beide viel zu müde und nur zu gern bereit, sich die Mühsal weiterer Erkundungen als unerträglich vorzustellen. Deshalb willigten sie ein, die Zimmer gegen eine wöchentliche Miete zu nehmen. Sie betrug nur fünfzehn Shilling, was sie äusserst billig fanden.

«Ist der Kleine Ihr Sohn, Madam?» fragte der Wirt, der nun ihr zukünftiger Hauswirt war. Er legte seine rote Pranke auf Dominics blonden Kopf.

«Aber nein!» erwiderte Hylla unwillig. Konnte sie wirklich schon so alt aussehen? dachte sie bei sich.

«Entschuldigen Sie, Madam, natürlich kann

er das nicht sein - jetzt, wo ich genauer hinsehe.» Das Licht in dem kleinen Raum war tatsächlich sehr trübe, weil die Fenster weder sehr gross noch sehr sauber waren.

Aus den Ersparnissen der acht Pfund bezahlte sie eine Woche im voraus und sagte dem Hauswirt, sie würden am nächsten Vormittag einziehen. In dem einen Zimmer war ein kleiner Kamin, und sie war verständig genug, um sich zu erkundigen, ob sie darin kochen dürfe.

«Warum denn nicht?» erwiderte der Mann. «Machen Sie, was Sie Lust haben. Wir sind nicht so, dass wir gleich protestieren, solange alles in Grenzen bleibt, inklusive Lärm. Und Sie halten's wahrscheinlich genauso?» schloss er. Es war ein Wink mit dem Zaunpfahl, dessen Bedeutung sie aber erst später begriffen.

Sie gingen zu einer Haltestelle und kehrten nach Tara Terrace zurück: sie waren nicht ganz sicher, ob sie froh oder niedergeschlagen sein sollten.

«Immerhin wohnen wir am Quay, und frei sind wir auch», sagte Dominic, der mehr zum Optimismus neigte.

«Glaubst du, dass es Patrick gefallen wird?» fragte Hylla.

«Nein», musste er zugeben.

«Hast du aus dem Fenster geschaut?» fragte sie.

«Natürlich, Liebling.» Es war stets das erste, was er in einem Zimmer machte.

«War es nicht grauenhaft?» fuhr sie fort. Er nickte. Obwohl sie der Lage nach am Quay wohnten, liess die Hofaussicht auf ein übles Viertel in einer Bergwerksstadt schliessen - oder wenigstens auf das, was sie sich darunter vorstellten.

«Aber es ist sehr, sehr billig», sagte sie, «und selbst wenn Miss Longworth uns das eine Pfund wöchentlich nicht mehr zahlen will, haben wir immer noch zwei Pfund und fünf Shilling für Essen und Kohle und Licht.»

«Scheint mir furchtbar viel zu sein», meinte Dominic, und Hylla meinte es auch; aber natürlich wusste sie es erst dann genau, wenn sie es ausprobiert hatten.

«Glaubst du, dass sie das Pfund nicht mehr schickt?» fragte Dominic.

«Vielleicht nicht - wenn die Walshs ihr schreiben, wir hätten uns schlecht benommen und wären unhöflich zu ihnen gewesen», erwiderte Hylla.

«Aber das stimmt ja gar nicht!»

«Natürlich nicht, mein Herz», entgegnete sie. «Vielleicht sollten wir ihr zuerst schreiben», schloss sie.

«Der Teufel soll sie holen!» rief der kleine Junge ungestüm.

Als Hylla die Nachricht von ihrem unmittelbar bevorstehenden Umzug verkündete, schien Mrs. Walsh erstaunlicherweise beleidigt zu sein. Es war aber nur deshalb, weil drei Pfund die Woche, die sie für ein Kind und zwei Erwachsene erhielt, von denen der eine nicht zum Mittagessen kam, für eine tüchtige Hausfrau wie Mary Walsh genügten, um sich allerhand auf die Seite zu legen. Da die de Laceys nie im Leben auf diesen Aspekt gekommen wären, konnte Hylla sich die eindeutige Verstimmung der jungen Frau nicht erklären.

«Und wohin gedenken Sie zu ziehen, wenn ich fragen darf?» sagte sie. Die Situation hatte sich so zugespitzt, dass sie jede Frage, die sie an Hylla richten musste, mit einem «Wenn ich fragen darf» einleitete oder schloss. Es gehörte zu den Anzeichen kleinlich schlechter Laune, die Hylla erbittern konnte. Doch sie hatte sich vorgenommen, keinerlei weiteren Anlass zu Klagen bei Miss Longworth zu geben. Sie machte sich nämlich selber Vorwürfe wegen der Lage, die entstanden war. Allerdings nicht sehr ernste, denn schon vor der «skandalösen Episode», wie die drei es jetzt im Spass nannten, hatte die gereizte Stimmung ziemlich schnell zugenommen.

«Wir wollen am Quay wohnen, oberhalb vom South Wall», antwortete sie liebenswürdig.

«Oh, das sind ja Slums!» rief Mary Walsh.

«Die Luft ist dort sehr gut! Man kann das Meer riechen!» entgegnete Hylla und bemühte sich, freundlich zu sein.

«Manchmal weiss ich nicht, ob Sie bloss seltsam sind oder ob Sie mich absichtlich ärgern wollen», erwiderte Mary Walsh. (Bei sich nannte sie es allerdings: verrückt oder gemein.) Auch sie bemühte sich, jede «Unannehmlichkeit» zu vermeiden, wie sie es bezeichnete. «Sie werden doch gewiss den Jungen nicht in eine solche Umgebung mitnehmen?» fuhr sie fort.

«Welchen Jungen?» fragte Hylla.

«Das können Sie wohl fragen, denn wenn's nicht wegen des Altersunterschiedes wäre, könnten sich die Leute manchmal wundern, mit wem von den beiden Boys Sie verheiratet sind», entgegnete Mary Walsh. Sie hatte nicht beabsichtigt, eine - wie es ihr schien - so verletzend gehässige Bemerkung zu machen. Sie war durch Hyllas freundliche Zurückhaltung dazu gereizt worden. Gerade Hyllas Zurückhaltung war es, über die sie sich stets am meisten ärgerte. Das junge Ding schien kaum menschlich zu sein, und dann, im falschen Augenblick, war sie plötzlich viel zu menschlich, falls sie das so ausdrücken durfte. Und ihre letzte Bemerkung schien Hylla überhaupt nicht berührt zu haben.

«Ja, das habe ich auch oft gedacht», gab Hylla ihr recht. «Wenn Dominic ein bisschen älter wäre, würde es den ‹Leuten› (wer immer das sein mag) sehr viel Spass machen, sich deswegen den Kopf zu zerbrechen.»

«Sie sind eine Komische! Wissen Sie, was ich zuerst von Ihnen gedacht habe?» fragte Mary Walsh.

«Ja, ja, Sie haben gedacht, ich sei in andern Umständen», erwiderte Hylla, «obwohl es mir ein Rätsel ist, weshalb Sie das dachten.»

«Nein, das meinte ich nicht. Ich meinte, was Sie waren, bevor Sie geheiratet haben. Ich dachte - ich dachte, Sie wären eine Strassendirne gewesen», stiess sie hervor, und all ihre Vorsätze, keine «Unannehmlichkeiten» zu machen, waren plötzlich vergessen. Was sie jetzt in ihrem Ärger sagte, traf nur teilweise zu. Hylla hatte sie so verwirrt, schockiert und erbost, dass sie auf die Idee gekommen war, die junge Frau müsse einen dunklen Punkt in ihrer Vergangenheit haben und sei deshalb von ihrer Familie verstossen worden und daher froh gewesen, den jungen de Lacey heiraten zu können, um allem zu entgehen. Doch selbst wenn sie vor Empörung ausser sich gewesen war, hatte sie sich Hylla doch nie im Ernst als eine Prostituierte vorgestellt, sondern eher als ein Mädchen, das schon einen oder mehrere Liebhaber gehabt hatte, bevor sie Patrick kennenlernte.

Hylla vermutete, dass sie nun wohl sehr entrüstet sein und die Beherrschung verlieren müsse. Falls sie das nicht tat, würde es von Mary Walsh als ein weiteres Zeichen aufgefasst werden, dass ihr jeglicher Sinn für Ehre und Anstand fehle. Denn - so würde sie folgern - welches anständige Mädchen liesse sich vorwerfen, sie sei eine Prostituierte, und bliebe dabei ruhig? Aber das Schlimme war nun, dass Hylla völlig gelassen blieb und am liebsten darüber gelacht hätte: nicht das überlegene, sarkastische Lachen eines groteskerweise falsch beschuldigten Menschen, sondern ganz einfach ein offenes, gutmütig fröhliches Gelächter.

Als Patrick nach Hause kam, erwarteten Hylla und Dominic ihn in Hyllas Zimmer. Sie hatten nicht viel Zeit, ihm alle Vorteile der neuen Behausung zu erklären, denn die hatten sich nach der ersten Freude des Entdeckens und Mietens etwas verflüchtigt. Bald nach seiner Rückkehr läutete die Glocke zum Tee, und sie gingen hinunter, um ihren letzten Abend mit den Walshs zu bestehen. Doch vorher hatten sie noch verabredet, dass Dominic, wenn er angeblich zu Bett ging, sich in Hyllas und Patricks Zimmer schleichen und sie dort erwarten solle. Sie wollten bald nach ihm hinaufgehen - sobald es sich machen liess, ohne unhöflich zu wirken -, und dann wollten sie die ganze Sache und die Pläne für den nächsten Morgen noch einmal besprechen. Patrick würde natürlich wie gewohnt an seine Arbeit gehen und ihnen die eigentliche Umzieherei überlassen.

Ihr letzter Tee war keine erfreuliche Mahlzeit. Hylla empfand ausser der nervlichen Belastung ein seltsames leises Bedauern. Nicht etwa, dass sie nicht begeistert war, von hier entfliehen zu können - aber sie bedauerte, dass es ihr nicht gelungen war, hier glücklich zu sein oder die Walshs glücklich zu machen. Sie erschienen ihr plötzlich als ziemlich hilflose Eheleute, die sich bemüht hatten, ihr möglichstes zu tun, und die nicht begriffen, weshalb alles so schiefgegangen war. Sie sorgte sich sogar etwas um die Zukunft der Walshs, die sie sich in späteren Jahren vorstellte, wenn sie sich entfremdet sein würden (denn die beiden waren wohl kaum durch tiefere Bande miteinander verbunden, überlegte sie).

Während der recht schweigsamen Mahlzeit dachte sie so sentimental über die Walshs nach (falls es Sentimentalität war und nicht ein tieferes Mitgefühl), dass sie über sich selbst staunen musste. Vielleicht kam es alles daher, dachte sie, weil sie sich für die Ursache an dem Bruch gehalten und sich deswegen Vorwürfe gemacht hatte. Doch das entsprach nicht den Tatsachen. Niemand war schuld daran, weder sie noch die Walshs. Dann dachte sie an das Baby der Walshs. Sie hatte nie viel von ihm gesehen oder es auch nur häufig gehört. Es schien ein aussergewöhnlich braves kleines Ding zu sein. Sie hatte es bestimmt nie sehr gut leiden können, doch auch im Baby - ja, im Grunde am meisten im Baby - erblickte sie etwas unendlich Rührendes. Sie stellte es sich vor, wie es in seinem Bettchen lag, oben im Schlafzimmer seiner Eltern, das übrigens genau dem ihren glich. Da lag es so hilflos und vertrauensvoll und trank die Milch seiner Mutter, seiner armen, erbitterten Mutter. Und sie dachte, ob es vielleicht ebenfalls durch sie und den unseligen Besuch gelitten hatte. Doch wenn sie sich dann wieder die Tatsachen vor Augen hielt, konnte sie nicht einsehen, wieso das hätte geschehen können. Trotzdem ging sie, nachdem die Mahlzeit beendet war, in das Zimmer hinauf, in dem es schlief.

Auf dem Frisiertisch brannte ein Nachtlicht. Das Fenster stand offen, und ein weisser Schal hing über dem Bettchen, um die Zugluft auszuschliessen. Dann kam ihr der Gedanke, dass vielleicht vieles von dem, was sie an Mary so irritierend fand, gerade das sei, was sie zu einer so tüchtigen und gewissenhaften Mutter machte, zum Beispiel ihre Pedanterie und der verkrampfte Ernst wegen unwesentlicher Dinge. Und indem sich Hylla an Hunderte solcher kleinen Beispiele erinnerte, sah sie jetzt, was für eine gute Mutter Mary mit ihrer ruhigen und sachlichen Art im Grunde war.

Sie bückte sich und berührte den seidigen, kahlen Kopf mit den Lippen. Sie roch den Babypuder und einen leisen Duft nach Milch. Ihr und ihrer Lebensauffassung mochte Mary Walsh als ganz unmöglich erscheinen, doch für das kleine Geschöpf hier war sie sicher ein noch unbegriffener, aber zarter Engel. Ein liebender und zu jedem Opfer bereiter Engel. Sie mochte sich töricht aufblasen und von ihren einflussreichen Bekannten sprechen, und sie mochte um sich und ihren Mann oder sogar um Hylla vor ihren Nachbarn ein Theater machen, doch es wäre ihr nie eingefallen, über diese andere, verborgene Seite ihres Wesens zu sprechen oder damit zu prahlen. Es war etwas Natürliches und Schlichtes und sehr Feines. Ach, der Jammer, der unendliche Jammer hinter jedem Lebensschicksal, dachte Hylla da oben im halbdunklen Zimmer in der Tara Terrace. Fast wären ihr die Tränen gekommen. Sie warf einen letzten Blick auf das sanft atmende kleine Bündel und ging die Treppe hinunter.

Der Abend schleppte sich hin. Auch Patrick litt unter einer unbestimmten Traurigkeit – zwar nicht so sehr wie Hylla, aber doch so, dass er ein- oder zweimal versuchte, es auf seine ungeschickte, beinah mürrisch erscheinende Art in Worten auszudrücken.

«Es ist trotzdem eine Hilfe für uns gewesen, hier bei Ihnen zu wohnen. Sie müssen nicht glauben, dass wir nicht dankbar sind», sagte er, ohne den Kopf zu heben. «Auf unsre Art eben», fiel es ihm nachträglich noch ein.

«Ist schon recht», erwiderte Mr. Walsh. «Wir können Sie mal an einem Sonntag besuchen, nicht wahr, Mary?» wandte er sich an seine Frau.

«Wenn Mrs. de Lacey uns auffordert», antwortete sie. Sogar sie schien ein wenig weicher zu werden.

Nur der mitleidlose und bemitleidenswerte Dominic zeigte nichts anderes als eine schlecht verhehlte Freude ob der baldigen Abreise. Nur er, der nie Kompromisse machte und nie in die Vergangenheit zurückblickte, erlebte den letzten Abend bis zum Schlafengehen ohne ein anderes Gefühl für die Gegenpartei als den grössten Abscheu. Und Hylla, die es sah, tadelte ihn deswegen nicht, auch vor sich selbst nicht. Im Gegenteil, sie wusste, dass in ihm eine weisse, nie flackernde Flamme brannte. Unduldsam und sogar grausam mochte sie sein - doch, oh, wie wahrhaftig und standfest! Nie hatte etwas anderes sie so inspiriert. Ihr Herz frohlockte ob dieser kalten weissglänzenden Klinge, der niemals schwankenden in einer Welt voll verschmierter Konturen! Er war ihre Herzensfreude, ihr Ritter, ihr lieber Schatz.

Am nächsten Morgen, kurz nachdem Patrick ins Büro gegangen war, fuhren er und sie in einem Taxi mit ihren Koffern weg. Sie hatten ihm die Adresse der Kneipe gegeben, wo er sich am Abend einfinden sollte. Die Bar war noch nicht geöffnet, als sie kamen, und nachdem der Wirt ihnen mit ihrem Gepäck die steile Treppe hinaufgeholfen hatte, schien er es nicht eilig zu haben und schaute ihnen beim Auspacken zu. Offensichtlich juckte ihn die Neugier.

«Sie sind wohl fremd in Dublin?» begann er auf gut Glück.

Hylla erzählte ihm, dass sie seit ein paar Wochen in Dublin lebten und dass ihr Mann bei der Firma Caldecott arbeite. Sie fragte ihn, wo man Kohle bekommen könne. Er versprach, ihr einen Sack heraufzuschicken.

«Vielleicht nicht gleich einen ganzen Sack!» widersetzte sich Hylla. «Wo sollten wir ihn wohl hinstellen!» Beide Räume waren sehr klein, und sie meinte, wenn in einer Ecke ein

Sack mit Kohlen stünde, würde es ihr nicht gerade leichter fallen, die Wohnung hell und gemütlich herzurichten, denn das war ihre Absicht.

Es wurde also abgemacht, dass ihre Kohlen unten bleiben sollten, und er wollte ihr einen Eimer geben, mit dem sie sich jeweils soviel holen konnten, wie sie brauchten.

Die andere Frage, die Dominic ihm auf ihren Wunsch hin stellen musste, drehte sich um das Klosett. Der Wirt nahm den kleinen Jungen mit und zeigte es ihm.

«Es ist sehr, sehr weit weg», erzählte ihr Dominic, als er wieder die drei Treppen hinaufgestiegen war. Sie befanden sich hier in einem jener hohen, engbrüstigen Häuser, die sich an dieser Strecke der Quays über ihre niedrigeren Nachbarn erheben. «Unten, in einer Art Keller», berichtete Dominic. «In der Nähe ist auch ein Wasserhahn, wo man sich Wasser holen kann.»

Sie merkte allmählich, dass sich ihr häusliches Leben in der neuen Wohnung auf keinen Fall glatt abwickeln würde. Der Wirt erschien noch mal und brachte einen Eimer voll Kohle und etwas Brennholz, das er selbst in dem kleinen Kamin aufschichtete. Er hielt ein Zündholz daran, und im Nu begann sich das Zimmer mit Rauch zu füllen.

«Warten Sie nur, bis sich der Schornstein erwärmt hat», tröstete er sie, «dann zieht der Kamin wie's Höllenfeuer!»

«Ist das Vorderzimmer vermietet?» fragte Hylla, als sie die Tür zwischen den zwei Zimmern sah, die gewiss zu einem andern Raum führte, der auf den Fluss blicken musste.

«Nein», erwiderte er, «weil die Decke leckt. Im Dach darüber ist ein Loch.» Er nahm sie mit und zeigte es ihnen. Es war ein grosses, leeres Zimmer. Unter einem feuchten Fleck an der Zimmerdecke stand eine verrostete Badewanne und unter einer kleineren Stelle ein Eimer. Die Badewanne war einmal übergelaufen, und die Dielen waren feucht.

«Haben Sie etwas dagegen, wenn wir es bei trocknem Wetter benutzen?» fragte Hylla.

«Sie können's gern benutzen», sagte er. «Aber wenn's regnet, tropft die Decke wie ein Sieb.»

Von den Fenstern hatte man einen herrlichen Blick auf den Fluss, die Schiffe, die Möwen, die gegenüberliegenden Quays und – in weiter Ferne, noch hinter dem Rauchschleier der Stadt – die blassen Umrisse der Wälder von Meath. Dominic war entzückt darüber, trotz der Decke.

Der Wirt liess sie allein, weil er hinuntergehen und die Bar öffnen musste. Sie packten all ihre Sachen in dem Zimmer ohne Kamin aus, denn der Schornstein des andern Zimmers tat noch nicht so, als habe er sich erwärmt.

«Was für eine Menge Sachen du hast, Hylla!» rief Dominic. Er hatte nur ein paar Minuten gebraucht, um seine Habe auszupacken, und lag jetzt auf dem sehr schmalen Bett und schaute Hylla zu, wie sie Kleidungsstücke «haufenweise» (wie er fand) ziemlich unordentlich in die Schubladen eines gelblackierten Schranks legte.

«Lass doch ein paar Sachen draussen», bat er, «dann sieht es gleich bewohnter aus!» Er hätte sich deswegen nicht zu sorgen brauchen, denn als Hylla mit Auspacken fertig war, herrschte im Zimmer ein wildes Durcheinander, so dass es schon viel weniger öde aussah.

Dominic stellte die Statue, die ihm der Priester geschenkt hatte, auf einen wackeligen Bambustisch an der Wand, über dem ein kleiner Spiegel hing.

«Das andere Zimmer benutzen wir zum Kochen und Essen», entschied Hylla. «Und dort kannst du schlafen. Aber deine Sachen solltest du vielleicht lieber in diesem Zimmer hier aufbewahren.»

«Ich möchte gern im Vorderzimmer schlafen», entgegnete er. Sie beschlossen, bis zum nächsten Regentag zu warten und zu sehen, ob es irgendwo eine Stelle gab, die so gross wie ein Bett war und auf die es nicht tropfte.

Das Mittagessen war ein Abenteuer. Zuerst erkundigten sie sich beim Wirt nach dem nächsten Laden. Wie es schien, waren die Geschäfte weiter weg, im «Hinterland» der Quays, das sie gestern durchstreift hatten.

Ehe sie losgingen, stellte Hylla ein paar Berechnungen an. Wenn sie zehn Shilling für Wäsche, Kohle und Strassenbahn beiseite legte, blieben ihr fünfunddreissig Shilling die Woche für das Essen.

«Vergiss aber nicht Patricks Lunch!» wurde sie von Dominic erinnert.

Erst jetzt fiel es ihr ein.

«Und er hat die ganze Zeit nur zehn Shilling die Woche gehabt», rief sie. «Daran habe ich nie gedacht! Was für eine hoffnungslose Hausfrau bin ich doch!»

«Und damit musste er auch noch den Bus bezahlen!» sagte Dominic.

Schliesslich hatten sie ausgerechnet, dass sie täglich nicht mehr als dreieinhalb Shilling für ihr Essen ausgeben durften. Hylla war ziemlich entsetzt über diese Entdeckung. Einen Shilling pro Mahlzeit – und drei Mahlzeiten täglich!

«Was kann man für einen Shilling kaufen?» fragte sie. Aber Dominic hatte keine Ahnung.

«Ich kann unsre Wäsche selber waschen»,

entschied sie, «und du und ich werden nie die Strassenbahn benutzen, sondern laufen. Dann haben wir vier Shilling pro Tag, zwei fürs Abendbrot und je einen für die beiden andern Mahlzeiten. Heute müssen wir natürlich mehr ausgeben, weil wir für den Anfang Salz und Tee und Zucker brauchen, die aber dann lange reichen.»

Mit Paketen beladen, kehrten sie voller Stolz zurück. Vom Wirt konnten sie sich etwas Geschirr und Besteck, einen Kochtopf und eine Bratpfanne borgen. Hylla bereitete ihre erste Mahlzeit zu. Sie bestand aus Kartoffeln, gekochten Eiern, Brot und Marmelade. Sie trugen alles auf einen Tisch im Vorderzimmer, den sie vor das eine Fenster gerückt hatten. Während sie assen, blickten sie über den sonnenbeglänzten Fluss und das Dach des Frachters, auf dessen Vorderdeck in der hellen Frühlingsluft Wäsche an einer Leine zum Trocknen hing.

«Hylla, Süsses, schau bloss die Möwen! Es ist herrlich hier oben! Und du hast einen Russfleck auf der Backe!»

XIX

Fünf Jahre lebten die de Laceys über der Kneipe am South Wall. Ihre Wohnung, die nur als ein provisorisches Camp gedacht war, bis die

Prinzessin ihr erstes Rennen gewann, war zu einem endgültigen Zuhause geworden. Im Laufe der Jahre hatten sie natürlich sehr viel erlebt, Gutes und Schlechtes.

Zunächst einmal die Prinzessin: sie gewann überhaupt kein Rennen. Bald nach dem Probelauf begann sie, Gewicht zu verlieren, und obwohl jedes Mittel ausprobiert wurde, das dem Trainer bekannt war, kränkelte sie immer weiter, bis sie auf Dominics Vorschlag nach Rosaril zurückgeschickt wurde. Dort erholte sie sich rasch und trug dazu bei, Mikes recht einsame Tage zu verschönen. Es war ein schwerer Schlag für die drei, aber Dominic nahm es sehr gefasst hin. Er schien sogar eine gewisse bittere Genugtuung aus der Tatsache zu ziehen, dass sie in der trüben Umgebung der City-Rennbahn nicht gedeihen wollte. Sie hatte zuviel von einem wilden Naturkind an sich, fand er, um jemals vor einer Menge geldgieriger Stadtleute in einem Betonkessel laufen zu können.

Danach kam eine Zeit, in der sie unschlüssig waren, ob auch sie nach Rosaril zurückkehren oder ob sie in Dublin bleiben sollten. Der Sinn ihres Bleibens schien jetzt zweifelhaft geworden. Doch wie Patrick ihnen klarmachte, war sogar in Rosaril etwas Geld zum Leben vonnöten. Sie blieben also und gingen in der ganzen Zeit nur zweimal nach Rosaril. Der Abschied war jedesmal zu herzzerreissend, wenn sie wieder abreisen mussten.

Mike kam hin und wieder zu Besuch und wohnte bei ihnen, wenn auch nie länger als eine Woche. Er arbeitete noch immer an seinem Buch, das entweder sehr lang wurde oder nur sehr langsam vorrückte, wie sie meinten.

Hylla arbeitete zunächst im gleichen Geschäft wie Rose Jenkins, jedoch nur ein paar Wochen. Erstens war sie gar nicht geeignet für den Posten, da sie sich mit dem Wechselgeld irrte, Sachen verlegte und auch sonst ziemlich untüchtig war, und zweitens war Dominic zu lange allein zu Hause.

Anfangs hatte es ihm nichts ausgemacht; er hatte es sogar genossen, sich selbst das Mittagessen zuzubereiten, die Wohnung aufzuräumen und allein auf den Quays herumzuschlendern. Doch nach einer Woche wurden Hylla und Patrick, wenn sie abends zurückkehrten, von einem kleinen Jungen begrüsst, der sehr einsam und verlassen aussah.

Danach war er eine Woche lang in die Volksschule gegangen. Doch das hatte sich nicht als gute Lösung erwiesen. Vor allem war es fast noch trauriger gewesen, zwei oder drei Stunden vor den beiden andern in die leere Wohnung zurückzukehren, anstatt den ganzen Tag dort zuzubringen, ein schönes Feuer zu unterhalten und im allgemeinen «nach dem Rechten zu sehen». Und dann waren auch die Schulstunden selbst scheusslich.

Abgesehen vom Katechismus war er erstaunlicherweise durchaus nicht hinter den andern Kindern seines Alters zurückgeblieben, was bewies, dass er und Hylla besser vorangekommen waren, als sie geglaubt hatten. Aber es lag vielleicht an seinem Verhalten oder an seiner Stimme oder seinem Äusseren - oder auch an allem zusammengenommen -, jedenfalls unterschied er sich zu sehr von den andern Kindern. Bestimmt waren es nicht seine Kleider, denn die waren nicht besser als die der andern. Und es lag auch nicht daran, dass er nicht tat, was sie taten. Es war vielleicht die Art, *wie* er es tat - vielleicht ein winziger Unterschied, der den Adleraugen der andern nicht entging. Denn anscheinend gab es in jener Gesellschaftsschicht ebenso viele feststehende Bräuche und ebensoviel Stolz auf den selbst auferlegten Standard wie in der Tara Terrace. Doch ebenso, wie es dort eine Rose Jenkins gegeben hatte, die sich dagegen auflehnte und die in Hylla ein wundervolles Geschöpf sah, das sich aus einer andern Welt in jenen Spiesserwinkel verlaufen hatte, so gab es auch hier an der Schule einen Jungen, der in Dominic die gleiche geheimnisvolle Eigenart erkannte und sich davon angezogen fühlte und sein Freund wurde. Der Junge hiess Dick Magee; er war zwei Jahre älter als Dominic. Er hatte rötliches Haar, das kurzgeschnitten war und ihm starr um den Kopf stand. Und er trug eine Brille. Er war sehr scheu und kam Patrick und Hylla zuerst furchtbar schüchtern vor, obwohl Dominic ihnen versicherte, er kenne kaum jemanden, der so mutig sei.

Dick Magee, Rose Jenkins und ihr Hauswirt, an den sich Patrick merkwürdigerweise angeschlossen hatte, waren alle sehr vertraut miteinander und die einzigen guten Freunde, die sie in all den fünf Jahren hatten. Immerhin sind drei wahrhaft gute Freunde in fünf Jahren kein schlechter Durchschnitt. Rose und Dick, die zuerst nur Freundin und Freund von Hylla beziehungsweise Dominic gewesen waren, befreundeten sich bald mit allen dreien. Nur der Wirt, Jerry Murphy, konnte ausser mit Patrick mit niemandem richtig warm werden.

Dominic und Dick verbrachten viele Stunden auf den Quays, vor allem nachmittags, wenn Dick schulfrei hatte. Sie lernten einige Matrosen kennen, deren Schiffe in regelmässigen Abständen mit unterschiedlicher Ladung den Dubliner Hafen anliefen.

Dick ging von der Schule ab und wollte in ein oder zwei Jahren, wenn es sich einrichten liesse, «zur See». In der Zwischenzeit hatte er einen Aushilfsposten in einer Firma für drahtlose Telegraphie. Damals fasste Dominic den Entschluss, ebenfalls Matrose zu werden. Er besprach es eines Morgens mit Hylla, und wenn sie es ihm auch nicht geradezu ausredete, schien sie doch ziemlich dagegen zu sein.

«Du weisst ja, dass ich nicht viel von Klassenunterschieden halte», erklärte sie ihm, «und ich bin weiss Gott kein Snob; trotzdem ist das Leben auf einem Tramp-Frachter nichts für dich, genausowenig wie das Leben bei den Walshs. Wenn du gern Matrose werden willst, Schätzchen, kannst du zur Marine, wo du mit Menschen zusammen bist, die so sind wie du. Aber das ist natürlich auch Unsinn: Menschen wie dich gibt es nirgends! Da siehst du, Liebling, wie unsicher ich selber bin. Immerhin hast du noch viele Jahre vor dir, ehe du irgendeinen Posten annehmen musst, nicht wahr?» fragte sie plötzlich besorgt.

«Dick findet, wir sollten gehen, wenn wir sechzehn sind», erklärte Dominic.

«Und du bist erst dreizehn», sagte sie (es war zwei Jahre nach ihrer Heirat).

«Mir gefiele es besser als alles andre, sich so den Lebensunterhalt zu verdienen.»

«Ja, mein Liebling, das verstehe ich. Aber dann müsstest du mich verlassen.»

«Ich glaube, dass ich dich dann ohnehin verlassen müsste, Süsses. Ich bin nämlich nicht mit dir verheiratet.»

«Ja», sagte sie, und in ihrer Stimme lag eine Traurigkeit, die sie nicht zu verbergen suchte. «Aber du könntest so eine Stelle wie Patrick annehmen, dann brauchtest du nicht wegzugehen», schloss sie.

«Glaubst du wirklich, ich könnte es in einem Büro aushalten?» fragte er, und sie musste zugeben, dass sie es selbst nicht glaubte.

«Und es sieht nicht so aus, als würden wir jemals genug Geld haben, um wieder glücklich in Rosaril zu leben», sagte er.

Rose Jenkins kam oft abends zu ihnen zu Besuch. Mr. Murphy hatte das Dach ausgebessert, und Patrick, Hylla und Dominic und Rose und Dick sassen dann in dem grossen Vorderzimmer am Feuer, von wo aus sie die Lichter an den Masten der Dampfer sehen konnten, jedoch nicht die Lichter auf den Quays, falls sie nicht an die immer noch kahlen Fenster traten.

Rose Jenkins war ebenso gesprächig, wie Dick schweigsam war. Ihre Verlobung mit Mr. McCabe hatte sie aufgehoben. Es war eine Folge ihrer Freundschaft mit Hylla - nicht etwa, als hätte Hylla auch nur einen Augenblick mit ihr über den jungen Mann gesprochen, sondern sie hatte einfach begonnen, die

Dinge von Hyllas, oder vielleicht könnte man sogar sagen vom de Lacey-Standpunkt aus zu betrachten. Von diesem Gesichtspunkt aus war Mr. McCabe überhaupt kein begehrenswerter Ehemann – für niemanden. Seither war Rose mindestens zweimal verliebt gewesen, aber am heutigen schönen Sommerabend war sie zufällig gerade nicht verliebt.

«Du bist so ein Flirt!» sagte Hylla. «Du kannst es nicht aushalten, nicht in jemand verliebt zu sein, aber du hast noch nie jemanden kennengelernt, den du richtig lieben könntest.»

«Ja, das stimmt», gab Rose zu, «aber das Leben ist einfach ein bisschen langweilig, wenn man nichts hat als hier und da das Kino oder eine Party, nicht wahr? Natürlich ist's alles ganz anders geworden, seit ich zu euch kommen kann. Darauf kann ich mich schon im Geschäft freuen. Ihr drei lebt in eurer eigenen kleinen Welt. Vielleicht gibt es dort, wo ihr herkommt, so eine Welt. Oder sonstwo. Jedenfalls ist es immer ganz aufregend, ohne dass irgendwas Besonderes passiert, nicht wahr? Und doch ist mir immer so, als ob in einer Welt wie der euren etwas Wunderbares oder etwas Furchtbares passieren könnte.»

«Ja, da hat sie recht», sagte Dominic, der froh war, dass er ein Wort einwerfen konnte.

«Und selbst wenn nie was passierte, wär's

euch auch egal», fuhr Rose fort. «Irgendwie habt ihr eure Abenteuer in euch drin. Glaubst du nicht auch, Dick, dass es so mit ihnen steht?»

«Och, ich weiss nicht», wich der Junge aus. Er fand, Rose solle nicht soviel reden, vor allem nichts Persönliches. Auch er war von den de Laceys begeistert, aber er hätte es sich nicht im Traume einfallen lassen, so darüber zu sprechen.

«Du bist zu sentimental, Rosie, das ist ein Fehler», sagte Patrick, «glaub's mir!» Er liebte es, sie zu necken, und sie fand es ohnehin abscheulich, «Rosie» genannt zu werden.

«Und du fürchtest dich so vor Gefühlen, dass du kaum über irgendwas zu sprechen wagst, woran dir viel liegt», gab sie schlagfertig zurück. «Ist doch wahr, Hylla?»

Hylla schüttelte den Kopf. Sie wusste, dass sie niemandem erklären konnte, wie Patrick eigentlich war. Sie glaubte, dass er von den fünf Anwesenden der am wenigsten glückliche war. Er war derjenige, der sich ihrem jetzigen Leben am wenigsten anpassen konnte. Mehr als sie und sogar mehr als Dominic brauchte er die freie Weite des Lebens auf Rosaril. Sie erinnerte sich, wie er Morgen für Morgen ins Haus gekommen war, sein glattes braunes Haar in Strähnen in die Stirn geweht, die müden Augen strahlend und vom Wind etwas gerötet, mit einem Kaninchen oder Hasen oder auch ohne Jagdbeute, einfach von der seltsamen Kraft erfüllt, die ihm auf seinen einsamen Gängen zuzuwachsen schien. Nie begeisterte er sich so bewusst wie Dominic über das Leben dort, aber er bewegte sich darin und sog es in sich auf, wie ein Fisch das Wasser: er dachte nicht daran, deshalb in Begeisterung zu geraten - ebensowenig wie der Fisch. Und hier zehrte er nun die ganze Zeit von den Reserven, die er von dort mitgebracht hatte, und verausgabte sie stündlich. Er zehrte davon, um Tag für Tag im Büro durchhalten zu können, verrichtete Arbeiten, die ihm nicht gefielen - in *der* Beziehung ohne jeden Ehrgeiz oder ohne auch nur stolz zu sein auf seine Arbeit, ausser darauf, dass er sich zwang, durchzuhalten. Und sie wusste, dass sie ihn in *einer* Beziehung nicht glücklich machte. Sie ersetzte ihm nicht das, was er verloren hatte. Sie, die so wild sein konnte und all die Wildheit besass, die er liebte und brauchte - entweder an ihr oder zu Hause auf den nassen Feldern und in den vom Wind verkrüppelten und sturmzerfetzten Wäldern -, sie war nie wild in ihrer Liebe zu ihm. Nie so zu ihm wie damals an jenem Tag auf den Klippen von Bara.

Sie liess daher Roses halb ernstgemeinte

Frage unbeantwortet und schüttelte nur den Kopf.

«Oh, mir fehlt nichts», sagte Patrick zu ihrer Überraschung - nicht wie eine Antwort auf Roses Frage, sondern eher, als hätte er Hyllas Gedanken erraten und *die* beantwortet.

«Ja, mein Liebling», sagte Hylla, aber ein bisschen zaghaft.

Rose und Dick waren gewöhnt an das sprunghafte Hin und Her der de Laceys von Scherz zu Ernst oder - noch häufiger - umgekehrt.

«Ich kann mir vorstellen, Pat, wie du vor dem Himmelstor anlangst und dir die Engel und Heiligen anschaust und sagst: ‹Alles in Ordnung!› Und ich kann mir vorstellen, dass du genau das gleiche sagen würdest, wenn du in die Hölle kämst», lachte Rose.

Obwohl sie ihn neckte, war ihr doch die eigentümlich unbeteiligte Kraft bekannt, die sich unter seiner oft irritierenden äusseren Gleichgültigkeit verbarg.

Um zehn Uhr hörten sie, wie die Leute unten aus der Bar fortgeschickt wurden. Das war immer eine Sache, die sich in die Länge zog und nicht ohne Lärm vor sich ging, und an manchen Abenden drückten sich ein paar hartnäckige Zecher noch lange draussen vor der verriegelten Tür herum, diskutierten und sangen, spielten Harmonika und zogen schliesslich von dannen: die Matrosen zu den Schiffen, die vielleicht im Morgengrauen ausliefen, und die Mädchen den Quay entlang zur Stadt, und die andern, deren Anwesenheit weniger leicht zu erklären war, zurück ins «Hinterland», in die Slums.

Heute abend zerstreuten sie sich ziemlich schnell. Dick, der sie vom Fenster aus beobachtete, sah, wie ein paar Matrosen an Bord des Frachtdampfers gingen, der beinah gegenüber vom Haus vertäut war. Vor ein paar Tagen war er, mit Zement beladen, von Amsterdam gekommen, und Dick wusste, dass er am nächsten Morgen mit einer Ladung Eisenschrott nach Hamburg auslaufen sollte. Es tat ihm sehr leid, dass er nicht mitfahren konnte. Was nützten all die schönen Gespräche, fragte er sich, die er an so vielen Abenden in diesem Zimmer hoch über dem Fluss mitanhörte, wenn er sie nicht in die Tat umsetzte? Und die einzige Art und Weise, die ihm bekannt war, etwas in die Tat umzusetzen, war eben die Seefahrt.

«Sieh mal», rief er Dominic herbei, «da gehen Mr. Wilkins und noch ein anderer Matrose an Bord der *Boswell.*»

Dominic trat ans Fenster und beobachtete, wie die beiden Matrosen etwas unsicheren Schrittes die Laufplanke hinaufstiegen.

«Bekommst du's nicht auch mit der Sehnsucht?» fragte Dick, und seine Brillengläser stiessen beim Hinausspähen klirrend gegen die Fensterscheibe. Dominic konnte nicht wahrheitsgetreu antworten, dass ihn gerade dieser Anblick sehr beeindruckt hätte. Andere Bilder konnten ihn weit mehr begeistern. Allein schon die Lichter an den Toppen der Mastbäume mit ihrer leicht und langsam kreisenden Bewegung, die konnten ihn sehnsüchtig stimmen – wonach, das wusste er kaum.

Doch für Dick, der vielleicht eher ein Realist war, bedeutete das Anbordgehen der beiden betrunkenen Matrosen, mit denen er sich schon verschiedentlich unterhalten hatte, einen frischen Ansporn für sein Vorhaben.

Rose und Hylla unterhielten sich jetzt über Kleider, was damals für Hylla zu einem ernsten Problem wurde.

«Ich hab' schon ein oder zwei Kleider für dich ins Auge gefasst», berichtete Rose. «Komm nur nächste Woche vorbei, sowie der Ausverkauf zu Ende ist, dann bekommst du sie spottbillig!»

«Falls sie nicht inzwischen verkauft sind», sagte Hylla.

«Keine Bange! Ich passe auf, dass sie nicht verkauft werden», beteuerte Rose.

Der Wirt, der in der Kneipe Ordnung geschaffen hatte, kam noch ein paar Minuten herauf, wie er es oft tat.

«Nichts Neues?» fragte er und setzte sich auf die Tischkante. Es war seine sich beinah ständig gleichbleibende Begrüssung.

«Wie steht's denn bei Ihnen?» fragte Rose. «Mit all dem Trubel da unten in Ihrer Bar sollten Sie viel eher wissen, was es Neues gibt. Die Bar scheint mir nachgerade ein grossstädtisches Rendez-vous zu werden!»

«Ein - was?» fragte Mr. Murphy rasch, als hätte sie seine Bar schlechtgemacht.

«Was für Schiffe fahren morgen aus, Mister Murphy?» fragte Dominic - eine Frage, die er dem Wirt fast immer stellte, wenn er ihn um diese Stunde sah.

«Nur der alte Pott uns gegenüber, soweit ich's gehört habe», erwiderte Mr. Murphy. «Und wenn ihr beiden Bordkameraden mal zur See geht, dass ihr euch dann ja nicht so ein Gerümpel aussucht! Es ist ein verdammter Skandal, dass man die armen Jungs auf solchen Schiffen fahren lässt. Schwimmende Särge sind's. Können sogar kaum noch schwimmen!» schloss er grimmig.

«Ist die *Boswell* so schlecht?» fragte Dick und hatte die Augen hinter seinen Brillengläsern weit aufgerissen.

«Ja», antwortete der Wirt schroff. Er hatte es

gesagt, weil er wusste, dass Dick sich mit dem Maat Wilkins angefreundet hatte und dass die Rede ging, er wolle sich für die nächste Ausreise als Schiffsjunge anheuern lassen. Wenn das nicht gewesen wäre, hätte er nämlich geschwiegen. Viele Jahre als Besitzer einer Matrosenkneipe hatten ihn gelehrt, dass über manches, was er hinter seiner Theke hörte, lieber Stillschweigen gewahrt wurde - genau wie im Beichtstuhl.

Dominic blickte jetzt mit vermehrtem Interesse auf die dunklen Umrisse des Frachters, ja sogar mit einer gewissen Furcht. Ein schwimmender Sarg! Der Ausdruck blieb ihm im Gedächtnis haften, und er begann in dem leichten Schlingern der schwarzen Masse unterhalb der hellbeleuchteten Ufermauer etwas Unheilverkündendes zu sehen.

«Was für Gäste haben Sie heut abend gehabt, Jerry?» fragte Patrick. Wenn er mal ein paar Shilling übrig hatte, verbrachte er ein oder zwei Stunden unten in der Bar. Er hatte mehrere von Murphys Stammgästen kennengelernt.

«Ungefähr wie immer, Pat», erwiderte ihm Mr. Murphy. «Aber ein komischer Praktikus war dabei, den ich noch nie gesehen habe. Ich glaube, ein Belgier war's. Ich weiss nicht, von welchem Schiff der kam, falls es nicht der

Kahn unter der Bahnbrücke ist. Er wollte wissen, ob ich ihm ein Dutzend Flaschen Kognak für fünf Pfund abkaufen würde. Er scheint das Schmuggeln als regelrechten Job zu betreiben.»

«Und haben Sie ihm was abgenommen?» fragte Rose.

«Mir sind im Laufe der Zeit schon eine Menge seltsamer Sachen angeboten worden», erzählte Murphy, die Frage überhörend, «von einem Schiff, dessen Besitzer Bankrott gemacht hatte, bis zu einem geschmuggelten Auto. Und ein andermal eine halbe Schiffsladung Gewehre, die für einen Aufstand bestellt waren und erst eintrafen, als er abgeblasen war.»

Während er sprach, warf er hin und wieder einen Seitenblick auf Rose. Hylla nahm an, dass er sie heiraten wollte. Für Rose möchte das sehr gut sein, fand sie und lächelte beim Gedanken, was Roses Familie und ihre Freunde in Tara Terrace wohl sagen würden, wenn es dazu käme. Von Mr. McCabe, Ritter von St. Brendan, hinunter zu Jeremiah Murphy, Kneipenbesitzer am Hafendamm! Und alles würde auf ihren schlechten Einfluss zurückgeführt werden ..., und mit vollem Recht.

Doch Rose selbst hatte, so anfällig sie sonst war, den Wirt nicht gerade ermutigt. Sie mochte romantisch sein, aber ihre Vorstellung von

Romantik hatte sich noch nicht genügend gefestigt, um in Mr. Murphy einen aufregenden Liebhaber zu sehen.

Es ist noch Zeit genug, dachte Hylla, solange sie sich nicht mit einem ihrer faden jungen Männer verheiratet! Wenn sie noch ein weiteres Jahr mit den de Laceys zusammen war, würde sie wahrscheinlich eine Ahnung haben, dass Romantik zweifellos die Hauptsache war, dass aber nicht alles Romantik war, was glitzerte.

Nach einer Weile teilte sich die kleine Gesellschaft in drei Paare auf: Hylla und Rose sprachen von Männern und Kleidern und Filmen, wobei Hylla meistens die Zuhörerin war; Dominic und Dick unterhielten sich über die Seefahrt, und Patrick und Mr. Murphy kämmten die weite Welt ab, ehe Hylla endlich erklärte, dass Dominics Schlafenszeit längst überschritten sei. Da er im grossen Vorderzimmer schlief, bedeutete es, dass Rose entweder nach Hause gehen oder in dem kleinen Raum übernachten musste, den sie die Küche nannten. Dick blieb weiter keine Wahl, da Hylla fand, auch für ihn sei es Zeit, zu Bett zu gehen. Was Patrick und Mr. Murphy betraf, so setzten sie manchmal ihre Gespräche in der Küche fort, doch meistens ging Patrick zu Bett. Sonst fiel es ihm nämlich zu schwer, am nächsten Morgen um acht auf den Beinen zu sein, und das war schon die letzte Minute, um das Haus zu verlassen, denn hier in der Gegend verkehrte kein Bus, der ihn ins Büro hätte bringen können, und zur nächsten Strassenbahnlinie war es gute zehn Minuten zu Fuss.

Ungefähr achtzehn Monate später ging Dick dann zur See. Und trotz der Warnungen Mr. Murphys schiffte er sich auf der *Boswell* ein. Es geschah weniger, weil er sich's ausgesucht hatte, als weil einem kaum siebzehnjährigen Jungen, der ziemlich kurzsichtig war und der Matrose werden wollte, keine grosse Wahl blieb. Seine Bekanntschaft mit Mr. Wilkins, der noch immer Maat auf der *Boswell* war, stellte Dicks einzige «Beziehung» dar.

Erst ein paar Tage, bevor Dick sich einschiffte, hatte Dominic die aufregende Neuigkeit vernommen, und das mit gemischten Gefühlen. Das Herz tat ihm weh, weil er bei dem wilden Abenteuer nicht mitmachen konnte; doch das wurde ausgeglichen durch die Tatsache, dass er es nicht hätte ertragen können, Hylla zu verlassen, selbst wenn er alt genug gewesen wäre. Denn einerlei, wie man seine leidenschaftliche Verehrung bis dahin bezeichnet haben möchte – jetzt, mit fünfzehn Jahren, liebte er Hylla. Es nützte nichts, vor dieser Tatsache die Augen zu verschliessen. Nicht etwa, dass er es hätte leugnen wollen oder dass er seine Gefühle überhaupt analysierte. Doch in ihrer Beziehung machte es einen Unterschied aus, einen noch so feinen, über den zu sprechen keinem von beiden eingefallen wäre. Er nannte sie nicht mehr «Süsses» und «Schatz» und schlang auch nicht mehr die Arme um sie, wenn er begeistert oder niedergeschlagen war. Er erzählte ihr nicht mehr alles, was ihm in den Sinn kam. Früher hatte er, wenn er allein war, Bilder von ihr auf Papierblättchen gezeichnet und war allmählich im Zeichnen sehr gut geworden; doch nie konnte er die unverhüllte, wilde Schönheit, die er in ihr sah, befriedigend zu Papier bringen. Manchmal zeichnete er einen Hasen, einen weissen Hasen - obwohl der weisse Pelz mit einem Bleistift sehr schwer wiederzugeben war -, und damit schien er sie leichter heraufzubeschwören als mit all den Gesichtern, die er hinterher stets zerriss.

Rose hatte eine neue Reihe von Liebesepisoden hinter sich, doch sie hatte keinen ihrer jungen Männer geheiratet, und die Enttäuschung schien ihrem törichten, romantischen Herzen endlich ein wenig Weisheit einzuflössen. Denn Hylla war mittlerweile überzeugt, dass Roses Herz nicht einfach, wie Patrick immer angedeutet hatte, ein sentimentales Herz, sondern etwas Feineres war.

Patrick verdiente jetzt vier Pfund die Woche und arbeitete noch immer sehr fleissig, aber mit keinerlei Interesse für seinen Posten. Sie sprachen jetzt immer häufiger davon, nach Rosaril zurückzukehren, und zerbrachen sich den Kopf über Mittel und Wege, wie man dort genug Geld verdienen könne, um davon zu leben. Miss Longworth stiftete ihnen weiterhin ein Pfund die Woche, und Hylla konnte, wie es ihnen schien, in geradezu üppigem Stil ihren Haushalt führen.

Daher war es ihnen möglich, am Abend, bevor Dick sich einschiffte, eine sehr schöne Abschiedsparty für ihn zu veranstalten. Mike kam dafür nach Dublin, und ausser Rose, Dick und Mr. Murphy waren noch Hyllas Schwester Laura und auch Clarice dabei, die jetzt eine sechzehnjährige junge Dame war. Sie hatten lange überlegt, ob sie die Walshs einladen sollten, und wegen Dominics heftigem Widerstand hatten sie sich schliesslich nicht dafür entschieden.

Es war die erste richtige Party – abgesehen von dem Hochzeitsfrühstück in Rosaril –, die sie bisher hatten geben können, und alle Vorbereitungen wurden mit dem grössten Eifer betrieben.

Dominic unternahm einen Ausflug aufs Land und kam mit soviel Efeu-, Stechpalmen- und sogar Kiefernzweigen zurück, wie er nur schleppen konnte. Er schmückte das grosse Vorderzimmer, wie er vor langer Zeit das «Brautgemach» geschmückt hatte.

XX

Das Fest begann ziemlich spät, damit dem Wirt, der sich nicht vor zehn Uhr freimachen konnte, nicht allzuviel entging. Es gab reichlich zu trinken (von der Bar im Haus unten geliefert), und es war Patrick nicht gelungen, dem Wirt mehr als die Hälfte der Kosten dafür aufzudrängen. Kognakflaschen waren dabei, die bestimmt niemals das Auge eines Zöllners erblickt hatte. Whisky und Bier waren da, und auch Limonade und Tomatensaft für Dominic und Clarice und vielleicht sogar für Dick, wie Hylla gemeint hatte. Doch letzterer, fast schon ein Matrose (wenn auch vorerst nur Küchenjunge beim Schiffskoch), lehnte die alkoholfreien Getränke verächtlich ab.

Hylla trug ein weisses Abendkleid - nicht ihr Hochzeitskleid, das sie sich aus einem besonderen Grund nie hatte ändern lassen, sondern eins, das Rose für sie «beiseite gelegt» hatte und das sie daher am Schluss des letztjährigen Ausverkaufs «spottbillig» hatte erstehen können. Dass es jetzt auf Hylla prunkte, liess sich vielleicht ebensowenig rechtfertigen wie das Vorhandensein des Kognaks; doch das bereitete denen, die in die Beschaffung der Ware verwickelt waren, überhaupt keinen Kummer.

Mike hatte, weil sie ihn darum gebeten hatten, das alte Grammophon aus Rosaril mitgebracht, und sie eröffneten den Abend mit Tänzen zu den drei oder vier geeigneten Platten, die sie vorfanden. Dick tanzte zuerst mit Clarice, erwies sich aber als ein so schlechter Tänzer, dass er sich mit Dominic in eine Ecke verzog, von wo sie zuschauten.

«Die passt nicht zu uns», vertraute er Dominic an, der ihm aus vollem Herzen rechtgab.

Rose und Mike verstanden sich grossartig. Sie erzählte ihm von dem Eindruck, den seine Kinder bei den Walshs hinterlassen hatten, und er fand die Art, wie sie es schilderte, sehr witzig. Sie konnte Mary Walshs «feine» Aussprache nachmachen, mit der sich Mary bei Hylla erkundigt hatte, ob sie vielleicht ein Baby erwarte, was ihr die einzige Erklärung für Hyllas sonderbares Verhalten schien. Ihre Phantasie steuerte sogar noch einige Vorfälle bei, die völlig aus der Luft gegriffen waren.

«Und denken Sie nur», sagte sie zu Mike, «ich hatte nie kapiert, wie greulich deren Leben war, bis unsre drei erschienen! Da ging mir aber ein Kirchenlicht auf, und ich sass da und riss Mund und Nase auf!»

«Das muss ein reizender Anblick gewesen sein», sagte Mike.

«Oh, Sie lachen mich aus, Mr. de Lacey», entgegnete sie, «aber Sie wissen eben nicht, wie es ist, wenn man nie jemand anders als diese Sorte Leute gesehen hat und dann plötzlich auf Hylla stösst, von den Jungen gar nicht zu reden.»

«Auf Hylla?» wiederholte Mike nachdenklich. «Wissen Sie, mir ist sie nie so vorgekommen. Sie schien sich in Rosaril so gut anzupassen, dass mir nie der Gedanke kam, es könne etwas Ungewöhnliches an ihr sein, ausgenommen natürlich ihre äussere Erscheinung.»

«O ja, die vor allem!» rief Rose begeistert. Sie liebte es, von ihrem Idol zu sprechen. Und nicht nur von ihr zu *sprechen:* in den letzten paar Jahren hatte sie sich Hylla zum Vorbild genommen und vieles an ihr nachgemacht, manchmal mit etwas widersprüchlichem Ergebnis. Einige ihrer neuesten Eroberungen hatten nicht recht gewusst, was sie mit einem Mädchen anfangen sollten, das wie Rose aussah und doch eine so seltsame Überlegenheit an den Tag legte und sie andrerseits «mein Süsses» oder «mein Geliebtes» nannte. Die Haare trug sie straff aus dem Gesicht gekämmt, damit ihre Stirn so hoch wie Hyllas wirkte.

Patrick tanzte mit Laura. Er fand sie sehr zu ihrem Vorteil verändert, seit er sie damals auf seiner Hochzeit kennengelernt hatte. Trotz des Unterschieds im Gesichtsschnitt hatte sie jetzt eine entfernte Ähnlichkeit mit Hylla.

Wenn Hyllas gegenwärtige Behausung sie überraschte, machte sie immerhin keine Bemerkung darüber.

«Wer ist der Junge, der so verängstigt aussieht?» fragte sie und zeigte auf Dick.

Patrick sagte es ihr.

«Ist er ein Freund von Hylla?» fragte sie.

«Ja, aber ganz besonders von Dominic.»

«Wegen Hylla musst du nämlich aufpassen», neckte sie ihn. «Falls sie dir jemals untreu werden sollte, dann bestimmt nur mit einem so merkwürdigen, linkischen jungen Tölpel wie dem da. Vielleicht mit einem Matrosen, oder wahrscheinlich nicht einmal das: eher mit jemand, der mit dem Meer nur ganz entfernt zu tun hat. Sie muss immer alles so verrückt übertreiben.»

Hylla sang ein Lied, das sie von Mike gelernt hatte. Sie stand da, den Oberkörper ein wenig hintenüber gelehnt, das Gesicht aufwärts gewandt, in der Hand ein Glas Bier. Sie bewegte Kopf und Schultern im Takt zu dem Lied und sang es mit ihrer tiefen, etwas rauhen Stimme, so dass man bei der Stelle «das einsame, wilde Gestade» die Wellen hörte und die schwermütige, beinah trostlose Schönheit der See vor sich zu sehen glaubte. Während Hylla sang, beobachtete Dominic sie, und der alte, verzückte Ausdruck stand wieder in seinem hellen Gesicht: in ihm wuchs die Sehnsucht, ferne, stürmische Mere zu befahren, weil Schiffe und das Meer die einzigen Begriffe waren, in die er seine Abenteuersehnsucht übertragen konnte, womit ihr Singen ihn erfüllte. Wer Hylla so hatte singen hören, fand er, der konnte sich gewiss nicht mit einem normalen, behüteten Dasein abfinden.

«Alles Geld von ganz Dublin könnte mich nicht zurückhalten, morgen früh aufs Schiff zu gehen», sagte Dick zu ihm, als das Lied zu Ende war. Denn in dem Augenblick war auch er verliebt in das erste strahlende Erblühen des Lebens, das vor ihm lag - oder in Hylla; er hätte nicht sagen können, in was eigentlich, weil er beides nicht trennen konnte.

Dann kam Mr. Murphy. Er hatte sich für die Party sorgfältig angezogen: unter einem schwarzen Anzug, der zweifellos schon bei Beerdigungen seine Pflicht getan hatte, trug er ein Hemd, das wie ein Frackhemd aussah, aber nicht den dazu passenden Kragen. Zuerst schien er ziemlich verlegen, vielleicht wegen der Anwesenheit der beiden Misses Canavan, die so ausgesprochen damenhaft wirkten. Doch nach einem Weilchen liess er sich mitreissen von jener allgemeinen Heiterkeit, die nur eine von hundert Parties krönt und sich ganz von selbst einstellt, ohne Zwang, und taub für jede Beschwörung. Doch es war auch eine heimliche Unterströmung vorhanden, um die zumindest Hylla und Mr. Murphy wussten. Denn Hylla hatte die Warnungen des Wirts wegen der *Boswell* nicht vergessen. Als sie einen Augenblick mit ihm allein war, brachte sie es nochmals zur Sprache.

«Ist es wirklich ein gefährliches Schiff und nicht mehr seefest?» fragte sie ihn.

«Ach», entgegnete er langsam, wie wenn er versuchte, ganz zutreffend zu antworten und es weder zu übertreiben noch als unwesentlich abzutun, «‹gefährlich› will ich nicht gerade sagen. Nicht im Sinne, wie Sie es meinen. Der alte Kahn kann noch fünf Jahre oder länger seine Dienste tun, und die meisten Matrosen bleiben nicht so lange hintereinander auf dem gleichen Schiff. Wenn die *Boswell* andrerseits auf der nächsten Fahrt in wirklich schwere Stürme gerät, würde ich ihr die gleichen Aussichten für und wider ein Überstehen geben. Ich kann Ihnen nur weitererzählen, was ich von den Männern gehört habe, die auf der *Boswell* gefahren sind.»

«Wir können ihn nicht davon abhalten», sagte sie.

«Nein, das können wir nicht», bestätigte er. «Sie wissen ja, wie solche jungen Burschen sind. Er ist auch ein Draufgänger, und wenn er tausendmal wie ein Bücherwurm aussieht. Aber eins können Sie tun, Mrs. de Lacey, und ich möcht's Ihnen empfehlen: schicken Sie Ihren Dominic mit seinem Vater zusammen aufs Land zurück! Jeden Tag länger, den er hier auf den Quays verbringt, denkt er sich Pläne aus, wie auch er zur See gehen könnte, und wenn der andre Junge weg ist, wird's nicht lange dauern, und er geht auch. Und wenn Dick dann noch auf dem gleichen Schiff ist, dann wird's für Dominic das gleiche sein.»

«O nein, nein!» rief Hylla. «Er wird nie von mir weggehen!» Sie schien so überzeugt, dass der Wirt ihr einen seltsamen Blick zuwarf.

«Sie dürfen nicht zu sicher sein», sagte er. «Dominic ist auch ein wilder Bursche. Wilder vielleicht, als Sie meinen.»

«Als ob ich ihn nicht kennte!» rief sie. «Wer ausser mir sollte ihn besser kennen?»

«Entschuldigen Sie, dass ich widerspreche», fuhr der Wirt fort, «aber Sie sind eine Frau, und deshalb können Sie längst nicht alles wissen, was im Kopf von einem jungen Burschen rumort. Begreifen Sie nicht, dass er gerade deshalb eines schönen Tages auf und davon segeln wird, je mehr Sie ihm ans Herz wachsen?»

«Aber warum?» fragte Hylla und versuchte es zu begreifen.

«Sie sind doch mit seinem Bruder verheiratet, nicht?» sagte Mr. Murphy. Vielleicht war es brutal, es so auszudrücken. Aber er war nicht der Mann, der lange drumherum redete. Er war ein Mann mit grosser Erfahrung und einem scharfen Verständnis für viele Aspekte menschlicher Beziehungen. Wie keiner von denen, die das Drama näher anging, sah er, welche Richtung es nahm.

«Ja», erwiderte sie langsam.

«Vielleicht denken Sie, es ginge mich nichts an», fuhr er fort, «und wenn mir jemand vorher gesagt hätte, dass ich Sie in so einer Frage beraten würde, hätt' ich ihm geantwortet, er sei durchgedreht. Es ist das erstemal, dass ich meine Nase in Dinge stecke, die sich vor meinen Augen abspielen. Aber ich bin auch noch nie Menschen begegnet, die so sind wie Sie und die beiden andern.»

«Sie brauchen sich nicht zu entschuldigen für das, was Sie mir sagen», erwiderte Hylla. «Ich kenne keinen Menschen, auf den ich lieber hören würde, ausgenommen vielleicht auf einen alten Mann bei uns auf dem Lande, und der ist nicht hier, um mir zu raten.»

«Ja, das würde ich also an Ihrer Stelle tun: entweder suchen Sie ihm ein seetüchtiges Schiff (und es gibt viele, die gut sind), obwohl es gerade jetzt nicht so leicht für einen jungen Burschen ist, angeheuert zu werden, oder Sie schicken ihn mit seinem Vater zusammen nach Hause, wo er Sie nicht täglich vor der Nase hat und wo er allmählich auf andere Gedanken kommen kann.»

«Ja, das will ich tun», erwiderte sie, «denn ich will ihn auf keinen Fall aufs Meer lassen, mit keinem Schiff!»

«Wie Sie meinen», antwortete der Wirt. «Aber für einen Burschen wie ihn wäre es kein schlechtes Leben. Er würde aus dem Alltag herauskommen.»

Was er damit meinte, glaubte Hylla zu wissen. Mr. Murphy war vor allem Patricks Freund, und auf seine scharfsinnige Art dachte er, jetzt, wo Dominic heranwuchs, sei es gescheiter, ihn Hyllas Einfluss gänzlich zu entziehen. Es schien so, als habe der grosse, jovial aussehende Mann eine Tragödie im Verhältnis der drei Menschen gespürt und unternehme diesen einen tastenden Versuch, um sie abzuwenden. Sie schüttelte den Kopf.

«Nein», sagte sie. «Aber ich will ihn aufs

Land schicken. Wenn ich kann, heisst das! Denn er hat seinen eigenen Kopf, wie Sie ja sicher auch bemerkt haben.»

«Vielleicht finden Sie, ich hätte zuviel bemerkt», entgegnete er. «Und vielleicht ist es nicht recht von mir, Ihresgleichen so zu beurteilen, wie ich über *meine* Leute denken würde. Aber Sie werden darüber, weiss Gott, nie wieder ein Wort von mir hören. Und einerlei, was kommt - wenn ich Ihnen oder dem kleinen Burschen behilflich sein kann, sollen Sie wissen, dass ich jederzeit für Sie da bin.»

«Und wie ich es weiss», sagte Hylla. Seine Worte hatten Gedanken in ihrem Geist Gestalt annehmen lassen, die bis dahin nur eine undeutliche Furcht gewesen waren. Sie überlegte, ob der Wirt (wie er es selbst angedeutet hatte) sie nicht nach Normen beurteilte, die auf sehr unterschiedliche Leute zutreffen mochten. Sie und Patrick und Dominic konnten doch unmöglich in so widerliche Komplikationen verstrickt werden, wie er sie angedeutet hatte? Was hatten solche Dinge mit ihnen zu tun? Der tragische, romantische kleine Junge! Mein lieber, lieber Schatz, dachte sie, und ich ein wilder weisser Hase, erinnerte sie sich lächelnd und war fast wieder beruhigt.

Doch was das Problem mit dem Zur-See-Gehen betraf, fand sie, dass Mr. Murphy ganz recht hatte. Es musste im Keim erstickt werden.

Mr. Murphy tanzte mit Rose. So klug er sonst in seinen eigenen und in den Angelegenheiten andrer war, hatte er vor ihr noch nie die Frage einer Heirat angeschnitten. Aber heute abend hielt er den richtigen Moment für gekommen. Er fand, sie habe genug von Liebesaffären, die so wunderbar begannen und so traurig endeten. Er wartete, bis die Platte abgelaufen war und sie allein in einer Ecke standen.

«Oh, es wäre mir nie im Traume eingefallen...», begann sie statt einer Antwort und war ehrlich überrascht.

«Sie sind ein prachtvolles Mädchen», sagte er, «und bei mir wären Sie gut aufgehoben.»

«Ja, das glaube ich schon; aber ich bin nicht so, wie Sie meinen», erwiderte sie.

«Und was in drei Teufels Namen meinen Sie, was ich meine?»

«Ich meine, dass ich nicht ein sogenanntes braves Mädchen bin», stiess sie mühsam hervor.

«Sie sind ein prachtvolles Mädchen», wiederholte er, «und mehr brauch' ich nicht! Ich habe nicht nach einem unschuldigen Fräulein Ausschau gehalten.»

«Also dann», sagte sie, «ja, dann würde ich Sie furchtbar gern heiraten.»

Und sie musste rasch in die Küche laufen, weil ihr die Tränen kamen.

Der kleine Vorfall war Dick und Dominic nicht entgangen, doch sie konnten keine Erklärung dafür finden.

«Wir sollten lieber nachsehn, was ihr fehlt», sagte Dick.

Sie holten sich ein halbes Glas Kognak und brachten es Rose. Sie stand in der kleinen Küche und genoss anscheinend einen Ausblick, den Dominic stets für den trübseligsten der Welt gehalten hatte.

«Da! Trink mal das», sagte er und stiess ihr das Glas in die Hand. Sie trank etwas davon, hatte ihm aber noch immer den Rücken zugekehrt. Dann drehte sie sich um.

«Du musst dir nichts draus machen, was Jerry Murphy sagt», versuchte Dick sie zu trösten. «Es ist schaurig, wie der einen necken kann!»

«Ach, das war's ja gar nicht», erklärte sie. «Wir wollen uns heiraten.»

«Och, weiter nichts?» rief Dick und konnte seine Enttäuschung nicht verbergen. Er wusste nicht, was er erwartet hatte, aber bestimmt etwas viel Aufregenderes.

«Hylla wird sich jedenfalls freuen», meinte Dominic, um der Sache eine gute Seite abzugewinnen.

«Wenn ich bloss nicht soviel angestellt hätte», seufzte Rose, «dann könnt' ich jetzt so glücklich sein.»

«Mach dir bloss keine Sorgen», mahnte Dick. «In hundert Jahren ist alles aus und vorbei.» Er hatte sie damit beruhigen wollen, aber es war nicht gerade die richtige Vorstellung, die ein Mädchen in ihrer Situation hätte trösten können.

«Trink lieber den Kognak», empfahl Dominic, weil ihm nichts anderes einfiel. Sie liessen sich so von ihren Tränen beeindrucken, als hätte sie ein Unglück betroffen.

«Wenn du erst mal ein oder zwei Kinder hast, wird's dir wahrscheinlich besser zumute sein», erklärte Dick hoffnungsvoll. Er war ganz besonders dagegen, dass an seinem letzten Abend und bei einer so herrlichen Party ein düsterer Ton angeschlagen wurde.

«Ja, denk dran!» sagte auch Dominic, der aber nur den Worten seines älteren Freundes zustimmte, denn er selbst tappte völlig im dunkeln, um was hier eigentlich soviel Aufhebens gemacht wurde.

Endlich siegte - unterstützt durch den Kognak - Roses Sinn für Humor über ihre Gewissensbisse und ihre Reue, und sie lachte. In glänzender Laune kehrten sie zu dritt ins Vorderzimmer zurück.

Clarice Canavan, die sich ein wenig als Mauerblümchen vorkam, schlenderte zu den beiden jungen Burschen hinüber. Doch unter dem Vorwand, er müsse Getränke herumreichen, verdrückte sich Dick und liess sie mit Dominic allein. In Gegenwart von solchen jungen Damen war er völlig stumm. Clarice schien es nicht zu bedauern, dass er ging.

«Du hast mich noch gar nicht zum Tanzen aufgefordert», hielt sie Dominic vor.

«Ich kann nicht tanzen», antwortete er.

«Wie komisch! Möchtest du nicht?» fragte sie ihn.

«Nein.»

«Aber wenn dir ein Mädchen gefällt, willst du dann nicht gern mit ihm tanzen?» fuhr sie eigensinnig fort.

«Mit was für einem Mädchen?» fragte er.

«Ich meinte kein bestimmtes Mädchen. Wahrscheinlich hast du noch kein Mädchen?»

Dominic starrte nur auf die schwarze Fensterscheibe, auf der ein paar nadelstichfeine Lichtpunkte von den Schiffen am jenseitigen Quay herrührten.

«Sag doch - hast du eins?»

Er schüttelte den Kopf. Er ärgerte sich über ihre Ausfragerei, die er für taktlos und vulgär hielt. Aber er war auch traurig, weil ihre Frage Gedanken in ihm aufgerührt hatte.

Einmal hatte er eine Braut gehabt. «Mädchen» wollte er sie nicht nennen. Das wäre ein zu gewöhnlicher Name für sie, die seines Herzens Freude gewesen war. Für den kleinen Dominic war es Wirklichkeit gewesen, und nicht Spiel. Jetzt, mit fünfzehn, konnte es nicht länger Wirklichkeit sein, und Spiel würde es nie werden.

«Wer ist der greuliche Mann in der Kirchhofskleidung?» fragte sie ihn, nachdem ihr erster Versuch einer Unterhaltung nicht so ausgefallen war, wie sie es erhofft hatte.

«Das ist Mr. Murphy, ein grosser Freund von uns», gab er zur Antwort.

Einen dritten Versuch unterliess sie lieber.

Hylla unterhielt sich mit jedem ein wenig. Je weiter der Abend vorrückte, desto klarer wurde es allen, dass es Hyllas Abend war. Es war, als habe ihr Wesen, ihre beunruhigende, wilde Natur sie alle angerührt. Nur die kleine Clarice spürte es nicht, oder sie reagierte nicht darauf, und folglich fühlte sie sich einsam und langweilte sich. Denn sogar Laura musste zugeben, dass ihre ältere Schwester heute abend strahlte - obwohl es ihr mal wieder ähnlich sah, sich diese gemischte Gesellschaft auszusuchen und soviel Charme an sie zu vergeuden. Doch Hylla stand mit einem Glas Bier in der Hand - sie trank nämlich Bier - am Kamin und ahnte überhaupt nicht, dass ihr bleiches Gesicht und ihr weisses, schimmerndes Kleid wie ein Stern waren, der an jenem Abend für die meisten von ihnen noch lange, lange Zeit nicht verblassen sollte.

Als die Party zu Ende war, ging Dominic mit Dick den Quay entlang und bis dorthin, wo die *Boswell* vor Anker lag. Es war eine helle, windige Nacht, und während sie beide auf der Ufermauer standen, funkelten über ihnen die Sterne.

«Du kommst also, sobald du kannst?» fragte Dick zum hundertstenmal.

«Ja», versprach Dominic.

«Mir fällt nichts ein, was ich sonst noch sagen könnte», erklärte Dick. «Es ist nicht so, als wollt' ich dir nicht 'ne ganze Menge sagen, aber du und ich ..., ja eben, 's also all right, nicht wahr?» schloss er kleinlaut.

«Ja, es ist all right», antwortete Dominic.

Er begriff, was Dick meinte und bei diesem Abschied nicht in Worte fassen konnte. Dass sie einen Pakt geschlossen hatten und dass Dominic sich daran halten würde, wenn die Zeit reif war. Auf die Art wollten sie die Träume und die recht nebelhaften Sehnsüchte verwirklichen, die sie vor Jahren schon zueinander hingezogen hatten – während jener einen Woche, die Dominic so unglücklich in der Schule verbrachte. Es war das Ziel, über das sie immer wieder gesprochen hatten, und jetzt, im Augenblick der Verwirklichung – oder zumindest der ersten Hälfte der Verwirklichung - blieb ihnen nichts mehr zu sagen.

Zum erstenmal, seit sie sich kannten, gaben sie sich die Hand, und dann stieg Dick die Laufplanke hinauf und verschwand auf dem dunklen Deck des kleinen Frachtdampfers. Falls er sich umdrehte und winkte, wäre es zu dunkel gewesen, als dass Dominic es hätte sehen können, wenngleich er selbst Dominic noch immer auf dem schwachbeleuchteten Quay hätte erkennen können. Aber wahrscheinlich drehte er sich überhaupt nicht um und winkte nicht, dachte Dominic. Es sähe ihm ähnlicher, wenn er es für etwas Überflüssiges hielte. Er hielt es alles für selbstverständlich, und Dominic stand dort, wo er ihn vor ein paar Minuten verlassen hatte, und war enttäuscht, dass ihr Abschied nicht etwas denkwürdiger ausgefallen war. Doch er grämte sich deswegen nicht lange. Wie er es selbst gesagt hatte, wusste er, dass zwischen ihm und Dick im Grunde alles «all right» war und auch immer «all right» bleiben würde. Er drehte sich um, ging den Uferdamm entlang und hielt sich dicht am Fluss, wo er das Aufklatschen der kommenden Flut auf den Steinen hören konnte. Er fühlte sich sehr einsam und als würde er sich nie anders als sehr einsam fühlen.

Nach ein oder zwei Jahren würde er zu Dick

gehen, wie er es versprochen hatte. Aber bei dem Gedanken sank ihm der Mut ein wenig, um die Wahrheit zu gestehen. Wie wäre ihm wohl zumute, wenn er Hylla Lebewohl sagen musste? fragte er sich - und selbst auf so lange Sicht hin wurde ihm eisig ums Herz. Und doch wusste er, es war so unvermeidlich wie die Wiederkehr des Sommers. Und jeder Monat, der ihn älter werden liess, brachte die Stunde näher. Für Dominic war es etwas Tragisches, das Älterwerden. Wenn er immer der kleine Dominic hätte bleiben können, der Hylla seine Braut nennen durfte, wäre das Leben schön gewesen. Er belächelte sich nachsichtig, weil er einen so törichten Wunsch hatte. Was würde wohl Dick zu so einer Schwäche sagen - Dick, der von ihm glaubte, dass er sich über die schleichende Zeit ärgerte, weil sie ihn hinderte, zu wilden Abenteuern auf dem Meer auszuziehen? Wenn es je einen Jungen gegeben hat, der nicht älter werden wollte, dann war es Dominic in diesem Augenblick. Doch vielleicht war es ja besser, dachte er, heranzuwachsen, als so zu bleiben, wie er jetzt war: weder Fisch noch Fleisch. Denn er fand, dass jedes Alter besser sein müsse als dieses furchtbare Alter, wenn man fünfzehn war: so einsam, so entsetzlich einsam.

Er ging die verlassenen Quays entlang, immer noch in der gelockerten Gangart wie früher, bei der er die Beine schlenkerte: es machte sich stärker bemerkbar, wenn er langsam ging, was selten bei ihm vorkam. Einmal blieb er stehen und blickte zurück, aber die dunklen Umrisse der *Boswell* konnte er nicht mehr ausmachen. Er war weitergekommen, als er geglaubt hatte. Es war noch immer ein ziemliches Stück Wegs bis zu Jerrys Wirtschaft. Er ging noch langsamer, weil er es durchaus nicht eilig hatte, schnell nach Hause zu kommen. Davor wollte er sich erst einmal gefasst und seine Gedanken in Ordnung gebracht haben. Im Augenblick befanden sie sich in wildem Durcheinander: in der einen Minute traurig und in der nächsten völlig zusammenhanglos. Er dachte zum Beispiel aus irgendeinem Grund an Bulger und an den Tag, als er mit seinem Vater in die Kneipe gegangen war und wie Mike sich von Bulgers unaufhörlichem Geschwätz allmählich hatte einwickeln lassen, während er, Dominic, mit dem Kinn auf der Theke immer unglücklicher wurde. Warum das so deutlich vor ihm stand, wusste er nicht, es sei denn, dass ihm damals zum erstenmal der Argwohn gekommen war, das Leben wäre nicht der ehrliche Kampf zwischen den Mächten des Lichts und der Finsternis, wie er es sich bis dahin vorgestellt hatte.

Jetzt enthüllte es sich ihm als etwas so

Schwieriges und Kompliziertes, dass er nicht wusste, wie damit fertigwerden. Das war es eigentlich, worüber er sich klarwerden wollte, ehe er wieder ins Haus ging. Wie damit fertigwerden? Für ihn bedeutete es: sollte er seine Liebe zu Hylla bekämpfen und abtöten, oder sollte er es beim alten lassen? Nichts und niemand konnte ihm darauf eine Antwort geben. Vom Meere her peitschte ihm ein kalter Wind gegen die Beine und die Schultern, und er klappte den Kragen seiner alten Jacke hoch und steckte die Hände in die Taschen.

Er dachte an die Statue, die ihm der Priester geschenkt hatte und die immer auf dem Kaminsims in seinem Zimmer stand. Am heutigen Abend hatte er sie wegen der Party weggenommen und dabei unwillkürlich gedacht, es sei ein zu persönlicher Besitz, als dass all und jeder sie sehen dürfe. Er war nicht wirklich fromm, doch für ihn versinnbildlichte sie ein Gemisch der alten, glücklichen Zeit auf Rosaril und einer fernen, fernen Zukunft, die auch wieder sehr glücklich sein würde. Ob letzteres noch in diesem Leben oder im nächsten eintreffen könnte – das herauszufinden blieb er nicht stehen.

Er dachte an die Prinzessin. Nacheinander rief er sich all die Dinge ins Gedächtnis zurück, die ihm helfen mochten, seine wirren Gedanken zu ordnen und ihm zu zeigen, wie die Zukunft geplant werden müsse. Doch anscheinend hatten sie in diesem Augenblick überhaupt kein Wort für ihn. Wie laut er auch rufen mochte, es war nichts da, was ihm zu Hilfe kommen konnte. Der Wind wurde heftiger. Er blies jetzt stärker als vor einer Stunde, während Dick und er den Uferdamm hinaufgegangen waren. Es würde ein stürmischer Morgen werden, dachte er, der Morgen, an dem Dick zum erstenmal auf See ging.

Bald gehe ich auch, dachte er, wie wenn auf geheimnisvolle Weise, als alle vertraute Hilfe versagte, der heftige Wind ihm plötzlich zu einem Entschluss verholfen hätte. Und in dem Entschluss, obwohl er soviel Herzenskummer barg, wie er nur ertragen konnte, lag auch ein gewisser Friede. Es war ein klar umrissener, geradliniger Weg, und er, der stets jede Andeutung von Kompromissen verschmähte, war weniger verzweifelt, sobald er sich dafür entschieden hatte.

XXI

Als Dominic nach Hause kam, fand er Hylla allein im Vorderzimmer. Sie hatte fast alle Spuren der Party beseitigt und sein Bett hineingetragen und aufgestellt.

«Wie lange du weggeblieben bist», sagte sie zu ihm. Patrick und Mike hatten sich schlafen gelegt. Es war beinah vier Uhr. Hylla hatte angstvoll gewartet. Halb hatte sie schon befürchtet, Dominic könne mit Dick zusammen fortgegangen sein. Die letzte Stunde hatte sie am Fenster gestanden und sich hinausgelehnt, bis sie endlich die magere, unbeholfene kleine Gestalt langsam am Rande des Uferdamms hatte einherkommen sehen.

«Wirklich, Hylla?» fragte er.

Er hatte nicht gemerkt, wie lange er herumgeschlendert war. Für sie war er so durchsichtig, dass sie sofort an seinen Augen mit den hellen Wimpern und möglicherweise auch an der unsicheren Form seines Mundes erkannte, wieviel er durchgemacht hatte. Zuerst glaubte sie, es sei nur wegen Dicks Abreise; doch als sie es dann mit der instinktiven Einsicht überdachte, die ihr stets zuflog, wenn es um Dominic ging, begriff sie, dass es damit keineswegs erklärt war.

«Was fehlt dir, mein kleiner Liebling?» fragte sie ihn.

«Ach, wahrscheinlich nur», antwortete er müde (was bei ihm etwas Neues war), «dass ich jetzt erwachsen bin.»

«Oh», sagte sie, «noch nicht ganz – und überhaupt: ist es denn so furchtbar?»

«Für uns, Hylla», entgegnete er, «ist es furchtbar.»

Sie sagte kein Wort. Was hätte sie darauf erwidern können? Sie hatte gewusst, dass es einmal dahin kommen musste; nur hatte sie nicht gedacht, dass es schon so bald sein würde.

«Ich habe überlegt, was ich tun muss», berichtete er. «Ich werde bald fortgehen.»

«Zurück nach Rosaril?» fragte sie.

«O nein - mit Dick», sagte er.

«Das könnte ich nicht ertragen», sagte sie. «Und ich werde dich nicht weglassen.»

«Doch! Wenn die Zeit da ist, dann muss es sein. Versteh, mir bleibt nur meine eigene Art, mit den Dingen fertigzuwerden.»

«Deine eigene mitleidlose Art», sagte sie ein wenig verbittert.

«Das ist sie nicht», entgegnete er.

«Du bist immer mitleidlos gewesen», fuhr sie fort. «Zu den Walshs, zu Miss Longworth, zu Mike - und jetzt willst du's auch zu mir sein.»

«Hylla, Hylla!» rief er erstaunt. «Was meinst du nur?»

«Es ist wahr», antwortete sie, «und ich hatte nichts dagegen. Ich dachte, du wärst im Recht und dass es richtig wäre. Doch jetzt sehe ich, dass es das nicht war, jetzt, wo es mir selber widerfahren soll.»

«Und was hast du geglaubt, was schliesslich geschehen würde?» fragte er sie.

«Ich habe kaum darüber nachgedacht», antwortete sie.

«Aber hättest du nicht für uns beide denken sollen, Hylla? Du wusstest, dass *ich* es nicht konnte. Warst nicht eigentlich *du* grausam zu mir - all die Zeit? Du bist's, die mitleidlos gewesen ist.»

«Soll es denn so enden? Dass du mich verlässt?» fragte sie wild. «Weil ich's zuliess, dass du mich ‹Süsses› und ‹deine Braut› genannt hast?»

«Still, Hylla, still!» rief er.

«Einmal habe ich eine Woche lang versucht, ein Ende zu machen. Als du mich in der Ruine dort - erinnerst du dich? - fragtest, was eigentlich sei, und mich batest, zu dir zurückzukommen (oh, nicht mit genau den gleichen Worten, denn trotz all deiner reizenden Worte warst du in der Sprache ein so ungewandter kleiner Junge), habe ich da unrecht gehandelt, als ich neben dir auf den morschen Dielen niederkniete und zu dir sagte ..., oh, einerlei, was ich gesagt habe - aber bin ich nicht zu dir zurückgekommen? Und über allem das Getöse der See, an dem dein Herz so hing. Hätte ich ahnen können, du würdest mir eines Tages vorwerfen, dass mein Herz weich wurde, weil ich dachte, von allen Stunden, die ich je erlebt habe, sei keine so herrlich wie die?»

Plötzlich packte er ihre Handgelenke und hielt sie ganz fest in seinen etwas angeschmuddelten Händen. Sie sah bleich und müde aus und soviel älter als er. All der abenteuerliche Wagemut, der vor wenigen Stunden ihr Gesicht beseelt hatte, war wie weggewischt, und nur das Skelett ihrer Schönheit war übriggeblieben. Selbst in ihren schlimmsten Stunden hatte er sie niemals so beinah hässlich gesehen.

«Willst du alles zerstören, was wir haben?» Und seine Stimme überschlug sich und klang so schrill und hell wie früher.

«Du warst es, der alles zerstört hat - als du mir Vorwürfe gemacht hast», sagte sie.

«Nein, du! Du wolltest eine Entschuldigung haben, damit du alles vergessen kannst!» schrie er und überlegte kaum, was er sagte. Er fühlte nur in seiner Aufregung, dass alles verloren war, und wollte sie verletzen und verwunden, als könne er sie nur so dazu bringen, das Furchtbare zu begreifen, das ihnen geschah.

«Gut, gut, dann können wir's jetzt ja beide vergessen», rief sie. «Siehst du wohl, was du für einen einfachen Ausweg aus allem gefunden hast?» schloss sie und versuchte, ihre Verzweiflung hinter Bitterkeit zu verstecken.

Die Tür ging auf, und Mike kam ins Zimmer.

Er sah sie an und blieb zögernd an der Tür stehen. Sein dichtes Haar war zerwühlt, und sein Gesicht war grau und blass, abgesehen von den braunen Flecken auf seinen Backenknochen.

«Warum vollführt ihr zwei hier solchen Lärm, zum Teufel? Ihr schreit ja das ganze Haus wach!» sagte er.

Als er zu Bett gegangen war, war er alles andre als nüchtern gewesen, und während er zwischen Schlafen und Wachen lag, waren ihm ihre erhobenen Stimmen wie ein Gebrüll vorgekommen, das er zuerst aus irgendeinem Grund für die See gehalten hatte, die ihn tosend hin- und herschleuderte.

«Es tut mir leid», erwiderte Hylla. «Wir haben bloss miteinander gesprochen.»

Mike ging zu der Ecke, in der Hylla alle Flaschen und Gläser aufbewahrte, und fand nach einigem Suchen den Kognak. Er schenkte sich ein Glas ein.

«Gesprochen?» wiederholte er. «Ihr habt euch angebrüllt.»

«Nein, das stimmt nicht», widersprach Dominic. Er hatte Hyllas Handgelenke noch umklammert, als Mike die Tür aufstiess.

«Arme Kinder!» sagte Mike und gab plötzlich seinen gereizten Ton auf. Er liess sich ziemlich schwerfällig auf Dominics frischgemachtes Bett sinken.

«Uns fehlt gar nichts», sagte Dominic tonlos.

«Das würdest du immer sagen, mein armer Kleiner», fuhr sein Vater fort. «Zu mir sagst du's, weil ich dich im Stich gelassen habe, nicht wahr? Meinst du, ich weiss es nicht? Aber *sie* wird dich niemals im Stich lassen.» Er blickte auf Hylla und dann wieder rasch weg - stirnrunzelnd, als ob das, was er in ihrem Gesicht las, ihn verwirrte.

«Er ist so ohne Mitleid», sagte sie und wandte sich ohne Zurückhaltung an Mike.

«Seine Mutter war genauso», erwiderte Mike. «Und dann ist sie gestorben, und das war das Grausamste, was sie je getan hat, weil es ein ewiger Vorwurf blieb.»

Hylla hatte genug über die Geschichte gehört, um zu verstehen, was er meinte. Dominics Mutter hatte ihren Mann offenbar angebetet, doch als er ihr einmal untreu geworden war und obwohl er sie um Verzeihung anflehte, hatte sie ihn verlassen. Sie war von Natur zart, und indem sie sich rücksichtslos über ihre Gesundheit hinwegsetzte, hatte sie es zuwege gebracht, eine Lungenentzündung zu bekommen und so rasch zu sterben, dass er sie nicht einmal mehr hatte sehen können. Seither hatten die Gewissensbisse ständig an seinem Herzen gezehrt. Er hatte schon seit langem beschlossen, an Dominic, der ihr so ähnlich war, alles nachzuholen, was er bei ihr unterlassen hatte. Aber auch das war ihm fehlgeschlagen. Wie ihm jetzt schien, hatte er auch seinen kleinen Jungen im Stich gelassen. Jetzt wollte er alles tun, was in seinen Kräften stand (in seinem halb benebelten Denken noch durch das blasse, süsse Gesicht angespornt, das ihn so verfolgte), um seinen kleinen Sohn davor zu bewahren, dass er unter der Liebe zu Hylla litte.

«Sie war im Recht, einerlei, was sie getan hat», stellte Dominic grausam fest. Er wusste zwar überhaupt nichts von dem, was damals geschehen war, aber er spürte instinktiv, dass er die Partei seiner Mutter ergreifen müsse.

«Ja, mein Liebling, sie war im Recht. Und du bist im Recht. Hylla, du darfst ihn nie im Stich lassen», sagte Mike. Er nahm einen Schluck von dem Kognak, den er sich eingeschenkt hatte.

«Du weisst doch, dass du noch einen Sohn hast», erinnerte sie ihn mit leiser Stimme.

«Patrick ist nicht wie sie», antwortete Mike. «Er ist wie ich, nur nicht so schwach.»

«Was verlangst du denn von mir?» rief sie. Sie hob die Hand und strich eine Haarsträhne zurück, die ihr in die hohe weisse Stirn gefallen war. Über ihr weisses Kleid begann ein kalter blauer Schimmer zu huschen, das erste Anzeichen dafür, dass draussen ein stürmisches

Morgengrauen anbrach. Und Dominic, der zum Fenster hinausblickte und den Wind durch das verrückte alte Haus toben hörte, dachte verzweifelt: ich sollte auch fortgehen. Ach, das wäre grossartig (soweit dieser Ausdruck des einstigen kleinen Dominic je wieder von dem gegenwärtigen für irgend etwas benutzt werden konnte). Denn selbst im gegenwärtigen Augenblick verliess ihn sein Gefühl für das Dramatische nicht. Er wusste, dass er es nur dann ertragen könne, sie zu verlassen, wenn er an einem stürmischen Morgen wie dem heutigen auf einem so übel beleumundeten alten Kahn wie der *Boswell* wegführe.

«Ihr armen, armen Kinder!» wiederholte Mike, ohne ihre Frage zu beantworten. Denn was hätte er ihr antworten können? Konnte er ihr raten, seinen Sohn, mit dem sie verheiratet war, um seines andern Sohnes willen zu verlassen, der erst fünfzehn zählte? Das hätte er vielleicht sogar getan, wenn ihm nicht ein Restchen Gefühl für das geblieben wäre, was er Anstand oder Zweckmässigkeit nennen mochte, oder wie sonst eigentlich?

«Ich bin so müde», sagte Dominic.

Mike stand auf. Er trat ans Fenster und warf einen Blick auf den Fluss, der voll heller, schaumbekrönter Wellchen war, die vom Meere her vor dem Wind stromauf jagten. Dann ging er quer durchs Zimmer zur Tür. Dort blieb er stehen und sagte: «Warum kommt ihr nicht in der Frühe alle mit mir nach Rosaril? Wir hätten genug zu leben.»

«Ich komme mit», sagte Dominic. Mike wartete, aber Hylla sagte nichts.

«Wie sich die Prinzessin freuen wird, dich wiederzusehen!» sagte er zu Dominic. «Gute Nacht!» rief er und zog die Tür leise hinter sich ins Schloss.

Sie warteten beide. Keiner sprach. Dann warf sich Dominic auf die Wolldecken, so dass die Daunendecke zu Boden glitt. Hylla kam näher und hob sie auf. Er hatte sein Gesicht im Kissen vergraben; der eine Arm in dem zu kurz gewordenen Ärmel hing herunter, das magere Handgelenk war entblösst, und die Hand berührte die Dielen. Sie legte sich neben ihn auf das schmale Bett. Er hob den ausgestreckten Arm auf und schlang ihn um sie, und sie breitete die Daunendecke über sie beide. An seiner Brust spürte er ihr Herz, das so wild klopfte, als sei sie ausser sich. Keiner sagte ein Wort, und so lagen sie lange in der kalten, winderfüllten Dämmerung, und endlich schlief er ein.

Als er erwachte, war es spät am Morgen. Er war allein, doch an seiner Handfläche, die auf ihrer Schulter gelegen hatte, roch er noch den leisesten Hauch eines Dufts, der bestimmt nicht von seiner eigenen schmuddeligen Haut herrührte. Er stand auf und versuchte seine zerknüllten Kleider glattzustreichen. Dann trat er ans Fenster und öffnete es: er hielt sein Gesicht weit in den starken Wind hinaus und blickte den Quay entlang. Er sah, dass die *Boswell* nicht mehr am Quay lag. In der Küche fand er Mike, der seine kleine Reisetasche gepackt hatte und eine Tasse Tee trank. Dominic schnitt sich eine Scheibe Brot ab und goss sich Tee ein.

«Kannst du in ungefähr zehn Minuten fertig sein?» fragte Mike. «Oder hättest du es lieber, wenn wir bis zum Abendzug warteten?»

«Nein, wir wollen jetzt fahren», antwortete Dominic.

Er ging mit einem Stück Brot in der Hand in das andere Hofzimmer. Auf dem kleinen Bambustisch hatte Hylla seine Schulbücher zurechtgelegt. Es war die Stunde, in der sie sonst mit dem Unterricht begannen. Aber Hylla war nicht zu sehen. Er steckte schnell seine paar Sachen in einen kleinen Koffer, der ihr gehörte, denn sein eigener war längst an den Rändern aufgeplatzt. Als er fertig war, stand er mitten in dem kleinen Zimmer und überlegte, ob sie wohl ausgegangen sei, denn sie musste gewusst haben, um wieviel Uhr sie abreisen konnten. Doch dann hörte er Mike, der ihn rief; er steckte die kleine Statue, die er einzupacken vergessen hatte, in seine Tasche und ging ins Vorderzimmer zurück, das noch ganz mit seinen Efeu- und Stechpalmenzweigen ausgeschmückt war, warf einen letzten langen Blick ringsum und liess die Augen eine Sekunde auf dem kleinen Feldbett ruhen; dann eilte er seinem Vater nach, die steile, enge Treppe hinunter.

XXII

Wieder in Rosaril zu sein, war für Dominic ein bitteres Glück. Noch nie hatte er ohne Patrick dort gelebt, und er war erstaunt, als er merkte, wie sehr er ihn überall vermisste. Mit Hylla war es anders. Da spürte er eine Leere in sich, die er, das wusste er, mit sich herumtragen musste, einerlei, wohin er ging. Doch die Leere wegen des vermissten Bruders war nicht in ihm, sondern er spürte sie im Haus. Er konnte es nicht ertragen, in das Zimmer zu gehen, das seinem Bruder all die Jahre vor seiner Heirat gehört hatte. Denn an ihn, wie er damals gewesen war, als sie hier allein zusammen gelebt hatten, ehe Hylla gekommen war, musste er jetzt ständig so lebhaft denken. Alles, was sie zusammen mit der Prinzessin unternommen hatten, und auch mit dem Auto, und die Streiche, die sie Annie gespielt hatten, und wie Patrick ihn unterrichtete - ganz unzureichend, wie es sich dann erwiesen hatte. Das waren Erinnerungen, die ihn ständig heimsuchten. Patrick mit seiner schläfrigen Miene, mit den vornüberhängenden Schultern, Patrick, der an grauen, feuchten Nachmittagen neben ihm durch den Wildwald ging oder die Richtung zur Ruine einschlug und dabei sagte: «Auf dem nächsten Stück Land könnte ein Hase sein, aber du musst es sagen, Liebling, wenn du zu müde bist.» Wie lange das her sein musste, als er auf einer so kurzen Strecke schon ermüden konnte, denn er erinnerte sich genau an die Stelle, wo Patrick diese Worte zu ihm gesagt hatte. Patrick, der bei ihm in seinem Zimmer sass, wenn er zu Bett ging, und der den weichen Talg um den Kerzendocht abzupfte und alle möglichen Figuren daraus knetete.

Wenn er jetzt allein in seinem Zimmer lag, flüsterte er leise den Namen seines Bruders, und immer trieb es ihm die Tränen in die Augen. Tränen, die heiss waren und brannten und keine Linderung brachten. Als ob die Erinnerungen in ihm zu Asche verbrannten.

«Was kann ich tun, Patrick», flüsterte er, «damit alles wieder richtig wird? Damit es wieder so wird, wie es war?» Und mit «wie es war» meinte er jene fernen Tage. Aber er wusste, was er tun konnte - das einzige, was er tun konnte -, nur war die Zeit dafür noch nicht gekommen.

Er erhielt einen Brief von Dick, wie versprochen, der ihm von Dublin nachgesandt worden war. Es war nur eine kurze Mitteilung auf einem ziemlich schmutzigen Papierfetzen. Dick schrieb ihm, er sei jetzt in einem Hafen namens Halifax in Kanada, und von dort würde die *Boswell* nach Panama fahren, mit einer Ladung Roheisen (Dominic wunderte sich, was das sein mochte), und danach wisse er's noch nicht, aber Mr. Wilkins habe gesagt, sie würden Dublin innerhalb der nächsten sechs Monate anlaufen, jedenfalls bestimmt vor Ende Herbst. «Und vielleicht kannst Du dann schon mitkommen», schrieb Dick. «Ich habe mit Mister Wilkins gesprochen, und er sagt, er glaube, es sei all right. Anfangs war ich schrecklich seekrank, aber das habe ich jetzt hinter mir. Der alte Kahn ist nicht so schlecht, wie es Mr. Murphy erzählt hat; bloss wenn er zuviel Fracht hat, schlingert er ein bisschen.» Dominic lächelte, als er sich seinen Freund vorstellte, wie er mit einer Art Draufgängerstolz den letzten Satz hingeschrieben hatte. Doch die Stelle im Brief, die ihn am meisten anging, lautete: «Noch vor Ende Herbst.»

Er schrieb an Patrick. Aber es war nur ein formelles Briefchen, in welchem er ihm von der Prinzessin und Dan Delaney und ähnlichen Dingen erzählte. Er konnte ihm noch nicht so schreiben, wie er es gerne wollte. Nicht «vor Ende Herbst». Nicht, bevor er alles auf seine eigene Art «all right» gemacht hatte. Er erhielt fast umgehend eine Antwort von seinem Bruder, abgefasst in der sorgfältigen Bürohandschrift, die so schlecht zu ihm passte, wie Dominic fand.

«Du fehlst mir schrecklich», hiess es darin, «und die Abende ohne Dich sind leer. Doch bald wird es besser, denn wir werden wieder alle in Rosaril leben. Jerry Murphy sagt, ohne Dich ist es im Haus nicht das gleiche. Ich bekomme jetzt viereinhalb Pfund die Woche, und Hylla kann dabei Ersparnisse machen, so dass wir bald genug haben, um nach Rosaril zurückzukehren. Hylla lässt Dich grüssen.»

Abgesehen von diesen zwei kurzen Bemerkungen war Hylla überhaupt nicht erwähnt worden. Dominic wusste, dass Patrick absichtlich nicht geschrieben hatte, «Du fehlst *uns* schrecklich», um Dominic nicht zu sehr daran zu erinnern, dass sie Mann und Frau waren. Und dieser Takt von seiten seines Bruders und die zarte Rücksichtnahme griffen Dominic sehr ans Herz. Er trug den Brief lange Zeit in der Innentasche seiner Jacke mit sich herum, bis der zerknitterte Umschlag sich aufzulösen begann, und dann steckte er den Brief in einen neuen Umschlag. Dominic schrieb mehrere Briefe an Hylla, aber er sandte keinen ab. Manche erschienen ihm zu zurückhaltend, und die andern zu natürlich und nicht zurückhaltend genug.

Er ging oft über das Weideland zum Wildwald hinauf, wo die Prinzessin den weissen Hasen getötet hatte. Doch er nahm sie nicht dorthin mit, denn wenn er auf noch einen stossen sollte, musste er am Leben bleiben. Aber er sah nie einen, obwohl es von den gewöhnlichen Hasen eine Menge gab. Viel mehr in diesem Jahr, schien ihm, als er sich je erinnern konnte.

Die Prinzessin war nicht mehr so flink, wie sie gewesen war, und von den Hasen, die sie verfolgte, entgingen ihr viele. Mike wollte ihm einen jungen Hund schenken - aus einem berühmten Wurf, den ein Freund von ihm in Galway besass. Aber Dominic schlug es aus, weil er wusste, dass er nach dem Herbst nicht mehr dasein würde, wenn er auch diese Tatsache nie vor seinem Vater erwähnte.

Annie war glücklich, dass sie Dominic wieder um sich hatte. Sie meinte, er wäre in Dublin sehr mager geworden, und kochte ihm allerlei leckere Gerichte, die ihm alle nicht schmeckten; aber aus Höflichkeit musste er sich zwingen, sie zu essen. Trotzdem nahm er nicht sehr zu, sondern schoss schnell in die Länge, und die seltsame Unbeholfenheit seiner Bewegungen trat noch mehr hervor. Er wurde zurückhaltender und war längst nicht mehr so gesprächig. Sein Haar wurde nicht etwa dunkler, sondern schien eher noch blonder zu werden, und seine Augenbrauen blieben gebleichtes Gold.

Dann kam der Sommer, aber Patrick und Hylla kamen nicht. Darüber wunderte er sich. Es sah ihr nicht ähnlich, nicht zu kommen, und wenn es nur ein paar Tage gewesen wären. Denn die Trennung war ja nicht ihre, sondern seine Idee gewesen, meinte er. Er versuchte es sich auf hunderterlei Art zu erklären, konnte es aber nicht, und er wollte nicht schreiben und sie fragen, und obwohl er manchmal Briefe von ihr bekam, enthielten sie nie die Frage, wann er zurückkäme, und sie erwähnten auch nicht die Möglichkeit, dass sie bald nach Rosaril kämen, wie es zuerst geheissen hatte.

Es verhielt sich nämlich so, dass Hylla schwanger war, und sie wollte nicht, dass der mitleidig-mitleidlose Junge sie in diesem Zustand sah. Sie wusste, dass es ihm verhasst sein würde und dass es eine Kluft zwischen ihnen aufreissen könnte. Doch im Spätsommer, als es schon so lange her war, seit er sie verlassen hatte, konnte sie es nicht mehr aushalten, ihn nicht zu sehen, und wenn es auch nur von weitem und für einen kurzen Augenblick wäre. Sie verliess Dublin und übernachtete in Galway, und am andern Morgen nahm sie einen Wagen und liess sich bis auf eine Meile an Rosaril heranbringen. Dort sagte sie dem Fahrer, er solle sie am Abend abholen. Sie stieg von der entgegengesetzten Seite zum Wildwald hinan und brauchte ziemlich viel Zeit dafür, weil sie so leicht ausser Atem geriet. Als sie das lichte Gehölz erreicht hatte, setzte sie sich auf einen Stein, der gleich vielen anderen unter den Lärchen und Krüppeleichen herumlag. In der Ferne konnte sie das alte graue Haus sehen, das sich kahl und traurig aus den Lorbeerbüschen erhob, die auf dieser Seite ein kleines Dickicht bildeten. Sie blickte auf den geliebten Granitklotz, und ihre grauen Augen wanderten langsam darüber hin. Dort war Dominics Fenster: nicht viel mehr als ein schwarzer Punkt in der Hauswand, das dritte von rechts.

Es war ein strahlender, warmer Tag – nicht wie jene, an die sie sich vor allem in ihrem unvergesslichen Rosaril erinnerte. Der Himmel war hoch und fast frei von Wolken. Die Lärchen fingen gerade an, sich goldbraun zu verfärben. Sie wanderte in der Wildnis umher, und fast jede kleine Kuppe oder Kuhle rief eine Erinnerung an Dominic und sie selbst aus jenen fernen Tagen wach. Sie wagte es nicht, ins Freie zu treten, denn sie wusste, wenn er sie sah, sogar aus weiter Ferne oder von einem Fenster aus sah, würde er sie erkennen und mit seinem schlenkerigen Gang angerannt kommen und sie, erhitzt und ausser sich vor Freude, beim Namen rufen. Und wenn auch der weite Mantel, den sie trug, ihren nicht länger biegsamen und schlanken Körper vor ihm verstekken mochte, so würde sie ihn doch ablegen müssen, wenn Dominic sie ins Haus holte, und dann würde er sehen, was mit «seiner Braut» geschehen war. Denn das war sie im Herzen immer noch - und, wie sie wusste, auch in seinem Herzen, trotz allem, was sich ereignet hatte - und würde es auch immer bleiben.

Sie hielt sich also im Wald versteckt und wartete darauf, einen Blick von ihm zu erhaschen, ohne den sie es nicht länger ertragen konnte. Aber er kam nicht. Endlich kehrte sie auf dem gleichen Weg zurück, den sie gekommen war, und ging langsam bergab.

Am nächsten Morgen kam sie wieder her. Der Himmel war nicht länger klar. Die vertrauten Wolken jagten vom Atlantik heran, und vom Wildwald aus erschien Rosaril nicht mehr kahl und traurig, sondern wie ein dunkelgrauer

Schatten, unwirklich und für sie schöner als jede andere menschliche Behausung.

Er kam sehr bald, und sie sah ihn schon von weitem. Er ging mit schlenkernden Armen, wie er es hier draussen immer getan, was sie aber, wenn sie sich's überlegte, in Dublin nie an ihm beobachtet hatte.

Beim ersten Blick auf ihn blieb ihr das Herz stehen, und dann begann es wie rasend zu klopfen, so dass ihr der Atem, der ihr in den letzten Wochen schon schwerer fiel, zu einem Keuchen wurde. Sie legte die Hand auf die Brust, wie um sie zu beruhigen.

Er ging langsam, den blonden Kopf etwas vornübergeneigt, und sah sich nicht um, sondern er schien versonnen und in Gedanken vertieft. Wie sie es fertigbrachte, ihn nicht zu rufen, war ihr später ein Rätsel. Einmal öffnete sie schon unwillkürlich den Mund, und die erste Silbe seines Namens entschlüpfte ihr. Doch der Wind trug den leise hingehauchten Laut mit sich fort, und er erreichte Dominic nicht. Sie stand still hinter den Zweigen der Lärchen, die den Rand des Waldes säumten.

Er ging am entgegengesetzten Rand des Wildwalds entlang und durch die Lücke, hinter der die Prinzessin den weissen Hasen abgewürgt hatte. Es war ein Weg, den Dominic und Hylla oft eingeschlagen hatten; daher wusste sie, wie er weitergehen würde: immer am Waldrand entlang und beim Bach abgebogen und zurück zum Hof, rechtzeitig zum Mittagessen. Sie ging weiter, zu der kleinen Kuppe, von wo aus sie ihn bis zuletzt sehen konnte.

Er war jetzt weit weg; er entfernte sich mehr und mehr von ihr, doch sie konnte noch immer über dem dunklen Schatten seiner Jacke den hellen Fleck sehen, der sein Kopf war. Als was für eine tragische kleine Gestalt er ihr erschien, wie er so allein dahinwanderte! Sie konnte es nicht ertragen, ihn gänzlich aus den Augen zu verlieren. Sie warf ihm einen langen, letzten Blick nach: ihr Herz pochte nicht mehr so wild, es schien tot und still. Sie kehrte in den Wald zurück, denn ihre Füsse wurden schwach und wollten sie nicht länger tragen...

Als Dominic am nächsten Tag mit der Prinzessin in den Wildwald kam, schien die Hündin sehr aufgeregt und lief hierhin und dorthin und steckte die Nase zwischen die Blätter und Kiefernnadeln, die den Waldboden bedeckten.

«Was gibt's?» fragte Dominic. «Einen Hasen?» Und als die Prinzessin seine Stimme hörte, blieb sie stehen und blickte zu ihm auf, und ihr schmaler Fischkopf zitterte.

«Du wirst dumm auf deine alten Tage», sagte er und streichelte den langen, glatten Körper. Sie winselte, als ob es ihr nicht passe, alt genannt zu werden, dachte er, und sie war ja auch erst knapp sieben Jahre alt.

Die Prinzessin verliess den Wald und lief weiter vor ihm her, den Hügel hinab, und er folgte ihr, um ihr den Gefallen zu tun, und halb aus Neugierde, um zu sehen, wohin sie ihn führen würde. Doch als sie zur Landstrasse kamen, rannte sie dort ein paarmal hin und her und blieb dann stehen und blickte wieder zu ihm auf.

«So, so, der Hase ist auf die Landstrasse gegangen!» verspottete er sie. «O Darling, was willst du mir nächstens weismachen?»

Er hatte jedoch die grösste Mühe, sie zur Umkehr zu bewegen.

Ein paar Wochen drauf erhielt er noch einen Brief von Dick. Diesmal nannte er den Zeitpunkt für das Eintreffen der *Boswell* in Dublin. Er schrieb, alles sei abgemacht, und Dominic würde als Küchenjunge angeheuert, während er selbst dank seines früheren Hineinschnupperns ins Elektrikerfach zum Funker befördert worden sei. Er bat Dominic, ihm ans Seemannsinstitut in Antwerpen zu schreiben, wo sie mit einer Ladung Stanniol anlaufen würden – wenigstens glaubte Dominic das aus dem fast unleserlichen Wort zu entziffern. Der Brief war in Montreal aufgegeben worden.

Dominic antwortete sofort. Er schrieb Dick,

dass er in Dublin an Bord der *Boswell* kommen würde, doch dürfe Dick ihn auf keinen Fall bei Jerry Murphy suchen, oder wenn er doch dorthin ginge, dürfe er nichts von Dominic erwähnen.

«Ich freue mich drauf, wieder mit Dir zusammenzusein», schloss der Brief, «obwohl ich nicht glaube, dass es mir zuerst sehr gefallen wird. Aber *es muss sein,* und das ist ein grosses Geheimnis. Dein getreuer Dominic.»

Nachdem er den Brief abgeschickt hatte, schien eine gewisse Ruhe über ihn zu kommen. An Patrick konnte er wieder ohne bittere Reue denken, und was Hylla betraf, so begann er sie wieder bei sich «mein Geliebtes» und «Süsses» zu nennen - eine Rückkehr zu der alten, ungetrübten Einfalt. Doch die grosse Leere in ihm war ebenso tief und sogar tiefer denn je.

Seine letzten Tage in Rosaril verbrachte er wie im Traum. Er sagte Mike, dass er Ende der Woche nach Dublin fahren würde, doch mehr verriet er ihm nicht. Mike sah ihn seltsam und sehr zärtlich an. Für ihn waren diese Monate die glücklichsten gewesen, die er seit langer, langer Zeit erlebt hatte. Dominics Entschluss schien ihn zu beunruhigen.

«Vielleicht solltest du lieber noch ein bisschen warten», sagte er, «vielleicht bis Ende November. Hylla geht es nicht sehr gut, wie ich von Patrick hörte. Sie ist nicht krank, aber sie ist abgespannt und muss viel im Bett liegen, und ich nehme an, dass sie, wenn du kommst, lieber ganz wohlauf sein möchte.»

Dominic sagte nichts dazu, nur erkundigte er sich noch weiter nach ihr, bis er sich überzeugt hatte, dass ihr nichts Ernstliches fehle. Mike hatte ihm nur deshalb abgeraten, weil Hylla ihn darum gebeten hatte. Er selbst begriff nicht, weshalb sie sich so davor scheute, sich in ihrem Zustand vor Dominic zu zeigen. Doch er erhob ohnehin keinen Anspruch, die merkwürdige Liebe zwischen Dominic und Hylla zu verstehen. Er wusste darum und hatte alles beobachtet, aber nichts gesagt - bis auf jene letzte Nacht in Dublin. Und jetzt begann er zu glauben, dass Dominic im Laufe der Monate darüber hinwegkommen mochte.

«Es wird ein schlimmer Winter», sagte Mike. «Hast du die Unmenge roter Beeren an der Eberesche gesehen?»

Dominic hatte es bemerkt.

«Ich habe fast die ganze Wagenremise voll Holz», fuhr Mike fort. «Wir werden also nichts vom Winter spüren. Wenn du wiederkommst, wollen wir in sämtlichen Kaminen ein tüchtiges Feuer brennen haben.»

An seinem letzten Tag ritt Dominic auf All Alone ins Dorf, um sich von Dan Delaney zu verabschieden und ihm sein Geheimnis anzuvertrauen.

Der alte Mann sass in seiner kleinen verräucherten Hütte vor dem Feuer. Sie sprachen über alle möglichen Dinge, und dann erzählte ihm Dominic von der *Boswell.*

«Und am Donnerstag musst du es Dada erzählen», bat er, «denn dann sind wir schon auf hoher See.»

«Es ist ein verrückter Einfall, mein Kleiner», sagte der alte Mann bedächtig. Er hatte wieder angefangen, Dominic «mein Kleiner» zu nennen, obwohl er es vor Jahren schon aufgegeben hatte.

«Mir bleibt nichts andres übrig als etwas Verrücktes», entgegnete Dominic geheimnisvoll.

«Das ist eine Wahrheit, zu der wir am Ende gelangen», antwortete der alte Mann, «obwohl du, weiss Gott, zu jung bist, um schon eine Ahnung davon zu haben. Aber es steckt dir im Blut, das ist es, wenn du auch der erste de Lacey bist, der auszieht, um die Wahrheit auf dem Meer zu finden. Die meisten von euch hielten ein Pferd und die breiten Gräben einer Rennbahn wie die alte Connaught-Pokal-Rennbahn für die bequemste Art, um die Passionen loszuwerden, die in ihnen steckten.»

«Was für Passionen waren das denn?» fragte der Junge.

«Ach, weiss der Teufel! Immerhin genug, dass jeder in irgendeine Patsche geriet. Aber bei dir ist es das nicht, das weiss ich. Als wüsste ich's nicht genau, seit du mir erzählt hast, wo du an dem Morgen warst, an dem das Mädchen sich verheiratet hat: ja, ich weiss, was dir am Herzen frisst.»

«Du kennst all meine Geheimnisse», sagte Dominic.

«Ja», antwortete der alte Mann sehr ernst, «und ich sage dir, das ist eine schwere Last. Ich habe zeit meines Lebens Geheimnisse mitangehört und tragen geholfen, aber keins ist mir eine so furchtbare Last gewesen wie jetzt deins.»

«Du wirst es ihm doch hoffentlich nicht vorher sagen?» fragte Dominic besorgt.

«Ich werd's nicht tun, in Gottes Namen. Denn einerlei, was daraus entsteht – und ich will nicht so tun, als ob ich mich nicht sehr um dich sorge –, würde ich doch nie die Hand aufheben, um es zu ändern. Ich habe nämlich schon immer gewusst, dass dir ein Schicksal bestimmt ist, in das man nicht hineinpfuschen darf. Damit bist du gezeichnet, und was es auch sein mag, Gott sei dafür gepriesen!» Der alte Mann beugte sich vor, und seine grossen Hände, die sich auf den Stock vor ihm stützten, bohrten ihn tief in den Lehmboden.

Dominic verliess Dan Delaney frühzeitig und lange vor Anbruch der Dunkelheit. Denn er hatte für den Nachmittag geplant, rund um das Gelände zu reiten, das zu Rosaril gehörte.

All Alone war durchaus nicht das feurige Tier, auf dem er gern geritten wäre. Doch um Hyllas willen war ihm die Stute lieb, und auch um ihrer selbst willen, obwohl er sie nur zaudernd in die kleine Gemeinschaft der «Ritter» zugelassen hatte.

Er ritt langsam über die Felder und musste manchmal halten und ein paar lose Feldsteine von einem Mäuerchen abräumen, damit die Stute hinüberkraxeln konnte, und dann wartete sie auf ihn, bis er die Steine wieder aufgeschichtet hatte. Er liebte es, die feuchten Steine in der Hand zu spüren. Es lag ein Trost in ihrem Gewicht und in ihrer rauhen Beschaffenheit, wo doch alles um ihn her jene unwirkliche, traumhafte Eigenheit angenommen hatte, wie sie vertraute Stätten zeigen, wenn man im Begriff ist, sie zu verlassen.

Er ritt dicht an der Ruine vorbei, aber er betrat sie nicht. Er zügelte die Stute, blickte zum Turm hinauf und erinnerte sich an sein Verlöbnis. Armes, auswegloses Verlöbnis, dachte er, und die Finger der einen Hand verkrampften sich fest in der dicken grauen Mähne der Stute.

Er ritt weiter und wählte den Rückweg über

den Wildwald. Er feuerte die Stute nicht wie sonst mit vielen Zurufen an, sondern er ritt langsam und gelassen, blickte umher und liess sich nichts von den altvertrauten Dingen entgehen und sah besondere, die er nie zuvor bemerkt hatte, etwa die drei Birken, die wie aufgereiht nahe beim Tor der Allee standen, oder die kleine Gruppe von Ginsterbüschen in einer Ecke vom Weideland, die von den Schafen ratzekahl abgeknabbert worden war.

Bis er das Gelände um den Wildwald erreichte, begann es zu dämmern. Er erinnerte sich, wie er einmal zu Patrick gesagt hatte, dass er immer, einerlei, wo er gerade war, in der Dämmerstunde an Rosaril denken würde. Und all die Jahre, die er in Dublin gewesen war, hatte er sich nicht ein einzigesmal daran erinnert, um diese Stunde herzudenken. An Rosaril hatte er oft gedacht, aber nie gerade dann.

Er blickte auf den schwarzen Schatten des Hauses hinunter, wie Hylla es ein paar Wochen vorher von ihrem Versteck aus gesehen hatte. Er sah einen schwachen gelben Lichtschimmer im Fenster von Mikes Zimmer. Er schrieb noch immer an seinem Buch. Mag der Teufel wissen, wovon es eigentlich handelt, dachte Dominic und lächelte.

Er stieg ab und schlang die Zügel um einen Ast, denn es war All Alone glatt zuzutrauen, dass sie ohne ihn heimwärts trottete. Dann ging er ein Stückchen in den Wald hinein und blieb dort - an einen grossen Felsblock gelehnt. Er wollte nicht ins Haus zurückkehren, bevor es dunkel und beinah Abendbrotzeit war. Nach dem Essen konnte er dann sagen, er müsse packen, und in sein Zimmer hinaufgehen und sich früh ins Bett legen. Er wollte nicht über seine Reise nach Dublin sprechen und Fragen beantworten müssen, wann er zurückkäme und dergleichen.

Er hatte noch nicht herausgefunden, wie er Hylla wiedersehen könne, ehe er wegfuhr, und zwar ohne ihr sagen zu müssen, dass er ging. Er hatte es hin und her überlegt und sah doch keine Möglichkeit. Und vielleicht war es auch besser, sie nicht mehr zu sehen, dachte er - denn wenn er sie wiedersah, ob er dann noch den Mut haben würde, wegzugehen?

Beim Abendbrot war Mike jedoch sehr schweigsam, wie es sich zeigte. Er sprach nicht über Dominics Reise nach Dublin, und er stellte ihm auch keine Fragen, wie der Junge es befürchtet hatte.

Es gab Rosaril-Ragout - seit langer Zeit wurde es ihnen wieder einmal vorgesetzt: ein sicheres Zeichen, dass die Vorräte knapp wurden. Doch sosehr Dominic sich bemühte, er konnte nur so tun, als ässe er. Es brannte ihm in der Brust, und selbst das Sprechen fiel ihm schwer.

Sobald das Abendbrot beendet war, ging er in sein Zimmer hinauf. Als er sich entscheiden musste, welche Sachen er mitnehmen solle, merkte er, dass er überhaupt keinen Entschluss fassen konnte. Eine tödliche Lähmung befiel ihn. Er ging wieder hinunter und schlich sich auf Zehenspitzen in die Speisekammer, wo er, wie erwartet, eine Flasche mit einem Rest Whisky vorfand. Er setzte die Lippen an die Öffnung der Flasche und nahm einen grossen Zug, verschluckte sich aber und erstickte fast, weil er versuchte, den Husten zu unterdrücken. Er wartete mit der Flasche in der Hand, spürte aber keinen Unterschied - nur das Brennen in der Brust war noch stärker geworden. Er setzte die Flasche wieder an die Lippen und nahm zweimal einen kleineren Schluck; dann stellte er die Flasche aufs Bort zurück und ging in sein Zimmer hinauf. Als er oben war, schien das Gefühl einzusetzen, auf das er gehofft hatte. Nicht etwa, dass er glücklicher war - das hatte er nicht auf diese Art erreichen wollen und auch nicht erwartet -, aber es war ihm weniger schwer und bleiern zumute, und er konnte die paar Dinge erledigen, die noch getan werden mussten.

Er konnte jetzt entscheiden, was er am besten mitnehmen sollte. Da war sein alter blauer Sweater, der ihm jetzt zwar ein wenig zu klein geworden war, jedoch sehr dienlich schien. Dann war da ein dicker Wollschal, der eigentlich Mike gehörte, aber er packte ihn ein. Glücklicherweise besass er einen schwarzen Regenmantel, ähnlich der Ölhaut, die Hylla getragen hatte, wie er sich erinnerte, und fast neu. Er schaute in die Holzkiste, in der er seine Schätze aufbewahrt hatte. Nichts davon schien wert, mitgenommen zu werden. Doch aus einem seiner Kaninchenfelle schnitt er ein Stück heraus und verpackte darin ein kleines Bündel Briefe, die er von Hylla erhalten hatte: er verschnürte es mit einem Schuhriemen, den er aus einem Paar alter Schuhe zog, die er nicht mitnahm. Dann steckte er das nun ziemlich dicke Päckchen in die Innentasche seiner Jakke. So konnten sie nicht durch Seewasser beschädigt werden, meinte er, falls sie dem etwa ausgesetzt wurden. Er hegte nämlich nur die verschwommensten Vorstellungen über die Art, wie sich sein Leben auf der *Boswell* abspielen würde. Und Dick hatte ihn in keinem seiner beiden kurzen Briefe darüber aufgeklärt. Ja, wenn Dominic nicht die angeborene Zurückhaltung seines Freundes bekannt gewesen wäre, hätte er sich weit mehr darüber gewundert, nichts Genaueres erfahren zu haben.

Die kleine Statue wollte er nicht mitnehmen. Er liess sie stehen, wo sie stand: auf dem Frisiertisch vor dem geborstenen Spiegel.

Als alles erledigt war, ging er hinunter, um Mike und Annie gute Nacht zu wünschen, und stieg dann beinah sofort wieder die Treppe hinauf und warf sich auf sein Bett, ohne sich auszuziehen. Plötzlich wurde ihm sehr übel, und er lag lange Zeit ganz still im Finstern, bis das Gefühl allmählich nachliess. Er horchte auf all die vertrauten Geräusche, die er zu kennen schien, ohne sie je bewusst vernommen zu haben. Da knarrte das Fenster, und der Wind heulte dunkel und hohl durch den Schornstein. Da gurgelte Wasser aus dem Ablaufrohr in den Hof, und da waren hundert andere kleine Geräusche, deren Ursprung schwerer zu erraten war.

Er schlief ein, und nach ein paar Minuten (wie ihm schien) erwachte er wieder, zitternd und voller Angst - wovor, das wusste er nicht. Er versuchte nicht mehr an all die Dinge zu denken, die unaufhörlich und mit bitterer Eintönigkeit auf sein Bewusstsein einschlugen. Oder vielmehr, nicht an das *eine* in all den Aspekten zu denken, die ihn plötzlich durch ihre Vielzahl erschreckten.

«Hylla!» schrie er wiederholt, ohne es zu wissen.

Zum zweitenmal in seinem Leben zeigte sich in seinem Zimmer ein schwacher Beginn des Tageslichts, ehe er endlich einschlief.

XXIII

Dominic entdeckte, dass die *Boswell* nicht am South Wall vor Anker lag, wie es zweimal vorher der Fall gewesen war, als sie den Hafen angelaufen hatte, sondern am North Wall auf dem andern Flussufer. Er war dafür dankbar, denn wenn er nun an Bord ging, lief er nicht Gefahr, Hylla zu begegnen. Dadurch wurde es auch unwahrscheinlich, dass Mr. Wilkins die Bar von Jerry Murphy aufsuchte, denn das hätte einen Umweg von über einer Meile stromab zur Butt-Brücke und zum andern Quay stromauf bedeutet - falls er nicht die Scherereien auf sich nahm, sich über den Fluss rudern zu lassen.

Dominic fand Dick an Bord. Dick hatte nämlich das Schiff, seit es am Tag davor vor Anker gegangen war, kaum verlassen, damit Dominic ihn mühelos finden könne. Überhaupt sollte er ja Jerry Murphys Bar nicht besuchen, und da es bei ihm zu Hause nicht so erfreulich war, dass er in aller Eile hinstürzen musste, hätte er ohnehin nicht gewusst, wohin.

Als Dominic ihn sah, war er erstaunt, wie

sehr Dick sich verändert hatte. Das ziemlich zarte Aussehen hatte er fast gänzlich verloren und war derber geworden, und um seinen Mund hatten sich harte Linien eingegraben. Doch es war noch etwas anderes da, worauf Dominic nicht sofort hinweisen konnte. Er sah nicht gerade erschrocken aus - abgesehen davon, dass er dergleichen schon immer ein wenig an sich gehabt hatte, wenn es auch eine Täuschung war -, sondern in seinem Ausdruck lag etwas Steinernes, das Dominic beim ersten Blick auffiel. Es schmolz übrigens sofort, und er war wieder wie früher.

Wenn Dominic geglaubt hätte, er würde spannende Geschichten von Abenteuern in fernen Ländern zu hören bekommen, dann wäre er enttäuscht worden. Aber wie er Dick kannte, hatte er gar nicht erwartet, viel über die Erlebnisse zu hören, die er hinter sich hatte. Nicht sofort jedenfalls. Stück für Stück würden sie gelegentlich im Laufe der folgenden Tage zur Sprache kommen. Doch auf eine derartige Verschwiegenheit über die letzten zehn Monate war Dominic nicht gefasst. Zuerst war er, was die vergangenen Monate betraf, auf ein beinah steinernes Schweigen gestossen.

Dann schlug Dominic vor, sie sollten sofort Mr. Wilkins aufsuchen, damit seine Anmeldung auf dem Schiff erledigt war.

«Nein, ehe wir das tun», wandte Dick ein, «muss ich dir allerlei erzählen.»

«Wollen sie mich vielleicht doch nicht nehmen?» rief Dominic, und trotz all seiner Vorsätze glomm ein Fünkchen Freude ihn ihm auf.

«Nein, das ist es nicht», versicherte Dick. «Es ist das Schiff. Die *Boswell* ist nichts als ein verdammtes Stück leckendes und verrostetes Alteisen, und die Mannschaft ist eine Bande von Mistkerlen, bis auf den Koch - der ist all right, sobald man erst mal sein Kauderwelsch versteht. Und auch Mr. Wilkins, obwohl er nicht so nett ist, wie er einem an der Theke von Jerrys Bar vorgekommen ist.»

«Aber du hast ja durchgehalten», sagte Dominic.

«Ich hatte nichts andres. Nach Hause kann ich nicht. Aber bei der ersten besten Gelegenheit, die sich bietet, lasse ich mich woanders anheuern. Ehe du unterschreibst, musstest du doch wissen, wie es ist, nicht wahr?»

«Ja», gab Dominic zu. «Aber für mich macht's keinen Unterschied aus.»

«Gut», sagte Dick. «Für mich macht's nämlich einen grossen Unterschied aus. Zu zweien kann man leichter aushalten, was für einen allein unerträglich ist.»

Falls Mr. Wilkins etwas über Dominics Herkunft wusste, so liess er es sich nicht anmerken.

Er schien es einfach als selbstverständlich vorauszusetzen, dass Dominic - als Freund von Dick - im gleichen Elendsviertel aufgewachsen und begierig war, herauszukommen aus einem Elternhaus, das vermutlich kein richtiges Zuhause war. Denn der Maat konnte es sich nicht leisten, beim Anheuern der Mannschaft für die *Boswell* übermässig gewissenhaft vorzugehen. Und obwohl Dominic noch keine sechzehn Jahre alt war, wirkte er doch wegen seiner Grösse zunächst älter, wenn ihn auch ein Fremder bei genauerem Hinsehen für jünger gehalten hätte.

Keiner ihrer Bordkameraden zeigte sich an jenem ersten Abend, und Dominic und Dick hatten das schmutzige kleine Vorderdeck, das nach Rost und Russ roch, für sich allein. Dick hatte den Posten als Funker nur vorübergehend inne, wie es schien, bis man wieder einen befähigteren Mann aufgabeln konnte. Aus dem Grunde blieb er auch in der Back, denn natürlich zählte er nicht zu den Offizieren. Es war ein Notbehelf, deren es viele auf der *Boswell* gab und von denen kein einziger den Sicherheitsvorschriften genügt hätte, doch hatte man sie bisher mit Erfolg umgehen können. Der erste Eindruck, den Dominic von der *Boswell* bekam, war der Geruch nach Rost und Russ – und letzterer, eine Folge der billigen Kohle, die auf der *Boswell* verfeuert wurde, hatte sich in jeder Ritze festgesetzt.

Vom Deck aus konnte Dominic fast genau gegenüber, aber auf dem andern Flussufer, die Umrisse des engbrüstigen, hohen Hauses sehen, das Jerry Murphy gehörte. Im obersten Zimmer, «seinem» Zimmer, wie er es in Gedanken noch nannte, brannte Licht. Er stand an der Reling und beobachtete es lange Zeit, halb hoffend (eigentlich waren Hoffnung und Furcht gemischt), dass Hylla an dem einen der beiden Fenster vorbeigehen würde. Aber sie tat es nicht. Denn Hylla, deren Kind in ein paar Tagen zur Welt kommen sollte, hatte sich früh auf das kleine Feldbett gelegt, das einst Dominics Bett gewesen war. Dort lag sie und las, während Patrick am Feuer sass. In all der Zeit, während Dominic hinüberstarrte, sprach sie nur ein einzigesmal. Sie sagte: «Ich habe eine Karte von Rose bekommen. Morgen kommen sie von ihrer Hochzeitsreise zurück.»

Dominic starrte immer noch hinüber, bis endlich das Licht erlosch ...

Die ersten zwei, drei Tage auf See war er so krank, dass er die meiste Zeit mit geschlossenen Augen in seiner Koje lag, ohne Interesse für die fremden Geräusche und Stimmen, die an sein Ohr drangen. Dick kam öfters, setzte sich auf den Rand seiner Koje und sagte nicht viel mehr als hin und wieder: «'s ist all right. Du stirbst nicht dran. Ich hab' auch geglaubt, ich müsste sterben, hab's aber nicht getan.» Oder manchmal auch nur: «'s ist all right», was Dominic, so unzutreffend es erscheinen mochte, trotzdem ein wenig tröstete - wie sich ein Kind trösten lässt.

Am dritten Tag stand er auf, zog statt des Hemds, das er bis dahin getragen hatte, den blauen Sweater an, wickelte sich den Wollschal, den er Mike entführt hatte, um den Hals und ging, von Dick begleitet, zur Schiffsküche. Es war ein kalter grauer Morgen, und wie es Dominic schien, befanden sie sich mitten in einem heftigen Sturm. Aber Dick versicherte ihm, dass es bloss eine mässige Brise sei.

Lange Wogen einer graugrünen Dünung folgten einander in endloser Prozession in schiefem Winkel zu ihrem Bug. Die dunkelgraue Rauchfahne flatterte hinter dem Schornstein her und blieb unten, wie wenn der Wind von oben herunterdrückte, so dass auch die langen Wellen träge und flach wurden; die niedrig ziehenden Wolken streiften fast die Mastbäume. Dominic sah, dass nichts klar und scharf umrissen war, und es ermüdete ihn. Er arbeitete in der Kombüse und wusch die Emailleteller und Becher und Kochtöpfe ab. Der Koch war ein alter Mann. Es fiel Dominic bald auf, dass die Leute an Bord entweder sehr jung oder sehr alt waren, ausgenommen Mr. Wilkins und den Ingenieur. Zu seinen Pflichten gehörte es auch, diesen beiden und dem Kapitän das Essen zu bringen und die Offizierskajüten aufzuräumen.

Schnell genug passte er sich dem Tagesablauf auf der *Boswell* an. Zu behaupten, dass er sich auch dem Leben angepasst hätte, wäre falsch gewesen, denn das hätte er nie gekonnt. Trotzdem passte er sich so weit an, um von Nutzen zu sein, und mit seinen ungefähr zwölf Kameraden in der Back stand er auf besserem Fuss als der zurückhaltende und ziemlich wortkarge Dick. Von Dick glaubten die andern, er habe sich dank seiner Freundschaft mit dem Maat ein bequemes Pöstchen ergattert. Dominic konnte ihnen ihre Einstellung zu Mr. Wilkins nachfühlen: Wilkins war eine engstirnige kleine Ratte von einem Mann, Dick aber hielt zu ihm und trat bei der Mannschaft für ihn ein.

«Warum gehst du nicht gleich aufs Ganze und ziehst nach achtern und lebst wie'n Offizier?» verspottete ihn einer von den vier Heizern, ein junger Bursche namens Bill.

«Ich will's eben nicht», antwortete Dick und wahrte mühelos seine Ruhe, denn von Natur war er alles andre als streitsüchtig.

Übrigens entsprach es den Tatsachen: denn Mr. Wilkins, der das Schiff über den Kopf des Kapitäns hinweg zu führen schien, hatte Dick gesagt, er könne in der Koje im Funkraum schlafen, wenn sie auf See waren, und seine Mahlzeiten mit den Offizieren einnehmen. Dick hatte jedoch abgelehnt, damit er bei Dominic in der Back bleiben konnte.

«Dein Freund da ist ein schlauer kleiner Schweinehund», sagte Bill zu Dominic, nachdem Dick weggegangen war. «Sehr freundlich zu ‹Mister› Wilkins! Hör du auf meinen Rat, Junge, und geh den Offizieren aus dem Wege, statt dass du versuchst, dich mit einem von ihnen anzubiedern! Auf dem Schiff hier lohnt sich's nicht, wenn man zu schlau ist!»

Dominic hatte nicht die Absicht, sich mit jemand «anzubiedern», und das sagte er auch dem jungen Heizer. Er war kein übler Bursche, der Bill, obwohl er sogar für Dominic, der kein Sauberkeitsfanatiker war, zu schmutzig war und gemeinere Worte im Munde führte, als Dominic sie je gehört hatte. Doch soweit es ihm möglich war, versuchte er in der Spannung, die zwischen der Mannschaft und Dick und den Offizieren bestand, nicht Partei zu ergreifen. Denn der Ingenieur, obwohl er nicht so unbeliebt wie Mr. Wilkins war, schien auch in die Sache verwickelt. Was den Kapitän anging, so war er an Bord anscheinend eine völlige Null, eine Art Dekorationsstück. Man sah oder hörte ihn selten, und auf der Brücke erschien er ganz unregelmässig. Nach dem, was sie sich in der Back erzählten, war er ein eingefleischter Trinker, den die Reeder nur deshalb behielten, weil er keine Schwierigkeiten machte und stets mit ihren Sparmassnahmen einverstanden war und die Sicherheitsvorschriften geschickt umging.

Dominic sah sehr bald, dass die *Boswell* – einerlei, was ihre Seetüchtigkeit betraf – ein Nährboden für Argwohn und Ränkespiel und Hass war. Aber auch über ersteres hörte er genug in der Back. Unter der Mannschaft war nicht einer, der nicht schwor, dass dies seine letzte Reise auf der *Boswell* sei. Doch Dominic entdeckte auch, dass einige von ihnen ein ganzes Jahr auf ihr gewesen waren, und mindestens zwei von ihnen hatten es drei Jahre ausgehalten und ihm erklärt, es sei nicht immer leicht, ein anderes Schiff zu finden. Jedenfalls nicht für die älteren Matrosen, die sich, wenn sie noch weiter zur See fahren wollten, offenbar glücklich schätzen mussten, selbst auf so einem Schiff zu sein. Wenigstens erzählte Bill ihm das. Bill selber war über ein Jahr auf der *Boswell* und hielt sich jetzt für alt und erfahren genug, auf ein besseres Schiff überzuwechseln.

«Es ist eine verfluchte Schande», sagte er. «So junge Burschen wie dich anzuheuern, und wie mich, als ich damals unterschrieb, weil ich – ja eben, weil ich am Verhungern war. Was hast du denn für Sorgen gehabt?»

«Ach», wehrte Dominic ab, «das ist eine lange Geschichte.»

Darüber wollte Bill sich vor Lachen ausschütten.

«Du bist ein Tausendsassa, weiss der Teufel!» sagte er zu Dominic und versetzte ihm mit seiner Faust, auf der sämtliche Falten in Russ gebettet waren, einen freundschaftlichen Knuff.

In seiner Freizeit ging Dominic manchmal in den Funkraum und schaute zu, wie Dick sehr mühsam die Texte entschlüsselte oder, was seltener geschah, Nachrichten durchgab.

«Da ist Valencia», sagte Dick wohl, und Dominic durfte sich den Kopfhörer über seinen blonden Schopf stülpen und auf das geheimnisvolle Ticken aus dem jetzt schon fernen Irland lauschen.

Als sie am fünften oder sechsten Abend auf See waren, sagte Dick zu ihm: «Schlechtes Wetter gemeldet!» Dominic war in den Funkraum gekommen, nachdem er auf dem Achterdeck das Geschirr vom Abendessen abgeräumt hatte.

«Und wie nennst du das Wetter hier?»

«Och, das ist gar nix! Wart's nur ab!» Dominic spürte, wie ihm ein flüchtiger Schauer über den Rücken lief. Er fürchtete sich eigentlich nicht, aber es war so viel schwieriger, dieser gestaltlosen Gefahr ins Auge zu sehen, als jener andern, die er erwartet hatte. Nichts war wild und romantisch, nichts von allem, was er bisher erlebt hatte. Es ist schwer, die Romantik der See in einem ständigen Geruch von Speck und Zwiebeln zu spüren. Selbst wenn er die Kombüse verliess, haftete es noch an seinen Kleidern und an seinem hellen Haar, so dass er lange Zeit im salzigen Seewind an der Bugspitze stehen musste, um den Gestank loszuwerden. Und in der Back selbst hing der moderige Geruch von feuchtem Rost, und lauter als das Zischen der Wellen war das schreckliche Gurgeln des Wassers in den Bilgen. Es war ein Geräusch, das er ganz besonders hasste. Ein verstohlenes, rastloses Geräusch war es, das mit ekelerregender Eintönigkeit unter den Planken widerhallte.

«Lass dich lieber nicht mit dem Bill ein», sagte Dick zu ihm. «Ich hab's gesehen, wie du ein paarmal mit ihm gesprochen hast. Von dem Stinker kannst du nichts Gutes lernen.»

«Er ist all right», antwortete Dominic. «Ich mag ihn gern.»

«Du kennst ihn eben nicht.» Und Dick erzählte ihm Einzelheiten über den schlechten Charakter des Heizers und dass er auf andern Reisen gestohlen habe. Es kam Dominic so vor, als sei Dick kleinlich und boshaft und misstrauisch geworden und als mache das Leben an Bord jeden so, sogar den, der früher so anders gewesen war.

Mr. Wilkins kam mit einer Nachricht von der Brücke, die Dick senden sollte. Dominic fand, dass er in seiner schwarzen Ölhaut mehr denn je einer Ratte glich, weil sein spitzes graues Gesicht jetzt aus dem hochgestellten Kragen hervorspähte. Er blieb und unterhielt sich ein Weilchen mit Dick.

«Nörgeln sie in der Back über den Frass?» fragte er.

«Nicht mehr als sonst», antwortete Dick. Mr. Wilkins lächelte. Dominic sah die gelben Zähne, die an den Wurzeln fast schwarz waren.

«Spring in die Offizierskajüte, wenn du einen Happen mit uns essen willst!» sagte er zu Dick. «Und du», wandte er sich an Dominic, «du wirst ja wohl nicht verhungern in der Kombüse, was? – Lass mich's wissen, wenn sie anfangen, zuviel Fragen zu stellen», sagte er noch im Hinausgehen zu Dick.

«Du wirst doch nicht für den Gauner den Spitzel machen, wie? Und was meinte er wegen des Essens?»

«Wenn du so lange wie ich auf dem Kasten hier wärst», antwortete Dick, «dann würdest du nicht mehr so verdammt vornehm sein.»

Dominic sagte nichts. Er ging aufs Deck hinaus. Er wusste, dass er nie so wie Dick denken und auch nie dessen gewinnsüchtige Haltung einnehmen würde. Lieber war ihm das Hohnlachen der Männer in der Back und ihre schmutzigen Reden und ihre dumpfe Wut. Er ging gegen den Bug hin. Die Seen rauschten noch immer seitlich auf die *Boswell* zu. Doch jetzt brach sich in ziemlich langen Zwischenräumen eine Woge über ihrem Bug, und ein weisser Schatten aus lauter Gischt fegte von dunklem Abgrund zu dunklem Abgrund über sie hinweg.

Es war die Stunde, in welcher er, wie er Patrick einst erklärt hatte, stets an Rosaril denken würde. Und während er jetzt im Schutz des Schanzkleids dastand und ein gelber Lichtstreifen durch ein schmutziges Bullauge fiel, erinnerte er sich an einst: an all die Tage, die plötzlich zu einem einzigen verschmolzen schienen, ineinandergeschoben, wie wenn sich die Zeit gleich einer Ziehharmonika hinter ihm zusammengefaltet hätte. Er musste sehr scharf nachdenken, um in seinen Erinnerungen eine zeitliche Ordnung herzustellen und das eine Ereignis gegen das andre abzugrenzen. Und mitten darin barg sich, wie Honig im wilden Bienenstock seines aufgewühlten Herzens, der Gedanke an Hylla. Dort war er versteckt, der heimliche Vorrat, von dem er den ganzen Winter, der sich vor ihm ausdehnte, zehren würde. Ein Vorrat, zu dem jetzt nie mehr etwas hinzugefügt wurde – nie mehr bis zu einem fernen, ungewissen Frühling. Und wie die überwinternden Bienen schloss er sich mit seinem goldenen Schatz ein, und während der ersten ernüchternden Tage auf der *Boswell* zehrte er von ihm. Doch sosehr er sich auch anstrengte, nie konnte er sich an ihr Gesicht erinnern. Nicht Zug für Zug, nicht Schatten um Schatten, sondern nur in groben Umrissen, wie ein Fremder, der sie nur ein- oder zweimal gesehen hatte. Und diese Tatsache bekümmerte und erschreckte ihn. Er besass keine Photographie von ihr, deshalb versuchte er, mit Bleistift und Papier, das er von Dick erhielt, Zeichnungen von ihr zu machen. Doch auch die missrieten ihm, und von Hunderten hatte vielleicht nur eine die leiseste Ähnlichkeit.

Bill hatte ihn einmal angetroffen, wie er, so beschäftigt, auf seiner Koje lag, und sie angeschaut, ehe Dominic die Skizzen unter die Wolldecke stopfen konnte.

«Ist das dein Mädchen?» fragte er.

Dominic nickte. Er fand, dass er sie jetzt als

die Seine beanspruchen konnte, weil er es «in Ordnung gebracht hatte». Damit meinte er, soweit er es ausdrücken konnte, dass er mit seiner Ausreise auf der *Boswell* alles getan hatte, was seine Liebe zu Patrick verlangte, und dass Hylla jetzt wieder seine Braut war.

«Das ist 'ne Erstklassige, aber sicher!» gab Bill zu. «Wo hast'n so gut zeichnen gelernt?»

«Von ihr», antwortete Dominic, obwohl das nicht ganz der Wahrheit entsprach, denn wenn sie ihm auch neben den andern Stunden etwas Zeichenunterricht gegeben hatte, war er doch stets viel besser im Zeichnen gewesen als sie.

«Was hast'n noch von ihr gelernt?»

«Alles.»

«Du bist wahrhaftig ein Tausendsassa!» erklärte Bill.

So endeten fast alle Gespräche mit Bill. Er hielt Dominic für einen Riesenjux, obwohl er nie ganz sicher war, ob der Junge es im Ernst meinte oder ihn verkohlte.

Für Dominic war dieser Heizer der einzige Lichtblick. Unter den andern in der Back waren Gute und Schlechte, und oft fand er ihre Witze sehr komisch, und oft konnte er mitfühlen mit ihrer Wut und ihren Flüchen; doch er gehörte einfach nicht zu ihnen, wie er auch während der paar Tage in der Schule oder im Umkreis der Walshs nicht «dazugehört» hatte.

Doch Bill hatte er beinah mit dem Grad «sehr fein» ausgezeichnet. Dick dagegen war ihm ziemlich fremd geworden. Er fand, er müsse sich eindeutig auf die Seite der Mannschaft stellen, deren bittere, halb versteckte Feindseligkeit nie zu schwelen aufhörte. Nach den allerersten Tagen hatte er es aufgegeben, in den Funkraum zu gehen, und wenn er in der Offizierskajüte arbeitete und Mr. Wilkins zufällig dort war, dann sprach er mit dem Maat nur so wenig, wie es ein Mindestmass an Höflichkeit erforderte. Dick zog schliesslich von der Back aus, schlief im Funkraum und ass achtern mit Mr. Wilkins und dem Ingenieur. Das rief einen Sturm bitterer und höhnischer Bemerkungen bei der Mannschaft hervor. Dominic versuchte, Dick zu verteidigen; doch er merkte, dass er nur mit halbem Herzen bei der Sache war.

Das Wetter hatte sich mittlerweile langsam verschlechtert. Dominic, der in Geographie immer schwach gewesen war, hatte keine Ahnung, wo sie sich befanden. Er wusste nur, dass sie irgendwo im Atlantik waren, und das konnte also nicht so sehr weit weg sein, wie ihm schien, denn den Atlantik hatte er (wenigstens einmal) von Rosaril aus hören können. Die See sah nicht mehr so verdrossen und flach gehämmert aus wie vorher. Jetzt wölbten sich die langen Leiber der Dünung in fast gotischen

Bögen auf, und von ihren Kämmen wehte rauchiger Schaum, wie wenn sie inwendig schwelten.

Und die *Boswell* schwankte langsam und schwerfällig weiter, als ob sie ihr übel zugerichtetes altes Gesicht vor den Schlägen abwenden wollte, dachte Dominic. Doch nie schien sie schnell genug. Wenn sie einer Woge auswich, so dass sie unter ihr hinwegrollte, dann torkelte sie in die volle Wucht der nächsten hinein. Es gab dann einen Krach wie bei einer Explosion, und ihr rostiger alter Leib aus zusammengenieteten Eisenplatten klirrte und erbebte und gurgelte mit dem wild schwappenden Bilgenwasser, und dann richtete sie sich taumelnd auf - noch gerade rechtzeitig, um dem nächsten Angriff zu entgehen.

Zu keiner einzigen Stunde hätte man sagen können, der Sturm habe nachgelassen. Er beschlich sie allmählich mit seinen langsam höher steigenden Seen. Am Nachmittag seines siebenten Tags auf See, oder vielleicht war es schon sein achter (er hatte nämlich den Überblick verloren), stand Dominic im Heck, umklammerte ein Stütztau und beobachtete, wie der Schiffskörper in seiner ganzen Länge vor ihm in die Wogen tauchte und dann durch die Wellentäler schlitterte.

Mr. Wilkins hatte den Kurs geändert und

steuerte sie mit dem Bug genau durch die Seen. Dominic sah ihn auf der Brücke stehen, eine kleine schwarze Gestalt, von der nur Kopf und Schultern über dem schmutzigen Schanzkleid rund um die Brücke auftauchten. Er schrie dem Mann am Ruder neben sich etwas zu; der Klang seiner Stimme wurde Dominic zugetragen, und er meinte, dass sie schrill und entsetzt tönte.

Während Dominic weiter zuschaute, sah er, dass der Rudergänger Mühe hatte, das Schiff scharf auf die Wogen zuzuhalten. Als eine besonders hohe, zackige Wasserwand aus schaumbedecktem Grün auf sie zukam, beobachtete er, wie sich die Schultern des Mannes zuerst ein klein wenig spannten, und dann, kurz bevor die Woge zuschlug und im Moment, wo das Schiff direkt im Schatten der Woge anstieg, rutschte sein Bug um einen Bruchteil beiseite, und die donnernd herunterstürzenden Wassermassen erwischten das Schiff auf dem Backbordbug, warfen es herum und drückten es herunter - alle Decks mit Wasser überflutend, so dass nichts als mittschiffs der Brückenaufbau hervorsah.

Dominic hatte sich fest angeklammert und lag auf dem Rücken, im gleichen Winkel wie das schräg liegende Schiff. Das war jetzt etwas, das er besser hinnehmen konnte als die voraufgegangenen Tage mit ihrem Schmutz und Gestank und Gegurgel und Gefluche und der mürrischen Dünung. Nichts von Eintönigkeit in dem da, und nichts von Kleinlichkeit. Er fürchtete sich, aber das machte nichts. Damit konnte er fertigwerden. Während eines flüchtigen Augenblicks hatte er sich sogar beinah Hyllas reines und herrliches Antlitz erhascht. Wenn er die Augen schloss, in seinem Gesicht den salzigen Orkan, dann war er ganz nahe daran, sie deutlich zu sehen. Fast war sie da - in dem weissen Kleid, das sie getragen hatte, als sie im Morgengrauen neben ihm lag. Und neben dem wilden Geruch von Salz und See roch er wieder den leisen Duft des kleinen Puderflecks, der in seiner schmuddeligen Handfläche haftengeblieben war.

In jener Nacht kam keiner von der Wache unten in die Back, ausgenommen ein alter Heizer, der mit Bill zusammen aus dem Heizraum stieg und sich - schwarz und russig, wie er war - auf seine Koje warf und sich lang und steifbeinig ausstreckte. Die andern vier oder fünf sassen herum, rauchten und schrien sich an, denn das Getöse in der Back war ohrenbetäubend.

Je weiter die Nacht vorrückte, desto mehr von ihnen verstummten; sie sassen mit steinernen Gesichtern da, mit dem gleichen Ausdruck, der Dominic so auf Dicks Gesicht verwundert hatte, als er ihn in Dublin wiedersah. Nur Bill und noch ein andrer sprachen weiter und zogen Dominic, der in Gegenwart der andern meistens still war, in ihre Unterhaltung.

Er war froh, mit ihnen sprechen und schreien zu können und Flüche zu wiederholen, die er nicht verstand. Er war froh über die Gelegenheit, das Getöse draussen abwechselnd mit Flüchen und Lachen zu übertönen, irgend etwas zu brüllen, einerlei was, und dabei die ganze Zeit den heimlichen Honigvorrat im einsamen Bienenkorb seines Herzens zu hegen.

Sie hörten eine Glocke von der Brücke scheppern: das Signal für alle Matrosen, an Deck zu erscheinen. Sie zerrten sich Stiefel und Ölhaut über und erschienen einer nach dem andern verdriesslich an Deck. Bill weckte den schlafenden Heizer, und beide stiegen hinunter, um Kohle zu schaufeln, die sich bei dem irrsinnigen Stampfen des Schiffs verlagert hatte. Die Morgendämmerung war schon angebrochen, doch Dominic, der geduckt nach achtern zur Kombüse rannte, hatte keine Zeit, auf Meer oder Himmel zu schauen. Er war nur der sich auftürmenden grauen Wasserphantome inne, der kurzen Ruhepause - und dann wieder ein ungeheures Phantom. Kohle und Holz fand er durchnässt vor, der Herd tropfte, denn das Bullauge der Kombüse war eingedrückt, und bei jedem Brecher, den die *Boswell* übernahm, schoss ein Wasserstrahl herein. Jemand schrie ihm zu, er würde im Funkraum gebraucht. Nur mit Mühe gelangte er hin, indem er einen Teil der Strecke auf allen vieren kroch. Dick kauerte über seinem Instrumentenbrett; über ihm brannte noch eine Birne, die Beine hatte er von sich gestreckt und die Füsse gegen das Schanzkleid gestemmt, um nicht vom Stuhl zu fallen. Er blickte auf, als Dominic hereinkam und die Tür hinter ihm stürmisch zuknallte.

«Geh auf die Brücke», sagte er zu ihm, «und bring mir alles, was Mr. Wilkins senden muss!»

Dominic drehte sich um, stemmte die Tür gegen den Sturm auf und kletterte auf die Brücke. Alle beide waren oben, der Kapitän und der Maat. Mr. Wilkins hatte selbst das Ruder übernommen, und der Rudergänger stand ein wenig abseits neben dem Maschinentelegraphen.

Dominic wartete und besah sich den Kapitän, den er bisher noch nie aus der Nähe erblickt hatte. Es war ein alter Mann. Sein Südwester war viel zu gross für ihn, denn er hing ihm tief in die Stirn, so dass alles, was Dominic zu sehen bekam, eine bläuliche Nase und ein schütterer weisser Schnurrbart waren. Als er Dominic sah, sagte er etwas zum Maat, was

Dominic nicht hören konnte. Mr. Wilkins antwortete nicht. Er blickte starr geradeaus; seine Hände drehten das Steuerrad mal einen Bruchteil so, mal einen Bruchteil so, und manchmal, aus einem Grund, den Dominic nicht verstand, liess er es plötzlich mehrere Speichen herumwirbeln.

Dominic fragte sich schon, ob er ihn bemerkt habe und ob er seine Aufmerksamkeit auf sich lenken solle oder nicht, doch da begann der Maat zu sprechen, ohne auch nur eine Sekunde die Richtung seines starren Blicks zu ändern.

«Sag ihm, was er senden soll! Unsre Position weiss er so ungefähr. ‹SOS Dampfer *Boswell.* Breitengrad, Längengrad. Ladeluke Nr. 1 leck geschlagen. Nehmen grosse Brecher über.› Hast du's?» schrie er.

Dominic kletterte wieder die Kajütstreppe hinunter. Einen Augenblick schien sie fast waagerecht zu sein, und dann scherte sie unter ihm weg, so dass er übers Deck hinaushing. Er erreichte den Funkraum und wiederholte Dick die Mitteilung. Ohne ein Wort nahm Dick seine Brille ab, putzte sie und beugte sich dann über das Sendegerät, um die Worte langsam herunterzumorsen.

Dominic steckte seine fast erstarrte Hand unter Ölhaut und Jacke und tastete nach dem kleinen, in Fell eingewickelten Paket. Er liess die Hand ein paar Minuten dort, um sie zu wärmen, und auch, weil es ihn tröstete. Nur mit ihrer Hilfe könne er tapfer bleiben, dachte er. Ach, mein Geliebtes, sagte er sich im stillen, wenn das hier das Ende ist, macht's mir nichts aus, denn deine wilde, wilde Schönheit ist in meinem Herzen.

Dick hatte den SOS-Ruf mehrmals gesendet, und jetzt lauschte er gespannt: die eine Hand drückte den Kopfhörer fest an die Ohren, um jedes Geräusch um ihn her auszuschalten, und in der andern Hand hielt er über einem schmutzigen Schreibblock den Bleistift in der Schwebe, bereit für jedes Antwortgeflüster, das über den zerrissenen Atlantik dringen mochte.

Dominic, der ihn beobachtete, wusste ebenfalls, dass es der Moment war, von dem ihr Geschick abhing. Doch selbst in den Minuten, während sie warteten, liess er nicht ab, an *sie* zu denken und mit ihrer Lieblichkeit seine brennende und einsame Angst zu betäuben.

Er sah, wie der Stift in Dicks Hand anfing, sich über das Blatt Papier zu bewegen, um zuerst die Morsezeichen aufzuzeichnen und sie dann in Wörter zu übertragen. Er reichte Dominic das Blatt Papier.

«Da, bring's auf die Brücke», sagte er. Dominic blickte auf Dicks unordentliches Gekritzel.

«Camerania ruft *Boswell.* Habe euer SOS aufgenommen. Wechsle Kurs, um euch zu Hilfe zu eilen. Schätze zweihundert Meilen Entfernung. Werde mit euch in Verbindung bleiben.»

Dick rief ihm nach, als er an der Tür war. Er drehte sich um.

«'s ist all right, ja?» fragte Dick.

«Meinst du, sie kommen uns zu Hilfe?»

«Nein, nein. Ich meine, zwischen dir und mir?» sagte Dominics Freund. Mit dem alten, halb schüchternen Ausdruck blickte er hinter der Brille hervor auf Dominic.

«Natürlich», rang es sich Dominic ab. Dick wandte sich wieder dem Funkgerät zu. Er schickte seinen verzweifelten Hilferuf weiter ins All.

Dominic gab Mr. Wilkins das Blatt Papier. Er stand neben dem Kapitän, und der Rudergänger hatte wieder das Ruder übernommen. Als Mr. Wilkins den Zettel gelesen hatte, hörte Dominic ihn etwas sagen, das klang wie: «Kann uns verdammt nix nützen.» Er hatte jetzt die genaue Position notiert und gab sie Dominic, der sie in den Funkraum bringen sollte. Wieder unternahm er den gefährlichen Gang und fand Dick mit einer andern Nachricht für die Brücke vor. Es war eine Antwort auf den SOS-Ruf der *Boswell* vom Öltanker

Lismore, hundertfünfzig Meilen entfernt, der auch den Kurs gewechselt hatte und ihr jetzt durch berghohe Seen mit zwölf Knoten zu Hilfe eilte.

Als Mr. Wilkins den Zettel gelesen hatte, auf den die Nachricht gekritzelt war, zerknüllte er ihn und liess ihn sich vom Wind aus der Hand reissen. Dominic sah, wie der kleine weisse Fetzen fortgewirbelt wurde.

An jenem Morgen lief er noch wiederholt zwischen Brücke und Funkraum hin und her. Schliesslich sass er auf der Brücke fest und kam nicht mehr herunter, obwohl er es wiederholt versuchte. Der kurze Streifen des Decks zwischen Funkraum und Kajütstreppe stand jetzt dauernd unter Wasser. Die *Boswell* steckte tiefer im Wasser: sie konnte die Seen nicht mehr abschütteln, sondern mit einer langsamen, müden Bewegung, als hätte sie allen Mut verloren, hievte sie halb unter der Oberfläche weiter.

Jetzt war das Getöse auch nicht mehr so stark wie zuerst. Das wilde Klirren und Rattern schien gedämpfter, als habe die See das Schiff schon fester in den Griff bekommen. Dominic sah es jetzt alles verwirrt und wie im Traum. Er war sich des immer langsamer werdenden Kampfes nur halb bewusst. Endlich hatte er ihr Gesicht wiedergefunden; klar und deutlich stand es vor ihm, wenn er die Augen schloss.

Die hohe weisse Stirn, die grauen Augen mit den dunklen Wimpern, die ziemlich knochigen Wangen, der breite Mund! Es war ein Gesicht, fand er, an das man sich gut inmitten einer solchen Szene erinnern konnte, während die meisten Gesichter mit ihrer Wärme oder Stille oder Niedlichkeit einen zu grossen Gegensatz bildeten und höchstens in flüchtiger Sehnsucht durch den Sinn zogen, einerlei, wie teuer sie einem waren.

«... leuchtest in des Morgens Glanz», hauchte er ihr flüsternd zu, als ihm ein altes Lied von Mike - oder war's von Dan Delaney? - einfiel. Mr. Wilkins, der auf das erstarrte kleine Gesicht blickte und sah, wie bläulich es um den Mund war, dessen Lippen sich bewegten - im Gebet, wie er glaubte -, drückte ihm die Rumflasche in die Hand.

«Da, nimm mal einen Schluck!» sagte er. Aber Dominic schüttelte den Kopf. Er brauchte nicht den wärmenden Alkohol. Er wünschte nur, in Ruhe gelassen zu werden in seiner kalten, zaubrischen Vision, die er vor einem Hintergrund steingrauer, zerrissener Wassergewölbe und Sprühnebel erblickte.

Plötzlich sah er, wie die schwarze, gewundene Rauchfahne des Schornsteins verschwand und statt dessen eine feine weisse Federwolke wie ein Springbrunnen in die

Höhe schoss: eine Sintflut von Wasser war durch den Heizraum geströmt und hatte die Feuer gelöscht. Recht lange hinterher wurden die zwei vom Dampf verbrannten und verbrühten Heizer hervorgezerrt und, in Decken gewickelt, auf das Brückendeck gelegt.

Dann entdeckte Dominic, dass er den Funkraum wieder erreichen konnte. Die *Boswell* trieb jetzt seitlich zu den Seen weiter, und auf Steuerbord ragte das Deck manchmal vollständig aus dem Wasser. Während er sich zum Funkraum hinüberhangelte, sah er, wie zwei Matrosen versuchten, die Persenning von dem einen der beiden Rettungsboote, die die *Boswell* mitführte, herunterzuzurren. Das andere Boot hing zersplittert in den Davits. Sogar Dominic staunte über die Sinnlosigkeit ihres Vorhabens, doch dann verriet ihm ihr Gesichtsausdruck, dass sie von panischer Angst ergriffen waren und wie schwer Betrunkene nicht wussten, was sie taten.

Dick sass noch immer, in seinen Stuhl eingeklemmt, vor der Morseanlage, obwohl das Funkgerät jetzt, wo die Maschinen nicht mehr liefen, zu funktionieren aufgehört hatte. Er hatte den Kopfhörer noch auf dem Kopf und das Blatt mit den letzten Meldungen, die durchgekommen waren, in der Hand, weil niemand dagewesen war, der sie zu Mr. Wilkins gebracht hätte. Dominic nahm sie und wollte mit ihnen wegstürmen, aber Dick bat ihn, zu bleiben, wo er war.

«Lies sie!» sagte er.

Dominic blickte auf den Zettel. Es schien ganz so, als ob der Funker auf der *Camerania* versucht hätte, die *Boswell* etwas aufzuheitern, indem er ein fortlaufendes Gespräch mit Dick unterhielt.

«Wir machen achtzehn Knoten, alter Junge. Wie lange könnt ihr durchhalten? Gib uns noch mal eure Position durch! Sehr schwere Seen, alter Junge! Wir haben unsern Kurs leicht geändert, seit wir eure neue Position erfuhren. Eure Rufzeichen werden sehr schwach, alter Junge ...» Dominic las nicht weiter.

«Wie lange dauert es, bis sie hier sind?» fragte Dominic.

«Zwölf Stunden.»

«Und sie sind die nächsten?»

«Der Öltanker ist näher, aber der macht bloss zwölf Knoten», antwortete Dick.

In der Funkerkabine stand das Wasser ein paar Fuss hoch. Es schwappte mit einer nur ganz sanften Bewegung vorwärts und rückwärts.

«Sieh dir das an!» sagte Dick zu Dominic. «Sie sinkt!»

Es sah furchtbar aus, wie das Wasser in der

kleinen Kabine allmählich immer sanfter und sanfter herumkreiste.

«Wie lange dauert es noch?» fragte Dominic. Seine Stimme erinnerte etwas an ihren einstigen schrillen Klang.

Dick antwortete nicht. Er löste sich aus dem Stuhl, auf dem er so lange gesessen hatte, bis er steif war.

«Lass uns lieber 'rausgehn», sagte er.

Sie gingen an Deck und zur Brücke hinauf, wo die Mannschaft versammelt war. Dick trug noch den Kopfhörer und ein Endchen Draht, an dem der Stöpsel baumelte. Er hatte sich nur die schwarzen Hörmuscheln von den Ohren zurückgeschoben.

Dominics Augen waren geschlossen, während er dastand und die eine Hand unter die Ölhaut gesteckt hatte, wo er mit eisernem Griff das kleine, in Fell gewickelte Paket in seiner Innentasche festhielt. Das Salzwasser hatte seine Lippen ausgedörrt. Das blonde Haar klebte tropfnass an seinem Kopf, bis auf einen kleinen Schopf, der auf dem Scheitel sprosste.

Die Wogen, die über das halb eingetauchte Schiff spülten, wurden in ihrem grossartigen Dahinfluten kaum noch behindert, wenn sie gegen das Vordeck und mittschiffs gegen das Brückendeck stiessen. Sie versprühten jetzt viel weniger Gischt, seit sie die *Boswell* bei jedem Zusammenstoss mit sich nahmen. Fast lag etwas Sanftes in ihren Bewegungen, als sie sich aus dem Leben treiben liess und als irgendwo tief in ihrem Innern eine lose Platte mit gedämpftem Ton klirrte - wie das letzte unregelmässige Schlagen des verrosteten eisernen Herzens.

Dominic stiess einen kleinen Seufzer aus. Er öffnete die Augen, und hoch oben vom Kamm einer Woge sah er eine nicht endende Prozession grüner Hügel und grauer Täler und einen verschleierten, wolkenlosen Himmel, der langsam verblasste. Dämmerung in der Wildnis. Dämmerung in Rosaril. Er hat sich verabschiedet. Er hat einer Welt, in die er anscheinend um zehn Jahre zu spät kam, seine kleine Reverenz erwiesen. Er hatte dennoch seinen Schatz eingeheimst. Und als er wieder und immer wieder ihren Namen flüsterte, geschah es nicht aus Angst oder aus Verzweiflung, sondern in einem leisen Staunen ob des Wunders, das sie zu seiner Braut gemacht hatte.

XXIV

Nach der Geburt ihres Kindes kehrte Hylla, sobald sie es konnte, mit Patrick nach Rosaril zurück. Am Morgen nach ihrer Ankunft dort erfuhren sie vom Untergang der *Boswell* mit der gesamten Mannschaft.

Den ganzen Winter lebte Hylla in sich gekehrt und in einer Zurückhaltung, um deren Tiefen man vorher nur andeutungsweise gewusst hatte. Allein oder mit Patrick machte sie lange Spaziergänge auf den altbekannten Wegen. Stundenlang konnte sie, das Kinn in die Hand gestützt, im Schulzimmer an dem tannenen Tisch sitzen, auf dem die Tintenflecke und Kritzeleien phantastische Muster bildeten.

Im Frühling war sie so weit hergestellt, dass sie wieder Menschen und Dinge mit vollem Bewusstsein wahrnehmen konnte. Doch immer war jetzt der Abstand spürbar, der ihr anhaftete, weil sie die Gegenwart mit der Vergangenheit verschleierte, wenn auch nicht düster, sondern mit einer zarten Anmut. Sie war froh, dass ihr Kind ein Mädchen war. Sie hätte es nicht ertragen können, meinte sie, wenn noch ein kleiner Junge in Rosaril aufgewachsen wäre.

Eines Tages, als sie im Wildwald Sauerampfer pflückte, fand sie Stücke vom Skelett eines Hasen. Einen Augenblick hielt sie den weissen Schulterknochen in der Hand, ehe sie ihn wieder auf den feuchten Waldboden fallen liess.

Mehr denn je zeigte ihr bleiches, mageres Gesicht jetzt jene reine Schönheit, wie sie nur

Dinge besitzen, die bis zur Nacktheit alles Unwesentlichen entkleidet wurden. Ihre grauen Augen schienen um eine Schattierung dunkler zu werden, wie wenn das wilde Licht, das damals in ihnen geleuchtet hatte, als sie die Klippen von Bara entlangsprang (und an noch einem andern Tag), sich zurückgezogen hätte, weiter in sie hinein, wie eine Lampe, die ins Nebenzimmer getragen wird.

Nachwort

Francis Stuart

Francis Stuart wurde im Jahre 1902 als Sohn irischer Eltern in Australien geboren. Er kam schon als Kind nach Irland und lebte mit seiner Mutter - der Vater war früh verstorben - im Bezirk Antrim in Nordirland. Dort wuchs er in einer herrlich unberührten Natur auf, beobachtete alles Getier in Wald und Feld und begeisterte sich für den Rennsport und für Pferde und Greyhounds. Trotz aller Aktivität war er aber andern Menschen gegenüber zurückhaltend und in sich gekehrt. In seinem autobiographischen Buch *Things to Live for* (1934) erzählt er, wie er später im Internat in Rugby Photos und Zeichnungen vom Heideland in Antrim auf seinem Schreibtisch stehen hatte und so von Heimweh gepackt wurde, dass er Gott um ein Wunder anflehte, welches ihn in seine Heimat zurückversetzen sollte. Dieses Heimweh zieht sich durch all seine Bücher, obwohl er neben Joyce der einzige irische Schriftsteller ist, der Europa nicht nur gründlich bereist hat, sondern auch jahrelang auf dem Festland wohnte. Auch in seine im Ausland spielenden Romane hat er dieses Heimweh verwoben, das die Seele jedes Iren erfüllt.

Nach den Schuljahren in Rugby ging Francis Stuart nach Dublin, um sich dort auf die Universität vorzubereiten. Er lernte Iseult Gonne kennen, die Tochter der wegen ihrer fanatischen Vaterlandsliebe und ihrer Kunst und Schönheit berühmten Maud Gonne, um die William Butler Yeats mit seinen schönsten frühen Gedichten geworben hat. Nachdem Yeats wiederholt von Maud Gonne, deren einziger Lebenszweck Irlands Freiheit war, abgewiesen wurde, bewarb er sich um Mauds Tochter Iseult, aber vergebens. In seinen Briefen schreibt er von dem Kummer, den er Maud und Iseult bereitet habe.

Iseult heiratete den jungen Francis Stuart, der damals kaum achtzehn Jahre alt war. Durch sie und ihre Mutter gelangte er sofort in die revolutionären und literarischen Gruppen Dublins, vor allem in den Kreis um Yeats. Ausser Yeats lernte er unter anderem die Schriftsteller Liam O'Flaherty, James Stephens und George Russell kennen. Es waren Zeiten, an die er sich später in seiner Autobiographie *Things to Live for* mit einer romantischen Wehmut erinnert: an das Dublin mit den Empfangstagen bei Russell, an die Premieren im Abbey Theatre und an die aufregenden Erlebnisse während der Freiheitskämpfe.

Francis Stuart hatte schon früh begonnen, Gedichte zu schreiben, und Yeats war von ihnen sehr eingenommen, obwohl es frühe Versuche waren, vermutlich beeinflusst von Yeats' Gedichten. Seinen ersten Gedichtband gab Francis Stuart 1923 heraus, als er soeben mündig geworden war. Zu der Zeit befand er sich im Internierungslager Curragh, wo er wegen seiner Tätigkeit im Bürgerkrieg achtzehn Monate in Haft gehalten wurde.

Nach seiner Heirat mit Iseult Gonne, und von seiner Frau dazu angeregt, beschäftigte er sich eingehend mit den katholischen Mystikern Johannes vom Kreuz und der heiligen Therese. Hierüber schreibt Yeats anschaulich in einem Brief: «Es ging mir nicht gut, und George [Yeats' Frau] meinte, ich brauche Ruhe, und brachte mich hierher nach Glendalough, wo ich Iseult Stuart und ihren Mann besuchte. Sie betrieben dort eine Hühnerfarm. Iseult sagte, ihr wäre Glenmalure, wo sie vorher gewohnt haben, noch lieber gewesen - ich vermute wegen der noch grösseren Einsamkeit. Ihr kleiner Sohn ist jetzt ungefähr drei Jahre alt und sieht sehr kräftig aus: er ist sehr blond. Ihr Mann ist schweigsam, falls man nicht das Gespräch auf Johannes vom Kreuz oder ein ähnliches Thema bringt.» Es war im Juli 1929.

Allmählich erkannte Francis Stuart, dass seine Begabung nicht auf dem Gebiet der Lyrik liege, sondern nach einem andern Ausdrucksmittel verlange. Anfang der dreissiger Jahre hatte er zwei Schauspiele vollendet, *Men Crowd Me Round* und *The Strange Guest,* die beide im Abbey Theatre aufgeführt wurden und noch heute auf dem Spielplan erscheinen. In *The Strange Guest* macht sich eine eigenartige Vorliebe für das Phantastische bemerkbar, das Stuart in sein realistisches Stück hineinwob – wahrscheinlich im Einklang mit den alten irischen Heldensagen, die bis ins achte Jahrhundert und noch weiter zurückreichen.

Schliesslich fand Francis Stuart das geeignete Ausdrucksmittel: in der Form des Romans. Er war inzwischen viel auf Reisen gewesen, in London (das er als eins der grössten Abenteuer bezeichnete), in Berlin und München und auch in Lourdes, das den Schauplatz des Romans *Women and God* (1931) bildet und das schwierige Thema «Liebe und Religion» behandelt. Die drei folgenden Romane *Pigeon Irish* (1932), *The Coloured Dome* (1932) und *Try the Sky* (1933) lösten dann eine allgemeine Begeisterung aus. In *Pigeon Irish* erblickte Yeats «eine erregende Eigenart» und in *The Coloured Dome* einen Stil voll lyrischer Kraft und Leidenschaft des Geistes, «persönlicher und schöner als jedes andere Buch unsrer Generation geschrieben». Zu dem Roman *Try the Sky* verfasste Compton Mackenzie ein Vorwort und erklärte darin, Francis Stuart habe für die moderne Welt eine Botschaft von unendlich viel tieferer Bedeutung als alles, was D. H. Lawrence verkündet habe. In diesem Liebesroman lässt Stuart eine Nonne sagen: «Du hältst die Liebe für gefährlich, weil sie nicht dauern kann, aber es wäre gefährlicher, wenn sie dauern würde, denn gerade weil alles Glück der Erde vergeht, werden wir gezwungen, uns dem Himmel zuzuwenden.» In seinem Roman *Pigeon Irish* sieht Stuart sein heimatliches Irland als Symbol eines reinen, verinnerlichten Lebens, welches die übrigen europäischen Länder durch den Ersten Weltkrieg und seine unheilvollen Folgen verloren hätten.

Schon 1932, als Dreissigjähriger, wurde Francis Stuart als «Gründermitglied» in die Irish Academy of Letters aufgenommen. In den Jahren 1931 bis 1939 hat er zwölf Romane geschrieben, von denen keiner ein ebenso grosses Aufsehen erregte wie die drei oben erwähnten Bücher. Dabei ist der 1935 veröffentlichte Roman *The Angel of Pity* sein (bis dahin) erstaunlichstes Buch: es beginnt mit der Zukunft nach dem nächsten Weltkrieg und nimmt Schrecknisse voraus, die er später selbst erleben sollte. Weil es den Krieg und die mechanistische Weltauffassung in eher düsterem Ton verurteilt, meinte Stuart, es sei von Kafka beeinflusst

– doch vor Nachahmerei bewahrte ihn stets seine Originalität, und trotz aller Trauer über die unbekehrbare Menschheit ist seine Freude am Dasein unauslöschlich.

Als grösster Gegensatz zu diesem Buch erschien ein Jahr darauf der liebliche, sehnsüchtige und von Heimweh durchtränkte Roman *The White Hare* (1936), dieser Roman eines Knaben, der zehn Jahre zu spät auf die Welt kam. Hier scheint Yeats' Wort widerlegt, dass das romantische Irland «dead and gone» sei. Der junge Dominic ist nicht nur eine unvergessliche, tragische kleine Gestalt, sondern er steht vor uns als ein lebendiges Geschöpf, das wahrhaftig *gelebt haben muss,* unsterblich noch im Untergang, den er auf sich nimmt, um einer vermeintlichen Pflicht nachzukommen und alles wieder «in Ordnung zu bringen». Er erfüllt sein Schicksal.

Inzwischen fühlte sich Francis Stuart (und er war nicht der einzige irische Schriftsteller, dem es so erging) immer stärker vom Neuen Irland abgestossen, und wenn er durch die Strassen schlenderte, empfand er sich als Fremdling. Für ein Land, das so spiessbürgerlich geworden war, hatten sie nicht gekämpft. «Wir sind besiegt worden», schrieb er, «besiegt von Selbstgefälligkeit, Sattheit und Behagen.» Da auch seine Ehe mit Iseult auseinanderbrach, hielt ihn nichts in Irland zurück: er wollte in einem andern Land zu sich selbst finden. Als er 1939 einen Ruf an die Universität Berlin erhielt, schien ihm das als ein Ausweg aus allen Schwierigkeiten, den äusseren und den seelischen, sogar trotz des drohenden Krieges, oder vielmehr gerade deswegen, denn damit – wenn er die Leiden seiner Mitmenschen teilen könne – sei die Möglichkeit zur seelischen Erfüllung gegeben. Kritiker von Rang, wie Roger McHugh und Benedict Kiely, und Schriftsteller wie Sean O'Faolain verstanden Francis Stuart in seinen idealen Bestrebungen und schätzen sie ebensosehr wie sein Werk.

Vor allem aber waren es die Engländer, die Stuarts Nachkriegsromane *Pillar of Cloud* (1948) und *Redemption* (1949) gar nicht genug rühmen konnten und alle Vorzüge, sowohl die stilistischen und sprachlichen wie die ethische Zielsetzung, immer wieder hervorhoben. Diese beiden Nachkriegsromane waren nach einer langen Pause in seinem dichterischen Schaffen allmählich zur Gestaltung herangereift. In ihnen fanden die furchtbaren Erlebnisse der Kriegsjahre ihren Niederschlag. Sie gelten als die grössten irischen Romane seit Joyce' *Ulysses.* Während dem 1949 erschienenen Roman *Redemption* bereits wieder Irland als Hintergrund für die durchlittenen Schrecknisse dient, spielt der ein Jahr früher erschienene Roman *Pillar of Cloud* noch ganz auf deutschem Boden, in einer Ruinenstadt unter französischer Besatzung, wo der Held Dominic, ein irischer Dichter, neben seinem eigenen Leiden noch Kraft genug findet, andern zu helfen. Er stellt das hohe Ideal der Brüderlichkeit auf: «Wahrheit und neues Leben können nur von den Darbenden und Gefangenen kommen, und von der Brüderlichkeit, die in menschlichem Elend geboren wird.» Die tiefdringende, psychologisch äusserst feinfühlige, mit Spannung und Atmosphäre befrachtete Analyse der materiellen, geistigen und seelischen Rückwirkungen des letzten Krieges beglückt durch einen zuversichtlichen Optimismus, der in der unbesiegbaren Hoffnung auf die menschliche Freiheit und auf eine echte Bruderliebe begründet ist. Wie in unserm Roman *Der weisse Hase* tragen seine Helden auch hier den geistigen Sieg über eine verzweifelte Lage davon.

Die Jahre nach dem Erscheinen der beiden Nachkriegsromane, die inzwischen in viele Sprachen übertragen wurden, stellen die zweite Schaffenspause in Francis Stuarts Werk dar. Anfang der fünfziger Jahre lebte er in Paris und zog dann nach London, wo er, «um in Ruhe denken und schreiben zu können», alle möglichen Posten annahm, um finanziell halbwegs gesichert zu sein: er war unter anderem zeitweise Nachtwächter in einem Londoner Museum, was sehr an William Faulkner erinnert, der einen seiner Romane als Nachtheizer der Universität Mississippi schrieb.

Im Jahre 1954 verheiratete sich Francis Stuart zum zweitenmal und zog bald darauf nach Irland, in den Bezirk Meath. Ein neuer, umfangreicher Roman, der zwanzigste, war herangereift. Er erschien vor wenigen Monaten in Amerika unter dem Titel *Black List, Section H.* Er umspannt die Jahre 1919 bis 1945. In diesem Buch, das die Krönung seines Werks darstellt und auch für das literarische Leben Irlands von grösstem Interesse ist, legt sich der Autor Rechenschaft über sein Wachstum ab.

Ein irischer Dichter, Hugh Maxton, hat vor kurzem unter dem Titel *Francis Stuart - the Long Distance Winner* eine treffliche Übersicht über Stuarts Leben und Werk veröffentlicht, und auch in der zu seinen Ehren bei der Dolmen Press erschienenen, vorzüglich ausgestatteten *Festschrift for Francis Stuart on His Seventieth Birthday* findet sich eine Fülle wertvoller Beiträge über das Werk des Dichters sowie die erste umfassende Bibliographie.

Elisabeth Schnack

